Desejo à meia-noite

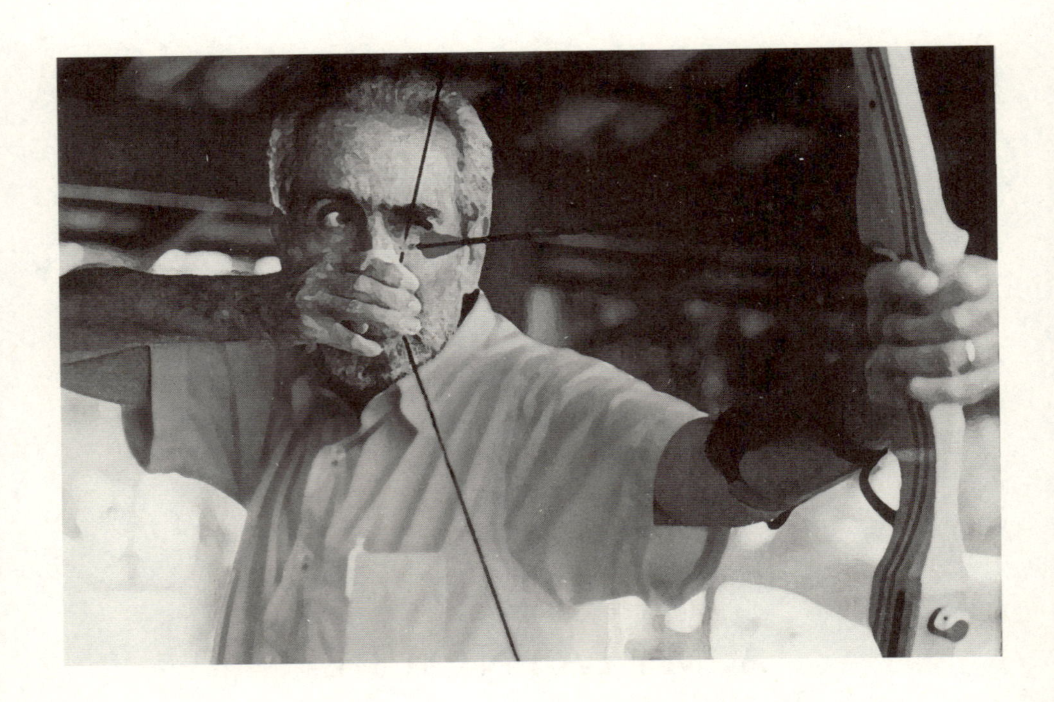

O ARQUEIRO

GERALDO JORDÃO PEREIRA (1938-2008) começou sua carreira aos 17 anos, quando foi trabalhar com seu pai, o célebre editor José Olympio, publicando obras marcantes como *O menino do dedo verde*, de Maurice Druon, e *Minha vida*, de Charles Chaplin.

Em 1976, fundou a Editora Salamandra com o propósito de formar uma nova geração de leitores e acabou criando um dos catálogos infantis mais premiados do Brasil. Em 1992, fugindo de sua linha editorial, lançou *Muitas vidas, muitos mestres*, de Brian Weiss, livro que deu origem à Editora Sextante.

Fã de histórias de suspense, Geraldo descobriu *O Código Da Vinci* antes mesmo de ele ser lançado nos Estados Unidos. A aposta em ficção, que não era o foco da Sextante, foi certeira: o título se transformou em um dos maiores fenômenos editoriais de todos os tempos.

Mas não foi só aos livros que se dedicou. Com seu desejo de ajudar o próximo, Geraldo desenvolveu diversos projetos sociais que se tornaram sua grande paixão.

Com a missão de publicar histórias empolgantes, tornar os livros cada vez mais acessíveis e despertar o amor pela leitura, a Editora Arqueiro é uma homenagem a esta figura extraordinária, capaz de enxergar mais além, mirar nas coisas verdadeiramente importantes e não perder o idealismo e a esperança diante dos desafios e contratempos da vida.

Lisa Kleypas

Desejo à meia-noite

Os Hathaways 1

Título original: *Mine till Midnight*

tradução: Livia de Almeida

preparo de originais: Rachel Agavino

revisão: Ana Grillo e Milena Vargas

projeto gráfico e diagramação: Valéria Teixeira

capa: Miriam Lerner

imagem de capa: Alan Ayers

imagem de quarta capa: Franc Podgoršek / iStockphoto

impressão e acabamento: Associação Religiosa Imprensa da Fé

CIP-BRASIL. CATALOGAÇÃO-NA-FONTE
SINDICATO NACIONAL DOS EDITORES DE LIVROS, RJ

K72d Kleypas, Lisa.
Desejo à meia-noite / Lisa Kleypas [tradução de Livia de Almeida]; São Paulo: Arqueiro, 2013.
272p.; 16x23 cm

Tradução de: Mine till midnight
ISBN 978-85-8041-149-2

1. Ficção americana. I. Almeida, Livia de. II. Título.

CDD 813
13-1365 CDU 821.111(73)-3

Editora Arqueiro Ltda.
Rua Artur de Azevedo, 1.767 – Conj. 177 – Pinheiros
05404-014 – São Paulo – SP
Tel.: (11) 2894-4987
E-mail: atendimento@editoraarqueiro.com.br
www.editoraarqueiro.com.br

Para Cindy Blewett, uma webdesigner maravilhosa,
além de uma amiga sábia, perspicaz e muito querida.

CAPÍTULO 1

Londres, 1848
Outono

Encontrar uma determinada pessoa em uma cidade com quase dois milhões de habitantes era uma tarefa dificílima. Ajudava bastante se a pessoa em questão se tratasse de um irmão beberrão, de comportamento previsível. Mesmo assim, não seria fácil.

Leo, onde você está? Era o que a Srta. Amelia Hathaway pensava com desespero enquanto a carruagem chacoalhava pelas ruas de pedras. Pobre Leo, desregrado e perturbado. Algumas pessoas, ao se confrontarem com circunstâncias insuportáveis, simplesmente... se arruinavam. Era o caso de seu irmão, antes animado e confiável. Ela temia que não houvesse mais nenhuma chance de salvação para ele.

– Nós o encontraremos – disse Amelia com uma segurança que não sentia.

Olhou de relance para o cigano sentado diante dela. Como sempre, Merripen mantinha-se inexpressivo.

Não se poderia culpar ninguém por achar que Merripen era um homem de emoções limitadas. Na verdade, era tão reservado que, mesmo depois de quinze anos vivendo com a família Hathaway, ainda não havia revelado a eles seu nome de batismo. Desde que fora encontrado inconsciente às margens de um riacho que atravessava a propriedade da família, todos o conheciam apenas como Merripen.

Quando ele despertou e descobriu que estava cercado pelos curiosos Hathaways, reagiu com violência. Tiveram que juntar forças para mantê-lo na cama, todos exclamando que ele precisava ficar deitado e quieto ou seus ferimentos se agravariam. O pai de Amelia deduzira que o garoto era um sobrevivente de uma caça aos ciganos, um costume brutal dos proprietários de terra da região, que, montados em seus cavalos, livravam seus domínios da presença de acampamentos ciganos.

– Provavelmente acreditaram que o rapaz estava morto – comentara o Sr. Hathaway com seriedade. Como um cavalheiro estudioso e à frente de seu tempo, ele reprovava qualquer forma de violência. – Temo que seja difícil estabelecer uma comunicação com sua tribo. Devem ter partido há muito tempo.

– Podemos ficar com ele, papai? – exclamou Poppy, ansiosa.

Era uma das irmãs mais novas de Amelia e com certeza imaginava que o garoto selvagem (que lhe mostrara os dentes como uma fera aprisionada) se tornaria uma mascote divertida.

O Sr. Hathaway lhe sorrira.

– Ele pode ficar o tempo que quiser. Mas duvido que permaneça por mais do que uma ou duas semanas. Os rons são um povo nômade. Não gostam de passar muito tempo sob o mesmo teto. Sentem-se aprisionados.

Entretanto, Merripen permanecera com eles. No início, era um garoto pequeno e esguio, mas com cuidados adequados e refeições regulares, crescera de uma forma quase assustadora até se tornar um homem de proporções robustas e imponentes. Era difícil dizer exatamente o que Merripen fazia ali... não era um membro da família, tampouco um criado. Embora exercesse diversas funções para os Hathaways, atuando como condutor de carruagem e faz-tudo, ele também comia à mesa com a família quando queria e ocupava um quarto na ala principal do chalé.

Com Leo desaparecido e talvez em perigo, não havia dúvida de que Merripen ajudaria a encontrá-lo.

Não era considerado apropriado que uma jovem como Amelia saísse sozinha com um homem como Merripen. Mas, aos 26 anos, ela acreditava que não havia mais necessidade de ter uma dama de companhia.

– Devemos começar descartando os lugares aonde Leo não iria – disse ela. – Igrejas, museus, locais de educação elevada e bairros elegantes estão fora de questão.

– Sobra a maior parte da cidade – resmungou Merripen.

Ele não gostava de Londres. Em sua visão, o funcionamento da chamada sociedade civilizada era infinitamente mais bárbaro do que qualquer coisa encontrada na natureza. Se pudesse escolher entre passar uma hora em um chiqueiro com os porcos ou em um salão, em companhia de pessoas elegantes, escolheria os porcos sem hesitar.

– Acho que devemos começar pelas tavernas – prosseguiu Amelia.

Merripen lançou-lhe um olhar sombrio.

– Sabe quantas tavernas existem em Londres?

– Não, mas com certeza saberei até o fim da noite.

– Não vamos começar pelas tavernas. Vamos para onde é mais provável que Leo arranje encrenca.

– E onde seria?

– No Jenner's.

O Jenner's era um clube de jogo mal-afamado para onde os homens iam quando queriam se comportar de forma nada cavalheiresca. Criado originalmente por um ex-pugilista chamado Ivo Jenner, o clube mudara de mãos depois de sua morte e agora pertencia a seu genro, lorde St. Vincent. A péssima reputação de St. Vincent apenas acentuara a aura de sedução do clube.

Dizia-se que a filiação ao clube custava uma fortuna. É claro que Leo insistira em se associar assim que herdara seu título, dois meses antes.

– Se você pretende beber até morrer, prefiro que faça isso em um lugar mais acessível – dissera-lhe Amelia, com toda a calma.

– Mas agora sou visconde – respondera Leo com indiferença. – Preciso fazer tudo com estilo, senão as pessoas vão comentar.

– Comentarão que é um perdulário tolo e que o título poderia perfeitamente ter sido herdado por um macaco!

Aquilo arrancara um sorriso de seu belo irmão.

– Tenho certeza de que essa comparação é muito injusta com o macaco.

Morrendo de preocupação, Amelia pressionou os dedos enluvados na testa dolorida. Não era a primeira vez que Leo desaparecia, mas com certeza era sua ausência mais longa.

– Nunca estive em um clube de jogo – disse ela sem olhar para Merripen. – Será uma experiência inédita.

– Não permitirão sua entrada. É uma dama. Mesmo que permitissem, eu não consentiria.

Abaixando a mão, Amelia lançou-lhe um olhar de surpresa. Era raro que Merripen a proibisse de fazer alguma coisa. Na verdade, aquela devia ser a primeira vez. Achou aquilo irritante. Levando em conta que a vida do irmão poderia estar em risco, ela não podia se preocupar com convenções sociais. Além do mais, estava curiosa para ver como era o interior daquele privilegiado reduto masculino. Condenada a se tornar uma solteirona, ela poderia ao menos desfrutar das pequenas liberdades que sua situação lhe concedia.

– Também não permitirão a *sua* entrada – argumentou. – Você é um rom.

– Por acaso, o gerente do clube também é.

Era uma situação fora do comum. Até mesmo extraordinária. Os ciganos eram conhecidos como ladrões e trapaceiros. Era no mínimo espantoso que um deles ficasse encarregado da contabilidade de moedas e crédito, sem falar da arbitragem de polêmicas surgidas nas mesas de jogo.

– Deve ser um indivíduo notável para assumir tal posição – disse Amelia. – Eu permitirei que me acompanhe ao interior do Jenner's. É possível que sua presença o torne mais comunicativo.

– Obrigado. – A voz de Merripen soou muito áspera.

Amelia guardou um silêncio estratégico enquanto ele conduzia a carruagem fechada pela maior concentração de atrações, lojas e teatros da cidade. O veículo com molas malconservadas sacudia à vontade pelas vias largas, passando por belas praças ladeadas por casas com colunas e gramados caprichosamente cercados e por construções com fachadas ao estilo georgiano. À medida que as ruas se tornavam mais extravagantes, as paredes de tijolos davam lugar ao gesso, que logo se transformou em pedra.

A paisagem do West End não era familiar para Amelia. Apesar da proximidade de seu vilarejo, os Hathaways não constumavam se aventurar pela cidade e com certeza não frequentavam aquela região. Mesmo nas circunstâncias atuais, com sua herança recente, havia pouco com que eles pudessem arcar naquele local.

Ao olhar para Merripen, Amelia se perguntou por que ele parecia saber exatamente para onde iam, se não estava mais familiarizado com a cidade do que ela. Mas Merripen sempre tivera um instinto para encontrar o caminho certo em qualquer lugar.

Dobraram a King Street, iluminada por lamparinas a gás. Era uma rua barulhenta e movimentada, congestionada por veículos e grupos de pedestres que partiam para as diversões noturnas. O céu ganhou um tom de vermelho opaco, enquanto a luminosidade restante atravessava a nuvem de fumaça de carvão que cobria a cidade. As torres de construções imponentes cortavam a paisagem, uma fileira de formas escuras que se destacavam como os dentes de uma bruxa.

Merripen conduziu o cavalo para um beco estreito de estrebarias atrás de uma construção com fachada de pedra. Jenner's. Amelia sentiu um frio na barriga. Seria pedir demais que seu irmão estivesse ali, em segurança, no primeiro lugar em que o procuravam.

– Merripen? – Sua voz estava tensa.

– Sim?

– Devo lhe dizer que, caso meu irmão ainda não tenha tido sucesso em se matar, pretendo eu mesma lhe dar um tiro quando o encontrarmos.

– Eu lhe entregarei a pistola.

Amelia sorriu e ajeitou o chapéu.

– Vamos entrar. E lembre-se: *eu* cuido da conversa.

Um odor desagradável impregnava o beco – um cheiro urbano de animais, detritos e carvão. Na falta de uma boa chuva, a sujeira se acumulava com rapidez pelas ruas. Ao olhar para o chão imundo, Amelia deu um salto para se esquivar de duas ratazanas que corriam guinchando junto à parede.

Merripen entregou os arreios para um cocheiro e Amelia lançou um olhar para o fim do beco.

Dois garotos de rua estavam agachados perto de uma minúscula fogueira, assando alguma coisa em espetos. Amelia não queria nem imaginar o que devia ser aquilo. Desviou sua atenção para um grupo – três homens e uma mulher – iluminado por um fulgor vacilante. Parecia que dois dos homens trocavam socos. Porém estavam tão embriagados que a disputa mais parecia um número de uma dupla de palhaços.

O vestido da mulher era de um tecido berrante, com um corpete decotado que revelava as colinas rechonchudas de seus seios. Parecia se divertir com o espetáculo dos dois homens que a disputavam enquanto um terceiro tentava apartá-los.

– Mas eu já disse, meus bons rapazes – exclamou a mulher, com sotaque do East End. – Levo os dois... Não é preciso uma briga de galos!

– Fique aí – murmurou Merripen.

Amelia fingiu não ter ouvido e se aproximou para ver melhor. Não era a visão da arruaça que lhe parecia tão interessante – até sua aldeia, a pequena e pacífica Primrose Place, tinha sua cota de brigas. Todos os homens, independentemente de sua posição, de vez em quando sucumbiam aos instintos mais baixos. O que chamou a atenção de Amelia foi o terceiro homem, que tentava apartar a briga, correndo de um lado para outro entre aqueles tolos embriagados, tentando trazê-los de volta à razão.

Embora estivesse tão bem-vestido quanto os outros dois cavalheiros, era óbvio que não se tratava de um. Tinha cabelos negros, pele morena e aparência exótica. Movia-se com a graça e a agilidade de um gato, evitando com facilidade os golpes e os botes de seus oponentes.

– Meus senhores – dizia num tom excessivamente razoável, parecendo descontraído até ao aparar com o antebraço um soco forte. – Temo que ambos precisem parar com isso agora ou serei obrigado a... – Ele interrompeu a frase e se desviou para o lado no exato momento em que o homem atrás dele deu um salto.

A prostituta soltou uma gargalhada diante daquela visão.

– Eles te pegaram de jeito esta noite, Rohan! – exclamou.

Voltando a se concentrar na briga, Rohan tentou interrompê-la mais uma vez.

– Meus senhores, com certeza devem saber... – Abaixou-se sob o veloz arco desenhado por um punho – ... que a violência... – bloqueou um gancho de direita – ... nunca resolve nada.

– Caia fora! – disse um dos homens, jogando-se para a frente como um animal ensandecido.

Rohan deu um passo para o lado, deixando que ele atingisse diretamente a parede do prédio. O agressor desabou soltando um grunhido e ficou caído no chão, ofegante.

A reação do oponente foi de uma ingratidão ímpar. Em vez de agradecer ao homem moreno por dar fim à briga, ele rosnou:

– Maldito seja por intervir, Rohan! Eu teria acabado com ele!

O homem se atirou para a frente, agitando os punhos.

Rohan escapou de um cruzado de esquerda e, com habilidade, lançou-o ao chão. Continuou de pé diante da figura caída e secou a testa com a manga da camisa.

– Está satisfeito? – perguntou em tom simpatico. – Ótimo. Por favor, permita que eu o ajude a se erguer, meu senhor. – Enquanto puxava o homem, Rohan olhou para a porta que conduzia ao clube, onde um funcionário aguardava. – Dawson, acompanhe lorde Latimer até sua carruagem, lá na frente. Cuidarei de lorde Selway.

– Não é necessário – disse com voz atordoada o aristocrata que acabara de se levantar. – Posso caminhar até minha maldita carruagem. – Ajeitando as roupas sobre o corpo volumoso, ele lançou um olhar ansioso para o homem moreno. – Rohan, você terá que me fazer uma promessa.

– Pois não, meu senhor?

– Se a notícia se espalhar... se Lady Selway descobrir que briguei por causa de uma mulher decaída... minha vida não valerá nada.

Rohan respondeu com uma calma reconfortante:

– Ela nunca saberá, meu senhor.

– Ela sabe de tudo – disse Selway. – Tem um pacto com o demônio. Se alguma vez for questionado em relação a essa pequena escaramuça...

– Ela foi provocada por um jogo de cartas particularmente difícil – respondeu o outro de forma inexpressiva.

– Sim. Isso. Bom rapaz. – Selway bateu no ombro do homem mais jovem, depois enfiou a mão no colete e retirou uma pequena bolsa. – E para garantir seu silêncio...

– Não, meu senhor. – Rohan deu um passo para trás, balançando a cabeça com veemência, os cabelos negros reluzentes esvoaçando com o movimento. – Meu silêncio não tem preço.

– Aceite – insistiu o aristocrata.

– Não posso, meu senhor.

– É seu. – A bolsa de moedas foi jogada ao chão, caindo aos pés de Rohan com um som metálico. – Aí está. Se preferir deixá-la na rua, a escolha é sua.

Enquanto o cavalheiro partia, Rohan olhou para a bolsa como se fosse um rato morto.

– Não quero isso – resmungou, sem se dirigir para ninguém em particular.

– Eu fico com ela – disse a prostituta, saracoteando em sua direção. Pegou a bolsa e avaliou o peso na palma da mão. Um sorriso provocante surgiu em seu rosto. – Que coisa! Nunca vi um cigano com medo de dinheiro.

– Não tenho medo – disse Rohan em tom azedo. – Apenas não preciso dele. – Suspirando, ele esfregou a nuca com uma das mãos.

A mulher riu e lançou um olhar de óbvia apreciação a sua forma esguia.

– Detesto tomar alguma coisa sem dar nada em troca. Que tal uma visitinha ao beco antes que eu volte para o Bradshaw's?

– Agradeço a oferta, mas não – disse ele de forma educada.

Ela ergueu o ombro de um jeito brincalhão.

– Menos trabalho para mim. Boa noite.

Rohan respondeu com um aceno breve, parecendo contemplar com exagerada atenção um ponto no chão. Estava imóvel, como se ouvisse um som quase imperceptível. Levando mais uma vez a mão à nuca, massageou-a como se quisesse apaziguar uma coceira que ainda nem havia surgido. Devagar, voltou-se e olhou diretamente para Amelia.

Ela sentiu um pequeno choque percorrer seu corpo quando seus olhares se encontraram. Embora estivessem separados por vários metros, Amelia sentiu toda a força da atenção de Rohan. Nem simpatia nem gentileza suavizavam sua expressão. Na verdade, parecia impiedoso, como se há muito tivesse descoberto que o mundo é um lugar cruel e decidido aceitá-lo dessa forma.

Enquanto a analisava com o olhar desapaixonado, Amelia sabia bem o que ele via: uma mulher com roupas apresentáveis e sapatos confortáveis. Tinha pele clara e cabelos escuros, altura mediana, com a aparência corada e saudável comum aos Hathaways. Seu corpo era robusto e voluptuoso, enquanto a moda era uma silhueta delgada como um junco, lívida e frágil.

Sem vaidade, Amelia sabia que, embora não fosse uma grande beldade, era atraente o bastante para ter conquistado um marido. Mas arriscara seu coração uma vez, com consequências desastrosas. Não tinha a menor vontade de tentar de novo. E só Deus sabia como ela já estava ocupada cuidando dos outros Hathaways.

Rohan tirou os olhos dela. Sem uma palavra ou um gesto de reconhecimento, ele caminhou para a porta dos fundos, sem pressa, como se estivesse se concedendo tempo para pensar sobre alguma coisa. Havia uma graça particular em seus movimentos.

Amelia alcançou a soleira da porta ao mesmo tempo que ele.

– Senhor... Sr. Rohan... Suponho que seja o gerente do clube.

Rohan parou e voltou-se para encará-la. Estavam próximos o suficiente para que Amelia sentisse os odores de seu esforço másculo e de sua pele cálida. Seu colete, feito de um luxuoso brocado cinza, abria-se para revelar uma fina camisa de linho branco. Enquanto Rohan se preparava para abotoar o colete, Amelia reparou na grande quantidade de anéis de ouro em seus dedos. Uma onda de nervosismo a percorreu, provocando um calor pouco familiar. Seu espartilho parecia apertado demais e a gola alta a sufocava.

Corando, ela se obrigou a encará-lo. Era jovem, não devia ter nem 30 anos, com o semblante de um anjo exótico. Esse rosto, com certeza, fora criado para o pecado... a boca taciturna, o queixo anguloso, os olhos de um castanho dourado sombreados por cílios longos e retos. O cabelo precisava de um corte e formava cachos negros e pesados sobre a parte de trás de seu colarinho. Amelia sentiu um aperto na garganta e perdeu o fôlego ao ver o cintilar de um diamante na orelha dele.

Ele lhe fez uma reverência educada.

– A seu serviço, senhorita...

– Hathaway – disse ela. Voltou-se para indicar a presença de seu acompanhante, que se posicionara a sua esquerda. – E este é Merripen.

Rohan olhou para ele com ar de alerta.

– A palavra romani para "vida" e também para "morte".

Era esse o significado do nome de Merripen? Surpresa, Amelia olhou para ele. Merripen deu de ombros com delicadeza, para indicar que aquilo não tinha importância. Amelia voltou-se para Rohan.

– Senhor, viemos lhe fazer uma ou duas perguntas em relação a...

– Não gosto de perguntas.

– Estou procurando meu irmão, lorde Ramsay – prosseguiu ela, com teimosia –, e preciso desesperadamente de qualquer informação sobre seu paradeiro.

– Não lhe diria mesmo que soubesse.

Seu sotaque era uma sutil mistura de estrangeiro com o do East End e ele falava com um traço da dicção da elite. Era a voz de um homem que costumava conviver com um tipo raro de pessoas.

– Garanto-lhe, meu senhor, que não causaria este transtorno a mim mesma nem a ninguém caso não fosse absolutamente necessário. Mas é o terceiro dia desde que meu irmão desapareceu...

– Não é problema meu. – Rohan virou-se para a porta.

– ... e ele costuma andar em más companhias.

– É uma pena.

– ... pode já estar morto.

– Não posso ajudá-la. Desejo-lhe sorte em sua busca.

Rohan empurrou a porta e fez menção de entrar no clube, mas parou ao ouvir Merripen falar em romani.

Desde que ele chegara ao convívio com os Hathaways, foram poucas as ocasiões em que Amelia o ouvira falar a língua secreta dos ciganos. Tinha um som pagão, denso, com consoantes e vogais prolongadas, mas havia uma música primitiva na forma com que as palavras se juntavam.

Fitando Merripen com intensidade, Rohan apoiou o ombro no batente da porta.

– A antiga língua – disse ele. – Faz anos que não a ouço. Quem é o líder de sua tribo?

– Não tenho tribo.

Por um longo momento, Merripen permaneceu impassível enquanto Rohan o observava com os olhos castanhos estreitados.

– Entrem – disse com aspereza. – Verei o que posso descobrir.

Foram conduzidos ao interior do clube, sem cerimônia, e Rohan instruiu um empregado a encaminhá-los a uma sala particular no andar de cima. Amelia ouviu o zumbido de vozes e de música vindo de algum lugar e passos que iam de um lado para outro. Aquele estabelecimento era uma agitada colmeia masculina, proibido para alguém como ela.

O empregado, um jovem com sotaque do leste de Londres e bons modos, levou-os a um aposento bem decorado e pediu a eles que permanecessem ali até que Rohan voltasse. Merripen dirigiu-se a uma janela acortinada que dava para a King Street.

Amelia se surpreendeu com o luxo sereno do ambiente. O tapete feito à mão em tons de azul e creme, as paredes revestidas em madeira e a mobília forrada com veludo.

– De muito bom gosto – comentou, tirando o chapéu e pousando-o sobre uma mesinha de mogno. – Por algum motivo eu esperava alguma coisa um pouco... bem... vulgar.

– O Jenner's tem um padrão superior ao habitual. Usa a fachada de um clube para cavalheiros, quando seu objetivo verdadeiro é oferecer a maior banca para jogos de azar da cidade.

Amelia dirigiu-se para a estante embutida e inspecionou os tomos.

– Por que você acha que o Sr. Rohan relutou tanto em aceitar o dinheiro de lorde Selway?

Merripen lançou-lhe um olhar mordaz por sobre o ombro.

– Você sabe como os rons se sentem em relação aos bens materiais.

– Sim, sei que seu povo não gosta de acumular. Mas, pelo que vi, não costumam ser tão relutantes em aceitar algumas moedas em troca de um favor.

– É mais do que apenas não querer acumular. Para um *chal*, se encontrar em tal posição...

– O que é um *chal*?

– Um filho de Rom. Para um *chal*, usar roupas tão ricas, permanecer sob o mesmo teto por tanto tempo, acumular tanta riqueza... é vergonhoso. Constrangedor. Contrário a sua natureza.

Parecia tão severo e seguro de si que Amelia não pôde resistir a lhe fazer uma pequena provocação:

– E qual é a sua desculpa, Merripen? Está sob o teto dos Hathaways há bastante tempo.

– É diferente. Para começar, não há lucro em viver com vocês.

Amelia riu.

– Além disso... – a voz de Merripen se tornou mais suave. – Devo minha vida à sua família.

Amelia sentiu uma onda de afeto ao observar seu perfil inflexível.

– Que desmancha-prazeres – disse ela, com delicadeza. – Tento implicar e você estraga tudo sendo sincero. Sabe que não tem obrigação de ficar, querido amigo. Já saldou sua dívida conosco milhares de vezes.

Merripen negou com a cabeça imediatamente.

– Seria como abandonar um ninho com filhotes sabendo que há uma raposa à espreita.

– Não somos tão indefesos assim – protestou ela. – Sou perfeitamente capaz de tomar conta de minha família... assim como Leo. Quando está sóbrio.

– E quando isso acontece? – O tom inexpressivo de Merripen tornava a pergunta ainda mais sarcástica.

Amelia abriu a boca para reforçar seu argumento, mas foi obrigada a fechá-la. Merripen tinha razão – Leo tinha vagado durante os últimos seis meses em estado de embriaguez perpétua. Ela levou a mão ao peito, na altura do diafragma, onde as preocupações haviam se acumulado como um saco de bolas de chumbo. Pobre e infeliz Leo... Amelia tinha pavor de que não houvesse mais nada que pudesse ser feito por ele. Impossível salvar um homem que não deseja ser salvo.

Mas nem isso a impediria de tentar.

Ela caminhou pelo aposento, agitada demais para se sentar e esperar calmamente. Leo estava em algum lugar, precisando ser resgatado. E não havia como dizer quanto tempo Rohan os deixaria ali.

– Vou sair e dar uma olhada – disse Amelia, dirigindo-se para a porta. – Não irei longe. Fique aqui, Merripen, para o caso de o Sr. Rohan aparecer.

Ela o ouviu resmungar alguma coisa, baixinho. Ignorando seu pedido, Merripen a seguia de perto quando ela entrou no corredor.

– Isso não está certo – disse ele.

Amelia não parou. A correção não tinha mais poder sobre ela.

– É minha única chance de ver o interior de um clube de jogos e não vou perdê-la.

Seguindo o som das vozes, ela se aventurou até uma galeria que circundava o segundo andar de um amplo e esplêndido salão.

Multidões de homens em trajes elegantes reuniam-se em torno de três grandes mesas de jogo, enquanto crupiês usavam ancinhos para juntar os dados e o dinheiro. Havia muita conversa e exclamações e o ar crepitava com toda aquela empolgação. Empregados movimentavam-se pelo salão de jogos, alguns carregando bandejas com comida e vinho enquanto outros levavam bandejas com fichas e baralhos novos.

Semiescondida por uma coluna na galeria superior, Amelia observou a multidão. Pousou o olhar no Sr. Rohan, que vestira um paletó preto e uma gravata. Apesar de usar roupas semelhantes às dos sócios do clube, destacava-se deles como uma raposa em meio aos pombos.

Rohan estava meio sentado, meio apoiado sobre a volumosa mesa de mogno do gerente, no canto do salão, onde administrava a banca. Parecia dar instruções a algum empregado. Gesticulava o mínimo possível, mas mesmo assim havia uma desenvoltura em seus movimentos, uma presença física tranquila que atraía o olhar.

E então, de alguma forma, a intensidade do interesse de Amelia pareceu alcançá-lo. Ele passou a mão na nuca e olhou diretamente para ela. Do mesmo modo como acontecera no beco. Amelia sentiu as batidas de seu coração repercutirem por todo o corpo, em seus membros, mãos, pés e até mesmo nos joelhos. Foi invadida por um rubor desconfortável. Sentiu-se tomada por culpa, calor e surpresa, corada como uma criança, antes de conseguir se recompor o suficiente para se esconder atrás de uma coluna.

– O que foi? – perguntou Merripen.

– Acho que o Sr. Rohan me viu. – Deixou escapar uma risada nervosa. –

Minha nossa, espero não o ter irritado. Talvez devêssemos voltar para a sala de visitas.

E, arriscando dar uma rápida olhada de seu esconderijo, viu que Rohan havia desaparecido.

CAPÍTULO 2

Cam Rohan afastou-se da escrivaninha de mogno e deixou o salão de jogos. Como sempre, não conseguiu sair sem que o detivessem uma ou duas vezes... primeiro um criado sussurrou-lhe que um certo lorde desejava aumentar seu limite de crédito... depois, um primeiro-lacaio perguntou se deveria reabastecer de petiscos o aparador de um dos salões de carteado. Respondeu às perguntas de um jeito distraído, com a mente ocupada pela mulher que o aguardava no andar de cima.

Uma noite que prometera rotina começava a se tornar um tanto peculiar.

Havia muito tempo que uma mulher não lhe despertava tanto interesse quanto Amelia Hathaway. Ele a desejara assim que a vira no beco, saudável e rosada, a silhueta voluptuosa num vestido modesto. Não sabia como explicar isso, pois ela era a personificação de tudo que o irritava nas inglesas.

Era óbvio que a Srta. Hathaway tinha uma segurança inabalável em sua própria habilidade para organizar e administrar tudo que a cercava. A reação habitual de Cam a esse tipo de mulher era se afastar correndo. Mas assim que fitara seus belos olhos azuis e vira a minúscula ruga de determinação firmada entre eles, sentira uma compulsão profana de agarrá-la, levá-la para algum lugar e fazer algo muito pouco civilizado. Talvez até uma barbaridade.

Claro que compulsões pouco civilizadas estavam sempre a sua espreita. E, no ano anterior, começara a ter mais dificuldade do que o normal para controlá-las. Tornara-se, de forma atípica, irritadiço, impaciente, sentia-se provocado com facilidade. Aquilo que antes lhe dava prazer já não o satisfazia. Pior: ele se descobrira satisfazendo seus impulsos sexuais com a mesma falta de entusiasmo com que vinha fazendo tudo o mais.

Encontrar companhia feminina nunca fora problema – Cam se aliviara nos braços de muitas mulheres bem-dispostas e retribuíra o favor até que gemessem de satisfação. No entanto, não havia emoção verdadeira naquilo.

Nenhuma empolgação, nenhum fogo, nenhuma sensação além de ter resolvido uma necessidade corporal tão comum quanto dormir ou comer. Cam ficara tão perturbado com aquilo que chegara a abordar o assunto com seu patrão, lorde St. Vincent.

St. Vincent, que no passado tinha sido um mulherengo e agora era um marido excepcionalmente devotado, sabia tanto sobre o assunto quanto qualquer outro homem. Quando Cam lhe perguntara, taciturno, se era natural ocorrer uma diminuição das compulsões físicas quando se entrava na casa dos 30 anos, St. Vincent engasgara com a bebida.

– Não, pelo amor de Deus! – dissera o visconde, tossindo enquanto o gole de brandy lhe queimava a garganta. Estavam no gabinete do gerente do clube, examinando os livros de contabilidade.

St. Vincent era um belo homem com cabelos cor de trigo e olhos azuis muito claros. Alguns afirmavam que nenhum outro homem possuía forma ou traços mais perfeitos. A aparência de um santo, mas a alma de um calhorda.

– Peço desculpas por perguntar, mas que tipo de mulher você anda levando para a cama?

– O que quer dizer com "que tipo"? – indagara Cam, cauteloso.

– Bonita ou feia?

– Bonita, suponho.

– Bem, aí está seu problema – disse St. Vincent com naturalidade. – As feias são bem mais desfrutáveis. Não existe afrodisíaco melhor do que a gratidão.

– Mas você se casou com uma bela mulher.

Um sorriso se formou nos lábios de St. Vincent.

– As esposas são diferentes. Exigem um bocado de esforço, mas as recompensas são substanciais. Recomendo muito as esposas. Especialmente se for a sua própria.

Irritado, Cam fitara o patrão, refletindo que era difícil ter uma conversa séria com St. Vincent por causa do prazer que o visconde sentia em exercitar sua sagacidade.

– Se entendi bem, meu senhor – disse Cam com aspereza –, sua recomendação para lidar com a falta de desejo é começar a seduzir mulheres pouco atraentes?

St. Vincent pegou a caneta de um suporte de prata entalhado e fez menção de mergulhá-la num frasco de tinta.

– Rohan, estou fazendo tudo o que posso para compreender seu problema. Porém, falta de desejo é algo que nunca me aconteceu. Teria de me encontrar em meu leito de morte antes de parar de querer... não, deixe para lá, estive em meu leito de morte em um passado não muito distante e mesmo naquela ocasião eu sentia por minha esposa um desejo pecaminoso.

– Parabéns – resmungou Cam, abandonando qualquer esperança de extrair uma resposta sincera daquele homem. – Vamos cuidar da contabilidade. Existem assuntos mais importantes para discutir do que hábitos sexuais.

St. Vincent rabiscou um número e devolveu a pena ao descanso.

– Não, insisto na discussão dos hábitos sexuais. É muito mais divertido do que o trabalho. – Ele se deixou relaxar na cadeira. – Mesmo com toda a sua discrição, Rohan, não é possível deixar de notar como as mulheres o procuram de forma ardorosa. Parece que você exerce um grande encanto sobre as damas de Londres. E, pelo que sei, tem aproveitado tudo o que lhe é oferecido.

Cam encarou-o com indiferença.

– Perdão, mas o que está querendo dizer, meu senhor?

Recostando-se na cadeira, St. Vincent juntou as mãos elegantes e observou Cam com firmeza.

– Como nunca teve problemas com falta de desejo, posso apenas presumir que, assim como costuma acontecer com outros apetites, o seu deve ter sido saciado pelo excesso de mesmice. Um pouco de novidade pode ser exatamente o que você precisa.

Achando que aquela declaração fazia sentido, Cam perguntou a si mesmo se o antigo libertino já se sentira tentado a voltar a sair da linha.

Como conhecia Evie desde a infância, quando ela ia visitar o pai viúvo no clube de tempos em tempos, Cam sentia um impulso protetor em relação a ela, como se fosse sua irmã mais nova. Ninguém teria imaginado a delicada Evie com aquele libertino. E talvez ninguém tivesse se surpreendido mais que o próprio St. Vincent ao descobrir que aquele casamento de conveniência se transformara em uma paixão ardente.

– E quanto à vida de casado? Ela acaba se transformando em um excesso de mesmice?

A expressão de St. Vincent se modificou, os olhos azul-claros ganharam calor quando ele pensou na mulher.

– Para mim está claro que, com a mulher certa, nunca se tem o bastante. Eu receberia de braços abertos o excesso da tal felicidade... mas duvido que isso seja possível. – Depois de fechar o livro-caixa com uma pancada determinada, ele se levantou. – Peço que me dê licença, Rohan, preciso me despedir por hoje.

– Que tal fecharmos a contabilidade?

– Deixarei o resto em suas mãos capazes. – Cam fez uma careta e St. Vincent deu de ombros com ar de inocência. – Rohan, um de nós é um homem solteiro com talentos matemáticos acima da média e nenhum plano para a noite. O outro é um devasso assumido, com muita disposição para o amor e uma esposa jovem e disponível a sua espera, em casa. Quem *você* acha que deveria cuidar dos malditos livros? – E, com um aceno indiferente, St. Vincent deixou o escritório.

"Novidade" fora a recomendação de St. Vincent. Bem, aquela palavra com certeza se aplicava à Srta. Hathaway. Cam sempre dera preferência a mulheres experientes, que encaravam a sedução como um jogo e não confundiam prazer com sentimento. Ele nunca se vira no papel de tutor de uma inocente. Na verdade, achava irritante a perspectiva de iniciar uma virgem. Nada além de dor para ela e a perturbadora possibilidade de lágrimas e lamentos depois... a ideia o horrorizou. Não, não buscaria novidades com a Srta. Hathaway.

Cam apressou o passo e subiu a escada para chegar ao aposento onde a mulher o aguardava na companhia do *chal* moreno. Merripen era um nome romani comum. Entretanto, o homem ocupava a mais incomum das posições. Parecia ser criado da mulher, uma situação bizarra e repugnante para um rom amante da liberdade.

Então os dois, Cam e Merripen, tinham alguma coisa em comum. Ambos trabalhavam para *gadje* em vez de vagarem pela Terra com a liberdade concedida por Deus.

Um rom não vivia dentro de uma casa, entre quatro paredes – em caixas, como eram todos os aposentos e casas –, enclausurado, longe do céu, do vento, do sol e das estrelas; respirando o ar estagnado com cheiro de comida e cera para o chão. Pela primeira vez em muitos anos, Cam sentiu uma onda moderada de pânico. Combateu-a e concentrou-se na tarefa em questão – livrar-se da dupla peculiar que estava na sala de visitas.

Puxou o colarinho, tentando afrouxá-lo, e então empurrou a porta e entrou no cômodo.

A Srta. Hathaway esperava perto da entrada, com uma impaciência que mal podia controlar, enquanto Merripen permanecia uma presença sombria em um canto. Quando Cam se aproximou e olhou para o rosto erguido da mulher, o pânico se dissolveu em uma curiosa onda de calor. Seus olhos azuis eram manchados por leves toques de lavanda e os lábios, que pareciam macios, estavam cerrados em uma linha apertada.

O cabelo escuro e reluzente preso para trás, as roupas modestas e restritivas, tudo aquilo anunciava uma mulher de inibições. Uma típica solteirona. Mas nada poderia ocultar sua força de vontade radiante. Ela era... deliciosa. Ele queria desembrulhá-la como se fosse um presente pelo qual tivesse esperado por muito tempo. Queria tê-la vulnerável e nua debaixo dele, sua boca macia inchada de tanto receber beijos ferozes e profundos, seu corpo, normalmente pálido, avermelhado de calor. Atônito com o efeito que ela exercia sobre ele, Cam manteve-se inexpressivo enquanto a observava.

– E então? – insistiu Amelia, ignorando o rumo dos pensamentos dele. O que era bom, pois eles a fariam sair da sala aos gritos. – Descobriu alguma coisa sobre o paradeiro de meu irmão?

– Descobri.

– E então?

– Lorde Ramsay esteve aqui no início da noite, perdeu algum dinheiro na mesa de jogo...

– Graças a Deus, ele ainda está vivo! – exclamou Amelia.

– ... e parece que decidiu procurar consolo com uma visita ao bordel local.

– Bordel? – Ela lançou um olhar exasperado para Merripen. – Juro, Merripen, vou matá-lo esta noite. – Voltou a olhar para Cam. – Quanto ele perdeu?

– Aproximadamente 500 libras.

Os belos olhos azuis se arregalaram, ultrajados.

– Ele vai encontrar uma morte *lenta* em minhas mãos. Que bordel?

– Bradshaw's.

Amelia pegou o chapéu.

– Venha, Merripen. Vamos buscá-lo.

Merripen e Cam exclamaram um "*não*" ao mesmo tempo.

– Quero ter certeza de que ele está bem – disse ela, com calma. – Embora duvide disso. – Amelia lançou a Merripen um olhar frio. – Não vou voltar para casa sem Leo.

Achando um pouco de graça, e ao mesmo tempo um tanto surpreso com sua força de vontade, Cam perguntou a Merripen:

– Estou lidando com teimosia, idiotice ou alguma espécie de combinação das duas coisas?

Amelia respondeu antes mesmo que Merripen tivesse a chance de abrir a boca:

– Teimosia de minha parte. A idiotice pode ser inteiramente atribuída a meu irmão. – Ela ajeitou o chapéu na cabeça e deu um laço com as fitas sob o queixo.

Fitas cor de cereja, observou Cam, estupefato. Aquele frívolo toque de vermelho em meio a trajes tão sóbrios parecia incongruente. Cada vez mais fascinado por ela, Cam pegou-se dizendo:

– Não pode ir ao Bradshaw's. Mesmo que deixemos de lado as questões de moralidade e segurança, não sabe nem onde fica o maldito bordel.

Amelia não reagiu ao linguajar dele.

– Presumo que haja um grande intercâmbio de negócios entre seu estabelecimento e o Bradshaw's. Disse-me que fica nas imediações, então basta que eu siga o movimento daqui para lá. Adeus, Sr. Rohan. Muito obrigada pela sua ajuda.

Cam bloqueou seu caminho.

– Apenas fará papel de tola, Srta. Hathaway. Não passará da entrada. Um bordel como o Bradshaw's não aceita desconhecidos que batem à porta.

– Como encontrarei meu irmão, senhor, não é de sua conta.

Tinha razão. Não era mesmo. Mas Cam não se divertia dessa forma havia muito tempo. Nenhuma depravação, nenhuma cortesã habilidosa, nem mesmo um salão repleto de mulheres nuas poderiam ter despertado a metade do interesse criado pela Srta. Amelia Hathaway e suas fitas vermelhas.

– Eu a acompanharei – disse ele.

Ela franziu a testa.

– Não, obrigada.

– Insisto.

– Não preciso de seus serviços, Sr. Rohan.

Cam podia pensar numa série de serviços dos quais ela claramente precisava, e seria um prazer executar a maioria deles.

– É óbvio que o melhor para todos é que Ramsay seja encontrado e saia de Londres o mais rápido possível. Considero meu dever cívico apressar sua partida.

CAPÍTULO 3

Embora pudessem ter ido ao bordel a pé, Amelia, Merripen e Rohan seguiram na antiga carruagem. Pararam diante de um prédio simples, de estilo georgiano. Para Amelia, cujas divagações sobre aquele lugar eram emolduradas por uma extravagância pavorosa, a fachada pareceu tão discreta que chegou a ser decepcionante.

– Fique na carruagem – disse Rohan. – Vou entrar e perguntar sobre o paradeiro de Ramsay. – Ele lançou um olhar duro em direção a Merripen. – Não deixe a Srta. Hathaway sozinha nem por um segundo. É perigoso a essa hora da noite.

– A noite está apenas começando – protestou Amelia. – E estamos no West End, em meio a multidões de cavalheiros bem-vestidos. Como poderia ser perigoso?

– Já vi esses cavaleiros bem-vestidos fazerem coisas que, só de ouvir, a senhorita desmaiaria.

– Nunca desmaio – respondeu Amelia, indignada.

Dentro da carruagem, o sorriso de Rohan foi um brilho nas sombras. Ele deixou o veículo e sumiu na noite, como se fizesse parte dela, camuflando-se perfeitamente a não ser pelo brilho escuro de seu cabelo e pelo cintilar do diamante em sua orelha.

Amelia olhou em sua direção com espanto. Em que categoria poderia ser classificado aquele homem? Não se tratava de um cavalheiro, de um lorde, de um trabalhador comum, tampouco era totalmente cigano. Sentiu um tremor sob as hastes de seu espartilho ao lembrar o momento em que ele a ajudara a subir na carruagem. Sua mão estava enluvada, mas a dele estava nua e ela sentiu o calor e a força de seus dedos. E houvera o reluzir de uma grossa argola de ouro em seu polegar. Ela nunca vira aquilo antes.

– Merripen, o que significa quando um homem usa um anel no polegar? É um costume dos ciganos?

Parecendo pouco à vontade com a pergunta, Merripen olhou pela janela. Um grupo de rapazes usando belos casacos e cartolas passou rindo pela carruagem. Dois deles pararam para falar com uma mulher com roupas escandalosas. Ainda franzindo a testa, Merripen respondeu à pergunta de Amelia:

– Significa independência e liberdade de pensamento. E certo isolamento. Ao usá-lo, ele lembra a si mesmo que não pertence ao lugar onde se encontra.

– Por que o Sr. Rohan gostaria de se lembrar disso?

– Porque os hábitos do seu povo são sedutores – respondeu Merripen de forma sombria. – É difícil resistir.

– Por que seria preciso resistir? Não consigo ver o que há de tão terrível em viver em uma casa decente, ter uma renda regular e apreciar coisas como bons pratos e cadeiras estofadas.

– *Gadji* – murmurou ele, resignado, fazendo Amelia sorrir. Aquela palavra designava uma mulher que não pertencia aos ciganos.

Ela relaxou as costas no forro desgastado do assento.

– Nunca pensei que estaria tão desesperada em encontrar meu irmão numa casa de má reputação. Mas entre achá-lo num bordel ou flutuando de bruços no Tâmisa... – Ela interrompeu a frase e levou a mão aos lábios, o punho cerrado.

– Ele não está morto. – A voz de Merripen era suave e delicada.

Amelia se esforçava para acreditar naquilo.

– Precisamos tirar Leo de Londres. Ele ficará mais seguro em nossas terras... não acha?

Merripen deu de ombros de um modo indiferente, os olhos escuros não revelavam pensamento algum.

– Há muito menos o que fazer no campo – argumentou Amelia. – E, com toda certeza, há menos chance de Leo se meter em encrenca.

– Um homem que deseja encrenca consegue encontrá-la em qualquer lugar.

Depois de minutos de uma espera insuportável, Rohan voltou ao carro e abriu a porta com um puxão.

– Onde ele está? – quis saber Amelia assim que o cigano entrou no veículo.

– Não está aqui. Depois que lorde Ramsay foi para o andar superior com uma das garotas e... conduziu a transação... ele deixou o bordel.

– Para onde ele foi? O senhor perguntou?

– Ele disse que ia para uma taverna chamada Hell and Bucket.

– Que maravilha – disse Amelia. – Sabe chegar lá?

Sentando-se do lado dela, Rohan olhou para Merripen.

– Siga a St. James na direção leste. Vire à esquerda depois do terceiro cruzamento.

Merripen sacudiu os arreios e a carruagem passou diante de um trio de prostitutas.

Amelia observou as mulheres sem disfarçar seu interesse.

– Como algumas delas são jovens – comentou. – Se uma instituição de caridade as ajudasse a encontrar um trabalho respeitável...

– A maior parte do que é chamado de trabalho respeitável é tão ruim quanto o que elas já fazem – retrucou Rohan.

Ela o olhou com indignação.

– Acha então que uma mulher estaria melhor trabalhando como prostituta do que se mantivesse um emprego decente que lhe permitisse viver com dignidade?

– Não foi o que eu falei. O que quis dizer é que alguns patrões são bem mais brutais do que cafetões ou madames de bordel. Os criados precisam suportar toda sorte de abuso de seus empregadores. Principalmente as mulheres. E se acha que existe dignidade no trabalho em uma fábrica, é porque nunca viu uma garota que perdeu alguns dedos cortando piaçava. Ou alguém cujos pulmões foram tão comprometidos por respirar os detritos e a poeira de uma tecelagem que não passará dos 30 anos.

Amelia abriu a boca para responder, mas voltou a fechá-la. Não importava quanto ela desejasse prosseguir com o debate. Mulheres decentes – mesmo as solteironas – não falavam sobre prostituição.

Ela adotou uma expressão de fria indiferença e virou-se para a janela. Mesmo sem voltar um olhar sequer para Rohan, sentiu que ele a observava. Estava insuportavelmente consciente da presença dele. Rohan não usava colônia nem creme perfumado, mas havia algo de sedutor em seu cheiro, algo defumado e fresco, como cravos verdes.

– Seu irmão herdou o título há pouco tempo – disse Rohan.

– Sim.

– Com todo o respeito, mas lorde Ramsay não parece inteiramente preparado para seu novo papel.

Amelia não conseguiu conter um sorriso triste.

– Nenhum de nós está. Foi uma verdadeira surpresa para os Hathaways. Havia pelo menos três homens na linha de sucessão ao título, antes de Leo. Mas todos morreram em rápida sequência, por causas variadas. Parece que o título de lorde Ramsay encurta a vida. E, nesse ritmo, meu irmão provavelmente não vai durar muito mais que seus predecessores.

– Nunca se sabe quais são os planos do destino.

Voltando-se para Rohan, Amelia descobriu que ele a examinava como se fizesse uma lenta vistoria e aquilo fez seu coração se agitar.

– Não acredito em destino – disse ela. – As pessoas controlam o próprio futuro.

Rohan sorriu.

– Todos, até mesmo os deuses, são impotentes nas mãos do destino.

Amelia o encarou com ceticismo.

– Como gerente de um clube de jogo, é natural que o senhor entenda tudo sobre chances e probabilidades. O que significa que, racionalmente, não pode dar crédito à sorte, ao destino ou a nada parecido.

– Sei tudo sobre chances e probabilidades – concordou Rohan. – Mesmo assim, acredito na sorte. – Ele sorriu e havia um brilho sereno em seu olhar que fez Amelia perder o fôlego. – Acredito em magia e mistério, em sonhos que revelam o futuro. E acredito que algumas coisas estão escritas nas estrelas... ou mesmo na palma das mãos.

Hipnotizada, Amelia era incapaz de desviar o olhar. Cam era um homem de extraordinária beleza, a pele escura como mel de trevo, o cabelo negro caindo sobre a testa de uma forma que fazia seus dedos tremerem de vontade de ajeitá-lo.

– Você também acredita em destino? – perguntou a Merripen.

Uma longa hesitação.

– Sou um rom – respondeu.

Essa era uma resposta afirmativa.

– Meu bom Deus, Merripen. Sempre achei que fosse um homem sensato.

Rohan deu uma gargalhada.

– É um sinal de sensatez considerar a possibilidade, Srta. Hathaway. Não ver ou não sentir alguma coisa não significa que ela não possa existir.

– Não existe isso de destino – insistiu Amelia. – Apenas ação e consequência.

A carruagem parou, dessa vez em uma região muito mais decadente do que a St. James ou a King Street. Havia uma cervejaria e três pensões baratas em um dos lados; do outro, uma grande taverna. Os pedestres nessa rua tinham a aparência de simulada educação, esbarrando em vendedores ambulantes, batedores de carteira e prostitutas.

Uma briga estava acontecendo perto da entrada da taverna, uma mistura sinuosa de braços, pernas, chapéus ao vento, garrafas e bengalas. Sempre que havia uma briga, havia também uma grande possibilidade de que tivesse sido iniciada por seu irmão.

– Merripen – disse ela, com ansiedade. – Sabe como Leo fica quando bebe. Deve estar no meio da briga. Poderia, por gentileza...

Antes que ela terminasse a frase, Merripen já fazia menção de deixar a carruagem.

– Espere – exclamou Rohan. – É melhor que eu cuide disso.

Merripen lançou-lhe um olhar frio.

– Duvida de minha habilidade em uma briga?

– Essa é a escória de Londres. Estou acostumado com seus truques. Se... – Rohan não terminou a frase, pois Merripen o ignorara e deixara a carruagem com um grunhido mal-humorado. – Como quiser – continuou, saindo do veículo e postando-se ao lado para observar. – Vão abri-lo ao meio como se fosse um peixe numa banca de Covent Garden.

Amelia também deixou a carruagem.

– Merripen sabe cuidar de si mesmo em uma briga, eu lhe garanto.

Rohan fitou-a, seus olhos escuros e felinos cobertos pelas sombras.

– Ficará mais segura se permanecer lá dentro.

– Conto com sua proteção ou não?

– Querida – disse ele com uma suavidade que abafou o ruído da multidão –, talvez seja de mim que a senhorita mais devesse se proteger.

Ela sentiu o coração perder o compasso. Ele encarou seu olhar arregalado com um firme interesse, que a fez sentir um arrepio da cabeça aos pés. Esforçando-se para se recompor, Amelia desviou o olhar. Mas continuou bastante consciente da presença de Rohan, de sua postura alerta e descontraída, da energia desconhecida escondida sob as camadas de roupas elegantes.

Os dois observaram Merripen abrir caminho em meio à confusão de homens brigões, examinando alguns deles. Menos de meio minuto depois, sem qualquer cerimônia, ele puxou alguém dali, usando o braço livre para se proteger facilmente dos socos.

– Ele é bom – disse Rohan, com certa surpresa.

Amelia sentiu uma onda de alívio invadi-la ao reconhecer a forma desgrenhada de Leo.

– Ah, graças a Deus!

Porém, seus olhos se arregalaram ao sentir um toque delicado na ponta do queixo. Os dedos de Rohan levantavam seu rosto, o polegar roçando o queixo. Aquela intimidade inesperada fez com que ela sentisse um pequeno choque percorrer seu corpo. O olhar dele, brilhante como uma chama, voltou a prender o dela.

– Não acha que está sendo superprotetora, correndo atrás de seu irmão adulto por toda a cidade? Ele não está fazendo nada diferente do habitual. A maioria dos jovens nobres em sua posição se comporta da mesma forma.

– Você não o conhece – disse Amelia, com uma voz que pareceu abalada até para ela mesma. Sabia que deveria se afastar daqueles dedos cálidos, mas seu corpo permanecia perversamente imóvel, absorvendo o prazer daquele toque. – Esse está longe de ser seu comportamento habitual. Ele está em dificuldades. E... – Ela interrompeu a frase.

Rohan deixou que a delicada ponta de um dedo seguisse a trilha reluzente da fita do chapéu de Amelia, até o ponto onde se encontrava o laço, sob seu queixo.

– Que tipo de dificuldade?

Ela se afastou bruscamente de seu toque e virou-se, enquanto Merripen e Leo se aproximavam da carruagem. Ao ver o irmão, foi invadida por uma onda de amor e preocupação desesperada. Ele estava imundo e ferido, mesmo assim sorria sem culpa. Quem não o conhecesse presumiria que não tinha preocupação alguma na vida. Mas seus olhos, antes tão calorosos, estavam opacos e frios. Antigamente Leo tinha boa forma física, agora estava barrigudo e a parte que se podia ver de seu pescoço parecia inchada. Ainda havia muito caminho pela frente até que se tornasse uma completa ruína, mas ele parecia determinado a acelerar o processo.

– Que coisa notável – disse Amelia em tom casual. – Ainda sobrou alguma coisa de você. – Pegando um lenço, ela caminhou para a frente e, com carinho, secou o suor e uma mancha de sangue no rosto dele. Reparando seu olhar confuso, falou: – Eu sou a do meio, querido.

– Ah, aí está você. – A cabeça de Leo balançava para cima e para baixo como uma marionete. Ele olhou para Merripen, que lhe dava muito mais apoio que suas próprias pernas. – Minha irmã – disse ele. – Garota terrível.

– Antes de Merripen levá-lo para a carruagem – disse Amelia –, você acha que vai vomitar?

– Claro que não – respondeu ele, sem hesitação. – Os Hathaways são apegados à sua bebida.

Amelia jogou para o lado os cachos castanhos que caíam como fios de lã sobre seus olhos.

– Seria ótimo se você não se apegasse tanto a ela no futuro, querido.

– Ah, mas mana... – Enquanto Leo olhava para ela, Amelia vislumbrou seu antigo ser, uma faísca nos olhos vazios, que logo desapareceu. – ... eu sinto muita sede.

Amelia sentiu as lágrimas brotarem no canto de seus olhos, um nó na garganta. Engolindo em seco, disse com voz firme:

– Durante os próximos dias, Leo, sua sede será saciada apenas por água ou chá. Coloque-o na carruagem, Merripen.

Leo retorceu-se para olhar o homem que o segurava com firmeza.

– Pelo amor de Deus, não vai me deixar sob a responsabilidade dela, não é?

– Você preferiria mofar sob os cuidados de um carcereiro de Bow Street? – perguntou Merripen com educação.

– Ele seria bem mais piedoso.

Resmungando, Leo se lançou em direção à carruagem com a ajuda de Merripen.

Amelia virou-se para Cam Rohan, cujo rosto era impenetrável.

– Podemos levar o senhor de volta ao Jenner's? – ofereceu. – Será uma viagem apertada na carruagem, mas acho que sobreviveremos.

– Não, obrigado. – Acompanhado por ela, Rohan contornou lentamente o veículo. – Não é longe. Irei a pé.

– Não podemos deixá-lo perdido em meio à escória de Londres.

Rohan parou junto dela na parte de trás da carruagem, onde estavam parcialmente ocultos.

– Ficarei bem. A cidade não é uma ameaça para mim. Fique parada.

Rohan voltou a erguer o rosto de Amelia, com uma das mãos em concha em seu queixo enquanto a outra deslizava pela face. O polegar tocou delicadamente a pele sob seu olho esquerdo e, surpresa, ela sentiu que havia ali um ponto de umidade.

– O vento faz meus olhos lacrimejarem. – As palavras saíram vacilantes.

– Não há vento esta noite.

A mão dele continuava em seu queixo, a faixa lisa do anel no polegar pressionando de leve sua pele. O coração de Amelia começara a bater com muita força. O clamor da taverna foi obscurecido, a escuridão se adensava em torno deles. Os dedos de Roham deslizaram por seu pescoço com impressionante delicadeza, encontrando nervos ocultos e os acariciando suavemente.

Os olhos dela estavam presos aos dele, cujas íris de tom castanho-dourado eram contornadas pelo negro.

– Srta. Hathaway... tem mesmo certeza de que o destino não desempenhou nenhum papel em nosso encontro esta noite?

Ela parecia não conseguir respirar direito.

– A... absoluta.

– E, ao que parece, nunca tornaremos a nos encontrar? – Ele baixou a cabeça.

– Nunca.

Ele era grande demais, estava perto demais. Nervosa, Amelia tentou organizar seus pensamentos, mas eles estavam espalhados como fósforos que tivessem acabado de cair da caixa... e então Rohan ateou fogo neles quando seu hálito atingiu o rosto dela.

– Espero que tenha razão. Deus me ajude se um dia eu tiver que enfrentar as consequências.

– Do quê? – perguntou ela com voz fraca.

– Disto.

A mão de Cam deslizou até a nuca de Amelia e sua boca cobriu a dela.

Amelia já havia sido beijada antes por um homem por quem se apaixonara. Na verdade, não fazia tanto tempo assim. A dor da traição dele tinha sido tão profunda que ela jurou nunca mais permitir que outro homem se aproximasse. Mas Cam Rohan não pedira seu consentimento nem lhe dera chance de protestar. Ela se enrijeceu e levou as mãos ao peito dele. Ele pareceu não notar sua objeção. Sua boca era suave e insistente. Passou um dos braços em volta dela, levantando-a ligeiramente enquanto a apertava contra seu corpo rígido.

A cada inspiração, ela sentia de forma mais intensa seu perfume – a doçura do sabão de cera de abelha, um toque de sal em sua pele. O poder flexível de seu corpo a dominava e ela não conseguia evitar entregar-se a ele, permitir que a segurasse. Mais beijos, um começando antes que o anterior tivesse terminado – carícias secretas, carregadas de prazer e promessas.

Com um murmúrio suave – palavras estrangeiras que soaram de forma agradável em seus ouvidos – Rohan separou sua boca da de Amelia. Os lábios vagaram pela curva ruborizada de seu pescoço, demorando-se nos pontos mais sensíveis. O corpo de Amelia parecia ter inchado, o espartilho sufocava o ofegar desesperado de seus pulmões.

Ela estremeceu quando ele alcançou uma região mais sensível e a tocou com a ponta da língua, provocando uma sensação intensa. Provando-a como se Amelia tivesse o sabor de alguma especiaria exótica. Uma onda tomou seus seios, sua barriga e o ponto entre suas coxas. Ela sentiu um desejo irresistível de se apertar contra ele, queria se livrar de camadas e camadas do tecido sufocante que compunha suas saias. Ele era tão cuidadoso, tão gentil...

O som de uma garrafa de vidro se espatifando na calçada a despertou daquele devaneio.

– Não – exclamou, agora resistindo.

Rohan a soltou, as mãos apoiando-a enquanto ela lutava para recuperar o equilíbrio. Amelia virou-se cegamente e cambaleou em direção à porta aberta da carruagem. Onde ele havia tocado, os nervos ardiam de desejo, pedindo mais. Ela manteve a cabeça baixa, grata pelo disfarce fornecido pelo chapéu.

Desesperada para escapar, subiu o degrau da carruagem. Antes que pudesse entrar, porém, sentiu as mãos de Rohan em sua cintura. Ele a predeu por tempo suficiente para sussurrar próximo a sua orelha:

– *Latcho drom*.

A despedida dos ciganos. Amelia a reconheceu de algumas palavras que Merripen ensinara aos Hathaways. Um choque íntimo a atravessou quando ela sentiu a respiração dele em sua orelha. Não respondeu. Não conseguiu. Apenas subiu na carruagem e, de uma forma desajeitada, puxou a massa de suas saias para dentro, afastando-a da porta aberta.

A porta foi fechada com firmeza e o veículo se pôs em movimento quando Merripen atiçou o cavalo. Os dois Hathaways ocupavam seus respectivos cantos do assento: um deles estava bêbado; a outra, atordoada. Depois de um momento, Amelia ergueu a mão para desamarrar o chapéu, trêmula, e descobriu que as fitas estavam soltas.

Na verdade, apenas uma fita. A outra...

Ela tirou o chapéu e o examinou com ar perplexo. Uma das fitas de seda vermelha desaparecera, sobrando apenas um pedacinho na parte de dentro da aba.

Havia sido cortada.

Ele a levara.

CAPÍTULO 4

Uma semana depois, os cinco irmãos Hathaways e seus pertences deixavam Londres com destino a sua nova casa em Hampshire. Apesar dos desafios que os aguardavam, Amelia tinha grandes esperanças de que a mudança faria bem a todos.

A casa em Primrose Place guardava um excesso de lembranças. As coisas nunca tinham sido as mesmas desde que seus pais haviam morrido; o pai, vítima de uma doença cardíaca; a mãe, de coração partido, meses depois. Parecia que as paredes haviam absorvido a tristeza da família até que ela tivesse se tornado parte da tinta, do papel e da madeira. Amelia não conseguia olhar para a lareira na sala principal sem se lembrar da mãe sentada ali com sua cesta de costura, nem visitar o jardim sem pensar no pai podando suas queridas roseiras.

Amelia acabara de vender a casa, sem remorsos. Não porque lhe faltassem sentimentos, muito pelo contrário. Havia emoções demais, tristeza demais. E era impossível esperar ansiosamente o futuro quando se era lembrado o tempo todo de perdas tão dolorosas.

Os irmãos não fizeram objeção à venda. Leo não se importava com nada – se lhe dissessem que a família pretendia viver nas ruas, ele receberia a notícia com um dar de ombros indiferente. Win, a segunda mais velha, estava fraca demais por sequela de uma doença para protestar contra as decisões de Amelia. E Poppy e Beatrix, ainda adolescentes, ansiavam por mudanças.

No que dizia respeito a Amelia, a herança não poderia ter chegado em um momento melhor. Embora ela precisasse admitir que não sabia por quanto tempo os Hathaways conseguiriam manter o título.

O fato era que ninguém desejava se tornar lorde Ramsay. Para os três lordes anteriores, o título viera acompanhado por uma sequência de infortúnios coroada por morte prematura. O que explicava, de certa forma, por que os parentes distantes dos Hathaways se mostraram felizes ao ver Leo receber o título.

– Vou ganhar algum dinheiro? – Foi a primeira pergunta do irmão ao ser informado de sua ascensão à nobreza.

Sim. Leo herdaria uma propriedade em Hampshire e uma modesta soma anual que não seria suficiente para bancar os custos de uma reforma.

– Continuamos pobres – dissera Amelia ao irmão depois de examinar a carta do advogado com a descrição da propriedade e dos negócios. – A propriedade é pequena, os criados e a maioria dos inquilinos se foram, a casa está malcuidada e o título, ao que parece, é amaldiçoado. O que torna a herança um elefante branco, para dizer o mínimo. Temos um primo distante que talvez esteja na sua frente na linha de sucessão. Podemos tentar passar tudo para ele. Há uma possibilidade de que nosso tataravô não fosse um Hathaway legítimo, o que nos daria o direito de abrir mão do título por conta de...

– Fico com o título – respondera Leo com determinação.

– Não acredita em maldições?

– Já estou tão amaldiçoado que mais uma não vai fazer diferença.

Como nunca tinham estado no condado de Hampshire, ao sul, os irmãos Hathaways – com exceção de Leo – viravam os pescoços para ver a paisagem.

Amelia sorria diante da animação das irmãs. Poppy e Beatrix, ambas morenas e de olhos azuis como os dela, estavam muito bem-dispostas. O olhar de Amelia pousou em Win e permaneceu nela por um momento, avaliando seu estado.

Win era diferente do restante da família Hathaway. Foi a única a herdar o cabelo louro-claro do pai, assim como sua natureza introspectiva. Era tímida e quieta, suportando todas as dificuldades sem se queixar. Quando a escarlatina varrera a aldeia no ano anterior, Leo e Win tinham ficado gravemente doentes. Leo havia se recuperado por completo, mas Win continuava frágil e pálida desde então. O médico diagnosticara uma fraqueza em seus pulmões, provocada pela febre, que, segundo ele, nunca melhoraria.

Amelia recusava-se a aceitar que Win ficaria inválida para sempre. Faria tudo o que fosse preciso para que voltasse a ficar bem.

Era difícil imaginar um lugar melhor para Win e os outros Hathaways do que Hampshire. Era um dos mais belos condados da Inglaterra, cortado por rios, grandes florestas, campinas e charnecas. A propriedade dos Ramsay situava-se perto de Stony Cross, uma das maiores aldeias comerciais do condado. Stony Cross exportava gado, ovelhas, madeira, milho, uma enorme variedade de queijos regionais e mel de flores silvestres... Era mesmo um território rico.

– Por que a propriedade dos Ramsay é tão pouco produtiva? – refletiu Amelia, enquanto a carruagem atravessava pastos exuberantes. – A terra de Hampshire é tão fértil que deve ser preciso se esforçar muito para que as coisas *não* cresçam.

– Mas nossa terra é amaldiçoada, não é? – perguntou Poppy, preocupada.

– Não – respondeu Amelia. – A propriedade, não. Apenas o detentor do título. Que neste caso é Leo.

– Ah! – Poppy relaxou. – Então está tudo bem.

Leo não se deu o trabalho de responder, apenas encolheu-se no canto, parecendo rabugento e infeliz. Embora uma semana de sobriedade forçada o tivesse deixado com a mente clara e o olhar límpido, não tinha melhorado em nada seu humor. Com Merripen e as irmãs Hathaways vigiando-o como falcões, ele não tinha oportunidade de beber nada além de água e chá.

Nos primeiros dias, Leo fora tomado por tremores incontroláveis, agitação e suores intensos. Agora que o pior havia passado, ele se parecia mais com o que era antes. Mas poucos acreditariam que Leo tinha apenas 28 anos. Envelhecera incrivelmente no ano anterior.

Quanto mais se aproximavam de Stony Cross, mais bela a paisagem se tornava, até que quase tudo à vista merecia ser retratado num quadro. A estrada passava por chalés pintados de preto e branco, bem-arrumados, com telhados de palha, moinhos, lagos encobertos por salgueiros-chorões e igrejas de pedra que datavam da Idade Média. Melros se ocupavam em tirar as frutas maduras dos canteiros na mata, enquanto outras aves permaneciam empoleiradas em pilriteiros floridos. A campina estava coberta de prímulas amarelas e de ranúnculos e as árvores exibiam os tons dourado e vermelho do outono. Ovelhas brancas e rechonchudas pastavam nos campos.

Poppy respirou fundo, cheia de admiração.

– Como é revigorante! – exclamou. – Fico imaginando o que torna o ar do campo tão diferente.

– Talvez seja o chiqueiro pelo qual acabamos de passar – resmungou Leo.

Beatrix, que vinha lendo um folheto que descrevia o sul da Inglaterra, falou, animada:

– Hampshire é conhecida por seus porcos excepcionais. São alimentados com bolotas de carvalho e frutos das faias da floresta e produzem um ótimo bacon. Todos os anos, acontece uma competição de salsichas!

Leo lhe lançou um olhar azedo.

– Que maravilha! Espero que não tenhamos perdido esse evento.

– A história de Ramsay House é impressionante – disse Win, que estivera estudando um grosso livro sobre Hampshire e seus arredores.

– Nossa casa aparece em um livro de história? – perguntou Beatrix, deliciada.

– É apenas um pequeno parágrafo – disse Win, escondida atrás da capa –, mas, sim, a Ramsay House é mencionada. Naturalmente, não é nada em comparação com nosso vizinho, o conde de Westcliff, cuja propriedade abriga uma das mais belas casas de campo da Inglaterra. E a família do conde mora no local há quase quinhentos anos.

– Então ele deve ser muito velho – comentou Poppy, fazendo uma cara séria.

Beatrix fez uma careta.

– Continue, Win.

– Ramsay House – leu Win, em voz alta – está situada em um pequeno parque, entre imponentes carvalhos e faias, moitas de folhagens e trechos de grama onde cervos costumam se alimentar. Originalmente uma mansão elizabetana, concluída em 1594, a construção dispõe de muitas longas galerias representativas do período. Alterações e acréscimos à casa resultaram na inserção de um salão de bailes jacobita e uma ala georgiana.

– Temos um salão de baile! – exclamou Poppy.

– Temos cervos! – disse Beatrix, entusiasmada.

Leo se afundou mais em seu canto.

– Meu Deus, espero que tenhamos latrinas.

A noite já começava quando o condutor contratado entrou com a carruagem na estrada particular, ladeada por faias, que dava acesso à Ramsay House. Cansados da longa viagem, os Hathaways soltaram uma exclamação de alívio quando viram a casa, com seu telhado elevado e as chaminés de tijolos.

– Gostaria de saber como Merripen está se saindo – disse Win, com preocupação aparente em seus olhos azuis.

Merripen, a cozinheira e o lacaio tinham ido para a casa dois dias antes, para prepará-la para a chegada da família.

– Sem dúvida, ele está trabalhando dia e noite, incansavelmente – respondeu Amelia. – Fazendo inventários, mudando de lugar tudo que está à vista e dando ordens para pessoas que não ousam desobedecê-lo. Tenho certeza de que está muito feliz.

Win sorriu. Mesmo pálida e exaurida, sua beleza era radiante, o cabelo de um louro quase prateado reluzia à luz cada vez mais fraca, a pele parecia de porcelana. Seu perfil teria extasiado poetas e pintores. Quase provocava a tentação de tocá-la para ter certeza de que vivia, de que respirava, e não era apenas uma escultura.

A carruagem parou diante de uma casa muito maior do que Amelia havia esperado. Era emoldurada por cercas vivas que haviam crescido demais e canteiros de flores tomados por ervas daninhas. Com alguns cuidados e uma boa poda, pensou, ficará lindo. A construção era assimétrica, de uma forma atraente, com fachada em pedra e tijolo, telhado de ardósia e um número abundante de janelas envidraçadas. O cocheiro desceu e pôs um degrau móvel diante da carruagem, para que os passageiros saltassem.

Após pisar a estrada pedregosa, Amelia esperou que seus irmãos saíssem da carruagem.

– A casa e o terreno estão um tanto abandonados – alertou. – Ninguém mora aqui há muito tempo.

– Não consigo imaginar por quê – disse Leo, sarcástico.

– É muito pitoresco – comentou Win, alegre.

A viagem a deixara exausta. A julgar pela curvatura de seus ombros estreitos e pela forma com que sua pele parecia excessivamente esticada sobre as maçãs do rosto, não lhe restava muita energia.

Quando ela se inclinou para a pequena valise que havia pousado perto do degrau, Amelia correu para pegá-la.

– Deixe comigo – disse ela. – Você não deve erguer um dedo. Vamos entrar e descobrir um lugar para descansar.

– Estou perfeitamente bem – protestou Win, enquanto todos subiam a escadaria da frente e entravam na casa.

O saguão era coberto com um revestimento que já fora branco, mas, com o passar do tempo, se tornara marrom. O chão estava manchado e imundo. Nos fundos do aposento, havia uma magnífica e sinuosa escadaria de pedra, com os corrimãos de ferro fundido cobertos de poeira e teias de aranha. Amelia reparou que alguém já havia tentado limpar uma parte do corrimão, mas era óbvio que o processo seria difícil.

Merripen apareceu, vindo de um corredor que dava no saguão. Estava em mangas de camisa, sem colarinho ou gravata, a gola aberta, revelando a pele bronzeada reluzente de suor. Com o cabelo negro caindo na testa e os olhos escuros sorridentes por vê-los, Merripen parecia impressionante.

– Vocês estão três horas atrasados – falou.

Soltando uma gargalhada, Amelia tirou um lenço da sua manga e entregou a ele.

– Em uma família com quatro irmãs, atrasos são inevitáveis.

Limpando a poeira e o suor do rosto, Merripen examinou todos os Hathaways. Seu olhar demorou-se em Win por um momento.

Voltando sua atenção para Amelia, fez um relatório conciso. Havia encontrado duas mulheres e um garoto na aldeia, que ajudariam a limpar a casa. Por enquanto, três quartos tinham se tornado habitáveis. Passaram muito tempo limpando a cozinha e o fogão, e a cozinheira estava preparando uma refeição...

Merripen interrompeu suas palavras ao olhar por cima do ombro de Amelia. Sem cerimônia, passou por ela e alcançou Win em três passos.

Amelia viu a silhueta esguia de Win vacilar, os cílios se cerrando enquanto ela praticamente desmoronava sobre Merripen. Ele a pegou no colo com facilidade, murmurando-lhe que pousasse a cabeça em seus ombros. Embora ele parecesse calmo e indiferente como sempre, Amelia ficou impressionada com o modo possessivo com que ele segurou sua irmã.

– A viagem foi demais para ela – disse Amelia com preocupação. – Precisa descansar.

O rosto de Merripen permaneceu inexpressivo.

– Vou levá-la para cima.

Win se remexeu e piscou.

– Que incômodo – disse, sem fôlego. – Estava parada, me sentindo bem e de repente o chão pareceu subir na minha direção. Sinto muito. Acho desmaios *desprezíveis*.

– Está tudo bem. – Amelia deu-lhe um sorriso tranquilizador. – Merripen vai levá-la para a cama. Quero dizer... – Ela fez uma pausa, constrangida. – Ele acompanhará você até o quarto.

– Posso ir sozinha – disse Win. – Apenas fiquei um pouco tonta por um instante. Merripen, ponha-me no chão.

– Você não passaria do primeiro degrau – disse ele, ignorando seus protestos e a levando até a escadaria de pedra.

Enquanto andava com ela no colo, a mão pálida de Win se ergueu lentamente até o pescoço dele.

– Beatrix, você os acompanha? – pediu Amelia, entregando-lhe a valise. – A camisola de Win está aqui dentro...Você pode ajudá-la a trocar de roupa.

– Claro. – Beatrix correu para a escada.

Sozinha no saguão com Leo e Poppy, Amelia girou devagar para contemplar tudo.

– O advogado disse que a propriedade se encontrava em mau estado de conservação – disse ela. – Acho que seria mais preciso dizer que está "em ruínas". Pode ser restaurada, Leo?

Não fazia muito tempo – embora parecesse ter sido em outra vida – Leo passara dois anos estudando arte e arquitetura na Grande École des Beaux-Arts em Paris. Trabalhara como desenhista e pintor para o famoso arquiteto Rowland Temple. Leo tinha sido considerado um aluno excepcionalmente promissor e até cogitara montar o próprio escritório. Porém, toda aquela ambição desaparecera.

Leo olhou em volta do saguão sem interesse.

– Mesmo sem considerar qualquer reforma estrutural, precisaríamos de umas 25 ou 30 mil libras, no mínimo.

A quantia fez Amelia ficar pálida. Ela baixou os olhos para o chão cheio de marcas e massageou as têmporas.

– Bem, uma coisa está óbvia: precisamos contar com a ajuda de sogros ricos. O que significa que você deve começar a procurar herdeiras disponíveis, Leo. – Ela lançou um olhar brincalhão para o irmão. – E você, Poppy... Terá que arranjar um visconde ou, no mínimo, um barão.

O irmão revirou os olhos.

– E por que não você? Não vejo motivo para que se livre de um casamento que possa beneficiar a família.

Poppy lançou um olhar matreiro para a irmã.

– Na idade de Amelia, as mulheres já deixaram para trás ideias de romance e paixão.

– Nunca se sabe – disse Leo. – Ela pode arranjar um cavalheiro idoso que precise de uma enfermeira.

Amelia sentiu-se tentada a responder aos dois de modo azedo, dizendo-lhes que já havia se apaixonado antes, mas que não pretendia repetir a experiência. Fora cortejada pelo melhor amigo de Leo, um jovem e atraente arquiteto chamado Christopher Frost, que também trabalhava para Rowland Temple. No entanto, no dia em que ela achou que o pedido de casamento fosse acontecer, Frost terminou o relacionamento de forma brutal e repentina. Disse que havia se interessado por outra mulher, que, por coincidência, era a filha de Rowland Temple.

Era o que se podia esperar de um arquiteto, dissera-lhe Leo com humor sombrio, ultrajado por sua irmã e triste pela perda do amigo. Os arquitetos habitavam um mundo de mestres e discípulos e de uma infindável busca por clientes. Tudo, até mesmo o amor, era sacrificado no altar da ambição. Caso contrário, perdiam-se as poucas e preciosas oportunidades de praticar a arte do projeto. Casar-se com a filha de Temple daria a Christopher Frost um lugar ao sol. Amelia nunca poderia ter feito isso por ele.

Tudo o que poderia fazer era amá-lo.

Engolindo a amargura, Amelia suportou a provocação com um sorriso e um leve aceno de cabeça.

– Obrigada aos dois, mas, com minha idade avançada, não tenho ambições de me casar.

Leo surpreendeu-a curvando-se para lhe dar um leve beijo na testa. Falou com voz baixa e gentil:

– Ainda assim, acho que um dia você conhecerá um homem por quem valerá a pena abrir mão de sua independência. – Ele sorriu antes de acrescentar: – Apesar de sua idade avançada.

Por um momento, a mente de Amelia voltou à lembrança do beijo nas sombras, da boca que consumia a sua sem pressa, das mãos masculinas porém delicadas, das palavras sussurradas em seu ouvido. *Latcho drom...*

Quando o irmão virou-se para se afastar, ela perguntou com leve exasperação:

– Aonde vai? Leo, você não pode partir com tanta coisa a ser feita.

Ele parou e voltou a olhá-la com a sobrancelha erguida.

– Você vem despejando chá sem açúcar pela minha goela há dias. Se não se importa, gostaria de sair para mijar.

Ela estreitou os olhos.

– Posso pensar em pelo menos uma dúzia de eufemismos mais educados que você poderia ter usado para dizer isso.

– Não uso eufemismos – rebateu Leo.

– Nem educação – disse ela, fazendo o irmão rir.

Quando Leo deixou o aposento, Amelia cruzou os braços e suspirou.

– Ele é tão mais agradável quando está sóbrio. Pena que não aconteça com mais frequência. Venha, Poppy. Vamos encontrar a cozinha.

Com a casa fechada por tanto tempo e tão empoeirada, o ambiente não era bom para os pulmões de Win, que teve incessantes crises de tosse durante a madrugada. Depois de passar a noite levantando incontáveis vezes para dar água para a irmã, abrir as janelas e recostá-la até que o acesso passasse, Amelia estava com os olhos vermelhos ao amanhecer.

– É como dormir em uma caixa de poeira – disse a Merripen. – É melhor que ela passe o dia sentada ao ar livre, até que possamos limpar seu quarto de forma adequada. Os tapetes precisam ser batidos. E as janelas estão imundas.

O restante da família permanecia na cama, mas Merripen, como Amelia, tinha o hábito de acordar cedo. Vestido em roupas rudes e uma camisa de gola aberta, ele franziu a testa quando Amelia relatou a situação de Win.

– Está exausta de tanto tossir durante a noite e sua garganta dói tanto que ela mal consegue falar. Tentei fazer com que tomasse um pouco de chá e comesse torradas, mas ela não quis.

– Farei com que coma.

Amelia olhou para ele sem entender. Supôs que não deveria se surpreender com a afirmação. Afinal, Merripen ajudara a cuidar de Win e de Leo durante o surto de escarlatina. Amelia tinha certeza de que, sem ele, nenhum dos dois teria sobrevivido.

– Nesse meio-tempo – prosseguiu Merripen –, faça uma lista de mantimentos que deseja da aldeia. Irei lá esta manhã.

Amelia assentiu, grata por sua presença constante e confiável.

– Devo acordar Leo? Talvez ele possa ajudá-lo.

– Não.

Ela deu um sorriso amargo, ciente de que seu irmão seria mais um estorvo do que uma ajuda.

Ao descer, Amelia pediu auxílio a Freddie, o garoto da aldeia, para transportar uma antiga espreguiçadeira nos fundos da casa. Colocaram-na em um pátio com piso de tijolos que se abria para um jardim cercado por faias. O jardim precisava ser reformulado. As paredes baixas, em ruínas, precisavam ser recuperadas.

– Há muito trabalho para se fazer, senhora – comentou Freddie, curvando-se para arrancar uma erva daninha que crescia livremente entre dois tijolos.

– Freddie, você é mestre em atenuar as coisas. – Amelia contemplou o garoto, que parecia ter uns 13 anos. Era robusto, de rosto corado, com um punhado de cabelo que se erguia como as plumas do tordo. – Gosta de jardinagem? – perguntou. – Entende alguma coisa do assunto?

– Cuido de uma horta para minha mãe.

– Gostaria de ser o jardineiro de lorde Ramsay?

– Qual é o salário, senhorita?

– Dois xelins por semana seria suficiente?

Freddie olhou-a pensativo e coçou o nariz avermelhado.

– Parece bom. Mas a senhorita vai ter que falar com minha mãe.

– Diga-me onde mora e irei visitá-la ainda esta manhã.

– Está bem. Não é longe. Moramos na parte mais próxima da aldeia.

Apertaram as mãos para selar o trato, conversaram por mais um momento e Freddie foi investigar o galpão do jardineiro.

Voltando-se ao ouvir vozes, Amelia viu Merripen carregando sua irmã para fora de casa. Win estava vestida com camisola e robe, enrolada num xale, com os braços esguios envolvendo o pescoço de Merripen. Com as roupas brancas, o cabelo louro e a pele clara, Win parecia quase incolor, a não ser pelos toques rosados nas suas faces e o azul vibrante de seus olhos.

– ... esse foi o pior remédio de todos – dizia, animada.

– Funcionou – argumentou Merripen, curvando-se para acomodá-la na espreguiçadeira.

– O que não significa que lhe perdoo por me obrigar a tomá-lo.

– Foi para o seu bem.

– Você é um tirano – disse Win, sorrindo para o homem de rosto moreno.

– Sei disso – murmurou Merripen, envolvendo-a com cobertas com extremo cuidado.

Encantada pela melhora do estado da irmã, Amelia sorriu.

– Ele é mesmo perverso. Mas se persuadir mais aldeões a ajudar na limpeza da casa, você terá que perdoá-lo, Win.

Os olhos azuis de Win cintilaram. Ela falou com Amelia, ainda fitando Merripen.

– Tenho plena confiança em seus poderes de persuasão.

Vindo de outra pessoa, as palavras poderiam soar como um flerte. Mas Amelia estava certa de que Win não enxergava Merripen como homem. Para ela, era um irmão mais velho bondoso e nada mais.

Porém, os sentimentos de Merripen eram mais ambíguos.

Uma curiosa gralha cinzenta desceu ruidosamente até o chão e deu um salto vacilante na direção de Win.

– Sinto muito – disse ela ao pássaro –, não tenho comida para lhe dar.

Uma nova voz juntou-se à conversa:

– Mas eu tenho!

Era Beatrix, que vinha trazendo uma bandeja de café da manhã contendo um prato de torradas e uma caneca de chá. O cabelo cacheado fora jogado para trás e preso de uma forma desarrumada e ela usava um avental branco sobre o vestido vermelho, da cor de uma fruta silvestre.

O avental parecia infantil e inadequado para uma garota de 15 anos, pensou Amelia. Beatrix já estava em idade de usar saias longas. E espartilho, pelo amor de Deus! Mas com a turbulência daquele último ano, Amelia não prestara muita atenção aos trajes da irmã caçula. Precisava levar Beatrix e Poppy à costureira para encomendar algumas roupas novas. Ao acrescentar aquilo a sua lista de despesas, Amelia franziu a testa.

– Aqui está seu desjejum, Win – disse Beatrix, acomodando a bandeja no colo da irmã. – Está se sentindo bem o suficiente para passar a manteiga na torrada ou quer que eu faça isso para você?

– Eu mesma passo, obrigada. – Win mexeu os pés e fez um gesto para que Beatrix se sentasse na outra extremidade da espreguiçadeira.

Beatrix obedeceu prontamente.

– Vou ler para você, enquanto fica sentada aí – informou a Win, enfiando a mão em um dos imensos bolsos do avental. Retirou um livrinho e balançou-o de forma provocativa. – Quem me deu este livro de presente foi Philomena Parsons, minha melhor amiga no mundo. Ela diz que é uma história aterradora, repleta de crimes, horrores e fantasmas vingativos. Não parece ótimo?

– Achei que sua melhor amiga no mundo fosse Edwina Huddersfield – disse Win, em tom questionador.

– Ah, não, isso foi há *semanas*. Edwina e eu não nos falamos mais. – Acomodando-se confortavelmente em seu canto, Beatrix lançou um olhar perplexo para a irmã mais velha. – Win? Você está com uma cara esquisita. Algum problema?

Win estava levando a xícara aos lábios quando ficou paralisada e arregalou os olhos azuis.

Seguindo o olhar da irmã, Amelia viu um pequeno réptil rastejar para o ombro de Beatrix. Um grito escapou de seus lábios e ela se lançou para a frente com as mãos erguidas.

Beatrix olhou para o ombro.

– Ah, droga! Você deveria ficar no meu bolso. – Ela arrancou do ombro a criatura que se contorcia e a acariciou delicadamente. – Uma lagartixa pintada – explicou. – Não é adorável? Eu a encontrei em meu quarto ontem à noite.

Amelia baixou as mãos e fitou a irmã com ar surpreso.

– E a adotou como mascote? – perguntou Win com voz débil. – Beatrix, minha querida, não acha que ela ficaria mais feliz na floresta, onde ela mora?

Beatrix pareceu indignada.

– Com todos aqueles predadores? Pintada não sobreviveria nem um minuto.

Amelia recuperou a voz:

– Também não vai sobreviver perto de mim. Livre-se dessa criatura, Bea, ou vou achatá-la com o primeiro objeto pesado que encontrar.

– Você seria capaz de assassinar minha mascote?

– Ninguém assassina lagartixas, Bea. Elas são exterminadas. – Exasperada, Amelia voltou-se para Merripen: – Encontre algumas faxineiras na aldeia, Merripen. Só Deus sabe quantas dessas criaturas indesejáveis estão à espreita dentro de casa.

Merripen desapareceu no mesmo instante.

– Pintada é a mascote perfeita – defendeu Beatrix. – Não morde e sabe como se comportar em casa.

– Para mim, há uma clara linha divisória entre mascotes e animais com escamas.

Beatrix a encarou com ar rebelde.

– Esta lagartixa é de uma espécie nativa de Hampshire... o que significa que Pintada tem mais direito de estar aqui do que a gente.

– De qualquer modo, não vamos morar sob o mesmo teto.

Afastando-se para evitar palavras das quais se arrependeria depois, Amelia perguntou-se por que, quando havia tanta coisa a fazer, Beatrix podia dar tanto trabalho. Mas um sorriso surgiu em seus lábios quando refletiu que as garotas de 15 anos não escolhem dar trabalho. Elas simplesmente são assim.

Erguendo ligeiramente a saia, Amelia subiu a grande escadaria de pedra. Como não estavam recebendo hóspedes nem fazendo visitas, decidira não usar o espartilho naquele dia. Era uma sensação maravilhosa respirar tão fundo quanto desejasse e movimentar-se pela casa com liberdade.

Cheia de determinação, bateu na porta do quarto de Leo.

– Acorde, seu preguiçoso!

Uma sequência de impropérios atravessou as pesadas paredes de carvalho.

Sorridente, Amelia foi até o quarto de Poppy. Abriu as cortinas, levantando nuvens de poeira que a fizeram espirrar.

– Poppy, está... *atchim*... na hora de levantar.

As cobertas tinham sido puxadas até esconderem a cabeça de Poppy.

– Ainda não – protestou ela com a voz abafada.

Sentada na beirada do colchão, Amelia afastou as cobertas de sua irmã de 19 anos. Poppy estava grogue e corada pelo sono, as bochechas com marcas da fronha. O cabelo castanho, de um tom mais avermelhado do que o de Amelia, era um emaranhado de cachos.

– Detesto as manhãs – balbuciou Poppy. – E com certeza não gosto de ser acordada por alguém que fique tão feliz com isso.

– Sinto muito.

Ainda sorrindo, Amelia afastou o cabelo do rosto da irmã diversas vezes.

– Hum – murmurou Poppy de olhos fechados. – Mamãe costumava fazer isso. É tão bom.

– É mesmo? – Amelia pousou delicadamente a mão sobre a cabeça da irmã. – Querida, vou até o povoado perguntar à mãe de Freddie se ela concorda que o contratemos como jardineiro.

– Mas ele não é um pouco jovem?

– Não em comparação com os outros candidatos.

– Não há outros candidatos.

– Isso mesmo. – Amelia foi até a valise de Poppy, que estava no canto, e pegou o chapéu largado sobre ela. – Posso pegar emprestado? O meu ainda não foi consertado.

– Claro, mas... você vai agora?

– Não vou demorar. Farei o percurso bem depressa.

– Quer que eu a acompanhe?

– Obrigada, querida, mas não é preciso. Vista-se e tome seu desjejum. E fique de olho em Win. Ela está sob os cuidados de Beatrix, neste momento.

– Ah. – Os olhos de Poppy se arregalaram. – Vou me apressar.

CAPÍTULO 5

Quase não havia nuvens no céu, mas estava agradavelmente fresco. O clima do sul era bem mais ameno que o de Londres. Amelia caminhava depressa por um pomar depois do jardim. Dos galhos das árvores pendiam grandes maçãs verdes. Os frutos caídos tinham sido parcialmente comidos por cervos e outros animais, deixados para fermentar e apodrecer.

Amelia arrancou uma maçã de um galho baixo, limpou-a na manga da roupa e deu uma mordida. O sabor era intensamente ácido.

Uma abelha zumbiu e Amelia deu um salto para trás, assustada. Sempre tivera pavor de abelhas. Embora houvesse tentado superar esse medo de forma racional, parecia incapaz de controlar o pânico que a dominava quando as malditas criaturas estavam por perto.

Fugindo do pomar, Amelia seguiu por um caminho desgastado que levava a uma campina úmida. Apesar de a estação já estar avançada, densos canteiros de agrião cresciam por toda parte. Conhecido como "pão do pobre", as folhas delicadas de sabor apimentado eram consumidas aos montes pelos aldeões e apareciam em todos os pratos, desde sopas até recheio para gansos. Decidiu que colheria um maço na volta.

O caminho mais curto para a aldeia atravessava um trecho da propriedade de lorde Westcliff. Quando Amelia cruzou a linha invisível que separava Ramsay House de Stony Cross, quase pôde sentir a mudança de atmosfera. Caminhava na borda de uma floresta densa demais para que a luz do dia atravessasse a copa das árvores. A terra era luxuriante, misteriosa, com velhas árvores ancoradas nas profundezas do solo escuro e fértil. Amelia tirou o chapéu, segurou-o pela aba e se deliciou com a brisa em seu rosto.

Aquelas terras eram dos Westcliffs havia gerações. Ela se perguntou que tipo de pessoas seriam o conde e sua família. Terrivelmente formais e tradicionais, presumiu. Não receberiam bem a notícia de que Ramsay House era agora ocupada por um punhado de plebeus sem educação como os Hathaways.

Depois de encontrar uma trilha bastante usada que cortava a floresta, ela espantou um casal de pintassilgos que saiu voando com trinados indignados. Havia vida em toda parte, como as borboletas de cores fantásticas e besouros brilhantes como faíscas. Tomando cuidado para se manter na trilha, Amelia ergueu as saias para que não arrastassem pelo solo folhoso da floresta.

Ela saiu de um bosque de aveleiras e carvalhos e chegou a um amplo campo seco. Estava vazio e assustadoramente silencioso. Não havia vozes, nem chilrear de tentilhões, nenhum zumbido de abelhas nem o estrilar dos gafanhotos. Alguma coisa ali lhe provocava uma tensão instintiva e a alertava sobre uma ameaça desconhecida. Com cautela, ela continuou caminhando pela subida suave da campina.

Ao alcançar o topo de uma pequena colina, Amelia parou assombrada diante da visão de uma imensa estrutura de metal. Parecia ser uma calha apoiada em pernas, inclinada em um ângulo agudo.

Uma pequena comoção mais à frente no campo chamou sua atenção... dois homens saíam de trás de um pequeno abrigo de madeira... gritavam e agitavam os braços para ela.

No mesmo instante, Amelia percebeu que estava em perigo, antes até de ver uma trilha flamejante de faíscas avançando feito uma serpente, pelo chão, rumo à canaleta metálica.

Um *estopim*?

Embora não entendesse muito sobre explosivos, sabia que, depois que se acende um estopim, não há nada que se possa fazer para interrompê-lo. Jogando-se na grama aquecida pelo sol, Amelia cobriu a cabeça com os braços, imaginando que seria feita em pedacinhos. Seu coração bateu algumas vezes e então ela soltou um grito de surpresa ao sentir um corpo grande e pesado cair... "cair" não era exatamente a palavra... *desabar* sobre ela. Ele a cobriu completamente, apoiando os joelhos no solo dos dois lados dela, enquanto a protegia com o corpo.

No mesmo instante, uma explosão ensurdecedora cortou o ar, uma onda violenta passou sobre suas cabeças e o choque percorreu o chão. Atônita demais para se mexer, Amelia tentou raciocinar. Em seu ouvido, havia um zumbido agudo.

O homem permaneceu imóvel sobre ela, ofegando em seu cabelo. O ar estava cheio de fumaça, mas ainda assim Amelia sentiu um agradável perfume masculino, de sal, sabão e uma especiaria discreta que ela não conseguia identificar. O ruído em seus ouvidos diminuiu. Apoiando-se nos cotovelos, sentindo a parede sólida do peito do homem contra suas costas, ela viu mangas de camisa enroladas nos antebraços desenhados por músculos... e mais alguma coisa...

Seus olhos se arregalaram quando ela viu um desenho pequeno e estilizado feito à tinta no braço. Uma tatuagem de um cavalo alado negro, com olhos cor de enxofre. Era *pooka*, uma criatura irlandesa mítica e malévola que falava com voz humana e levava as pessoas à meia-noite.

Seu coração quase parou ao ver o anel pesado no polegar.

Contorcendo-se debaixo do homem, Amelia tentou se virar.

Ele pôs a mão forte em seus ombros, ajudando-a. A voz era baixa e familiar.

– Está ferida? Sinto muito. Entrou no meio de...

Ele parou de falar quando Amelia conseguiu se virar. A parte da frente de seu cabelo se soltara de um grampo colocado em posição estratégica. Um cacho caiu sobre seu rosto, atrapalhando a visão. O homem o afastou antes que ela pudesse fazer isso, e o toque da ponta de seus dedos fez com que ela sentisse ondas de fogo nas partes mais íntimas de seu corpo.

– *Você* – disse ele em voz baixa.

Cam Rohan.

Não pode ser, pensou ela, atordoada. Ali em Hampshire? Mas havia os olhos inconfundíveis, dourados e castanhos, com os cílios densos, o cabelo preto como a noite, a boca perversa. E o reluzir pagão de um diamante em sua orelha.

A expressão dele estava transtornada, como se tivesse se lembrado de algo que preferia esquecer. Mas quando seu olhar encontrou o rosto confuso dela, sua boca se curvou ligeiramente e ele se acomodou junto a seu corpo com uma familiaridade insolente que a deixou sem fôlego por um momento.

– Sr. Rohan... Como... Por quê... O que está fazendo aqui?

Ele respondeu sem se mexer, como se planejasse permanecer ali e conversar o dia inteiro. Seu tom muito educado contrastava de forma perturbadora com a intimidade da posição em que se encontravam.

– Srta. Hathaway. Que surpresa agradável. Estou fazendo uma visita a amigos. E a senhorita?

– Eu moro aqui.

– Acho que não. Esta é a propriedade de lorde Westcliff.

O coração de Amelia trovejava no peito enquanto seu corpo absorvia todos os detalhes da presença dele.

– Não *exatamente* aqui. Quero dizer, lá, do outro lado do bosque. Em Ramsay House. Acabamos de nos mudar. – Ela não conseguia parar de tagarelar de tanta tensão e medo. – Que barulho foi aquele? O que estavam fazendo?

Por que o senhor tem uma tatuagem no braço? É um *pooka*, aquela criatura irlandesa, não é?

Ao ouvir a última pergunta, Rohan lançou-lhe um olhar demorado. Antes que pudesse responder, outros dois homens se aproximaram. Caída onde estava, Amelia os viu de cabeça para baixo. Como Rohan, estavam em mangas de camisa, com os coletes desabotoados.

Um deles era um senhor mais velho, de aparência imponente, com um tufo de cabelos prateados. Segurava um pequeno sextante de madeira e metal, preso a seu pescoço por um cordão. O outro, de cabelo negro, parecia estar avançado na casa dos 30 anos. Não era tão alto quanto Rohan, mas tinha um ar de autoridade temperado por uma arrogância aristocrática.

Amelia fez um movimento inútil e Rohan afastou-se dela com uma facilidade fluida. Ajudou-a a se levantar, dando-lhe apoio com o braço.

– Quão longe chegou? – perguntou para os homens.

– O diabo que carregue aquele foguete. Como está a mulher?

– Não se feriu.

O cavalheiro de cabelos prateados retrucou:

– Impressionante, Rohan. Você correu uns 50 metros em não mais do que cinco ou seis segundos.

– Eu não perderia a oportunidade de pular em cima de uma bela mulher – disse Rohan, fazendo o homem mais velho rir.

A mão de Rohan permanecia no quadril de Amelia e a leve pressão fazia seu sangue ferver.

Afastando-se daquele toque, Amelia ergueu as mãos para os cachos soltos de seu cabelo, prendendo-os atrás das orelhas.

– Por que estavam soltando foguetes? Mais especificamente, por que estão soltando foguetes na direção da minha propriedade?

O desconhecido lançou-lhe um olhar intenso e inquisitivo.

– *Sua* propriedade?

Rohan interveio:

– Lorde Westcliff, esta é a Srta. Amelia Hathaway, irmã de lorde Ramsay.

Franzindo a testa, Westcliff fez uma reverência.

– Srta. Hathaway, não fui informado de sua chegada. Se soubesse de sua presença, eu a teria notificado sobre nossos experimentos com foguetes, como fizemos com todos na vizinhança.

Estava claro que Westcliff esperava ser informado sobre tudo. Parecia irritado que seus novos vizinhos tivessem ousado se mudar para sua própria casa sem lhe avisar antes.

– Chegamos ontem, meu senhor – respondeu Amelia. – Eu pretendia visitá-lo assim que estivéssemos acomodados. – Em condições normais, ela teria parado por aí. Mas ainda se sentia fora de si e não havia como interromper as palavras que saíam de sua boca. – Devo lhe dizer que nosso guia da região não nos alertou sobre a ocorrência de bombardeios em meio à paisagem pacífica de Hampshire. – Ela esticou os braços para bater um pouco da poeira e das folhas que se prenderam a suas saias. – Estou certa de que o senhor não conhece os Hathaways o bastante para nos ter como alvo. Por enquanto. Quando nos conhecermos melhor, entretanto, não tenho dúvidas de que encontrará muitos motivos para recorrer à artilharia.

Amelia ouviu a risada de Rohan atrás dela.

– Levando em conta nossos problemas com mira e precisão, não há o que temer, Srta. Hathaway.

– Rohan, se não se importar de descobrir onde caiu o foguete... – pediu o cavalheiro de cabelos prateados.

– É claro – disse Rohan e partiu depressa.

– Sujeito ágil – comentou o homem mais velho, com ar de aprovação. – Rápido como um leopardo. Para não falar da firmeza de suas mãos e de seus nervos. Que sapador ele não daria!

Apresentando-se como capitão Swansea, ex-integrante dos Engenheiros Reais, o homem mais velho explicou a Amelia que apreciava foguetes e continuava suas pesquisas científicas na condição de civil. Como amigo de lorde Westcliff, que compartilhava de seu interesse pela engenharia, Swansea viera fazer experiências com um novo projeto de foguete no campo, onde havia espaço suficiente para isso. Lorde Westcliff convocara Cam Rohan para ajudá-lo com as equações de voo e outros cálculos matemáticos necessários para avaliar o desempenho dos projéteis.

– O talento dele com os números é realmente extraordinário – afirmou Swansea. – Eu não imaginaria uma coisa dessas.

Amelia não podia deixar de concordar. Em sua experiência, estudiosos como seu pai eram pálidos por passarem muito tempo entre quatro paredes, eram barrigudos, usavam óculos e tinham aparência encarquilhada e envelhecida. Não eram jovens exóticos que pareciam príncipes pagãos, exibindo anéis dourados e tatuagens.

– Srta. Hathaway – disse lorde Westcliff –, há quase uma década que nenhum Ramsay mora naquela casa. Acho difícil que ela esteja em condições de ser habitada.

– Ah, ela está em boas condições – Amelia mentiu com animação, o orgulho desempenhando o papel principal. – Claro, é necessário tirar um pouco de poeira e fazer pequenos consertos, mas estamos bem confortáveis.

Ela acreditou ter falado com convicção, mas Westcliff parecia cético.

– Daremos um grande jantar na mansão de Stony Cross hoje à noite – disse ele. – Traga sua família. Será uma excelente oportunidade de conhecerem alguns moradores da região, inclusive o vigário.

Um jantar com lorde e Lady Westcliff. Que os céus a ajudassem!

Se a família Hathaway estivesse descansada, se Leo estivesse mais acostumado com a sobriedade, se todos possuíssem roupas adequadas, se tivessem tempo suficiente para estudar etiqueta... Amelia talvez considerasse aceitar o convite. Mas na atual situação, era impossível.

– É muita gentileza sua, meu senhor, mas não posso aceitar. Acabamos de chegar em Hampshire e a maioria de nossas roupas ainda está embalada.

– É uma ocasião informal.

Amelia duvidava que a definição dele para "informalidade" fosse igual à dela.

– Não é apenas essa a questão, meu senhor. Uma de minhas irmãs está um tanto fragilizada e seria excessivamente cansativo para ela. Precisa de muito repouso depois da longa jornada de Londres até aqui.

– Amanhã à noite, então. Será uma reunião bem menor e nada cansativa.

Diante daquela insistência, não havia como recusar. Amaldiçoando-se por não ter permanecido em Ramsay House naquela manhã, Amelia se forçou a abrir um sorriso.

– Muito bem, meu senhor. Agradeço muito a sua hospitalidade.

Rohan voltou, sua respiração acelerada pelo esforço. Uma camada de suor cobria sua pele, fazendo-a reluzir como bronze.

– Bem no alvo – disse ele para Westcliff e Swansea. – As barbatanas estabilizadoras funcionaram. Aterrissou a uma distância de aproximadamente 2 mil metros.

– Excelente! – exclamou Swansea. – Mas onde está o foguete?

Os dentes brancos de Rohan reluziram em um sorriso.

– Enterrado nas profundezas de um buraco fumegante. Voltarei para retirá-lo mais tarde.

– Sim, vamos querer checar a condição do invólucro e do núcleo. – Swansea estava corado de satisfação. Usou um lenço para enxugar seu semblante suado e enrugado. – Foi uma manhã empolgante, não foi?

– Acho que está na hora de voltarmos para a mansão, capitão – sugeriu Westcliff.

– Sim, com certeza. – Swansea fez uma saudação para Amelia. – Foi um prazer, Srta. Hathaway. Se me dá licença, a senhorita se comportou bastante bem para quem foi alvo de um ataque surpresa.

– Da próxima vez que fizer uma visita, capitão, me lembrarei de trazer uma bandeira branca.

Ele riu e se despediu.

Antes de se juntar novamente ao capitão, lorde Westcliff olhou para Cam Rohan.

– Levarei Swansea de volta à mansão. Cuide para que a Srta. Hathaway volte para casa em segurança.

– Claro – respondeu ele, sem hesitação.

– Obrigada – disse Amelia –, mas não há necessidade. Sei o caminho e não é longe.

Seu protesto foi ignorado. Só lhe restou olhar para Cam Rohan pouco à vontade, enquanto os outros dois homens se afastavam.

– Estou longe de ser uma mulher indefesa. Não preciso que cuidem para que eu vá a lugar algum. Além do mais, à luz de seu comportamento anterior, eu ficaria mais segura se estivesse sozinha.

Houve um breve silêncio. Rohan inclinou a cabeça e a encarou com curiosidade.

– Comportamento anterior?

– Sabe do que estou... – ela interrompeu a frase, corando diante da lembrança do beijo na escuridão. – Estou me referindo ao que aconteceu em Londres.

Ele lhe lançou um olhar de educada perplexidade.

– Lamento, mas não estou acompanhando seu raciocínio.

– Não finja que não se lembra – exclamou Amelia. Talvez ele tivesse beijado tantas mulheres que não conseguisse se lembrar de todas. – Também vai negar que roubou uma das fitas do meu chapéu?

– Tem uma imaginação muito fértil, Srta. Hathaway. – O tom de voz dele era inexpressivo, mas havia a chama de um riso de provocação em seus olhos.

– Não, não tenho. O restante da minha família vive *mergulhado* na imaginação, mas eu sou aquela que se prende à realidade de forma desesperada. – Ela se virou e começou a caminhar depressa. – Vou para casa. Não há necessidade de me acompanhar.

Ignorando sua declaração, Rohan não teve dificuldade para alcançá-la, seus passos descontraídos equivaliam a dois dos dela. Ele deixou que Amelia ditasse o ritmo. Na vastidão do local onde estavam, ele parecia ainda maior do que ela se lembrava.

– Quando viu meu braço – murmurou ele –, a tatuagem... como sabia que era um *pooka*?

Amelia demorou para responder. Enquanto caminhavam, as sombras de galhos próximos encobriram seus rostos. Um gavião de rabo vermelho deslizou pelo céu e desapareceu na mata densa.

– Já li algumas histórias do folclore irlandês – disse ela finalmente. – O *pooka* é uma criatura perversa, perigosa. Inventada para provocar pesadelos nas pessoas. Por que alguém desejaria se enfeitar com uma figura dessas?

– Eu a ganhei quando era criança. Não me lembro de quando foi feita.

– Com que objetivo? Qual o significado dela?

– Minha família nunca me deu explicações. – Rohan deu de ombros. – Talvez dissessem alguma coisa agora. Mas já faz muitos anos que não os vejo.

– Você não conseguiria encontrá-los, se quisesse?

– Se tivesse tempo suficiente. – Casualmente, ele fechou o colete e desenrolou as mangas, escondendo aquele símbolo pagão. – Lembro-me de minha avó falando sobre o *pooka*. Ela me incentivava a acreditar que era real. Acho que ela quase acreditava. Minha avó praticava a velha magia.

– Como assim? Está se referindo à leitura da sorte?

Rohan balançou a cabeça e enfiou as mãos nos bolsos da calça.

– Não – disse ele, parecendo se divertir. – Embora ela lesse a fortuna para os *gadje*, às vezes. A velha magia é a crença de que toda a natureza é igual e está interligada. Tudo está vivo. Até as árvores têm almas.

Amelia estava fascinada. Merripen jamais falara sobre seu passado ou sobre suas crenças ciganas. E ali estava um homem disposto a falar de tudo.

– Você acredita na velha magia?

– Não. Mas gosto da ideia. – Rohan segurou o cotovelo dela para apoiá-la por um trecho particularmente acidentado. Antes que pudesse criar objeções àquele toque gentil, ele já acabara. – O *pooka* nem sempre é perverso – disse ele. – Às vezes, é apenas travesso. Brincalhão.

Ela lhe lançou um olhar cético.

– Chama de brincalhona uma criatura que o joga nas costas, voa até o céu e depois o derruba em uma vala ou em um pântano?

– Essa é uma das histórias – disse Rohan, com um sorriso. – Mas em outros relatos, o *pooka* quer apenas levar a pessoa para uma aventura... voar em sua companhia para lugares que só podem ser vistos em sonhos. E depois a leva de volta para casa.

– Mas as lendas dizem que, depois que o cavalo o leva nessas viagens noturnas, nunca mais se é o mesmo.

– Não – disse ele com suavidade. – Como se poderia?

Sem perceber, Amelia havia diminuído o ritmo e caminhava de modo descontraído. Parecia impossível andar com veloz eficiência em um dia daqueles, com tanto sol e o ar tão suave. E com um homem tão incomum a seu lado – moreno, perigoso e atraente.

– De todos os lugares do mundo, eu jamais esperaria encontrá-lo na propriedade de lorde Westcliff – disse ela. – Como se conheceram? Ele é sócio do clube de jogo, imagino.

– Sim. E é amigo do proprietário.

– E os demais convidados de lorde Westcliff aceitam sua presença em Stony Cross Manor?

– Você está falando por eu ser um rom? – Um sorriso astucioso surgiu nos lábios dele. – Temo que não tenham opção além de serem educados. Primeiro, por respeito ao conde. E a maioria também é obrigada a me procurar para obter crédito no clube. Isso quer dizer que tenho acesso a suas informações financeiras.

– Sem falar nos escândalos pessoais – disse Amelia, lembrando-se da briga no beco.

Ele continuava sorrindo.

– Também sei de alguns deles.

– De qualquer maneira, às vezes deve se sentir um forasteiro.

– Sempre – respondeu ele com naturalidade. – Também sou um forasteiro para meu povo. Veja bem, sou um mestiço... *poshram*, como chamam. Nascido de mãe cigana e pai *gadjo* irlandês. E como a linhagem da família vem pelo pai, não sou nem considerado um rom. É a pior violação de nosso código, quando uma de nossas mulheres se casa com um *gadjo*.

– É por isso que não vive com sua tribo?

– Também.

Amelia perguntou-se como seria para ele estar preso entre duas culturas, sem pertencer a nenhuma delas. Sem esperanças de ser completamente aceito. No entanto, não havia qualquer sinal de autopiedade em sua voz.

– Os Hathaways também são forasteiros – disse ela. – É óbvio que não nos adequamos à elite. Nenhum de nós teve educação ou formação para isso. O jantar em Stony Cross Manor será um espetáculo. Tenho certeza de que acabaremos sendo expulsos.

– Vai se surpreender. Lorde e Lady Westcliff não gostam de formalidades. E sua mesa inclui uma grande variedade de convidados.

Isso não tranquilizou Amelia. Para ela, a classe alta se parecia com os tanques ornamentais usados para manter peixes de aparência exótica em salões elegantes, repletos de criaturas cintilantes que disparavam e faziam círculos, em ritmos que ela não tinha esperança de compreender. Os Hathaways talvez estivessem tão habilitados a viver debaixo d'água quanto a desfrutar de tão elevada companhia. Contudo, não tinham alternativa além de tentar.

Espiando uma densa moita de agrião na margem de um charco, Amelia foi examiná-la. Agarrou um punhado e puxou até que os delicados talos estalaram.

– Há muito agrião, por aqui, não é? Ouvi dizer que dá uma boa salada ou molho.

– Também é uma erva medicinal. Os rons a chamam de *panishok.* Minha avó costumava usá-lo em cataplasmas para curar lesões e ferimentos. E também é um afrodisíaco potente. Especialmente para as mulheres.

– O quê? – As delicadas plantas caíram de seus dedos insensíveis.

– Se um homem deseja recuperar o interesse de sua amante, ele a alimenta com agrião. É um estimulante para a...

– Não me diga! Não!

Rohan riu, com um brilho zombeteiro nos olhos.

Lançando-lhe um olhar de advertência, Amelia tirou algumas folhas perdidas de agrião das palmas das mãos e foi em frente.

Rohan a seguiu prontamente.

– Fale-me de sua família. Quantos são?

– Cinco no total. Leo... Quero dizer, lorde Ramsay é o mais velho e eu venho em seguida, depois vêm Winnifred, Poppy e Beatrix.

– Qual das suas irmãs está adoentada?

– Winnifred.

– Ela sempre foi assim?

– Não. Win era saudável até um ano atrás, quando quase morreu de escarlatina. – Uma longa hesitação, enquanto sentia um nó na garganta. – Sobreviveu, graças a Deus, mas seus pulmões ficaram fracos. Tem pouca energia e se cansa com facilidade. O médico diz que Win talvez nunca melhore e que é provável que não possa se casar nem ter filhos. – A linha do queixo de Amelia ficou tensa. – Vamos provar que ele está errado, é claro. Win ficará completamente boa.

– Deus proteja quem ficar no seu caminho. Você gosta de cuidar da vida das pessoas, não é?

– Apenas quando é óbvio que posso fazer isso melhor do que elas. Por que você está sorrindo?

Rohan parou, obrigando-a a se virar para encará-lo.

– Você. Você me faz ter vontade de... – Ele parou como se tivesse pensado melhor sobre o que estava prestes a dizer. Mas vestígios de um ar divertido permaneceram em seus lábios.

Ela não gostou da forma como ele a olhou, do jeito que a fazia sentir calor, tremores e tonteiras. Todos os seus sentidos lhe diziam que se tratava de um homem nem um pouco digno de confiança. Um homem que não obedecia às regras de ninguém, apenas às dele.

– Diga-me, Srta. Hathaway... o que faria se fosse convidada para um passeio à meia-noite sobre a terra e o oceano? Escolheria a aventura ou a segurança do lar?

Ela não conseguia desviar o olhar dele. Os olhos cor de topázio estavam iluminados por um brilho brincalhão, mas não se tratava das travessuras inocentes de um garoto, e sim de algo bem mais perigoso. Ela quase podia crer que ele talvez se transformasse e aparecesse sob sua janela, para levá-la nas asas da meia-noite...

– O lar, é claro – ela conseguiu dizer em tom sensato. – Não quero aventuras.

– Acho que quer. Acho que, num momento de fraqueza, poderia se surpreender.

– Não tenho momentos de fraqueza. Não desse tipo, pelo menos.

A risada dele a envolveu como uma lufada de fumaça.

– Você terá.

Amelia não quis ousar lhe perguntar por que estava tão convencido daquilo. Perplexa, baixou os olhos para os botões do colete dele. Estaria ele flertando? Não, aquilo devia ser apenas uma zombaria, uma tentativa de fazê-la parecer tola. E se havia algo que ela temia mais do que abelhas era parecer tola.

Reunindo sua dignidade, que havia se espalhado como a penugem de dentes-de-leão na ventania, ela franziu a testa.

– Estamos quase chegando a Ramsay House. – Ela indicou o contorno de um telhado que se erguia por trás da floresta. – Prefiro fazer a última parte do percurso sozinha. Pode dizer ao conde que me deixou em segurança. Bom dia, Sr. Rohan.

Ele assentiu com a cabeça e a deixou com um daqueles olhares vibrantes e desconcertantes. Ficou parado para observar seu progresso, enquanto ela se afastava. A cada passo que os separava, Amelia deveria se sentir mais segura, mas a sensação de intranquilidade continuava. E então ela o ouviu murmurar algo. Sua voz, encoberta por um tom divertido, parecia dizer:

– Um dia desses, à meia-noite...

CAPÍTULO 6

A notícia do jantar na casa de lorde e Lady Westcliff foi recebida com reações variadas pelos Hathaways. Poppy e Beatrix gostaram e ficaram animadas. Win, que ainda tentava recuperar suas forças depois da viagem, apenas se resignou. Leo estava ansioso por uma refeição demorada acompanhada por bons vinhos.

Merripen, por outro lado, recusou-se terminantemente a ir.

– Você é parte da família – disse-lhe Amelia, observando-o prender as tábuas soltas do revestimento das paredes de um dos aposentos de uso comum.

Merripen segurava o martelo de carpinteiro de um jeito hábil e seguro, batendo um prego feito à mão na beirada de uma tábua.

– Não importa quanto você tente negar sua ligação com os Hathaways, e ninguém poderia culpá-lo por isso, o fato é que você é um de nós e deve comparecer.

Merripen bateu mais alguns pregos na parede.

– Minha presença não será necessária.

– Bem, naturalmente que não será necessária. Mas você poderia se divertir.

– Não, eu não me divertiria – respondeu ele com uma certeza sombria, continuando a martelar.

– Por que precisa ser tão teimoso? Se tem medo de ser maltratado, lembre-se de que lorde Westcliff é o anfitrião de um rom e parece não ter preconceitos.

– Não gosto de *gadje.*

– Toda a minha família, a *sua* família, é de *gadje.* Isso quer dizer que não gosta de nós?

Merripen não respondeu, apenas continuou trabalhando ruidosamente.

Amelia deu um grande suspiro.

– Merripen, você é um esnobe terrível. E se a noite for péssima, é sua obrigação suportá-la ao nosso lado.

Merripen pegou mais um punhado de pregos.

– Boa tentativa. Mas eu não vou.

~

O encanamento primitivo de Ramsay House, a iluminação deficiente e o mau estado dos poucos espelhos da casa dificultaram os preparativos para a visita a Stony Cross Manor. Depois de aquecer a água na cozinha com muito esforço, os Hathaways carregaram baldes para cima e para baixo das escadas, para tomar seus banhos. Todos menos Win, é claro, que descansava em seu quarto para preservar as forças.

Amelia sentou-se com uma submissão incomum, enquanto Poppy penteava seu cabelo, puxando-o para trás, fazendo tranças grossas que prendeu num coque pesado, cobrindo a parte de trás de sua cabeça.

– Pronto – disse Poppy com prazer. – Pelo menos das orelhas para cima você está na última moda.

Como as outras irmãs Hathaways, Amelia usava um apresentável vestido azul de bombazina. Era simples, com uma saia de amplitude moderada, mangas longas e cintura justa.

O vestido de Poppy era parecido, mas em vermelho. Era uma garota de beleza incomum, seus belos traços se iluminavam com vivacidade e inteligência. Se a popularidade de uma jovem fosse baseada mais em seu mérito do que em sua fortuna, Poppy teria sido a sensação de Londres. Em vez disso, morava numa casa de campo caindo aos pedaços, usava roupas velhas e carregava água e carvão, como se fosse uma criada. E nunca se queixava.

– Vamos ter vestidos novos em breve – disse Amelia com energia, sentindo uma pontada de remorso. – As coisas vão melhorar, Poppy. Eu prometo.

– Espero que sim – disse a irmã com leveza. – Vou precisar de um vestido de baile, se quiser agarrar um rico benfeitor para nossa família.

– Você sabe que só falei isso de brincadeira. Não precisa procurar um admirador rico. Procure alguém que seja gentil com você.

Poppy sorriu.

– Bem, podemos torcer para que riqueza e gentileza não sejam mutuamente excludentes, não é?

Amelia devolveu-lhe o sorriso.

– De fato.

Conforme as irmãs se reuniam no saguão, Amelia foi tomada por mais remorsos ao ver Beatrix com um vestido verde com saias na altura do tornozelo e um avental branco engomado – roupa bem mais apropriada a uma menina de 12 anos do que a uma moça de 15.

Postando-se ao lado de Leo, Amelia sussurrou:

– Pare de jogar, Leo. O dinheiro que você perdeu no Jenner's teria sido mais bem empregado comprando roupas adequadas para suas irmãs mais novas.

– Há dinheiro suficiente para que você as leve à costureira – respondeu Leo com frieza. – Não me transforme em vilão quando a responsabilidade de vesti-las é sua.

Amelia cerrou os dentes. Por mais que adorasse Leo, ninguém a irritava mais do que ele, nem tão depressa. Sentia ganas de lhe dar uns cascudos para que ele recobrasse o juízo.

– Do jeito que você vem atacando os cofres da família, não achei que seria inteligente sair para fazer compras.

Os outros Hathaways observavam, de olhos arregalados, enquanto a conversa se transformava em briga.

– Você pode escolher viver como pobre – disse Leo –, mas maldito seja eu se tiver que suportar isso. Você é incapaz de aproveitar o momento porque está sempre preocupada com o amanhã. Bem, para algumas pessoas, o amanhã nunca chega.

Os ânimos de Amelia ficaram exaltados.

– *Alguém* precisa pensar no amanhã, seu perdulário egoísta.

– Olha quem fala, sua megera autoritária...

Win se colocou entre os dois, pousando a mão com delicadeza no ombro de Amelia.

– Já chega, os dois. Essa briga antes de nossa saída não ajuda em nada. – Ela deu um sorrisinho doce para Amelia, de um jeito que ninguém poderia resistir. – Não faça cara feia, querida. E se seu rosto ficar desse jeito?

– Se eu ficar perto demais de Leo – respondeu Amelia – isso com certeza vai acontecer.

O irmão bufou.

– Sou um ótimo bode expiatório, não é? Se você fosse sincera consigo mesma, Amelia...

– Merripen – chamou Win –, a carruagem já está pronta?

Merripen cruzou a porta da frente, rabugento e contrariado. Ficara acertado que ele conduziria os Hathaways até a residência dos Westcliffs e voltaria mais tarde para buscá-los.

– Sim, está.

Ao olhar a beleza pálida de Win, a expressão de Merripen pareceu ficar ainda mais rabugenta, como se isso fosse possível.

Como se um enigma se resolvesse em sua cabeça, aquele olhar furtivo deixou algumas coisas mais claras para Amelia. Merripen não iria ao jantar naquela noite porque tentava evitar estar em eventos sociais com Win. Tentava manter a distância entre eles, embora ao mesmo tempo estivesse desesperadamente preocupado com sua saúde.

Amelia ficava apreensiva com a ideia de que Merripen, que nunca demonstrava sentimentos intensos em relação a nada, pudesse ter um desejo secreto e poderoso por sua irmã. Win era delicada demais, refinada demais, completamente o oposto dele, de todas as formas possíveis. E Merripen sabia disso.

Sentindo-se compassiva e emotiva, e um tanto preocupada, Amelia subiu na carruagem depois das irmãs.

Os ocupantes do veículo permaneceram em silêncio durante o trajeto ladeado de carvalhos até Stony Cross Manor. Nenhum deles tinha visto antes uma propriedade tão bem cuidada ou tão imponente. Cada folha de cada árvore parecia ter sido afixada com absoluto cuidado. Cercada por jardins e pomares que acabavam em densos bosques, a casa se espalhava sobre a terra como um gigante adormecido. Quatro imensas torres nos cantos denotavam as dimensões originais da fortaleza em estilo europeu, mas muitos acréscimos lhe emprestaram uma agradável assimetria. Com a passagem do tempo, a pedra cor de mel havia se suavizado com graça, seus contornos revestidos por moitas altas, perfeitamente cortadas.

Na frente da residência havia um imenso pátio – uma característica marcante – e a construção era ladeada por estábulos e uma ala residencial. Em vez de contar com a arquitetura habitualmente discreta, os estábulos tinham fachadas com amplos arcos de pedra. Stony Cross Manor era um lugar digno da realeza – e pelo que sabiam de lorde Westcliff, sua linhagem era mais notável que a da própria rainha.

Quando a carruagem parou diante do pórtico de entrada, Amelia desejou que a noite já estivesse no fim. Naquele cenário grandioso, os defeitos dos Hathaways seriam ampliados. Não pareceriam valer mais do que um bando de vagabundos. Olhou para os irmãos. Win assumira sua habitual máscara de serenidade impecável e Leo parecia calmo e levemente entediado – expressão que ele devia ter aprendido com suas amizades recentes, no Jenner's. As mais jovens estavam cheias de alegre exuberância, o que fez Amelia sorrir. Elas, pelo menos, se divertiriam, e só Deus sabia quanto mereciam isso.

Merripen ajudou as irmãs a saltar da carruagem. Leo veio por último. Ao pisar no chão, Merripen abordou-o com um leve murmúrio, uma recomendação para que mantivesse toda a sua atenção em Win. Leo lançou-lhe um olhar veemente. Suportar as críticas de Amelia já era ruim o bastante – ele não toleraria tal coisa de Merripen.

– Se está tão preocupado assim com ela, entre e banque a babá você mesmo – resmungou.

Merripen franziu a testa, mas não respondeu.

O relacionamento entre os dois nunca tinha sido fraternal, mas sempre mantiveram uma fria cordialidade.

Merripen nunca tentou assumir o papel de segundo filho, apesar do carinho evidente que o Sr. e a Sra. Hathaway demonstravam por ele. Em qualquer situação que surgisse uma competição entre os dois garotos, Merripen sempre recuara. Leo, por sua parte, era razoavelmente agradável com Merripen e costumava pedir sua opinião quando julgava que o cigano sabia mais do que ele mesmo sobre algum assunto.

Quando Leo adoecera com escarlatina, Merripen ajudara a cuidar dele com uma mistura de paciência e bondade que superava até a de Amelia. Mais tarde, ela contara a Leo que ele devia sua vida a Merripen. Porém, em vez de demonstrar gratidão, Leo pareceu contrariado.

Por favor, por favor, não banque o idiota, Leo. Amelia queria implorar, mas conteve a língua e dirigiu-se com as irmãs para a entrada iluminada de Stony Cross Manor.

Um par de gigantescas portas duplas se abriu para um saguão coberto de tapeçarias de valor inestimável. Uma grande escadaria de pedra e mármore curvava-se até a imensa galeria do segundo andar. Mesmo os mais distantes cantos do saguão, assim como as entradas das diversas passagens que levavam ao grande aposento, estavam iluminados por um imenso lustre de cristal.

Se a área externa demonstrava ser bem cuidada, o interior era imaculado, com tudo limpo, cintilante e polido. Não havia nenhum ar de novidade no ambiente, nem toques modernos para atrapalhar a atmosfera de tranquilo esplendor.

Era exatamente como Ramsay House deveria ser, pensou Amelia, com tristeza.

Os criados apareceram para pegar os chapéus e as luvas, enquanto a governanta saudava os recém-chegados. A atenção de Amelia logo se voltou para a visão de lorde e Lady Westcliff, que atravessavam o saguão, dirigindo-se a eles.

Vestido com roupas de noite de caimento perfeito, lorde Westcliff movimentava-se com a confiança de um desportista experiente. Sua expressão era reservada, os traços austeros pareciam mais marcantes do que belos. Tudo em sua aparência indicava que se tratava de um homem que exigia muito dos outros e ainda mais de si mesmo.

Não havia dúvida que alguém tão poderoso quanto Westcliff poderia ter escolhido a mais perfeita das noivas inglesas, uma mulher cuja sofisticação gélida teria sido encorajada desde o nascimento. Foi com surpresa que Amelia ouviu Lady Westcliff falar com um sotaque nitidamente americano, com as palavras se sucedendo como se ela não se incomodasse em pensar antes de falar.

– Não sabem quanto venho desejando a presença de novos vizinhos. As coisas são um pouco desanimadas em Hampshire. Os Hathaways acrescentarão muito com sua presença – ela surpreendeu Leo ao apertar sua mão do jeito como os homens costumavam fazer entre si. – Lorde Ramsay, muito prazer.

– Seu criado, minha senhora. – Leo não parecia saber o que pensar de uma mulher tão singular.

Amelia reagiu de forma automática quando foi saudada com um aperto de mão semelhante. Devolvendo a firme pressão da mão de Lady Westcliff, ela fitou os olhos amendoados, cor de gengibre.

Lillian Westcliff era uma jovem alta e esguia, com uma reluzente cabeleira negra, traços finos e um sorriso espalhafatoso. Ao contrário de seu marido, irradiava uma simpatia informal que deixava qualquer um à vontade na mesma hora.

– Você é Amelia, aquela que foi bombardeada ontem?

– Sim, minha senhora.

– Fico muito feliz que o conde não a tenha assassinado. Sua mira quase nunca falha, sabe?

O conde reagiu ao atrevimento da esposa com um leve sorriso, como se estivesse bem acostumado com aquele comportamento.

– Eu não estava mirando a Srta. Hathaway – disse ele, com calma.

– Talvez você devesse considerar um hobby menos perigoso – sugeriu Lady Westcliff. – Observar pássaros, colecionar borboletas. Algo um pouco mais respeitável do que explosões.

Amelia esperava que o conde demonstrasse reprovação ante tanta irreverência, mas ele pareceu achar graça. Quando a atenção de sua esposa se voltou para o restante dos Hathaways, ele a fitou com caloroso fascínio. Era claro que havia uma poderosa atração entre os dois.

Amelia apresentou suas irmãs à pouco convencional condessa. Por sorte, todas se lembraram de fazer reverências e conseguiram dar respostas educadas a suas perguntas diretas, como se sabiam andar a cavalo, se gostavam de dançar, se já haviam experimentado alguns dos queijos da região e se compartilhavam de sua aversão aos pratos grudentos da cozinha inglesa, como enguias e bolo de carne de porco.

Rindo da cara engraçada que a condessa fizera, as irmãs Hathaways lhe acompanharam até o salão, onde cerca de duas dúzias de convidados se reuniam à espera do jantar.

– Gostei dela! – Amelia ouviu Poppy sussurrar para Beatrix enquanto caminhava na frente das irmãs. – Você acha que todas as americanas são tão audaciosas?

Audaciosa... Sim, aquela era a palavra que melhor descrevia Lady Westcliff.

– Srta. Hathaway – disse a condessa para Amelia em tom de amigável preocupação –, o conde diz que Ramsay House anda desocupada há tanto tempo que deve estar em ruínas.

Um pouco surpresa pela forma direta com que a mulher falou, Amelia balançou a cabeça com firmeza.

– Ah, não. "Ruínas" é um termo forte demais. Tudo de que a casa precisa é uma boa limpeza, alguns pequenos reparos e... – Ela fez uma pausa constrangida.

O olhar de Lady Westcliff era franco e compassivo.

– Está tão ruim assim?

Amelia ergueu os ombros ligeiramente.

– Há muito trabalho para fazer em Ramsay House – admitiu. – Mas não tenho medo de trabalho.

– Se precisar de ajuda ou de conselho, Westcliff tem recursos infinitos a sua disposição. Pode lhe dizer onde encontrar...

– É muita gentileza da sua parte, minha senhora – Amelia se apressou em dizer –, mas não é necessário que se preocupem com nossos assuntos domésticos.

A última coisa que ela queria era que os Hathaways parecessem uma família de mendigos e miseráveis.

– Talvez não tenha como evitar nosso envolvimento – disse Lady Westcliff com um sorriso. – Agora está na esfera de Westcliff, o que significa que obterá conselhos querendo ou não. E a pior parte é que ele quase sempre está certo. – Ela lançou um olhar carinhoso na direção do marido. Westcliff se encontrava em meio a um grupo na lateral do aposento.

Percebendo o olhar da esposa, ele virou a cabeça. Alguma mensagem silenciosa foi trocada e ele respondeu com uma piscadela rápida, quase imperceptível.

Lady Westcliff deu uma risada e se voltou para Amelia.

– Completaremos quatro anos de casados em setembro – disse um tanto sem graça. – Eu imaginava que não estaria mais tão caída por ele a esta altura, mas não foi o que aconteceu. – A malícia dançou em seus olhos escuros. – Agora vou apresentá-la a alguns de nossos outros convidados. Diga-me quem gostaria de conhecer primeiro.

O olhar de Amelia havia se desviado do conde e se dirigido ao grupo de homens em volta dele. Sentiu um frio na espinha quando sua atenção foi capturada por Cam Rohan. Estava vestido de preto e branco, exatamente como os outros cavalheiros, mas a formalidade apenas o tornava ainda mais exótico. Com a seda negra de seus cabelos enroscando-se sobre o colarinho branco e engomado, o tom moreno de sua pele, os olhos de tigre, ele parecia completamente deslocado em um ambiente tão respeitável. Ao vê-la, Rohan curvou-se, o que ela retribuiu com uma reverência rígida.

– Já conhece o Sr. Rohan, é claro – comentou Lady Westcliff, ao observar aquele cumprimento. – Um sujeito interessante, não acha? O Sr. Rohan é atraente e muito simpático, embora apenas meio civilizado, coisa que aprecio bastante.

– Eu... – Amelia tirou os olhos de Rohan com esforço, o coração batendo descompassado. – Meio civilizado?

– Ah, você conhece todas as regras que a elite criou para o chamado comportamento educado. O Sr. Rohan não se dá o trabalho de respeitar a maioria delas. – Lady Westcliff sorriu. – Nem eu, para falar a verdade.

– Há quanto tempo conhece o Sr. Rohan?

– Desde que lorde St. Vincent assumiu o clube de jogos. Desde então, o Sr. Rohan se tornou uma espécie de protegido de Westcliff e St. Vincent. – Ela deu uma risadinha. – É mais ou menos como ter um anjo em um ombro e um diabinho no outro. Rohan parece administrar os dois muito bem.

– Por que se interessaram tanto por ele?

– Rohan é um homem incomum. Não tenho certeza se alguém o compreende. De acordo com Westcliff, ele tem uma mente excepcional. Ao mesmo tempo, porém, é supersticioso e imprevisível. Já ouviu falar sobre sua praga da boa sorte?

– O quê?

– Parece que, não importa o que ele faça, não consegue deixar de ganhar dinheiro. Muito dinheiro. Mesmo quando tenta perder. Ele afirma que é errado que uma pessoa tenha tanta riqueza.

– É a maneira de pensar dos rons – murmurou Amelia. – Não acreditam em possuir coisas.

– Sim. Bem, como sou de Nova York, não compreendo completamente o conceito, mas é isso aí. O Sr. Rohan recebe uma porcentagem dos lucros do clube a contragosto, e não importa o número de doações para a caridade ou de investimentos duvidosos, ele continua ganhando verdadeiras fortunas. Primeiro, comprou um velho cavalo de corridas com pernas curtas, Little Dandy, que ganhou o Grand National em abril passado. Depois, houve o fiasco com a borracha e...

– O quê?

– Era uma pequena e fracassada manufatura de borracha no lado leste de Londres. Um empreendimento prestes a ir à falência. O Sr. Rohan fez um grande investimento nela. Todo mundo, inclusive lorde Westcliff, recomendou que ele não fizesse aquilo, que ele era um tolo e que perderia cada centavo...

– O que era exatamente a sua intenção – disse Amelia.

– Exatamente. Mas, para desespero de Rohan, aconteceu o contrário. O diretor da empresa usou o investimento para adquirir os direitos de patente sobre o processo de vulcanização e inventaram essas tirinhas flexíveis que eles chamam de elástico. E agora a empresa é um sucesso absoluto. Eu poderia lhe contar mais casos, mas seriam apenas variações sobre o mesmo tema... O Sr. Rohan joga dinheiro fora e recebe de volta dez vezes mais.

– Eu não chamaria isso de praga – afirmou Amelia.

– Nem eu! – Lady Westcliff riu com delicadeza. – Mas é assim que o Sr. Rohan chama. É o que torna tudo tão divertido. Você deveria vê-lo no começo do dia, quando recebeu o último relatório de um de seus corretores em Londres. Só com boas notícias. Praticamente rangia os dentes.

Pegando o braço de Amelia, Lady Westcliff atravessou o aposento com ela.

– Embora tenhamos uma triste ausência de cavalheiros disponíveis esta noite, prometo que teremos uma bela variedade se nos visitar mais tarde, nesta mesma estação. Todos aparecem para caçar e pescar... e em geral há uma desproporção entre o número de homens e mulheres.

– É uma boa notícia – respondeu Amelia. – Tenho grandes esperanças de que minhas irmãs encontrem pretendentes.

Sem deixar passar as implicações, Lady Westcliff perguntou:

– Não mantém tais esperanças para si mesma?

– Não, não espero me casar.

– Por quê?

– Tenho responsabilidades com minha família. Eles precisam de mim. – Depois de uma breve pausa, Amelia acrescentou com franqueza: – E a verdade é que eu detestaria me submeter às ordens de um marido.

– Costumava sentir o mesmo. Mas devo lhe avisar, Srta. Hathaway... a vida tem um jeito de estragar nossos planos. Falo por experiência própria.

Amelia sorriu, sem se deixar convencer. Era uma simples questão de prioridades. Ela devotaria todo o seu tempo e sua energia a criar um lar para seus irmãos e garantir que todos ficassem saudáveis e fossem felizes no casamento. Haveria sobrinhos e sobrinhas em grande número. E Ramsay House ficaria repleta com as pessoas que ela amava.

Nenhum marido poderia lhe oferecer mais que isso.

Ao ver seu irmão, Amelia reparou algo de peculiar em sua expressão. Ou melhor, na falta dela, o que indicava que ele escondia alguma emoção intensa ou secreta. Ele se aproximou dela na mesma hora, trocou alguns gracejos com Lady Westcliff e acenou educadamente quando ela pediu licença para cuidar de um convidado idoso que acabara de chegar.

– O que foi? – sussurrou Amelia, olhando para Leo enquanto ele segurava seu cotovelo na palma da mão. – Parece que acabou de engolir cortiça podre.

– Não vamos trocar insultos neste momento. – Ele lançou-lhe um olhar mais preocupado do que qualquer outro que lhe dirigira nos últimos tempos. O tom era baixo e urgente. – Aguente firme, irmã. Há uma pessoa aqui que você não desejaria ver. E ele está vindo em nossa direção.

Ela revirou os olhos.

– Se está se referindo ao Sr. Rohan, garanto-lhe que estou perfeitamente...

– Não, não se trata de Rohan.

Ele passou o braço em volta de sua cintura, como se antecipasse sua necessidade de apoio.

E ela compreendeu.

Antes mesmo de se virar para olhar o homem que se aproximava deles, Amelia sabia o motivo da estranha reação de Leo e, trêmula, sentiu frio e calor ao mesmo tempo. Mas, em algum lugar em meio àquele pandemônio interno, espreitava alguma resignação.

Sempre soube que um dia voltaria a ver Christopher Frost.

Ele estava sozinho quando se aproximou deles – um pequeno gesto de misericórdia, pois se esperaria que trouxesse a esposa a reboque. E Amelia tinha quase certeza de que não suportaria ser apresentada à mulher por quem Christopher a abandonara. Naquele momento, ela ficou rígida ao lado do irmão e tentou desesperadamente parecer uma mulher independente que saudava seu antigo amor com educada indiferença. Mas ela sabia que não havia como disfarçar a palidez em seu rosto – podia sentir que todo o sangue se concentrava em seu coração agitado.

Se a vida fosse justa, Frost teria parecido menor, menos belo, menos desejável do que nas suas lembranças. Mas a vida, como sempre, não era justa. Ele estava tão esguio, gracioso e elegante como sempre, com olhos azuis alertas e cabelo espesso e curto, escuro demais para ser louro, claro demais para ser castanho. Aquele cabelo brilhante que continha todos os tons entre a cor de champanhe e o castanho-amarelado.

– Meu velho amigo – disse Leo.

Embora seu tom não demonstrasse rancor, também não indicava alegria. A amizade acabara no momento em que Frost deixara Amelia. Leo tinha seus defeitos, mas a falta de lealdade não era um deles.

– Meu senhor – disse Frost, em voz baixa, curvando-se para os dois. – E Srta. Hathaway. – Pareceu fazer algum esforço para olhar nos olhos dela. Só os céus sabiam quanto custava a ela retribuir aquele olhar. – Há quanto tempo.

– Não para alguns de nós – rebateu Leo, sem hesitar, enquanto Amelia, disfarçadamente pisava em seu pé. – Está hospedado na mansão?

– Não. Estou visitando alguns velhos amigos da família. São os donos da taverna da aldeia.

– Por quanto tempo pretende ficar?

– Não tenho planos específicos. Estou pensando em alguns projetos enquanto desfruto da calma e da tranquilidade do campo. – Seu olhar desviou-se por um instante para Amelia e voltou para Leo. – Mandei uma carta quando soube de sua ascensão à nobreza, meu senhor.

– Eu a recebi – disse Leo, com leveza. – Embora não consiga me lembrar do conteúdo de jeito nenhum.

– Eu dizia que tinha ficado feliz por sua conquista. Embora me sentisse desapontado por ter perdido um concorrente de valor. Sempre me obrigou a ir aos limites de minhas habilidades.

– É – disse Leo com sarcasmo. – Fui uma grande perda para a arquitetura.

– Foi mesmo – concordou Frost sem ironia. Seu olhar permaneceu em Amelia. – Posso lhe dizer que está com ótima aparência, Srta. Hathaway?

Como era estranho, pensou ela, atordoada, que tivesse sido apaixonada por ele e agora conversassem com tanta formalidade. Ela não o amava mais, contudo a lembraça de seus abraços, de seus beijos, de suas carícias... aquilo banhava todos os pensamentos com emoção, como uma renda manchada de chá. Nunca era possível retirar a mancha completamente. Ela lembrou-se do buquê de rosas que recebera certa vez... ele retirara uma das flores, acariciara seu rosto com as pétalas, abrira os lábios e sorrira quando ela corou com intensidade. *Meu amorzinho*, sussurrara...

– Obrigada – respondeu ela. – E posso lhe oferecer minhas congratulações por seu casamento?

– Temo que as congratulações não sejam necessárias – respondeu Frost com cautela. – O casamento não aconteceu.

Amelia sentiu que a mão de Leo apertava sua cintura. Ela se apoiou nele de forma imperceptível e desviou os olhos de Christopher Frost, sem conseguir falar. *Ele não está casado*. Seus pensamentos estavam em absoluta confusão.

– Ela caiu em si? – ouviu Leo perguntar de forma casual. – Ou foi você?

– Ficou claro que não éramos tão compatíveis quanto imaginávamos. Ela foi graciosa o bastante para me liberar do compromisso.

– Então você levou um fora – disse Leo. – Ainda está trabalhando para o pai dela?

– Leo – protestou Amelia, num quase sussurro. Ergueu os olhos a tempo de ver o breve e irônico sorriso de Frost e seu coração se contorceu diante da dolorosa familiaridade.

– Você nunca foi de medir as palavras, não é? Sim, ainda sou empregado de Temple. – O olhar de Frost dirigiu-se para Amelia, avaliando sua frágil resistência. – Foi um prazer voltar a vê-la, Srta. Hathaway.

Suas pernas cederam um pouco quando ele os deixou, e Amelia voltou-se atordoada para o irmão. A voz estava um tanto trêmula.

– Leo, apreciaria *muito* se você pudesse cultivar alguma delicadeza em seus modos.

– Nem todos conseguem ser tão delicados quanto o seu Sr. Frost.

– Ele não é o meu Sr. Frost. – Depois de uma pausa, ela acrescentou: – Nunca foi.

– Você merece coisa muito melhor. Lembre-se disso se ele voltar a procurá-la.

– Ele não voltará – disse Amelia, odiando a forma com que seu coração pulava, por trás de suas defesas tão bem construídas.

CAPÍTULO 7

Pouco antes da chegada dos Hathaways, o capitão Swansea, que passara quatro anos prestando serviço militar na Índia, havia divertido alguns dos convidados com a história de uma caçada a tigres em Vishnupur. O tigre perseguira o cervo malhado, derrubara-o com um salto e mordera a parte de trás de seu pescoço, prendendo-o. As mulheres e até mesmo alguns dos homens fizeram caretas e soltaram exclamações horrorizadas enquanto Swansea descrevia como o tigre devorara o animal ainda vivo.

– Que fera perversa! – exclamara uma das mulheres.

No entanto, assim que Amelia Hathaway entrou no aposento, Cam descobriu que sentia uma grande simpatia pelo tigre. Não havia nada que ele quisesse mais do que morder o pescoço macio dela e arrastá-la para algum recanto secreto onde pudesse se deliciar com ela durante horas. Em meio a uma multidão de mulheres vestidas com esmero, Amelia se sobressaía em seu vestido simples, sem usar ornamentos no pescoço e nas orelhas. Parecia limpa, encantadora e apetitosa. Ele queria ficar a sós com ela, lá fora, ao ar livre, com as mãos em seu corpo. Mas sabia que não valia a pena acalentar tais pensamentos em relação a uma jovem respeitável.

Observou a cena breve e tensa envolvendo Amelia, lorde Ramsay e o arquiteto, Sr. Christopher Frost. Embora não conseguisse ouvir a conversa, interpretou a linguagem corporal, a forma sutil como Amelia se apoiou no irmão. Estava claro que havia alguma história entre Amelia e Frost... e não tinha um final feliz. Um caso de amor que terminara mal, presumiu. Imaginou os dois juntos. O pensamento o irritou mais do que ele gostaria. Reprimindo a onda de curiosidade inadequada, desviou a atenção deles com muito esforço.

Enquanto esperava o jantar demorado e sem sabor, a interminável sucessão de pratos, a conversa educada, Cam soltou um suspiro profundo. Aprendera a coreografia social necessária em tais situações, as rígidas linhas que determinavam os limites do que era apropriado. A princípio, havia encarado tudo como um jogo, aprendendo o comportamento dos privilegiados. Mas tinha se cansado de ficar à margem do mundo *gadjo*. A maioria deles não o queria ali, sentimento do qual ele compartilhava. Mas não parecia haver outro lugar para ele que não a periferia.

Tudo começara cerca de dois anos antes, quando St. Vincent jogara para ele, de forma casual, uma caderneta bancária, como se estivesse brincando de jogar bola.

– Abri uma conta para você no London Banking House and Investment Society. Sua porcentagem no lucro do Jenner's será depositada todos os meses. Pode administrar seus bens pessoalmente, se quiser, ou eles serão administrados para você.

– Não quero uma porcentagem dos lucros – respondera Cam, folheando a caderneta sem interesse. – Meu salário está ótimo.

– Seu salário não pagaria nem o custo anual do meu engraxate.

– Para mim, é mais do que suficiente. E não sei o que fazer com isso. – Cam ficara horrorizado com a soma que aparecia na página do saldo. Com uma careta, jogou a caderneta sobre uma mesa próxima. – Fique com ele.

Ao mesmo tempo que parecera achar graça, St. Vincent ficara levemente exasperado.

– Maldição, homem! Agora que sou dono do lugar, não aceito que digam por aí que você recebe um salário de mendigo. Acha que vou tolerar ser chamado de avarento?

– Você já foi chamado de coisa pior – ressaltara Cam.

– Não me importo de ser chamado de coisa pior quando mereço. O que acontece com frequência, tenho certeza. – St. Vincent o fitara de forma pensativa. E com um daqueles gestos intuitivos que não se espera de um ex-libertino, murmurou: – Não significa nada, você sabe. Não será menos rom pelo fato de eu pagá-lo em libras, dentes de baleia ou em conchas.

– Já fiz concessões demais. Desde que cheguei a Londres, permaneci sob um teto, usei roupas de *gadjo*, trabalhei em troca de salário. Mas isso passou dos limites.

– Apenas abri uma conta para você, Rohan – dissera St. Vincent, ácido. – Não lhe dei um monte de estrume.

– Eu teria preferido o estrume. Pelo menos, serve para alguma coisa.

– Temo perguntar, mas a curiosidade me obriga: em nome de Deus, para que serve o estrume?

– Como fertilizante.

– Pois bem, encaremos as coisas da seguinte forma: seu dinheiro é apenas outro tipo de fertilizante. – St. Vincent fizera um gesto para a caderneta rejeitada. – Faça alguma coisa com ele. O que bem entender. Embora eu o aconselhe a fazer mais do que enterrá-lo.

Então Cam resolveu se livrar de cada centavo desperdiçando tudo em uma série de investimentos absurdos. Foi quando a praga da boa sorte caiu sobre ele. Sua fortuna crescente começara a lhe abrir portas que nunca teriam se aberto, ainda mais agora, quando a alta sociedade estava sendo invadida pelos homens da indústria. E, tendo atravessado essas portas, Cam estava se comportando e pensando de um jeito que não era normal para ele. St. Vincent estivera errado – o dinheiro o tornara menos rom, sim.

Ele havia se esquecido de coisas: palavras, histórias, canções que o puseram para dormir na infância. Mal conseguia se lembrar do sabor dos bolinhos de amêndoas, fervidos no leite, ou do cozido *boranija*, temperado com vinagre e folhas de dente-de-leão. Os rostos de seus familiares pareciam distantes, indefinidos. Ele não tinha certeza de que os reconheceria, caso os reencontrasse. E aquilo o fazia temer não ser mais um rom.

Quando fora a última vez que ele dormira sob o céu?

O grupo inteiro seguiu para o salão de jantar. A informalidade da reunião significava que eles não teriam lugares definidos por ordem de precedência. Uma fileira de lacaios vestidos de preto, azul e mostarda avançou para atender os convidados, puxando cadeiras, servindo vinho e água. A mesa comprida estava coberta por metros de um imaculado linho branco. Cada lugar reluzia com talheres de prata e estava coroado por uma série de taças de cristal de diferentes tamanhos.

O rosto de Cam ficou completamente inexpressivo ao descobrir que se sentaria ao lado da esposa do vigário, a quem ele conhecera em visitas anteriores a Stony Cross Park. A mulher tinha verdadeiro horror a ele. Enquanto a olhava e tentava conversar, ela não parava de pigarrear. O som lembrava uma chaleira com uma tampa mal-ajustada.

Sem dúvida, a esposa do vigário ouvira histórias demais sobre ciganos que roubavam crianças, rogavam pragas para as pessoas e atacavam mulheres indefesas em um frenesi de luxúria incontrolável. Cam sentiu-se tentado a informar-lhe que, via de regra, ele nunca sequestrava ou pilhava antes do segundo prato. Mas manteve-se em silêncio e tentou parecer o menos ameaçador possível, enquanto ela se encolhia na cadeira e se esforçava para manter uma conversa com o homem a sua esquerda.

Ao se virar para a direita, Cam se viu fitando os olhos azuis de Amelia Hathaway. Estavam sentados lado a lado. O prazer o invadiu. O cabelo dela reluzia como cetim, os olhos brilhavam e a pele parecia ter o sabor de alguma sobremesa feita com leite e açúcar. A visão fez com que ele se lembrasse de uma palavra dos *gadje* que achara engraçada ao ouvir pela primeira vez: suculenta. A palavra descrevia algo apetitoso, referindo-se ao prazer do paladar, mas também dizia respeito ao fascínio sexual. Ele achava a naturalidade de Amelia mil vezes mais atraente do que a sofisticação empoada e enfeitada das outras mulheres presentes.

– Se está tentando parecer manso e civilizado – disse Amelia –, não está funcionando.

– Garanto-lhe: sou inofensivo.

Amelia sorriu ao ouvir aquilo.

– Sem dúvida seria de seu interesse que todos acreditassem nisso.

Ele saboreou seu perfume leve e límpido, o tom atraente de sua voz. Queria tocar a bela pele de seu rosto e pescoço. Em vez disso, permaneceu imóvel e observou-a arrumar o guardanapo de linho sobre o colo.

Um lacaio apareceu para encher as taças de vinho. Cam reparou que Amelia não parava de lançar olhares para os irmãos, como uma galinha cujos pintinhos estão espalhados no terreiro. Mesmo lorde Ramsay, a apenas dois assentos da cabeceira da mesa, estava sujeito à sua preocupação incessante. Ela ficou rígida ao olhar Christopher Frost, sentado perto do outro extremo da mesa. Seus olhares se encontraram enquanto Amelia engolia em seco. Parecia hipnotizada pelo *gadjo*. Era óbvio que ainda existia uma atração entre os dois. E a julgar pela expressão de Frost, ele parecia mais do que disposto a reatar o relacionamento.

Cam precisou de toda a sua força de vontade – e ele tinha muita – para não atirar algum utensílio em Christopher Frost. Queria a atenção de Amelia. Toda.

– No primeiro jantar formal a que compareci em Londres – disse ele –, imaginei que ia sair dali faminto.

Para sua satisfação imediata, Amelia se virou para ele, recobrando o interesse.

– Por quê?

– Porque achei que os *gadje* usassem os pratinhos pequenos para a refeição principal. O que significaria que eu não teria muito o que comer.

Amelia riu.

– Deve ter ficado aliviado quando os pratos maiores apareceram.

Ele negou com a cabeça.

– Eu estava ocupado demais aprendendo as regras da mesa.

– Tais como?

– Sentar onde me indicassem, não falar de política ou de funções corporais, tomar a sopa com a lateral da colher, não usar o pegador de nozes como garfo e nunca oferecer comida de seu prato a outra pessoa.

– Os rons compartilham a comida de seus pratos?

Ele a olhou com firmeza.

– Se estivéssemos comendo à moda cigana, diante de uma fogueira, eu lhe ofereceria as melhores porções de carne. A parte macia do miolo do pão. Os pedaços mais doces das frutas.

Amelia corou e pegou a taça de vinho. Depois de tomar um gole com cautela, falou sem olhar para ele:

– Merripen quase nunca fala sobre tais coisas. Acredito que aprendi mais com você do que com ele, depois de tantos anos de convivência.

Merripen... o *chal* taciturno que a acompanhara a Londres. Não havia como se enganar em relação à tranquila intimidade entre os dois, que revelava que Merripen era mais do que um simples criado.

Antes que Cam pudesse insistir no assunto, porém, a sopa chegou. Lacaios e auxiliares de mordomo trabalhavam em harmonia para oferecer imensas e fumegantes terrinas de sopa de salmão com limão e endro, de urtiga com queijo, coroada com cominho, de agrião guarnecida com iscas de faisão, e de cogumelo com creme azedo e brandy.

Depois que Cam escolheu a sopa de urtiga e ela foi servida na tigela rasa de porcelana que estava a sua frente, ele se virou para voltar a falar com Amelia. Para seu aborrecimento, ela agora estava sendo monopolizada pelo cavalheiro do outro lado, que descrevia com entusiasmo sua coleção de porcelana do Extremo Oriente.

Cam estudou rapidamente as outras conversas que se desenrolavam a sua volta, todas tratando de assuntos mundanos. Esperou com paciência até que a esposa do vigário devotasse sua atenção à tigela de sopa. Ao levar a colher aos lábios finos, a mulher percebeu que Cam olhava para ela. Mais pigarro, enquanto a colher bambeava em sua mão.

Ele tentou pensar em alguma coisa que pudesse interessá-la.

– Marroio-branco – disse-lhe com naturalidade.

Os olhos da mulher se arregalaram de pânico e uma veia começou a latejar em seu pescoço.

– M-m-ma... – ela sussurou.

– Marroio-branco, raiz de alcaçuz e mel. É muito bom para quem quer se livrar do catarro na garganta. Minha avó era curandeira e me ensinou muitas de suas receitas.

A palavra "catarro" quase fez a mulher desmaiar.

– Também é bom para tosses e picadas de cobra – prosseguiu Cam, prestativo.

Com o rosto sem cor, a mulher pousou a colher no prato. Afastando-se dele, com desespero, voltou sua atenção para os convivas a sua esquerda.

Depois de ver rejeitado seu esforço para começar uma conversa educada, Cam recostou-se na cadeira enquanto a sopa era retirada e o segundo prato chegava. Miúdos ao molho bechamel, codornas sobre leitos de ervas, tortas de pombo, narceja assada e suflê de legumes encheram o ar com uma cacofonia de aromas intensos. Os convidados exclamaram sua apreciação, observando com expectativa os pratos serem servidos.

Amelia Hathaway, porém, mal parecia tomar conhecimento daqueles pratos suntuosos. Sua atenção estava voltada para uma conversa na extremidade da mesa, entre lorde Westcliff e seu irmão Leo. O rosto de Amelia permanecia sereno, mas seus dedos seguravam o garfo com força.

– ... é óbvio que está em sua posse uma ampla área de terra que não tem tido uso... – dizia Westcliff, enquanto Leo ouvia sem interesse. – Colocarei a sua disposição meu próprio corretor, para lhe informar quais são os termos de arrendamento vigentes aqui em Hampshire. Em geral, esses arranjos não estão no papel. O cumprimento do acordo é um compromisso de honra de ambos os lados...

– Obrigado – disse Leo, depois de engolir metade de seu vinho com um gole ávido. – Mas tratarei com meus arrendatários a meu próprio tempo.

– Temo que o tempo já tenha se esgotado para alguns deles – respondeu Westcliff. – Muitas das casas se transformaram em ruínas. As pessoas que agora dependem do senhor já foram negligenciadas por tempo demais.

– Então é hora de descobrirem que sou coerente em negligenciar aqueles que dependem de mim. – Leo lançou um olhar risonho para Amelia, com o olhar áspero. – Não é verdade, mana?

Com um esforço visível, Amelia obrigou os dedos a soltarem o garfo.

– Tenho certeza de que lorde Ramsay dará toda a atenção às necessidades de seus arrendatários – disse ela, cautelosa. – Por favor, não leve a mal suas brincadeiras. Na verdade, ele mencionou planos de, no futuro, restaurar as propriedades arrendadas e estudar novos métodos agrícolas...

– Se eu estudar alguma coisa – disse Leo, com a voz arrastada –, será o fundo da garrafa de um bom vinho do Porto. Os arrendatários de Ramsay já demonstraram sua capacidade de sobreviver à negligência. Está claro que não precisam de minha intervenção.

Alguns convidados se mostraram apreensivos diante do discurso despreocupado de Leo, enquanto outros davam risadas forçadas. O clima ficou tenso.

Se Leo estava tentando, de forma deliberada, fazer de Westcliff um inimigo, não poderia ter escolhido maneira melhor. Westcliff tinha uma profunda preocupação com os menos afortunados e desprezava os nobres acomodados que não cumpriam suas obrigações.

– *Droga!* – Cam ouviu Lillian balbuciar baixinho, enquanto as sobrancelhas do marido se abaixavam sobre olhos escuros e frios.

Porém, no exato momento em que Westcliff abriu a boca para dizer palavras desconcertantes para o jovem e insolente visconde, uma das convidadas soltou um grito ensurdecedor. Duas outras damas saltaram das cadeiras, assim como diversos cavalheiros, todos olhando para o centro da mesa com rostos lívidos de terror.

Todas as conversas foram interrompidas. Seguindo o olhar dos convidados, Cam viu alguma coisa – uma lagartixa? – se retorcendo e rastejando entre vasilhas e saleiros. Sem hesitar, esticou os braços e capturou a pequena criatura, mantendo-a entre as palmas das mãos. A lagartixa contorcia-se furiosamente.

– Peguei – disse baixinho.

A mulher do vigário estava meio desmaiada, caída sobre a cadeira, gemendo baixo.

– Não a machuque! – exclamou Beatrix Hathaway, com voz ansiosa. – É a mascote da família.

Os convidados reunidos tiraram os olhos das mãos de Cam e se concentraram no rosto da menina, que parecia se desculpar pela confusão.

– Uma mascote? Que alívio – disse Lady Westcliff com calma, olhando para o semblante inexpressivo do marido, do outro lado da mesa. – Pensei que fosse uma nova iguaria inglesa acrescentada ao menu.

Uma violenta onda de cor inundou o rosto de Westcliff e ele desviou os olhos da mulher com firme concentração. Quem o conhecia bem sabia que era óbvio que ele estava se esforçando para não cair na gargalhada.

– Você trouxe Pintada para o jantar? – Amelia perguntou à irmã caçula, incrédula. – Bea, eu lhe disse que se livrasse dela ontem!

– Eu tentei – respondeu Beatrix, contrita. – Mas depois que a deixei no bosque, ela me seguiu até a casa.

– Bea – disse Amelia com severidade –, répteis não seguem as pessoas até suas casas.

– Pintada não é uma lagartixa qualquer. Ela...

– Vamos falar sobre isso lá fora – Amelia se levantou, dispensando os cavalheiros da obrigação de se erguerem dos assentos. Lançou um olhar de desculpas a Westcliff. – Peço perdão, meu senhor. Se nos der licença...

O conde deu um educado aceno de cabeça.

Outro homem, Christopher Frost, fitou Amelia com uma intensidade que incomodou Cam.

– Posso ajudar? – perguntou Frost.

Sua voz não denotava urgência, mas Cam não teve dúvida de quanto ele desejava acompanhá-la.

– Não é necessário – disse Cam com suavidade. – Como pode ver, tudo está em minhas mãos. A seu serviço, Srta. Hathaway.

Ainda segurando o agitado réptil, ele deixou o aposento na companhia das irmãs.

CAPÍTULO 8

Cam as conduziu para fora do salão de jantar por um par de portas duplas que se abriam para uma estufa. O cômodo exterior tinha pouca mobília: cadeiras com encosto de treliça e um sofá. Colunas brancas em volta da estufa se alternavam com exuberantes plantas penduradas. Nuvens pairavam no céu úmido e tochas emitiam uma luz bruxuleante.

Assim que as portas se fecharam, Amelia se virou para a irmã com as mãos erguidas. A princípio, Cam achou que ela iria sacudi-la, mas em vez disso Amelia apertou Beatrix contra si, com os ombros trêmulos. Mal conseguia respirar de tanto rir.

– Bea... Você fez de propósito, não foi? Não acreditei no que estava vendo... a maldita lagartixa correndo pela mesa...

– Eu tinha que fazer alguma coisa – explicou a menina, com a voz abafada. – Leo estava se comportando mal... não ouvi o que ele dizia, mas vi o rosto de lorde Westcliff...

– Oh... – Amelia quase engasgou de tanto rir. – Pobre Westcliff... em um momento estava defendendo a população da região da tirania de Leo, e então Pintada aparece rastejando por entre as bandejas de pão.

– Onde está Pintada? – Soltando-se da irmã, Beatrix se aproximou de Cam, que pôs a lagartixa em suas mãos estendidas. – Obrigada, Sr. Rohan. O senhor é bem rápido com as mãos.

– Já me disseram isso antes. – Ele sorriu. – A lagartixa é um animal da sorte. Algumas pessoas dizem que ela ajuda a ter sonhos proféticos.

– Verdade? – Beatrix fitou-o com fascínio. – Para falar a verdade, *tenho* tido mais sonhos ultimamente...

– Minha irmã não precisa desse tipo de estímulo – disse Amelia, lançando-lhe um olhar bastante significativo. – Está na hora de se despedir de Pintada, querida.

– Sim, eu sei. – Beatrix deu um suspiro e olhou para a frouxa gaiola formada por seus dedos para ver sua antiga mascote. – Vou deixá-la partir agora. Acho que Pintada ia preferir viver aqui do que na propriedade dos Ramsay.

– Quem não ia? Vá encontrar um bom lugar para ela, Bea. Esperarei por você aqui mesmo.

Enquanto sua irmã se afastava, Amelia virou-se e contemplou os contornos sombreados da casa, interrompendo-se em um muro erguido junto ao penhasco que contemplava o rio.

– O que está fazendo? – perguntou Cam, aproximando-se dela.

– Estou dando uma boa olhada em Stony Cross Manor, já que é a última vez que a verei.

Ele deu um sorriso.

– Duvido. Os Westcliffs já voltaram a receber convidados que fizeram coisa bem pior.

– Pior do que soltar criaturas selvagens na mesa de jantar? Oh, céus, devem estar desesperados por companhia.

– Eles têm uma grande tolerância à excentricidade. – Cam fez uma pausa antes de prosseguir: – O que eles não aceitam bem, temo eu, é a falta de sensibilidade.

A referência a seu irmão provocou um delicado conflito de emoções em seu rosto: o bom humor deu lugar à angústia.

– Leo não era insensível. – Ela cruzou os braços com força, como se quisesse formar um casulo de proteção. – Só no último ano se tornou tão intolerável. Ele está fora de si.

– Por ter herdado o título?

– Não. Não tem nenhuma relação com isso. É porque... – Desviando o olhar, ela engoliu em seco. Ele ouviu seu pé bater no chão, nervoso, meio escondido por suas saias. – Leo perdeu alguém – disse Amelia por fim. – A febre atacou muitas pessoas no povoado, inclusive a garota que... bem, ele estava noivo dela. Laura. – O nome pareceu ficar preso em sua garganta. – Era minha melhor amiga, e de Win também. Gostava de desenhar e de pintar. Tinha uma risada que fazia você rir também, só de ouvi-la.

Amelia ficou em silêncio por um instante, perdida em suas lembranças.

– Laura foi uma das primeiras pessoas a ficar doente – continuou. – Leo permaneceu ao lado dela durante todos os momentos possíveis. Ninguém esperava que morresse... mas aconteceu muito depressa. Depois de três dias, ela estava tão febril e fraca que mal se sentia seu pulso. Finalmente, perdeu a consciência e morreu algumas horas depois, nos braços dele. Leo voltou para casa e desabou. Foi então que percebemos que ele também tinha adoecido. E aí, Win também ficou doente.

– Mas o restante de vocês não?

Amelia negou com a cabeça.

– Eu já havia mandado Beatrix e Poppy para longe. Por alguma razão, nem eu nem Merripen somos suscetíveis. Ele me ajudou a cuidar dos dois o tempo todo. Sem sua ajuda, teriam morrido. Merripen fez um xarope com uma espécie de planta tóxica...

– A mortífera beladona – disse Cam. – Nada fácil de encontrar.

– Sim. – Ela lhe lançou um olhar curioso. – Como sabe? Aprendeu com sua avó, imagino.

Ele assentiu.

– O segredo é administrar o suficiente para neutralizar o veneno no sangue, mas não o bastante para matar o paciente.

– Pois bem, os dois se curaram, graças a Deus. Mas Win é muito frágil, como você provavelmente percebeu, e Leo... ele não se importa mais com nada nem com ninguém. Nem com ele mesmo. – O pé voltou a bater. – Não sei como ajudá-lo. Sei como é perder alguém, mas... – Ela balançou a cabeça, impotente.

– Está se referindo ao Sr. Frost – disse ele.

Amelia lançou-lhe um olhar incisivo e corou.

– Como sabia? Ele disse alguma coisa? Houve algum tipo de comentário ou...

– Não, nada disso. Vi quando falou com ele, no início da noite.

Meneando a cabeça, Amelia levou a mão até as bochechas coradas.

– Céus. É tão fácil assim ler meus sentimentos?

– Talvez eu seja um dos *Phuri Dae* – disse ele, sorrindo. – Um cigano místico. Você se apaixonou por ele?

– Não é da sua conta – disse ela, um pouco ríspida.

Ele a observou com atenção.

– Por que ele a deixou?

– Como você... – Ela interrompeu a frase e fez uma careta ao perceber o que ele estava fazendo: perguntas provocadoras para vislumbrar a verdade por meio de suas reações. – Droga! Tudo bem. Vou lhe contar. Ele me deixou por outra mulher. Uma mulher mais jovem e mais bela que, por acaso, era filha de seu patrão. Teria sido um casamento muito vantajoso para ele.

– Está errada.

Amelia lhe lançou um olhar perplexo.

– Garanto-lhe que teria sido *bastante* vantajoso...

– Não seria possível que ela fosse mais bela do que você.

Seus olhos se arregalaram com aquele elogio.

– Ah – sussurrou.

Aproximando-se dela, Cam tocou em seu pé trêmulo com o dele, fazendo com que parasse de bater.

– Um mau hábito – disse Amelia, constrangida. – Não consigo me livrar dele.

– Um beija-flor faz a mesma coisa na primavera. Pendura-se num canto do ninho e usa o outro pé para bater no piso.

O olhar dela ficou perdido, como se ela não conseguisse decidir para onde olhar.

– Srta. Hathaway – Cam falou com delicadeza, enquanto ela se agitava diante dele. Queria tomá-la em seus braços e abraçá-la até que se acalmasse. – Eu a deixo nervosa?

Ela se obrigou a olhá-lo, trazendo nos olhos o cintilar negro-azulado de um lago banhado pelo luar.

– Não – disse imediatamente. – Claro que... *sim.* Você me deixa nervosa.

A sinceridade veemente de sua resposta pegou os dois de surpresa. A noite escureceu – uma das tochas se apagara – e a conversa se tornou hesitante, quebradiça e deliciosa, como pedaços de açúcar derretendo-se na língua.

– Eu nunca a magoaria – disse Cam em voz baixa.

– Sei disso. Não é...

– É porque eu a beijei, não é?

– Você... Você disse que não se lembrava disso.

– Eu me lembro.

– Por que fez aquilo? – perguntou, quase num sussurro.

– Impulso. Oportunidade. – Provocado por sua proximidade, Cam tentou ignorar a reação de prontidão em seu corpo. – Com certeza não esperaria nada de diferente de um rom. Pegamos o que queremos. Se um rom deseja uma mulher, ele a rouba. Às vezes, ele a tira da própria cama.

Mesmo na escuridão, ele percebia que o rubor de Amelia estava ficando mais forte.

– Acabou de dizer que nunca me magoaria.

– Se eu a levasse comigo... – A ideia de sentir o peso suave dela resistindo em seus braços fez o sangue subir-lhe à cabeça. Ele se sentiu capturado pelo apelo primitivo, toda a razão esmigalhada pelo calor latejante do desejo. – A última coisa em minha mente seria o desejo de magoá-la.

– Você nunca faria nada parecido. – Ela se esforçava muito para manter um tom de voz natural. – Nós dois sabemos que é civilizado demais.

– Sabemos? Acredite em mim, minha civilidade é inteiramente questionável.

– Sr. Rohan, está tentando me deixar nervosa? – perguntou ela, hesitante

– Não. – Como se a palavra exigisse ênfase, ele a repetiu com suavidade: – Não.

Maldição, pensou ele, perguntando-se o que estava fazendo. Não conseguia compreender por que aquela mulher, em sua inocência inteligente e arredia, o cativara tão completamente. Tudo o que sabia era que sentia um desejo intenso de tocar alguma coisa nela, de arrancar-lhe todo o invólucro artificial de corpetes, rendas e sapatos, a cortina de seu vestido, os pequenos ganchos de seus grampos.

Amelia respirou fundo.

– O que não mencionou, Sr. Rohan, é que, se um rom roubar uma mulher de sua própria cama, de acordo com a tradição, é com o objetivo de se casar com ela. E o chamado sequestro é combinado e encorajado pela futura noiva.

Cam abriu um sorriso atraente, deliberadamente desfazendo a tensão.

– Falta sutileza, mas agiliza bastante o processo, não acha? Não é preciso pedir a permissão do pai, nem há risco de proibição, nem noivado prolongado. Muito eficiente o jeito rom de cortejar.

A conversa foi interrompida pela volta de Beatrix.

– Pintada se foi – declarou. – Pareceu feliz em estabelecer residência em Stony Cross Park.

Parecendo aliviada pelo retorno da irmã, Amelia foi para junto dela, esfregou sua manga para livrá-la de resquícios de terra e ajeitou o laço em seu cabelo.

– Que bom para a Pintada. Está pronta para voltar para o jantar, querida?

– Não.

– Ah, vai ficar tudo bem. Lembre-se apenas de parecer arrependida enquanto eu faço uma cara feia e autoritária. Estou certa de que nos permitirão ficar para a sobremesa.

– Não quero voltar – resmungou Beatrix. – É terrivelmente chato e não gosto de toda aquela comida gordurosa. Fiquei sentada do lado do vigário que só sabe falar de seus escritos religiosos. É tão pedante ficar citando a si mesmo, não acha?

– Parece falta de modéstia – concordou Amelia com um sorriso, alisando o cabelo escuro da irmã. – Pobre Bea. Não precisa voltar, se não quiser. Tenho certeza de que um dos criados poderá indicar um bom lugar onde você poderá esperar até o fim da refeição. Na biblioteca, talvez.

– Ah, obrigada! – Beatrix soltou um profundo suspiro de alívio. – Mas quem vai criar outra distração se Leo voltar a ser inconveniente?

– Eu cuido disso – garantiu-lhe Cam com seriedade. – Posso me tornar alarmante de um momento para outro.

– Não estou surpresa – disse Amelia. – Na verdade, estou bem certa de que você apreciaria isso.

CAPÍTULO 9

Os convidados à mesa de Westcliff ficaram aliviados ao receberem a notícia de que Bea decidira passar o resto da noite sozinha, em tranquila contemplação. Não havia dúvida de que temiam uma nova interrupção por causa de outra mascote, mas Amelia garantiu-lhes que não haveria mais visitantes inesperados no jantar.

Apenas Lady Westcliff parecera sinceramente preocupada com a ausência de Beatrix. Em algum momento entre o quarto e o quinto pratos, a condessa pediu licença e voltou quinze minutos depois. Mais tarde Amelia descobriu que Lady Westcliff mandara uma bandeja com comida para Beatrix na biblioteca e lhe fizera uma visita.

– Lady Westcliff me contou algumas histórias dos tempos em que era menina e de como ela e sua irmã mais nova costumavam fazer travessuras – disse Beatrix no dia seguinte. – Ela falou que trazer uma lagartixa para o jantar não era nada em comparação às coisas que elas fizeram. Na verdade, segundo ela, as duas eram muito malcomportadas, duas diabinhas. Não é maravilhoso?

– Maravilhoso – respondeu Amelia com sinceridade, pensando em quanto gostava da americana, que parecia descontraída e divertida.

Lorde Westcliff era diferente. Era um pouco mais intimidador. E depois da reação insensível de Leo às preocupações de Westcliff acerca dos arrendatários de Ramsay, duvidava que o conde nutrisse simpatias pela família Hathaway.

Por sorte, Leo conseguira se esquivar de outras polêmicas durante o jantar, principalmente porque se ocupara em flertar com a mulher atraente que se sentara a seu lado. Embora as mulheres sempre ficassem encantadas com Leo, com sua altura, boa aparência e inteligência, ele nunca despertara um interesse tão ardente quanto naquele momento.

– Acho que isso revela algo de estranho sobre o gosto feminino – disse Win a Amelia em particular, quando estavam na cozinha de Ramsay House. – O fato de Leo não ter sido tão perseguido pelas mulheres quando era bom. Parece que quanto mais odioso ele se torna, mais elas gostam dele.

– Por mim, podem levá-lo – respondeu Amelia, mal-humorada. – Não consigo ver atrativos em um homem que passa o dia inteiro com a aparência de quem acabou de sair da cama ou está se preparado para voltar para ela.

Ela enrolou um pano no cabelo, para protegê-lo, e enfiou as pontas sob o turbante improvisado.

Elas se preparavam para mais um dia de limpeza e a poeira da antiga casa se grudava de forma obstinada à pele e ao cabelo. Infelizmente, parecia que as faxineiras contratadas não seriam pontuais, se é que dariam as caras. Como Leo ainda estava na cama depois de uma noite de muita bebida e não se levantaria antes do meio-dia, Amelia se sentia particularmente zangada com ele. Aquelas eram a casa e a propriedade de Leo – o mínimo que ele podia fazer era ajudar a recuperá-las. Ou contratar criados decentes.

– Os olhos dele mudaram – murmurou Win. – Não foi apenas sua expressão. A cor. Já reparou?

Amelia ficou imóvel e levou muito tempo para responder.

– Achei que fosse imaginação minha.

– Não. Eles sempre foram azul-escuros, como os seus. Agora parecem cinza-claros. Como um lago refletindo o céu do começo do inverno.

– Tenho certeza de que a cor dos olhos de algumas pessoas muda com a idade.

– Você sabe que é por causa de Laura.

Um sombrio pesar dominou Amelia quando ela pensou na amiga que perdera e no irmão que parecia ter perdido ao mesmo tempo. Mas não podia pensar muito nisso naquele momento. Havia coisas demais a fazer.

– Não acho que seja possível. Nunca ouvi falar... – Ela interrompeu a frase ao ver Win embrulhando as tranças em um pano parecido com o que ela usava. – O que você está fazendo?

– Hoje vou ajudá-la – disse Win. Embora seu tom fosse tranquilo, o queixo delicado estava inflexível como o de uma mula. – Estou me sentindo *muito* bem e...

– Ah, não, não está! Vai acabar tendo um colapso e levará dias para se recuperar. Encontre um lugar para se sentar enquanto nós...

– Estou cheia de ficar sentada. Estou cansada de ficar olhando todo mundo trabalhar. Posso determinar meus limites, Amelia. Deixe-me fazer o que quero.

– Não! – Incrédula, Amelia viu Win pegar uma vassoura em um canto. – Win, largue isso e pare de agir como uma boba! – A irritação tomou conta dela. – Não vai ajudar ninguém esgotando suas forças com esse tipo de tarefa.

– Posso fazer isso. – Win agarrou o cabo da vassoura com ambas as mãos, como se percebesse que Amelia estava a ponto de tomá-la. – Não vou me exaurir.

– Largue a vassoura.

– Me deixe em paz! – exclamou Win. – Vá espanar algum móvel.

– Win, se você não... – A atenção de Amelia se desviou quando ela percebeu o olhar da irmã se dirigir para a entrada da cozinha.

Merripen estava ali, os ombros largos ocupando todo o umbral. Embora a manhã apenas começasse, ele já estava coberto de poeira e suado, com a camisa grudada aos poderosos contornos de seu tórax. Elas conheciam bem sua expressão implacável, que queria dizer que era mais fácil deslocar uma montanha com uma colher de chá do que fazer com que ele mudasse de ideia. Ao se aproximar de Win, ele estendeu a mão numa exigência silenciosa.

Os dois permaneceram imóveis. Porém, mesmo naquele teimoso antagonismo, Amelia enxergou uma ligação singular, como se vivessem um eterno impasse do qual nenhum dos dois desejava se libertar.

Win fez uma careta impotente.

– Não tenho nada para fazer. – Era raro que ela demonstrasse tanta impaciência. – Estou cheia de ficar sentada, lendo e olhando pela janela. Quero ser útil. Quero... – Sua voz esmoreceu quando ela viu a expressão austera de

Merripen. – Ótimo. Fique com ela! – Ela arremessou a vassoura, que ele pegou por reflexo. – Vou só procurar um cantinho em algum lugar e enlouquecer silenciosamente. Vou...

– Venham comigo – Merripen a interrompeu.

Deixando a vassoura de lado, ele saiu do aposento.

Win trocou um olhar perplexo com Amelia, sua veemência desaparecendo.

– O que ele está fazendo?

– Não tenho a mínima ideia.

As irmãs o seguiram por um corredor até o salão de jantar, banhado pela luz que entrava pelas janelas altas enfileiradas em uma das paredes. Uma mesa muito envelhecida ocupava o centro do cômodo, coberta por pilhas de porcelana empoeirada... torres de xícaras e pires, pratos de tamanhos variados amontoados, tigelas embrulhadas em trapos de linho cinzento. Havia pelo menos três jogos diferentes, todos misturados.

– É preciso organizá-los – disse Merripen, empurrando Win para a mesa com delicadeza. – Muitas peças estão lascadas. Precisam ser separadas do resto.

Era a tarefa perfeita para Win: iria mantê-la ocupada, mas não era tão extenuante a ponto de exauri-la. Cheia de gratidão, Amelia viu sua irmã pegar uma xícara de chá e virá-la de cabeça para baixo. Uma minúscula aranha morta caiu no chão.

– Que bagunça – disse Win, sorrindo. – Vou precisar lavá-los também, imagino.

– Se quiser que Poppy a ajude... – começou Amelia.

– Nem ouse chamar Poppy! Essa é a minha tarefa e não vou dividi-la com ninguém.

Sentando-se na cadeira que tinha sido colocada ao lado da mesa, ela começou a desembrulhar as peças de porcelana.

Merripen baixou os olhos para a cabeça coberta de Win. Seus dedos tremiam, como se ele estivesse profundamente tentado a tocar um fio dourado que escapara do tecido. Seu rosto estava endurecido pela paciência de um homem que sabia que nunca teria o que mais queria. Usando a ponta de um único dedo, ele afastou um pires da beirada da mesa. A porcelana chacoalhou de forma sutil sobre a madeira gasta.

Amelia seguiu Merripen até a cozinha.

– Obrigada – falou quando estavam afastados o bastante para que Win não os ouvisse. – Fiquei tão preocupada me certificando de que Win não se exaurisse que não me ocorreu que ela poderia enlouquecer de tédio.

Merripen levantou uma caixa pesada cheia de objetos descartados que fizeram barulho e a colocou nos ombros com facilidade. Abriu um sorriso.

– Ela está melhorando. – Ele caminhou para a porta e saiu.

Estava longe de ser uma opinião médica abalizada, mas Amelia tinha certeza de que era verdade. Olhando para a cozinha arruinada, sentiu uma onda de felicidade. Tinham acertado em ir para lá. Um novo lugar, com novas possibilidades. Talvez a má sorte dos Hathaways enfim acabasse.

Armada com uma vassoura, um esfregão, pá de lixo e um punhado de trapos, Amelia subiu a escada e foi até um dos aposentos que ainda não haviam explorado. Usou o peso de seu corpo para abrir a primeira porta, que cedeu com um rangido e com o grunhido de dobradiças pouco lubrificadas. Parecia ser uma sala de visitas particular, com estantes de madeira embutidas nas paredes.

Havia dois volumes em uma das prateleiras. Ao examinar os livros empoeirados, as encadernações de couro com ranhuras que lembravam teias de aranha, Amelia leu o primeiro título. *Boa pesca, um simpósio sobre a arte do pescador – tudo sobre carpas e lúcios.* Não era surpresa que o livro tivesse sido abandonado pelo antigo proprietário, pensou. O segundo título era bem mais promissor: *Conquistas amorosas da Corte da Inglaterra durante o reinado de Charles II.* Com alguma sorte, ele conteria algumas revelações escandalosas que renderiam boas risadas a ela e Win.

Depois de recolocar os livros na prateleira, Amelia foi abrir as cortinas. A cor original havia desbotado para um tom cinzento, o veludo felpudo se esgarçara e fora comido pelas traças.

Quando Amelia se esforçou para afastar um lado da cortina, a vara de metal se soltou do teto e caiu ruidosamente no chão. Uma nuvem de poeira a envolveu. Ela espirrou e tossiu. Alguém gritou para ela no andar de baixo; devia ser Merripen.

– Estou bem – respondeu.

Pegando um pano, ela limpou o rosto e soltou o fecho da janela imunda. A moldura não se mexeu. Ela fez força para abri-la. Mais um puxão, mais forte, e então um empurrão decidido com todo o seu peso. A janela cedeu de uma forma surpreendente e abrupta, fazendo Amelia se desequilibrar. Ela tropeçou para a frente e se segurou, tentando encontrar apoio, mas a janela abria para fora.

Num instante de pânico ao pender para a frente, Amelia ouviu um som abafado atrás dela.

Antes que o coração voltasse a bater, foi agarrada e puxada para trás com tanta força que seus ossos protestaram diante daquela reversão abrupta no movimento. Ela cambaleou, esbarrando em algo sólido e ao mesmo tempo macio. Indefesa, caiu no chão, num emaranhado de pernas e braços, sendo que alguns deles não eram seus.

Estendida sobre um robusto tórax masculino, viu o rosto escuro embaixo dela e murmurou, confusa:

– Merri...

Mas aqueles não eram os olhos negros de Merripen. Eram mais claros, cor de âmbar e luminosos. Uma onda de prazer a percorreu.

– Sabe de uma coisa, se vou continuar a salvá-la desse jeito, deveríamos conversar sobre algum tipo de recompensa – disse Cam Rohan em tom casual.

Ele estendeu a mão para puxar a cobertura de sua cabeça, que estava fora de lugar, e as tranças dela se soltaram. O constrangimento suplantou todos os outros sentimentos. Amelia sabia como devia estar sua aparência, desarrumada e empoeirada. Por que ele nunca perdia uma oportunidade de pegá-la em desvantagem?

Balbuciando um pedido de desculpas, lutou para sair de cima dele, mas o peso de suas saias e a rigidez de seu espartilho tornaram isso difícil.

– Não... espere... – Rohan inspirou com força, enquanto ela se retorcia contra ele, até que ele a ajudou a rolar para o lado.

– Quem deixou você entrar? – Amelia conseguiu perguntar.

Rohan lançou-lhe um olhar inocente.

– Ninguém. A porta estava destrancada e o saguão, vazio.

Ele agitou as pernas para se libertar das saias dela e a puxou para que ficasse sentada. Ela nunca conhecera ninguém com movimentos tão ágeis.

– Já mandou inspecionar este lugar? – perguntou Cam. – A casa está a ponto de desmoronar. Não me arrisquei a entrar aqui sem fazer uma breve oração para Butyakengo.

– Quem?

– Um espírito protetor dos ciganos. – Ele sorriu para ela. – Mas agora que estou aqui, vou correr o risco. Deixe-me ajudá-la a se levantar.

Ele puxou Amelia, ajudando-a a ficar de pé, sem soltá-la até que tivesse recuperado completamente o equilíbrio. A força de suas mãos fez com que ela sentisse arrepios nos braços e ficasse um pouco ofegante.

– Por que está aqui?

Rohan deu de ombros.

– Apenas para fazer uma visita. Não há muito que fazer em Stony Cross Park. É o primeiro dia da temporada de caça à raposa.

– Não quis participar?

Ele negou com a cabeça.

– Só caço para comer, não como esporte. E tendo a simpatizar com a raposa, pois já estive na situação dela uma ou duas vezes.

Ele devia estar se referindo às caçadas aos ciganos, pensou Amelia com preocupação e curiosidade. Queria lhe perguntar sobre isso, mas aquela conversa não podia prosseguir.

– Sr. Rohan – disse, sem jeito. – Gostaria de ser uma anfitriã adequada e lhe mostrar a sala de visitas, oferecer algo para beber e comer. Mas não tenho nada disso. Não tenho nem uma sala de visitas. Perdoe-me se pareço rude, mas não é uma boa hora para uma visita...

– Posso ajudá-la. – Ele encostou um dos ombros na parede, sorridente. – Sou bom com as mãos.

Não havia insinuação alguma em seu tom de voz, mas ela corou.

– Não, obrigada. Tenho certeza que Butayenko não aprovaria.

– Butyakengo.

Ansiosa para demonstrar sua competência, Amelia encaminhou-se para a janela seguinte e começou a puxar as cortinas, tentando abri-las.

– Obrigada, Sr. Rohan, mas, como pode ver, está tudo sob controle.

– Acho que vou ficar. Depois de impedi-la de cair por uma janela, detestaria vê-la despencar pela outra.

– Isso não vai acontecer. Ficarei bem. Está tudo sob...

Ela puxou com mais força e a vara despencou do mesmo modo que a anterior. Mas, diferentemente da outra cortina, que era forrada com veludo envelhecido, essa era revestida com um tecido cintilante e farfalhante, uma espécie de...

Amelia ficou paralisada de terror. A parte de baixo da cortina estava coberta de abelhas. *Abelhas.* Centenas. Não, milhares delas, com asas iridescentes que se agitavam num zumbido furioso e incessante. Erguiam-se em massa, saindo do veludo amassado, enquanto mais delas surgiam de uma rachadura na parede, onde fervilhava uma imensa colmeia. Deviam ter entrado por algum buraco aberto na parede externa. Os insetos agitavam-se como chamas em torno de Amelia, que estava paralisada.

Ela sentiu o sangue se esvair de seu rosto.

– Ai, meu Deus...

– Não se mexa. – A voz de Rohan estava surpreendentemente calma. – Não as espante.

Ela nunca havia sentido tanto medo, brotando de sua pele, vazando por cada poro. Nenhuma parte de seu corpo parecia estar sob controle. O ar fervilhava com abelhas e mais abelhas.

Não seria uma forma agradável de morrer. Fechando os olhos com força, Amelia obrigou-se a ficar parada, quando todos os seus músculos se tensionavam e imploravam que ela se movesse. Os insetos se movimentavam descrevendo desenhos sinuosos em volta dela, minúsculos corpos tocando suas mangas, mãos, ombros.

– Elas sentem mais medo de você do que você delas – disse Rohan.

Amelia tinha muitas dúvidas quanto a isso.

– Não parecem abelhas a... amedrontadas. – Sua voz estava presa. – São abelhas *f... furiosas*.

– Parecem mesmo um pouco irritadas – concedeu Rohan, aproximando-se dela devagar. – Talvez seja por causa do seu vestido. Abelhas não gostam de cores escuras. – Uma breve pausa. – Ou pode ser porque você destruiu metade da colmeia delas.

– Como você con... consegue se *divertir* com essa situação... – Ela interrompeu a frase e cobriu o rosto com as mãos, toda trêmula.

A voz reconfortante de Rohan se sobrepôs ao zumbido em volta deles.

– Fique parada. Está tudo bem. Estou aqui com você.

– Tire-me daqui – sussurou Amelia, desesperada.

Seu coração batia com tanta força que fazia seus ossos tremerem, impedindo-a de pensar com coerência. Ela sentiu que ele afastava alguns insetos curiosos de seu cabelo e de suas costas. Seus braços a enlaçaram, seu ombro firme sob seu rosto.

– Vou levá-la, querida. Ponha seus braços em volta do meu pescoço.

Ela tateou às cegas, sentindo-se doente, fraca e desorientada. Os músculos da parte de trás do pescoço dele se mexeram quando Rohan se curvou em sua direção, levantando-a com toda facilidade, como se ela fosse uma criança.

– Pronto – murmurou. – Peguei você.

Amelia sentiu os pés saírem do chão e então ela flutuava. Nada parecia real: as abelhas fazendo círculos, zumbindo, o peito rígido e os braços que a protegiam com força e segurança. Ocorreu-lhe que ela poderia ter morrido se ele não estivesse ali. Mas ele era tão firme e decidido, tão corajoso. Ela sentiu o terror aliviar. Voltando o rosto para o ombro dele, relaxou enquanto ele a segurava.

A respiração de Rohan soprava em seu rosto, num ritmo caloroso e regular.

– Algumas pessoas acham que a abelha é um inseto sagrado – disse ele. – É um símbolo da reencarnação.

– Não acredito em reencarnação – balbuciou Amelia.

Havia um certo divertimento na voz dele.

– Que surpresa. No mínimo, a presença de abelhas em sua casa é um sinal de que boas coisas estão por vir.

Com o rosto enterrado na lã do paletó dele, a voz de Amelia saiu abafada:

– E *milhares* de abelhas em uma casa são sinal de quê?

Ele a ergueu mais alto em seus braços, os lábios curvando-se com gentileza contra sua orelha gelada.

– Provavelmente, quer dizer que teremos muito mel para acompanhar o chá. Vamos passar pela porta agora. Em um segundo, eu a colocarei de pé.

Amelia manteve o rosto escondido, as pontas dos dedos agarrando-se às roupas dele.

– Elas estão nos seguindo?

– Não. Querem ficar perto da colmeia. Sua principal preocupação é proteger a rainha dos predadores.

– Elas não têm por que ter medo de *mim*!

Ele deu uma risada gutural. Com extremo cuidado, pôs os pés de Amelia no chão. Mantendo um braço em volta dela, estendeu o outro para fechar a porta.

– Saímos. Você está segura! – Passou a mão por seus cabelos. – Pode abrir os olhos agora.

Prendendo-se à lapela de seu casaco, Amelia se equilibrou e esperou por um sentimento de alívio que não veio. O coração batia depressa demais. O peito doía pelo esforço da respiração. Os cílios se abriram, mas tudo o que conseguiu ver foi uma chuva de faíscas.

– Amelia... calma. Você está bem. – As mãos perseguiram os calafrios que subiam e desciam por suas costas. – Acalme-se, querida.

Ela não conseguia. Seus pulmões pareciam que iam explodir. Não importava quanto esforço ela fazia, não conseguia respirar. *Abelhas...* o som de seu zumbido continuava em seu ouvido. Escutou a voz de Rohan como se ele estivesse a uma grande distância, e sentiu seus braços voltarem a envolvê-la, enquanto ela desabava em camadas de uma maciez cinzenta.

Depois do que poderia ter sido um minuto ou uma hora, sensações agradáveis penetraram pela névoa. Sentiu uma pressão suave em sua testa. Os toques delicados alcançaram suas pálpebras, deslizaram até suas bochechas. Braços fortes a ergueram contra uma superfície rígida e confortável, enquanto um cheiro límpido e salgado enchia suas narinas. As pálpebras estremeceram e ela foi tomada pelo calor de um prazer confuso.

– Você acordou. – Ouviu um murmúrio suave.

Ao abrir os olhos, Amelia viu o rosto de Cam Rohan. Estavam no chão do saguão – ele a segurava no colo. Como se a situação já não fosse constrangedora o bastante, a frente de seu corpete mostrava uma fenda e seu espartilho estava aberto. Apenas a camisa amassada cobria seu peito.

Amelia ficou tensa. Até aquele momento, nunca havia experimentado um sentimento maior do que a vergonha, capaz de fazer com que alguém desejasse se transformar em um montinho de cinzas.

– Meu... meu vestido...

– Você não estava conseguindo respirar. Achei que era melhor afrouxar seu espartilho.

– Nunca desmaiei antes – disse ela, tonta, lutando para se sentar.

– Você ficou assustada. – A mão dele dirigiu-se até o centro de seu peito, delicadamente obrigando-a a se recostar. – Descanse por mais um minuto. – O olhar dele examinou seu rosto pálido. – Acho que podemos concluir que você não gosta muito de abelhas.

– Eu as odeio desde os 7 anos.

– Por quê?

– Estava brincando ao ar livre com Win e Leo e tropecei muito perto de um canteiro de rosas. Uma abelha voou até o meu rosto e me picou bem aqui. – Ela tocou um ponto logo abaixo do olho direito, bem no alto da maçã do rosto. – Meu rosto ficou tão inchado que eu nem conseguia abrir o olho... Não enxerguei com ele durante duas semanas...

As pontas dos dedos de Rohan acariciaram o rosto dela, como se para cuidar daquela antiga ferida.

– ... e meu irmão e minha irmã me chamaram de Cíclope. – Ela viu que ele se esforçou para não rir. – Ainda chamam, quando uma abelha voa perto demais.

Ele a encarou com compaixão.

– Todos têm medo de alguma coisa.

– Do que você tem medo?

– De tetos e paredes.

Ela o encarou, confusa, os pensamentos ainda lentos.

– Você quer dizer... que preferiria viver ao ar livre, como uma criatura selvagem?

– Sim. Já dormiu ao ar livre?

– No chão?

Seu tom confuso fez com que ele abrisse um sorriso.

– Sobre um acolchoado ao lado de uma fogueira.

Amelia tentou se imaginar deitada, indefesa, sobre o chão duro, à mercê de todas as criaturas que se arrastavam, rastejavam ou voavam.

– Não acho que conseguiria dormir assim.

Ela sentiu que as mãos dele brincavam lentamente com os cachos soltos de seu cabelo.

– Conseguiria, sim. – A voz dele era suave. – Eu a ajudaria.

Amelia não tinha ideia do que ele queria dizer com isso. Tudo o que sabia era que as pontas dos dedos dele tocaram seu couro cabeludo e ela sentiu um calafrio sensual pela espinha. De forma desajeitada, procurou alcançar o corpete, tentando fechar o tecido reforçado.

– Permita-me. Você ainda não se recuperou.

As mãos dele afastaram as dela e ele começou a prender o espartilho com habilidade. Estava claro que era familiarizado com as intricadas roupas íntimas femininas. Amelia não duvidava de que havia mais do que um punhado de damas dispostas a deixá-lo treinar.

Corando, ela perguntou:

– Fui picada em algum lugar?

– Não. – A malícia faiscou em seus olhos. – Verifiquei tudo.

Amelia conteve um gemido de indignação. Estava tentada a afastar suas mãos, porém ele fechava suas roupas com bem mais eficiência do que ela seria capaz de fazer. Fechou os olhos, fingindo que não estava deitada no colo de um homem enquanto ele prendia seu espartilho.

– É preciso chamar um criador de abelhas da região para remover aquela colmeia – disse Rohan.

Pensando no enorme tamanho da colônia na parede, Amelia perguntou:

– Como ele vai matar todas elas?

– Talvez não precise. Se possível, ele irá dopá-las com fumaça e transferirá a rainha para uma armação móvel. O restante a seguirá. Mas se não conseguir desse jeito, terá que acabar com a colônia com água e sabão. O maior problema é como remover os favos e o mel. Se não retirar tudo, irá fermentar e acabará atraindo todo tipo de verme.

Amelia arregalou os olhos e o encarou, preocupada.

– Teremos que demolir a parede inteira?

Antes que Rohan pudesse responder, uma nova voz se fez ouvir:

– O que está acontecendo aqui?

Era Leo, que havia acabado de sair da cama e jogado roupas no corpo. Veio descalço da direção do quarto. Os olhos vermelhos estavam fixos nos dois.

– Por que está no chão com os botões abertos?

Amelia pensou naquela pergunta.

– Decidi me permitir um arroubo no meio do corredor com um homem que mal conheço.

– Bem, tente ser mais silenciosa da próxima vez. Há pessoas querendo dormir.

Amelia o fitou, intrigada.

– Pelo amor de Deus, Leo, você não se preocupa se arruinei minha honra?

– Você arruinou?

– Eu... – O rosto dela corou ao fitar os olhos cor de topázio de Rohan. – Acho que não.

– Se não tem certeza, provavelmente não arruinou. – Leo se aproximou de Amelia, acocorou-se e a encarou. A voz suavizou-se. – O que aconteceu, mana?

Ela apontou com um dedo trêmulo para a porta fechada.

– Tem *abelhas* lá dentro, Leo.

– Abelhas. Meu Deus. – O irmão abriu um sorriso carinhoso e zombeteiro. – Que covarde você é, Cíclope.

Amelia fechou a cara, levantando-se e afastando-se de Rohan. Ele a apoiou de forma automática, o braço firme em suas costas.

– Vá ver por si mesmo.

Leo dirigiu-se preguiçosamente para o aposento, abriu a porta e entrou.

Em dois segundos, saiu correndo, bateu a porta e se encostou nela.

– Meu Deus! – Os olhos estavam arregalados e atordoados. – Deve haver milhares delas.

– Eu diria que pelo menos 200 mil – atalhou Rohan. Depois de fechar os últimos botões de Amelia, ele a ajudou a se levantar. – Devagar – murmurou. – Você talvez esteja um pouco tonta.

Ela deixou que ele a apoiasse enquanto avaliava seu equilíbrio.

– Já estou bem. Obrigada. – Sua mão permanecia presa à dele. Os dedos de Rohan eram finos e graciosos, o anel no polegar reluzia contra a pele cor de mel.

Incomodada, Amelia soltou sua mão e disse ao irmão:

– O Sr. Rohan salvou minha vida duas vezes hoje. Primeiro, quase caí da janela. Depois, encontrei as abelhas.

– Esta casa deveria ser derrubada e usada como matéria-prima para fósforos – resmungou Leo.

– Você deve mandar fazer uma inspeção estrutural completa – disse Rohan. – A casa está mal assentada. Algumas das chaminés estão tortas e o teto do saguão está cedendo. Há vigas e madeiramentos danificados.

– Sei quais são os problemas.

Aquela avaliação calma irritara Leo. Ele ainda conservava o bastante de seu treinamento como arquiteto para calcular com exatidão as condições da casa.

– Talvez não seja seguro sua família permanecer aqui.

– Isso é assunto meu – disse Leo, fazendo uma careta de desdém. – Não é?

Sensível à atmosfera de delicado desassossego, Amelia se apressou em tentar usar de diplomacia:

– Sr. Rohan, lorde Ramsay está convencido de que a casa não representa um perigo imediato à família.

– Eu não estaria tão convencido assim – respondeu Rohan. – Não se eu tivesse quatro irmãs sob minha responsabilidade.

– Gostaria de tirá-las das minhas mãos? – perguntou Leo. – Pode ficar com todas. – Ele sorriu sem achar graça diante do silêncio de Rohan. – Não. Então, por favor, não ofereça conselhos indesejados.

Uma onda de preocupação e desânimo tomou conta de Amelia ao ver a expressão sombria no rosto do irmão. Ele estava se tornando um desconhecido, um homem tão cheio de desespero e raiva que esses sentimentos começavam a corroê-lo. Até que, como a casa, ele acabaria desmoronando, assim que as partes mais frágeis de sua estrutura cedessem.

Imperturbável, Rohan voltou-se para Amelia:

– Em vez conselhos, permita-me oferecer-lhe algumas informações. Daqui a dois dias haverá a Feira do Esfregão no vilarejo.

– O que é isso?

– É uma feira de empregos, frequentada por todos os moradores da região que buscam trabalho. Eles usam símbolos para indicar sua ocupação. Uma criada carrega um esfregão; um empalhador, um feixe de palha e assim por diante. Dê um xelim àqueles que escolher para selar o contrato e os terá por um ano de serviço.

Amelia lançou um olhar cauteloso para o irmão.

– Precisamos de criados decentes, Leo.

– Então vá, contrate quem quiser. Não dou a mínima.

Amelia fez um gesto preocupado com a cabeça e ergueu as mãos até os antebraços, esfregando as mangas.

Estava frio, pensou, mesmo para o outono. Correntes geladas esgueiravam-se em volta de seus tornozelos vestidos com meias, sob as beiradas de seus punhos, pela sua nuca suada. Seus músculos ficaram tensos diante daquele frio estranho e brutal.

Os dois homens tinham se calado. O rosto de Leo estava inexpressivo.

Parecia que o espaço em volta deles estava se fechando, engrossando até que o ar ficou tão pesado quanto a água. Mais frio, mais apertado, mais próximo... por instinto, Amelia deu um passo para trás, afastando-se do irmão, até sentir o peito de Rohan contra o ombro. Ele levou a mão ao braço dela e segurou o cotovelo com delicadeza. Tremendo de frio, ela se apoiou mais no corpo dele.

Leo não se movera. Esperava com o olhar perdido, como se estivesse ocupado em absorver a friagem. Como se a acolhesse e a desejasse. Seu rosto estava endurecido e coberto de sombras.

Alguma coisa dividia o espaço entre ela e Leo. Ela sentiu o significado do momento, mais suave do que uma brisa, mais delicado do que uma coberta de penas de pato...

– Leo? – murmurou Amelia, insegura.

O som de sua voz pareceu fazê-lo voltar a si. Ele piscou e fitou-a com olhos quase sem cor.

– Mostre a saída para Rohan – disse, seco. – Quero dizer, se você acha que já se comprometeu o suficiente por hoje.

Em seguida ele se afastou depressa. Ao chegar a seu quarto, fechou a porta com um golpe desajeitado do braço.

Amelia se moveu lentamente, confusa pelo comportamento do irmão, e ainda mais pelo frio insuportável no corredor. Virou-se para Rohan, que olhava para Leo com tranquilidade.

Ele se voltou para ela, mantendo a expressão impassível.

– Detesto deixá-la. – Havia um toque ligeiramente zombeteiro em sua voz. – Você precisa de alguém que a siga e a salve dos perigos. Por outro lado, também precisa que alguém vá buscar um apicultor.

Percebendo que ele não ia falar sobre Leo, Amelia aproveitou a deixa:

– Você faria isso por nós? Seria um grande favor.

– Claro. Embora... – Seus olhos apresentaram um brilho maldoso. – Como falei antes, não posso continuar a fazer favores sem uma recompensa. Um homem precisa de incentivos.

– Se... se quer dinheiro, ficarei feliz em...

– Pelo amor de Deus, não. – Rohan estava rindo. – Não quero dinheiro. – Esticando o braço, ele alisou seu cabelo, deixando que o canto da mão esbarrasse na maçãs do rosto. O toque de sua pele era leve e erótico, fazendo com que Amelia engolisse em seco. – Adeus, Srta. Hathaway. Vou sozinho até a porta. – Então abriu um sorriso e disse: – Fique longe das janelas.

Ao descer a escada, Rohan passou por Merripen, que subia em um ritmo calculado.

O rosto de Merripen se fechou ao vê-lo.

– O que está fazendo aqui?

– Parece que estou ajudando a erradicar pragas.

– Pode começar indo embora – rosnou Merripen.

Rohan apenas riu, sem se abalar, e seguiu em frente.

Depois de informar ao restante da família sobre os perigos da sala de visitas, que passou a ser chamada de "Sala das Abelhas", Amelia investigou o resto do andar de cima com extrema cautela. Não encontrou mais perigos, apenas poeira, podridão e silêncio.

Ainda assim, a casa não era pouco acolhedora. Quando as janelas se abriam e a luz se derramava sobre o chão intocado por tantos anos, parecia que o lugar ansiava por ser aberto, respirar e se restaurar. Ramsay House era um lugar atraente, com excentricidades, cantos secretos e características singulares que só precisavam de atenção e cuidados. Não era muito diferente da família Hathaway.

À tarde, Amelia desabou numa cadeira no andar de baixo, enquanto Poppy preparava um chá na cozinha.

– Onde está Win?

– Cochilando no quarto – respondeu Poppy. – Estava exausta depois de uma manhã tão ocupada. Não vai admitir, é claro, mas sempre podemos perceber quando ela fica completamente pálida e abatida.

– Ela estava satisfeita?

– Parecia que sim.

Despejando a água quente em uma chaleira lascada cheia de folhas de chá, Poppy tagarelou sobre suas descobertas. Encontrara um belo tapete em um dos quartos e, depois de batê-lo durante uma hora, vira que a peça tinha cores intensas e estava em boas condições.

– Acho que a maior parte da poeira saiu do tapete e se grudou em você – disse Amelia.

Como Poppy cobrira a metade inferior de seu rosto com um lenço durante o processo, a poeira se prendera à testa, aos olhos e ao alto do nariz. Quando o lenço foi removido, o rosto de Poppy parecia ter duas cores, a metade de cima cinza e a de baixo, branca.

– Gostei muito – respondeu Poppy com um sorriso. – Não há nada como dar uma boa surra num tapete para descarregar as frustrações.

Amelia estava a ponto de perguntar quais eram as frustrações de Poppy quando Beatrix entrou na cozinha.

A garota, em geral tão alegre, estava silenciosa e abatida.

– O chá está quase pronto – disse Poppy, ocupada em fatiar o pão na mesa da cozinha. – Você também vai querer torrada, Bea?

– Não, obrigada. Não estou com fome. – Beatrix sentou-se na cadeira ao lado de Amelia, olhando para o chão.

– Você sempre está com fome – disse Amelia. – Qual é o problema, querida? Não está se sentindo bem? Está cansada?

Silêncio. Beatrix balançou a cabeça com força. Sem dúvida estava perturbada por algum motivo.

Amelia pousou a mão com delicadeza nas costas estreitas da irmã caçula e inclinou-se para perto dela.

– Beatrix, o que foi? Você está sentindo falta de seus amigos? Da Pintada? Você está...

– Não é nada disso. – A menina abaixou a cabeça até que apenas o arco avermelhado de sua bochecha estivesse visível.

– Então o que é?

– Há alguma coisa errada comigo. – A voz estava rouca de infelicidade. – Aconteceu de novo, Amelia. Não consegui evitar. Mal consigo me lembrar de ter feito aquilo. Eu...

– Essa não! – murmurou Poppy.

Amelia manteve a mão nas costas de Beatrix.

– Foi o mesmo problema de antes?

Beatrix assentiu.

– Vou me matar – disse ela com veemência. – Vou me trancar na sala das abelhas. Vou...

– Shhh. Não vai fazer nada disso. – Amelia massageou suas costas rígidas. – Calma, querida. Deixe-me pensar por um momento. – Seu olhar preocupado encontrou o de Poppy sobre a cabeça abaixada de Beatrix.

"O problema" vinha acontecendo esporadicamente nos últimos quatro anos, desde a morte da mãe. De vez em quando, Beatrix tinha um impulso irresistível de roubar alguma coisa, fosse de uma loja ou da casa de alguém. Em geral, eram objetos insignificantes... uma pequena tesoura de costura, grampos, a ponta de uma pena, um cubo de cera para selar cartas. Mas, às vezes, pegava alguma coisa de valor, como uma caixa de rapé ou um brinco. Pelo que Amelia sabia, Beatrix nunca planejava esses pequenos crimes. Na verdade, com frequência só depois a menina se dava conta do que havia feito. E então sofria de remorso e de medo. É alarmante descobrir que nem sempre se tem controle sobre as próprias ações.

Os Hathaways, naturalmente, mantiveram em segredo o problema de Beatrix, todos conspirando para devolver os objetos roubados de forma discreta e para protegê-la das consequências. Como aquilo não acontecia havia quase um ano, todos presumiram que Beatrix estivesse curada de sua inexplicável compulsão.

– Suponho que você pegou alguma coisa de Stony Cross Manor – disse Amelia com uma calma forçada. – Foi o único lugar que visitou.

Beatrix assentiu, infeliz.

– Foi depois que soltei Pintada. Fui para a biblioteca e olhei para alguns dos aposentos no caminho e... Eu não tinha a intenção, Amelia! Eu não queria!

– Eu sei – Amelia a abraçou, consolando-a. Estava tomada pelo instinto maternal de proteger, reconfortar, acalmar. – Vamos resolver tudo, Bea. Vamos botar tudo de volta e ninguém ficará sabendo. Diga apenas o que levou e tente se lembrar dos aposentos onde cada coisa estava.

– Aqui... isso é tudo. – Revirando os bolsos do avental, Beatrix despejou um pequeno conjunto de objetos em seu colo.

Amelia segurou o primeiro. Era um cavalo entalhado em madeira, pouco menor que seu punho, com uma crina de seda e um focinho delicadamente pintado. O objeto estava gasto de tanto ser manipulado e havia marcas de dente no corpo do animal.

– Os Westcliffs têm uma filha bem pequena – murmurou. – Deve ser dela.

– Peguei o brinquedo de uma criança – gemeu Beatrix. – É a pior coisa que já fiz. Deveria ir para a cadeia.

Amelia pegou outro objeto, um cartão com duas imagens semelhantes gravadas lado a lado. Presumiu que ele deveria ser inserido em um estereoscópio, um aparelho que fundia as duas imagens e as transformava em um retrato tridimensional.

O próximo item roubado era uma chave de casa e o último... minha nossa. Era um selo de prata de lei, com um brasão familiar gravado em uma das pontas. Devia ser usado para selar envelopes com cera. O objeto era pesado e bem caro, o tipo de coisa passada de geração para geração.

– Veio do escritório particular de lorde Westcliff – balbuciou Beatrix. – Estava sobre sua mesa. Ele deve usar para a correspondência oficial. Agora vou me enforcar.

– Precisamos devolvê-lo imediatamente – disse Amelia, passando a mão sobre sua testa úmida. – Quando perceberem que sumiu, vão pôr a culpa num criado.

As três mulheres permaneceram em silêncio, horrorizadas diante daquela ideia.

– Faremos uma visita matinal a Lady Westcliff – disse Poppy, parecendo um tanto ofegante por conta da ansiedade. – Amanhã é um dos dias em que ela recebe visitas?

– Não importa – disse Amelia, esforçando-se para parecer calma. – Não há tempo para esperar. Nós duas vamos lhe fazer uma visita amanhã, mesmo que não seja um dia adequado.

– Devo ir também? – perguntou Beatrix.

– Não – Amelia e Poppy responderam ao mesmo tempo. As duas temiam a mesma coisa: que Beatrix talvez não fosse capaz de se controlar durante uma nova visita.

– Obrigada. – A menina parecia aliviada. – Embora eu lamente que tenham de desfazer meus erros. Devo ser punida de alguma forma. Talvez deva confessar e pedir perdão...

– Recorreremos a sua ideia, se formos pegas – disse Amelia. – Primeiro, vamos tentar disfarçar.

– Precisamos contar para Leo, Win ou Merripen? – perguntou Beatrix sem graça.

– Não – murmurou Amelia, apertando-a e beijando os cachos escuros e rebeldes da irmã. – Vamos manter isso entre nós três. Poppy e eu cuidaremos de tudo, querida.

– Tudo bem. Obrigada. – Beatrix relaxou e acomodou-se junto dela com um suspiro. – Só espero que consigam fazer tudo sem serem pegas.

– Claro que vamos conseguir – disse Poppy, animada. – Não se preocupe.

– Problema resolvido – acrescentou Amelia.

E, sobre a cabeça de Beatrix, Amelia e Poppy se olharam, compartilhando o pânico.

CAPÍTULO 10

– Não sei por que Beatrix faz essas coisas – disse Poppy na manhã seguinte, enquanto Amelia segurava as rédeas da carruagem.

As duas estavam a caminho de Stony Cross Manor com os objetos roubados escondidos nos bolsos de seus melhores vestidos diurnos.

– Tenho certeza que não é de propósito – respondeu Amelia, com a testa franzida de preocupação. – Se fosse, Beatrix roubaria coisas que realmente desejava, como fitas de cabelo, luvas, doces. E não confessaria depois. – Ela suspirou. – Parece que as crises acontecem quando há uma mudança significativa em sua vida. Quando mamãe e papai morreram, quando Leo e Win adoeceram... e agora, quando deixamos nossa casa e nos mudamos para Hampshire. Vamos resolver da melhor maneira possível e tentar garantir que Beatrix permaneça em um ambiente calmo e sereno.

– Não existe "calmo e sereno" na nossa casa – falou Poppy com tristeza. – Ah, Amelia, por que nossa família é tão esquisita?

– Não somos esquisitos.

Poppy fez um gesto de desdém.

– Pessoas esquisitas nunca se acham esquisitas.

– Sou absolutamente normal – protestou Amelia.

– Até parece.

Amelia olhou-a com surpresa.

– Por que, em nome de Deus, você diria "até parece" para uma coisa dessas?

– Você tenta controlar tudo e todos. E não confia em ninguém que não seja da família. É um porco-espinho. Ninguém pode chegar perto sem se espetar.

– Bem, gosto disso – disse Amelia, indignada. – Ser comparada a um grande e espinhoso roedor porque decidi passar o resto da minha vida cuidando da família...

– Ninguém pediu que fizesse isso.

– Mas alguém tem que fazer. E sou a mais velha.

– Leo é o mais velho.

– Sou a mais velha e *sóbria*.

– Isso não significa que precisa se tornar mártir.

– Não sou mártir, sou apenas responsável. E você é ingrata!

– Você preferiria gratidão ou um marido? Pessoalmente, prefiro o marido.

– Não quero um marido.

As duas foram discutindo por todo o caminho até Stony Cross Manor. Ao chegarem, estavam irritadas e de mau humor. Porém, quando o lacaio apareceu para ajudá-las, abriram falsos sorrisos e deram-se os braços tensos para se dirigirem à porta de entrada.

Esperaram no saguão enquanto o mordomo anunciava sua chegada. Para o imenso alívio de Amelia, ele as acompanhou até a sala de visitas e disse que Lady Westcliff se reuniria a elas em seguida.

Ao entrar na sala arejada, com vasos de flores frescas, mobília de madeira, cetim e tecidos de seda azul-clara, e encontrar uma chama alegre na lareira de mármore branco, Poppy exclamou:

– Ah, este lugar é tão bonito e cheira tão bem! E veja como as janelas brilham!

Amelia ficou em silêncio, mas não podia deixar de concordar. Ao ver aquele salão imaculado, tão diferente da poeira e da pobreza de Ramsay House, ela se sentiu culpada e envergonhada.

– Não tire o chapéu – falou para Poppy, que já desamarrava o laço. – Deve mantê-lo durante uma visita formal.

– Apenas quando se está na cidade – argumentou Poppy. – No campo, a etiqueta é mais descontraída. E não acho que Lady Westcliff vá se importar.

Uma voz de mulher soou pela entrada:

– Com o quê?

Era Lady Westcliff, com sua silhueta esguia coberta por um vestido cor-de-rosa, o cabelo escuro preso, com cachos reluzentes. Seu sorriso era cheio de travessura e charme tranquilo. Estava de mãos dadas com uma criança pequena de cabelos escuros, vestido azul, uma versão dela em miniatura, com grandes olhos arredondados da cor de gengibre.

– Minha senhora... – Amelia e Poppy se curvaram.

Decidida a ser franca, Amelia falou:

– Lady Westcliff, estávamos discutindo se deveríamos ou não tirar os chapéus.

– Meu bom Deus, não se incomodem com formalidades – exclamou a mulher, entrando com a criança. – Tirem os chapéus, por favor. E podem me chamar de Lillian. Esta é minha filha, Merritt. Estamos brincando um pouquinho antes de sua soneca matinal.

– Espero que não estejamos atrapalhando... – começou Poppy, em tom de desculpas.

– De modo algum. Se puderem tolerar nossas travessuras durante a visita, ficaremos muito felizes em ter sua companhia. Pedi chá.

Em pouco tempo, estavam conversando de forma descontraída. Merritt logo perdeu todos os vestígios de timidez e mostrou a elas sua boneca favorita, chamada Annie, e uma coleção de seixos e folhas guardada em seu bolso. Lady Westcliff – Lillian – era uma mãe carinhosa e brincalhona, sem nenhum pudor de se ajoelhar no chão para procurar pedrinhas caídas embaixo da mesa.

As interações de Lillian com a criança eram bastante incomuns em uma residência aristocrática. Crianças raramente eram trazidas para ver os visitantes, a não ser para uma breve apresentação acompanhada por um carinho na cabeça, e logo saíam. A maioria das mulheres na posição de destaque da condessa não via os filhos mais do que uma ou duas vezes por dia, deixando-os na maior parte do tempo sob os cuidados de uma babá e de criadas.

– Não consigo ficar sem vê-la – explicou Lillian com franqueza. – Por isso, as amas aprenderam a tolerar minha interferência.

Quando a bandeja com o chá chegou, Annie, a boneca, foi colocada no sofá entre Poppy e Merritt. A menininha apertou a beirada de sua xícara contra a boca pintada da boneca.

– Annie quer mais açúcar, mamãe – disse Merritt.

Lillian sorriu, sabendo bem que quem ia beber o chá muito doce não era a boneca.

– Diga a Annie que nunca colocamos mais do que dois torrões na xícara, querida. Caso contrário, ela ficará doente.

– Mas ela gosta de doce – protestou a criança. E acrescentou de forma ameaçadora: – E tem um *gênio*.

Lillian balançou a cabeça.

– Que boneca teimosa. Seja dura com ela, Merritt.

Poppy, que observava o diálogo com um sorriso, fingiu um ar perplexo e se remexeu ligeiramente no sofá.

– Minha nossa, acho que estou sentada em alguma coisa...

Ela tateou às costas e apresentou o cavalinho de madeira, fingindo que o encontrara entre as almofadas do sofá.

– É o meu cavalo – exclamou Merritt, com os dedinhos se fechando em volta do objeto. – Achei que ele tinha fugido.

– Graças a Deus – disse Lillian. – O cavalinho é um dos brinquedos favoritos de Merritt. Estávamos revirando a casa inteira atrás dele.

O sorriso de Amelia vacilou quando ela encontrou o olhar de Poppy, as duas se perguntando se haviam descoberto que outras coisas tinham desaparecido. Os objetos roubados, em especial o selo de prata, precisavam ser devolvidos o mais rápido possível.

– Minha senhora... quero dizer, Lillian... se não se importar... eu gostaria de saber onde fica... o reservado...

– Ah, com certeza. Quer que uma criada lhe mostre ou...

– Não, obrigada – Amelia se apressou em responder.

Depois de receber as instruções que Lillian deu com naturalidade, Amelia pediu licença para sair da sala, deixando que as três continuassem a tomar o chá.

O primeiro aposento que ela precisava encontrar era a biblioteca, de onde saíram o cartão com as imagens e a chave. Lembrando-se da descrição que Beatrix lhe fizera do andar principal, Amelia apressou o passo, percorrendo o corredor tranquilo. Diminuiu o ritmo ao ver uma criada varrendo o tapete e tentou agir como se soubesse aonde ia. A criada parou o serviço e se pôs de lado, de forma respeitosa, enquanto ela passava.

Depois de dobrar um canto do corredor, Amelia encontrou uma porta aberta que revelava uma grande biblioteca com galerias superiores e inferiores. E o melhor: estava vazia. Correu para o interior e viu um estereoscópio sobre a imensa mesa. Havia uma caixa de madeira por perto, repleta de cartões idênticos ao que ela trazia no bolso. Ela enfiou o cartão no meio dos outros e saiu correndo da biblioteca, parando apenas para enfiar a chave na fechadura vazia da porta.

Faltava apenas uma tarefa – ela precisava encontrar o escritório de lorde Westcliff e devolver o selo de prata. O objeto pesado batia de forma desagradável em sua perna enquanto caminhava. *Por favor, não deixe que lorde Westcliff esteja lá*, pensou com desespero. *Por favor, que esteja vazio. Por favor, não me deixe ser pega.*

Beatrix dissera que o escritório ficava perto da biblioteca, mas a primeira porta que Amelia abriu foi da sala de música. Olhando para a porta do outro lado do corredor, descobriu um armário cheio de baldes, vassouras, panos, potes de cera e verniz.

– Droga, droga, *droga* – resmungou, correndo para outra porta aberta.

Era uma sala de bilhar. Dentro dela, meia dúzia de cavalheiros participavam de um jogo. Pior: um deles era Christopher Frost. Seu belo rosto estava despido de qualquer expressão quando seus olhares se encontraram.

Amelia parou, corando.

– Perdoem-me – murmurou e fugiu.

Para seu desespero, Christopher Frost fez menção de segui-la. Estava tão decidida a escapar que não percebeu quando alguém se pôs na frente de Frost, bloqueando sua passagem.

– Srta. Hathaway.

Ao som da voz de um homem, Amelia se virou. Esperava ver Christopher Frost, mas ficou atônita ao descobrir que quem a seguia era Cam Rohan.

– Senhor.

Cam Rohan estava em mangas de camisa, com o colarinho um tanto frouxo, como se o tivesse puxado. O cabelo negro estava casualmente desarrumado, como se tivesse acabado de passar os dedos pelas camadas reluzentes. O coração de Amelia disparou. Esperou que ele se aproximasse em passos fluidos.

Ainda na porta, Christopher Frost lançou um olhar preocupado para os dois, antes de voltar para a sala de jogos.

Rohan alcançou Amelia e parou, fazendo uma saudação com a cabeça.

– Posso ajudá-la? – perguntou com educação. – Está perdida?

Amelia abandonou a cautela em nome da conveniência. Segurou uma dobra de suas mangas enroladas e falou:

– Sr. Rohan, sabe onde fica o escritório de lorde Westcliff?

– É claro.

– Por favor, me mostre.

Rohan a olhou com um sorriso curioso.

– Por quê?

– Não há tempo para explicações. Apenas me leve lá agora mesmo. Por favor, depressa.

Gentilmente, ele a conduziu pelo corredor, duas portas adiante, até uma sala revestida de jacarandá. Um escritório de cavalheiro. O único ornamento era uma fileira de janelas retangulares com vitrais em uma das paredes. Era ali que Marcus, lorde Westcliff, conduzia a maior parte dos negócios de sua propriedade.

Rohan fechou a porta assim que entraram.

Remexendo no bolso, Amelia pegou o pesado selo de prata.

– Onde isso costuma ficar?

– Do lado direito da mesa, perto do tinteiro – disse Rohan. – Como o conseguiu?

– Explicarei depois. Eu lhe imploro, não conte a ninguém. – Ela foi colocar o selo de prata sobre a mesa. – Só espero que ninguém tenha dado por sua falta.

– Por que você iria querê-lo? – perguntou Rohan despreocupado. – Estamos recorrendo a falsificações?

– Falsificações?! – Amelia empalideceu.

Uma carta no nome de Westcliff, selada com o brasão familiar, seria um poderoso instrumento, de fato. Que outra interpretação poderia ser feita com base no furto do selo de prata?

– Ah, não. Eu não teria... quero dizer, eu não quis...

Foi interrompida pelo som assustador da maçaneta girando. Naquele único instante, a angústia e a resignação a dominaram. Tinha acabado. Estivera tão perto, mas agora fora pega e só Deus sabia quais seriam as consequências. Não havia como explicar sua presença no escritório de Westcliff a não ser pela revelação do problema de Beatrix, o que traria vergonha para a família e arruinaria o futuro da menina junto da boa sociedade. Uma lagartixa de estimação era uma coisa, mas roubo era completamente diferente.

Todos esses pensamentos passaram voando pela mente de Amelia. Mas enquanto ela se empertigava e aguardava que o machado do carrasco baixasse sobre sua cabeça, Rohan se aproximou dela em dois passos largos. Antes que Amelia pudesse se mexer, pensar ou mesmo respirar, ele a jogou inteira contra si e puxou sua cabeça para junto da dele.

Rohan a beijou com uma entrega indecente que a deixou tonta. Seus braços a seguravam com firmeza, mantendo-a equilibrada enquanto sua boca capturava a dela no ângulo certo. As mãos de Amelia tentaram reagir, as palmas encontrando os músculos fortes de seu peito, os botões da camisa. Ele era a única coisa sólida em um mundo caleidoscópico. Parou de reagir enquanto seu corpo absorvia os excitantes detalhes, os contornos masculinos rígidos, o perfume do ar livre, a exploração sensual de sua boca. Havia rememorado aquele beijo milhares de vezes em seus sonhos. Só não percebera isso até aquele momento.

Dedos graciosos envolveram seu pescoço e queixo, erguendo-lhe o rosto. As pontas dos dedos encontraram a pele atrás de suas orelhas e a raiz sedosa de seus cabelos. E durante todo o tempo, ele continuou a preenchê-la com um fogo concentrado, até que a parte de dentro de sua boca ardia com doçura e suas pernas tremiam. Ele usava a língua com delicadeza, explorando sem pressa, enquanto ela se agarrava a ele em uma confusão de prazer.

Rohan afastou a boca; seu hálito era uma carícia quente nos lábios dela. Virou a cabeça para falar com a pessoa que acabara de entrar no aposento.

– Peço perdão, meu senhor. Queríamos um momento de privacidade.

Amelia ficou vermelha ao seguir o olhar dele até a entrada, onde lorde Westcliff estava parado, com uma expressão insondável no rosto.

Um momento tenso se passou, enquanto Westcliff parecia organizar as ideias. O olhar dele foi do rosto de Amelia para o de Rohan. Um sorriso cintilou em seus olhos escuros.

– Pretendo voltar em cerca de meia hora. Seria bom que meu escritório estivesse liberado. – Ele se despediu com um delicado aceno de cabeça.

Assim que a porta se fechou, Amelia deixou a testa pousar no ombro de Rohan com um gemido. Teria se afastado, mas não confiava na firmeza de seus joelhos.

– Por que fez isso?

Ele não parecia arrependido.

– Precisávamos de um motivo para estar aqui. Essa me pareceu a melhor opção.

Amelia balançou a cabeça lentamente, ainda mantendo a testa no ombro dele. A seca doçura de seu perfume a fazia se lembrar de uma campina banhada pelo sol.

– Acha que ele contará para alguém?

– Não – disse ele de imediato, reconfortando-a. – Westcliff não é dado a mexericos. Não dirá uma palavra a ninguém, a não ser...

– A não ser?

– Para Lady Westcliff. É provável que conte para ela.

Amelia ponderou, concluindo que talvez não fosse tão ruim. Lady Westcliff não parecia ser o tipo de pessoa que a condenaria. A condessa parecia ser bastante tolerante em relação a comportamentos escandalosos.

– É claro – prosseguiu Rohan –, se Lady Westcliff souber, há uma grande probabilidade de que ela conte para Lady St. Vincent, que está sendo esperada para uma visita, junto com lorde St. Vincent, até o final da semana. E, como Lady St. Vincent conta tudo para o marido, ele também saberá. Ninguém mais. A não ser...

Ela levantou a cabeça de modo brusco, como uma marionete.

– A não ser o quê?

– A não ser que lorde St. Vincent mencione a história para o Sr. Hunt, que sem dúvida contaria para a Sra. Hunt, e então... todo mundo ficará sabendo.

– Não. Não posso suportar isso.

Ele lançou-lhe um olhar alerta.

– Por quê? Por ter sido pega beijando um cigano?

– Não, porque não sou o tipo de mulher que é pega beijando *ninguém*. Não me presto a encontros! Quando todos descobrirem, não me sobrará dignidade alguma. Nenhuma reputação. Nenhuma... De que você está rindo?

– De você. Eu não esperava tanto drama.

Aquilo irritou Amelia, que não era o tipo de mulher que se permitia gestos teatrais. Colocou os braços entre os dois com mais firmeza.

– Minha reação é perfeitamente razoável, levando-se em conta...

– Você não é ruim nisso.

Ela piscou, confusa.

– Em fazer drama?

– Não, em beijar. Com um pouco de prática, seria incrível. Mas precisa relaxar.

– Não quero relaxar. Não quero... ai, meu Deus.

Ele abaixara a cabeça até sua garganta, procurando ouvir o ritmo de seu pulso. Um choque leve e quente a atravessou.

– Não faça isso – disse ela, com voz fraca, mas ele era insistente, a boca perversamente macia, e ela perdeu o fôlego quando sentiu o leve toque de sua língua.

As mãos dispararam até os ombros musculosos.

– Sr. Rohan, não deve...

– É assim que se beija, Amelia. – Ele aninhou sua cabeça nas mãos, inclinando-a para um lado com habilidade. – Os narizes vão para cá. – A boca de Rohan voltou a esbarrar de forma estonteante, erguendo uma onda de calor sensual. – Você tem gosto de chá e açúcar.

– Já sei beijar.

– Sabe? – O polegar dele passou sobre seus lábios quentes, recém-beijados, obrigando-os a se separar. – Então mostre – sussurrou. – Deixe-me entrar, Amelia.

Nunca, em toda a sua vida, ela havia pensado que um homem poderia lhe dizer algo tão ultrajante. E se as palavras eram inapropriadas, o brilho em seus olhos era definitivamente causticante.

– Sou... uma solteirona. – Ela pronunciou a palavra como se fosse um talismã. Todos sabiam que cavalheiros devassos deviam deixar as solteironas em paz. Mas parecia que ninguém dissera isso a Cam Rohan.

Um sorriso dissimulado fez surgir covinhas no canto da boca de Rohan.

– Isso não vai livrá-la de mim. – Ela tentou se afastar, mas as mãos dele obrigaram seu rosto a voltar a encará-lo. – Parece que não posso deixá-la sozinha. Na verdade, estou reconsiderando meu posicionamento em relação a solteironas.

Antes que ela pudesse perguntar que posicionamento era esse, a boca de Rohan voltou a tomar a dela, os dedos acariciando a beirada tensa de seu queixo, estimulando-a a relaxar. Mesmo nos momentos mais ardentes com Christopher Frost, ele nunca a beijara daquele jeito, como se a consumisse aos poucos. Os lábios dele esbarraram nos dela até que se juntaram, se fecharam calorosamente e suas línguas se encontram. Ele brincou com ela, acariciando, procurando, enquanto as mãos a puxavam mais para perto. Acariciou suas costas e seus ombros, afastando os lábios dos dela para explorar a suave inclinação do pescoço. Ele descobriu um lugar que a fez se retorcer, provocando-a com delicadeza até que ela deixou escapar um gemido indefeso.

Rohan levantou a cabeça. Os olhos reluziam como se houvesse enxofre ardente por trás daquelas íris escuras. Falou devagar, como se colhesse as palavras como folhas caídas.

– Acho que isso não é uma boa ideia.

Amelia assentiu, trêmula.

– É verdade, Sr. Rohan.

As pontas de seus dedos provocaram uma nova onda de cor na superfície do rosto de Amelia.

– Meu nome é Cam.

– Não posso chamá-lo assim.

– Por que não?

– Sabe por quê – disse ela, em tom de reprimenda.

Ela deu um longo suspiro ao sentir a boca de Rohan descer até sua bochecha, explorando a pele rosada.

– O que significa?

– Meu nome? É a palavra dos ciganos para "sol".

Amelia mal conseguia pensar.

– Sabia que um cigano tem três nomes? – perguntou Rohan.

Ela balançou a cabeça devagar, enquanto a boca de Cam deslizava por sua testa. Ele apertou um véu quente de palavras contra sua pele.

– O primeiro é o nome secreto que a mãe sussurra no ouvido do bebê, quando ele nasce. O segundo é um nome tribal, usado apenas entre ciganos. O terceiro é o nome que usamos com aqueles que não são rons.

Seu perfume a envolvia completamente, suave, fresco e delicioso.

– Qual é seu nome tribal?

Ele deu um sorrisinho, a forma de sua boca queimando contra o rosto dela.

– Não posso lhe dizer. Ainda não a conheço bem.

Ainda. A promessa irresistível contida nessa palavra a deixou ofegante.

– Deixe-me ir – sussurrou. – Não devemos. – Mas as palavras se perderam quando ele se curvou e, faminto, tomou sua boca.

Dominada pelo prazer, Amelia procurou o cabelo dele com as mãos, sentindo uma intensa satisfação em deslizá-los por entre seus dedos. Quando ele sentiu seu toque, soltou um gemido baixo, de encorajamento. O ritmo de sua respiração se alterou, ficou mais rápido, os beijos se tornaram duros e lânguidos.

Ele tomou o que lhe era oferecido – e mais – enfiando sua língua mais fundo, estimulando sensações. E ela retribuiu até sentir que sua alma estava chamuscada e seus pensamentos tinham desaparecido como faíscas que saltam de uma fogueira.

De repente, Rohan descolou suas bocas e a segurou com força demais contra o corpo. Amelia sentiu-se tomada por um sutil movimento pendular, precisando de fricção, de pressão, de alívio. Ele a manteve imóvel junto de si, enquanto ela estremecia e ardia.

A pressão de Rohan diminuiu. Aos poucos ele a liberou, até finalmente conseguir afastá-la por completo.

– Perdão – disse ele por fim. Ela viu o atordoamento do desejo nos olhos dele. – Em geral, não costumo ter tanta dificuldade em parar.

Amelia assentiu, perdida, e envolveu o próprio corpo com os braços. Não estava consciente das batidas nervosas de seu pé no chão até que Rohan se aproximou dela e deslizou um de seus pés sob as saias para acalmá-la.

– Beija-flor – sussurrou. – Melhor você ir agora. Se não for, vou acabar comprometendo-a de uma forma que nunca imaginou que fosse possível.

Amelia não sabia como conseguiu voltar ao salão sem se perder. Movimentava-se como se estivesse atravessando as camadas de um sonho.

Ao chegar ao sofá onde Poppy estava sentada, aceitou outra xícara de chá e sorriu para a pequena Merritt, que pescava em sua própria xícara um pedaço de biscoito doce. Reagiu evasivamente quando Lillian sugeriu que toda a família Hathaway se juntasse a eles para um piquenique no fim de semana.

– Gostaria que tivéssemos aceitado o convite – disse Poppy, entristecida, no caminho de volta. – Mas imagino que seria procurar encrenca, pois Leo provavelmente se comportaria de forma repreensível e Beatrix talvez roubasse alguma coisa.

– E há muito o que fazer em Ramsay House – acrescentou Amelia, sentindo-se distraída e distante.

Apenas um pensamento estava claro em sua mente: Cam Rohan retornaria em breve para Londres. Para seu próprio bem – e talvez para o dele –, ela precisava evitar Stony Cross Park até sua partida.

~

Talvez fosse por estarem cansados de limpar, consertar e organizar, mas a família Hathaway estava dispersiva naquela noite. Com exceção de Leo, estavam todos reunidos em torno da lareira de um dos aposentos do andar inferior, descansando, enquanto Win lia em voz alta um romance de Dickens. Merripen ocupava um canto distante da sala, perto da família, mas sem fazer parte dela, ouvindo com atenção. Sem dúvida, Win poderia estar lendo apólices de seguro e ele teria achado igualmente arrebatador.

Poppy ocupava-se com as agulhas, costurando um par de pantufas masculinas com fios de lã em cores vivas, enquanto Beatrix jogava paciência no chão, perto do fogo. Percebendo o jeito como a irmã selecionava as cartas, Amelia deu uma risada.

– Beatrix – falou quando Win terminou um capítulo. – Por que você trapaceia no jogo de paciência? Está jogando sozinha.

– Então ninguém pode reclamar.

– O importante não é ganhar, mas como se ganha – disse Amelia.

– Já ouvi isso antes e não concordo. É bem melhor ganhar.

Poppy balançou a cabeça, segurando o tricô.

– Beatrix, definitivamente você é uma sem-vergonha.

– *E* uma vencedora – disse a menina com satisfação, baixando a carta que desejava.

– Onde foi que erramos? – perguntou Amelia, sem se dirigir a ninguém em especial.

Win sorriu.

– Ela tem poucos prazeres, querida. Um jogo criativo de paciência não faz mal a ninguém.

– Acho que não. – Amelia estava prestes a dizer mais alguma coisa, mas se distraiu com uma corrente de ar frio que se revolvia em torno de seus tornozelos e deixava os dedos de seus pés dormentes. Tremeu e envolveu-se mais no xale de lã azul. – Nossa. Está frio aqui.

– Você deve estar sentada diante de uma corrente de ar – disse Poppy, preocupada. – Venha para o meu lado, Amelia. Estou bem mais perto do fogo.

– Obrigada, mas acho que vou para a cama. – Ainda tremendo, Amelia bocejou. – Boa noite a todos.

Enquanto ela saía, Beatrix pediu a Win que lesse mais um capítulo.

Ao percorrer o corredor, Amelia passou por um pequeno cômodo que, até onde tinham conseguido ver, era a saleta de um cavalheiro. Tinha uma alcova do tamanho de uma mesa de bilhar e uma pintura encardida de uma cena de caça na parede. Uma poltrona grande e muito estofada estava colocada entre as janelas, o veludo felpudo esgarçado. A luz de uma luminária de pé deslizava pelo chão, diluída.

Leo cochilava, com os braços pendendo frouxos nas laterais de uma poltrona. Havia uma garrafa vazia no chão, lançando uma sombra afilada no outro lado do aposento.

Amelia teria continuado seu caminho, mas alguma coisa na postura do irmão a fez parar. Ele dormia com a cabeça caída sobre um dos ombros, os lábios ligeiramente afastados, como quando era menino. Com o rosto despido de raiva e dor, ele parecia jovem e vulnerável. Lembrou-se do garotinho corajoso que ele tinha sido e sentiu um aperto de piedade em seu coração.

Ao entrar no aposento, Amelia levou um susto com a abrupta mudança de temperatura, o ar cortante. Estava bem mais frio ali do que no resto da casa. E não era imaginação – ela conseguia ver sua respiração se condensando em nuvens brancas. Trêmula, aproximou-se de Leo. O ar gélido estava concentrado em torno dele, tornando-se tão intenso que os pulmões doíam quando ela respirava. Enquanto pairava sobre a figura prostrada, ela mergulhou em uma sensação de desolação, uma tristeza que transcendia as lágrimas.

– Leo? – O rosto do irmão estava cinzento, os lábios secos e azulados e, ao tocar sua bochecha, não havia sinal de calor. – Leo!

Nenhuma reação.

Amelia sacudiu-o, empurrou seu peito com força, tomou o rosto rígido em suas mãos. Ao fazer isso, sentiu uma força invisível puxá-la. Ela continuou, teimosamente, embrulhando os punhos nas dobras soltas de sua camisa.

– Leo, acorde.

Para seu alívio, ele se mexeu, arfou e abriu os olhos. As íris estavam pálidas como o gelo. As palmas das mãos foram até os ombros da irmã e ele balbuciou, tonto:

– Estou acordado, estou acordado. Meu Deus, não precisa gritar. Está fazendo barulho suficiente para despertar os mortos.

– Por um momento achei que era exatamente isso que eu estava fazendo. – Amelia desabou no braço da poltrona, com os nervos à flor da pele. O frio diminuíra. – Ah, Leo, você estava tão imóvel e pálido. Já vi cadáveres com aparência mais vibrante.

O irmão esfregou os olhos.

– Estou apenas um pouco bêbado. Não estou morto.

– Você não acordava.

– Eu não queria. Eu... – Fez uma pausa, com um ar transtornado. Seu tom de voz era baixo e surpreso. – Estava sonhando. Sonhos tão reais...

– Sobre o quê?

Ele não quis responder.

– Sobre Laura? – insistiu Amelia.

O rosto do irmão se fechou, rugas profundas marcando-o como fissuras criadas pela expansão do gelo no interior de uma pedra.

– Disse para nunca mencionar o nome dela na minha frente.

– Sim, porque não queria se lembrar dela. Mas não importa, Leo. Você nunca para de pensar nela, ouvindo ou não o seu nome.

– Não vou falar dela.

– Bem, está bastante claro que evitar o assunto não está dando certo. – Sua mente rodopiava em desespero, perguntando-se qual seria a melhor manobra, o melhor meio de tocá-lo. Ela experimentou usar a determinação: – Não vou deixá-lo desmoronar, Leo.

O olhar dele deixou claro que a determinação não fora uma boa opção.

– Um dia desses – disse ele com fria afabilidade –, você será obrigada a reconhecer que existem coisas que estão além de seu controle. Se eu quiser desmoronar, não vou pedir a droga da sua permissão.

Então Amelia decidiu tentar a compaixão.

– Leo... sei o que você tem passado desde a morte de Laura. Mas outras pessoas conseguiram se recuperar de uma perda e reencontrar a felicidade...

– Não existe mais felicidade – disse Leo com aspereza. – Não há paz em nenhum recanto maldito de minha vida. Ela levou tudo embora. Pelo amor de Deus, Amelia... vá se meter na vida de outra pessoa e me deixe em paz.

CAPÍTULO 11

Na manhã após a visita de Amelia Hathaway, Cam foi visitar o escritório particular de lorde Westcliff.

– Meu senhor – disse, parado à porta aberta.

Conteve um sorriso ao notar a cabeça de porcelana de uma boneca debaixo da mesa de mogno, sentada contra uma das pernas do móvel, junto com os restos de alguma coisa que parecia ser torta de mel. Sabendo como o conde adorava a filha, Cam presumiu que ele achava impossível evitar as invasões de Merritt.

Da mesa, Westcliff fez um gesto para que Cam entrasse.

– É a tribo de Brishen? – perguntou, sem rodeios.

Cam sentou-se na cadeira que lhe havia sido indicada.

– Não. É liderada por um homem chamado Danior. Eles viram as marcas nas árvores.

Naquela manhã, um dos arrendatários de Westcliff tinha relatado que um acampamento cigano fora montado perto do rio. Ao contrário de outros proprietários de terra em Hampshire, Westcliff tolerava a presença dos ciganos em seu território, desde que não fizessem mal a ninguém nem ficassem por muito tempo.

No passado, o conde enviara comida e vinho para os rom visitantes. Em retribuição, eles gravaram marcas nas árvores perto do rio, indicando que aquele era um território amistoso. Em geral, permaneciam apenas alguns dias e partiam sem causar danos à propriedade.

Ao saber sobre o acampamento, Cam se oferecera para conversar com os recém-chegados e perguntar quais eram seus planos. Westcliff aceitara na mesma hora, acolhendo a oportunidade de enviar um intermediário que sabia falar o velho idioma.

A visita foi boa. Era uma tribo pequena, com um líder afável, que garantiu a Cam que não causariam problemas.

– Pretendem ficar por uma semana, não mais que isso – relatou Cam a Westcliff.

– Bom.

A resposta assertiva do conde fez com que Cam sorrisse.

– Não gosta de ser visitado pelos rons.

– Não é algo que desejo – admitiu Westcliff. – Sua presença deixa os aldeões e meus arrendatários nervosos.

– Mesmo assim permite que eles fiquem. Por quê?

– Por um lado, a proximidade facilita que se saiba o que estão fazendo. Por outro... – Westcliff fez uma pausa, parecendo escolher as palavras com um cuidado incomum. – Muitos encaram os povos ciganos como um bando de andarilhos e vagabundos, ou pior: mendigos e ladrões. Mas há quem reconheça que eles possuem uma cultura autêntica. Quando se tem essa visão, não é possível puni-los por viverem como homens da natureza.

Cam arqueou as sobrancelhas, impressionado. Era raro que alguém, ainda mais um aristocrata, tratasse os ciganos de maneira tão justa.

– E o senhor compartilha dessa segunda visão?

– É a minha tendência. – Westcliff sorriu de esguelha, ao acrescentar: – Embora eu também reconheça que, por vezes, homens da natureza podem ter mãos leves.

Cam sorriu.

– Os rons acreditam que ninguém é dono da terra ou da vida que ela sustenta. Tecnicamente, não é possível roubar algo que pertence a todos.

– Meus arrendatários discordam disso – falou Westcliff, seco.

Cam recostou-se no assento, deixando uma das mãos no braço da cadeira. Seus anéis de ouro reluziam contra o belo mogno. Ao contrário do conde, que se vestia com roupas perfeitamente talhadas e ostentava uma gravata com um nó perfeito, Cam usava botas, calças curtas e uma camisa de gola aberta. Não teria sido apropriado visitar a tribo com os trajes rígidos e formais de um *gadjo*.

Westcliff o olhou com atenção.

– Sobre o que vocês conversaram? Imagino que devem ter manifestado alguma surpresa ao encontrar um rom vivendo com os *gadje*.

– Surpresa – Cam concordou. – E também piedade.

– Piedade? – O conde não era tão esclarecido a ponto de compreender que os ciganos se consideravam imensamente superiores aos *gadje*.

– Sentem pena de qualquer homem que leve este tipo de vida. – Cam fez gestos soltos para indicar o cenário refinado. – Dormir em uma casa. Encher--se de bens. Ter horário. Usar relógio. Nada disso é natural.

Ficou em silêncio, pensando no momento em que pusera os pés no acampamento, na sensação de tranquilidade que o invadira. A visão dos vagões, *vardos*, os cães descansando entre as rodas dianteiras, os cavalos de ar satisfeito presos nas proximidades, os cheiros da fumaça da fogueira e das cinzas... tudo isso lhe despertara carinhosas lembranças da infância. E saudades. Ele queria aquela vida, nunca deixara de desejá-la. Nunca encontrara nada que a substituísse.

– Na minha cabeça, não há nada estranho em querer estar debaixo de um teto quando chove – disse Westcliff. – Ou possuir e cultivar a terra, medir o passar de um dia com a ajuda de um relógio. É da natureza do homem impor sua vontade a seu ambiente. Senão a sociedade se desintegraria e não haveria nada além do caos e da guerra.

– E os ingleses, com seus relógios, fazendas e cercas... eles não fazem guerra?

O conde franziu a testa.

– Não se pode tratar esses assuntos de forma tão simplista.

– Os rons tratam. – Cam examinou a ponta de suas botas, o couro gasto coberto por uma camada seca de lama. – Chamaram-me para acompanhá-los quando partirem – disse de forma quase distraída.

– E você recusou, naturalmente.

– Queria aceitar. Se não fossem minhas responsabilidades em Londres, eu iria com eles.

O rosto de Westcliff perdeu toda a expressão. Uma pausa especulativa.

– Você me surpreende.

– Por quê?

– É um homem dotado de inteligência e habilidades raras. Tem riqueza e a perspectiva de conquistar ainda mais. Não faz o menor sentido jogar tudo isso para o alto. Seria um desperdício.

Um sorriso surgiu nos lábios de Cam. Embora Westcliff tivesse a cabeça aberta, ele tinha fortes opiniões sobre como as pessoas deviam viver. Seus valores – entre eles a honra, a produtividade e o progresso – não eram compatíveis aos dos rons. Para o conde, a natureza devia ser administrada e organizada – as flores deviam permanecer em canteiros; os animais deviam ser treinados ou caçados; a terra precisava ser limpa. E um jovem devia ser encaminhado para empreendimentos produtivos e convencido a se casar com uma mulher adequada para construir com ele uma sólida família britânica.

– Por que seria um desperdício?

– Um homem deve se esforçar para cumprir todo o seu potencial – respondeu o conde, sem nenhuma hesitação. – Não poderia fazer isso vivendo como um rom. Suas necessidades básicas, comida e abrigo, mal seriam cobertas. Precisaria lidar com perseguição constante. Como, em nome de Deus, essa vida poderia ter algum apelo quando você tem quase tudo que um homem poderia desejar?

Cam deu de ombros.

– É a liberdade.

Westcliff balançou a cabeça.

– Se quiser terra, tem meios de adquirir grandes quantidades. Se quiser cavalos, pode comprar uma série de puros-sangues e caçadores. Se quiser...

– Isso não é liberdade. Quanto do seu tempo é dispendido cuidando de assuntos das propriedades, investimentos, empresas, em reuniões com agentes e corretores, em viagens para Bristol e Londres?

Westcliff pareceu afrontado.

– Está me dizendo com sinceridade que cogitaria deixar seu trabalho, suas ambições, seu futuro... para viajar pelo mundo em um *vardo*?

– Sim. Estou cogitando.

Westcliff franziu os olhos escuros.

– E acha que, depois de anos de uma vida produtiva em Londres, se adaptaria alegremente a uma existência de perambulações sem objetivo?

– É a vida que eu deveria levar. Em seu mundo, não passo de uma excentricidade.

– Uma droga de uma excentricidade muito bem-sucedida. E tem a oportunidade de ser um representante de seu povo...

– Deus me livre! – Cam começara a rir sem parar. – Se chegar a esse ponto, prefiro que me matem.

O conde pegou o selo de prata no canto da mesa, examinando a base gravada com estranha concentração. Usou a ponta da unha do polegar para remover uma gotícula endurecida do lacre, que sujava a superfície polida. Cam não se deixou enganar pelo súbito retraimento de Westcliff.

– É impossível não reparar – murmurou o conde – que ao mesmo tempo que cogita mudar toda a sua vida, também parece demonstrar um visível interesse pela Srta. Hathaway.

A expressão de Cam não se alterou.

– Ela é uma bela mulher. Precisaria ser cego para não reparar nela. Mas isso dificilmente vai alterar meus planos.

– Por enquanto.

– Nunca – retrucou Cam, fazendo uma pausa ao perceber a intensidade desnecessária de sua voz. Mudou de tom no mesmo instante: – Decidi ir embora em dois dias, depois que St. Vincent e eu discutirmos alguns assuntos a respeito do clube. Provavelmente não voltarei a ver a Srta. Hathaway. – Graças a Deus, acrescentou em segredo.

O punhado de encontros que tivera com Amelia Hathaway haviam sido singularmente perturbadores. Cam não conseguia se lembrar da última vez que se sentira tão afetado por uma mulher – se é que isso já acontecera. Não era do tipo que se envolvia no assunto dos outros. Detestava dar conselhos e passava pouco tempo pensando em problemas que não lhe diziam respeito. Mas sentia-se atraído por Amelia de um jeito irresistível. Ela era tão séria, tão ocupada ao tentar controlar todos à sua volta, era uma tentação profana distraí-la. Fazê-la rir. Fazê-la brincar. E ele poderia, se quisesse. E saber disso tornava mais difícil ficar longe dela.

Sua relação obstinada com os outros membros da família, o esforço que fazia para cuidar deles... aquilo o atraía de um jeito instintivo. Os rons eram assim. Tribais. Ao mesmo tempo, Amelia era seu oposto nos pontos mais essenciais, uma criatura da domesticidade que insistia em fincar mais raízes. Era irônico que ele se deixasse fascinar tanto por alguém que representava tudo de que ele precisava fugir.

Parecia que todo o condado comparecera à Feira do Esfregão que, de acordo com a tradição, acontecia sempre no dia 12 de outubro. A aldeia, com suas lojinhas asseadas e casinhas brancas com telhados de palha, ganhava um encanto incrível. Multidões rodavam pela notável praça oval do vilarejo ou passeavam pela rua principal, onde inúmeras bancas tinham sido erguidas. Vendedores ofereciam brinquedos baratos, comida, sacos de sal de Lymington, artigos de vidro, tecidos e potes do mel local.

A música dos cantores e violinistas era pontuada por salvas de palmas quando os artistas executavam truques para os passantes. A maioria das contratações se dera no início do dia, com trabalhadores e aprendizes esperançosos fazendo fila na praça, conversando com possíveis patrões. Depois de feito um acordo, um xelim era entregue ao criado recém-contratado e o restante do dia se passava em festas.

Merripen chegara pela manhã para encontrar dois ou três criados adequados para Ramsay House. Depois de concluir a tarefa, voltou ao vilarejo no final da tarde, acompanhado por toda a família Hathaway. Estavam animados com a perspectiva de encontrar música, comida e diversão. Leo logo desapareceu com duas mulheres da aldeia, deixando as irmãs sob os cuidados do cigano.

Enquanto passeavam pelas bancas, as irmãs se refestelaram com tortas de porco, pastelões de alho-poró, maçãs e peras e, para o delírio das meninas, biscoitos de gengibre em forma de boneco. O padeiro na banca garantira que toda moça solteira deveria comer um boneco de gengibre para ter sorte, caso quisesse conseguir um marido um dia.

Uma discussão zombeteira e risonha teve início entre Amelia e o padeiro, quando ela se recusou terminantemente a comprar um para si mesma, dizendo que não tinha a intenção de se casar.

– Mas é claro que tem! – declarou o padeiro com um sorriso maroto. – É o que toda mulher espera.

Amelia sorriu e passou os biscoitos para as irmãs.

– Quanto custam três, senhor?

– Um centavo cada. – Ele tentou entregar-lhe um quarto biscoito. – E este é de graça. Seria um triste desperdício que a bela dama de olhos azuis ficasse sem marido.

– Não posso aceitar – protestou Amelia. – Obrigada, mas...

Uma voz surgiu atrás dela.

– Ela aceitará.

Constrangimento e prazer fervilharam por todo o seu corpo e Amelia viu a mão de um homem moreno estendendo-se, deixando cair uma moeda de prata na palma da mão do padeiro. Ao ouvir os risinhos e exclamações das irmãs, Amelia voltou-se e olhou dentro de dois olhos castanhos brilhantes.

– Você precisa de sorte – disse Cam Rohan, empurrando o biscoito de gengibre para as relutantes mãos de Amelia. – Fique com ele.

Ela obedeceu, mordendo deliberadamente a cabeça. Ele riu. A boca de Amelia se encheu com o sabor intenso do melaço e a macia consistência da massa de gengibre na língua.

Ao olhar Rohan de relance, Amelia pensou que ele deveria ter pelo menos um ou dois pontos fracos, algum problema na pele ou em sua estrutura... mas sua tez era tão suave quanto o mel escuro e seus traços eram perfeitos, como se fossem esculpidos. Quando ele baixou a cabeça em sua direção, o sol poente fez brilhar seu cabelo negro e ondulado.

Quando engoliu o biscoito, Amelia balbuciou:

– Não acredito em sorte.

Rohan sorriu.

– Nem em maridos, ao que parece.

– Não para mim, é verdade. Mas para as outras...

– Não importa. Você se casará de qualquer maneira.

– Por que diz isso?

Antes de responder, Rohan lançou um olhar desconfiado para as irmãs Hathaways, que sorriam com benevolência para os dois. Merripen, por outro lado, estava de cara feia.

– Posso roubar sua irmã? – perguntou Rohan para as meninas. – Preciso falar com ela sobre algumas questões relativas a apicultura.

– O que isso significa? – Beatrix quis saber, tirando o biscoito sem cabeça das mãos de Amelia.

– Imagino que o Sr. Rohan esteja se referindo a nossa Sala das Abelhas – respondeu Win com um sorriso, insistindo delicadamente para que as outras irmãs seguissem com ela. – Vamos ver se conseguimos encontrar uma banca com seda bordada.

– Não se afastem – exclamou Amelia, um tanto espantada pela velocidade com que sua família a abandonava. – Bea, não pague por um artigo sem pechinchar primeiro e Win... – Sua voz se calou enquanto as garotas se espalhavam pelas bancas, sem prestar atenção. Apenas Merripen voltou-se para olhá-la, com ar furioso.

Rohan, que parecia apreciar a irritação de Merripen, ofereceu um braço para Amelia.

– Caminhe comigo.

Ela poderia ter feito objeções para aquela ordem feita em voz baixa, mas aquela provavelmente seria a última vez que o veria por muito tempo, se é que voltaria a vê-lo. E era difícil resistir ao brilho sedutor de seus olhos.

– Por que disse que eu me casaria? – perguntou ao se deslocarem em meio à multidão, num ritmo tranquilo. Não lhe escaparam os muitos olhares que se desviaram para o belo rom vestido como um cavalheiro.

– Está escrito na sua mão.

– A leitura da mãos é uma impostura. E homens não leem mãos. Só mulheres.

– Não é porque não saibamos – replicou Rohan, animado. – E qualquer um pode ver sua linha do casamento. Está clara como o dia.

– Linha do casamento? Onde fica? – Amelia tirou a mão de seu braço e ficou inspecionando a palma.

Rohan levou-a para debaixo da sombra de uma faia, na beira do parque. As multidões circulavam pelo campo, enquanto os últimos raios de sol desapareciam no horizonte. Tochas e lamparinas já estavam se acendendo, à espera da noite.

– Esta aqui – disse Rohan, tomando a mão esquerda dela e virando a palma para cima.

Os dedos de Amelia se fecharam quando uma onda de constrangimento a invadiu. Ela deveria estar usando luvas, mas seu melhor par estava manchado e o segundo melhor tinha um furo em um dos dedos. Ela não havia conseguido comprar um novo par. Para piorar a situação, havia uma casca de ferida na lateral do polegar, onde ela se arranhara com a beirada de um balde metálico, e as unhas estavam lixadas bem curtas, como as de uma criança, depois de quebradas. Era a mão de uma criada, não a de uma dama. Por um triste momento, desejou ter mãos como as de Win: pálidas, elegantes, de dedos longos.

Rohan fitou-a por um momento. Quando Amelia tentou se afastar, ele apertou sua mão com mais força.

– Espere – ela o ouviu murmurar.

Não havia opção além de deixar que os dedos relaxassem no cálido invólucro da mão dele. Um rubor cobriu-a ao sentir que o polegar de Rohan roçava sua palma, fazendo movimentos para fora até que todos os seus dedos estivesse frouxos e abertos.

A voz baixa parecia se concentrar em algum ponto de prazer oculto na base de seu crânio.

– Aqui. – As pontas dos dedos passaram sobre uma linha horizontal na base do mindinho. – Um único casamento. Será longo. E isto... – Ele traçou um trio de pequenos talhos verticais que interceptavam a linha do casamento. – Isto significa que você terá pelo menos três filhos. – Rohan franziu os olhos, concentrado. – Duas garotas e um menino. Elizabeth, Jane e... Ignatius.

Ela não conseguiu evitar um sorriso.

– Como o pai – disse ele, com seriedade. – Um apicultor muito respeitável.

O brilho zombeteiro em seus olhos fez com que o pulso de Amelia acelerasse de repente. Ela pegou a mão de Rohan e inspecionou a palma.

– Deixe-me ver a sua.

Rohan manteve a mão relaxada, mas ela sentiu sua força, ossos e músculos se flexionando sutilmente sob a pele queimada de sol. Os dedos eram bem cuidados, com unhas muito limpas e bem cortadas. Os ciganos eram meticulosos, quase ritualistas, com a higiene. A família se divertia havia muito tempo pelas opiniões de Merripen em relação ao que consistia uma limpeza adequada e em relação a sua preferência a se lavar com água corrente em vez de usar uma banheira.

– Você tem uma linha do casamento ainda mais profunda do que a minha – disse Amelia.

Ele respondeu com um único sinal da cabeça, sem desviar o olhar do rosto dela.

– E também terá três filhos... ou seriam quatro? – Ela tocou uma linha quase imperceptível marcada perto da lateral da mão.

– Apenas três. Essa linha no lado significa que terei um curto noivado.

– Provavelmente será conduzido ao altar por algum pai com uma carabina na mão.

Ele sorriu.

– Só se roubar minha noiva de seu quarto.

Ela o examinou.

– Acho difícil imaginá-lo casado. Você parece ser solitário demais.

– De forma alguma. Levarei minha esposa comigo para qualquer lugar. – Seus dedos seguraram o polegar de Amelia de uma forma brincalhona, como se ele estivesse segurando filamentos de dente-de-leão. – Viajaremos em um *vardo* até o outro lado do mundo. Colocarei anéis de ouro nos dedos de seus pés e de suas mãos e enfeites em seus tornozelos. À noite, lavarei seu cabelo e o pentearei até secar, sob a luz da fogueira. E a despertarei com beijos todas as manhãs.

Amelia desviou o olhar de Rohan, suas bochechas ficaram coradas e sensíveis. Afastou-se, precisando caminhar, precisando de qualquer coisa que interrompesse a constrangedora intimidade daquele momento. Ele pôs-se a seu lado enquanto atravessavam a praça da aldeia.

– Sr. Rohan... por que deixou sua tribo?

– Nunca soube bem o motivo.

Ela o olhou com surpresa.

– Eu tinha 10 anos – disse ele. – Pelo que me lembro, viajava no *vardo* de meus avós. Nunca conheci meus pais. Minha mãe morreu no parto e meu pai era um *gadjo* irlandês. Sua família rejeitou seu casamento e o convenceu a abandonar minha mãe. Acho que ele não sabe que ela teve um filho.

– Ninguém tentou avisá-lo?

– Não sei. Talvez tenham decidido que isso não mudaria nada. De acordo com meus avós, ele era jovem – Rohan lançou um sorriso breve e maroto para

Amelia – e imaturo até mesmo para um *gadjo*. Um dia, minha avó me fez vestir uma camisa nova, feita por ela e disse que eu precisava deixar a tribo. Falou que eu estava em perigo e não podia mais viver entre eles.

– Que tipo de perigo?

– Ela não quis dizer. Um primo mais velho, Noah, me levou para Londres e me ajudou a encontrar emprego e abrigo. Prometeu retornar para me ver algum dia e me avisar quando fosse seguro eu voltar para casa.

– E, nesse meio-tempo, você trabalhou no clube de jogo?

– Sim, o velho Jenner me contratou como mensageiro. – A expressão de Rohan suavizou-se com lembranças carinhosas. – De muitas formas, ele foi como um pai para mim. É claro que era temperamental e um pouco rápido demais com os punhos. Mas era um bom homem. Cuidou de mim.

– Não deve ter sido fácil para você – disse Amelia, sentindo compaixão pelo menino que ele fora, abandonado pela família, obrigado a encontrar o próprio caminho pelo mundo. – Fico espantada que não tenha tentado fugir para encontrar sua tribo.

– Prometi que não faria isso.

Ao ver uma folha caindo do galho de uma árvore, Rohan se esticou, os dedos ágeis segurando-a no ar, como se fosse um truque. Ele levou a folha ao nariz, inalando sua doçura, e a entregou para Amelia.

– Passei anos no clube esperando que Noah viesse me buscar – disse ele, com naturalidade.

Amelia esfregou a pele flexível e viçosa da folha entre os dedos.

– Mas ele nunca apareceu.

Rohan balançou a cabeça.

– Então Jenner morreu e sua filha e seu genro ficaram com o clube.

– Você foi bem tratado por eles?

– Bem demais. – Um vinco apareceu em sua testa. – Eles começaram a minha praga da boa sorte.

– Sim, ouvi falar disso. – Ela sorriu para ele. – Mas, como não acredito em sorte nem em maldições, continuo cética.

– É o suficiente para arruinar um cigano. Não importa o que eu faça, o dinheiro vem para mim.

– Que coisa terrível. Deve ser muito duro.

– É um constrangimento terrível – balbuciou com uma sinceridade que não deixava dúvidas.

Meio divertida, meio invejosa, Amelia perguntou:

– Já havia experimentado esse problema antes?

Rohan negou com a cabeça.

– Mas devia ter previsto. É o destino. – Ele a fez parar e mostrou-lhe a palma da mão, em um ponto onde um conjunto de interseções com a forma de uma estrela reluzia na base de seu dedo indicador. – Prosperidade financeira – explicou em tom sombrio. – E não vai acabar tão cedo.

– Poderia distribuir o dinheiro. Existem inumeráveis organizações beneficentes e muita gente passando por dificuldades.

– É o que pretendo. Em breve. – Pegando o cotovelo de Amelia, ele a guiou com cuidado por um trecho acidentado do solo. – Depois de amanhã, vou voltar para Londres para encontrar um substituto para o clube.

– E o que fará depois?

– Vou viver como um verdadeiro rom. Encontrarei alguma tribo com quem possa viajar. Nada de livros contábeis, garfos de salada ou graxa de sapatos. Serei livre.

Ele parecia convencido de que se satisfaria com uma vida simples, mas Amelia tinha suas dúvidas. O problema é que não havia um meio-termo. Não era possível ser ao mesmo tempo um andarilho e um cavalheiro domesticado. Era preciso fazer uma escolha. Aquilo fez com que ela sentisse gratidão por não existir nenhuma dualidade em sua própria natureza. Sabia muito bem quem e o que era.

Rohan levou-a até uma banca montada pela loja de vinhos da aldeia e comprou duas taças de vinho de ameixas. Ela tomou a bebida ácida, ligeiramente adocicada, em goles sedentos, fazendo Rohan rir em silêncio.

– Não tão rápido – advertiu-a. – Esse negócio é mais forte do que parece. Mais um pouco e terei que carregá-la para casa nos ombros, como um cervo abatido.

– Não é tão forte assim – protestou Amelia, incapaz de sentir gosto de álcool na bebida frutada. Era deliciosa, a secura intensa das ameixas permanecia em sua língua. Ela ergueu a taça para o vendedor. – Quero mais um.

Embora mulheres de família não comessem nem bebessem em público, as regras em geral eram deixadas de lado nas feiras e nos festivais rurais, onde a elite e os plebeus se esbarravam e ignoravam as convenções.

Parecendo se divertir, Rohan terminou sua dose e esperou com paciência que ela bebesse mais.

– Encontrei um apicultor para você – informou. – Falei do seu problema e ele disse que iria a Ramsay House amanhã ou depois. De um jeito ou de outro, você ficará livre das abelhas.

– Obrigada – disse Amelia com fervor. – Tenho uma dívida com você, Sr. Rohan. Levará muito tempo para que ele consiga remover a colmeia?

– Não há como saber até que ele a veja. Como a casa ficou desocupada por muito tempo, a colônia pode ser bem grande. Ele disse que, certa vez, encontrou uma colmeia em um chalé abandonado que, pelos seus cálculos, abrigava meio milhão de abelhas.

Os olhos de Amelia se arregalaram.

– Meio milhão...

– Duvido que a sua seja tão ruim – disse Rohan. – Mas é quase certo que parte da parede precise ser retirada depois que elas se forem.

Mais despesas. Mais consertos. Os ombros de Amelia se curvaram ao pensar naquilo. Falou sem pensar:

– Se soubesse que Ramsay House estava em condições tão terríveis, eu não teria trazido minha família para Hampshire. Não devia ter acreditado na palavra do procurador que garantiu que a casa era habitável. Mas estava com tanta pressa de tirar Leo de Londres... e queria tanto que todos nós pudéssemos recomeçar...

– Você não é responsável por tudo. Seu irmão é adulto. Win e Poppy também. Eles concordaram com sua decisão, não foi?

– Sim, mas Leo não estava pensando com clareza. Ainda não está. E Win é frágil, e...

– Gosta de se culpar, não é? Vamos dar uma volta.

Ela pousou o copo de vinho no canto da banca, sentindo-se zonza. A segunda taça havia sido um erro. E ir para qualquer lugar na companhia de Rohan, com a noite cada vez mais escura e uma festa a sua volta, seria outro erro. Mas, ao contemplar seus olhos âmbar, ela se sentiu absurdamente imprudente. Apenas alguns minutos roubados... ela não conseguia resistir à malícia desobediente de seu sorriso.

– Minha família ficará preocupada se eu não me juntar a eles em breve.

– Sabem que você está comigo.

– Por isso mesmo ficarão preocupados – disse ela, fazendo-o rir.

Eles pararam perto de uma mesa onde havia um conjunto de lanternas, pequenas lamparinas de zinco com lentes de aumento na frente. Havia uma fenda para que um vidro pintado à mão fosse introduzido logo atrás da lente. Quando a lamparina acendia, uma imagem era projetada na parede. Rohan insistiu em comprar uma para Amelia, bem como um embrulho com as peças de vidro.

– Mas é um brinquedo de criança – protestou, segurando a lanterna pela alça de arame. – O que vou fazer com isso?

– Divertir-se um pouco. Brincar. Você deveria experimentar isso de vez em quando.

– Brincar é coisa de crianças, não de adultos.

– Ah, Srta. Hathaway – murmurou ele, fazendo com que Amelia se afastasse da mesa. – O melhor tipo de brincadeiras é entre adultos.

Eles circularam pela área, contornando a multidão, entrando e saindo dela como a agulha de uma bordadeira, até que finalmente seguiram para longe das tochas, do movimento e da música e chegaram à escuridão, ao luminoso silêncio de um bosque de faias.

– Vai me contar por que estava com o selo de prata de Westcliff? – Rohan perguntou.

– Prefiro não falar disso, se não se importar.

– Por que está tentando proteger Beatrix?

O olhar atônito de Amelia atravessou as sombras.

– Como sabia... quero dizer, por que mencionou minha irmã?

– Na noite do jantar, Beatrix teve tempo e oportunidade. A pergunta é: para que ela queria o objeto?

– Beatrix é uma boa menina – disse Amelia depressa. – Uma menina maravilhosa, de verdade. Nunca faria algo errado de propósito e... você não contou para ninguém sobre o selo, contou?

– Claro que não. – A mão dele tocou no canto de seu rosto. – Calma, beija-flor. Não trairia seus segredos. Sou seu amigo. Eu acho... – Uma pausa breve, eletrizante. – Em outra vida, seríamos mais do que amigos.

O coração de Amelia deu um doloroso salto.

– Não existe outra vida. Não pode haver.

– Por que não?

– A navalha de Occam.

Ele ficou em silêncio, como se estivesse surpreso com a resposta, e então, uma risada assombrada escapou-lhe da garganta.

– O princípio científico medieval?

– É. Quando se formula uma teoria, deve-se eliminar o mínimo de suposições possíveis. Em outras palavras, a explicação mais simples é a mais provável.

– E é por isso que não acredita em magia, destino ou reencarnação? Porque são complicados demais, do ponto de vista teórico?

– Sim.

– Como você aprendeu sobre a navalha de Occam?

– Meu pai era um estudioso da Idade Média. – Ela estremeceu ao sentir a mão dele deslizar pela lateral de seu pescoço. – Às vezes estudávamos juntos.

Rohan retirou a alça de arame da lanterna de seus dedos trêmulos e colocou-a a seus pés.

– Ele também lhe ensinou que as explicações complicadas às vezes são mais precisas do que as simples?

Amelia balançou a cabeça, incapaz de falar enquanto Rohan a tomava pelo ombros, apertando-a contra si com extremo cuidado. Seu coração disparou. Não deveria permitir que ele a segurasse. Alguém poderia ver, mesmo ali, escondidos nas sombras. Mas quando seus músculos sentiram a pressão quente do corpo dele, o prazer a deixou tonta e ela parou de se importar com qualquer coisa ou qualquer pessoa que estivesse fora daquele abraço.

As pontas dos dedos de Rohan desceram com impressionante delicadeza para seu pescoço, atrás da orelha, penetrando no calor acetinado de seu cabelo.

– Você é uma mulher interessante, Amelia.

A pele dela se arrepiou em todos os pontos tocados pela respiração dele.

– Não consigo entender... Por que pensa assim?

– Acho que você é total e profundamente interessante. Quero abri-la como se fosse um livro e ler cada página. – Um sorriso ergueu os cantos de sua boca enquanto ele acrescentava com a voz rouca: – Inclusive as notas de pé de página. – Sentindo a rigidez no pescoço dela, procurou eliminar a tensão massageando-a de leve. – Quero você. Quero me deitar com você sob as constelações, as nuvens e a sombra das árvores.

Antes que Amelia pudesse responder, Rohan cobriu sua boca com a dele. Ela sentiu uma onda de calor, seu sangue fervia, sem conseguir deixar de retribuir: mais fácil seria mandar seu coração parar de bater. Tocou nos cabelos dele, nos belos cachos de ébano que se enrolavam com leveza em seus dedos. Tocando-lhe a orelha, ela encontrou o diamante. Mexeu nele com delicadeza e então seguiu a pele firme e acetinada até a beira do colarinho. A respiração dele ficou mais ruidosa e ele a beijou com mais intensidade, a língua penetrando-lhe numa exigência sedosa.

A lua enviava fachos de luz por entre os galhos das faias, delineando o contorno da cabeça de Rohan, deixando na pele de Amelia um fulgor sobrenatural. Apoiando-a com uma das mãos, ele segurou seu rosto com a outra, o hálito quente e perfumado pelo vinho doce contra sua boca.

Uma voz seca rompeu a escuridão.

– Amelia.

Era Christopher Frost, a alguns metros de distância, com uma postura rígida e combativa. Lançou um olhar longo e duro para Cam Rohan.

– Não a faça passar por um vexame. Ela é uma dama e deve ser tratada como tal.

Amelia sentiu a tensão imediata no corpo de Rohan.

– Não preciso de seus conselhos sobre como devo tratá-la – respondeu ele em voz baixa.

– Sabe o que acontecerá com a reputação dela se for vista com você?

Tinha ficado evidente que o confronto acabaria mal se Amelia não fizesse nada. Afastou-se de Rohan.

– Não é direito – disse ela. – Preciso voltar para junto de minha família.

– Eu a acompanharei – disse Frost no mesmo instante.

Os olhos de Rohan cintilaram, perigosos.

– De jeito nenhum – vociferou.

– Por favor... – Amelia esticou o braço para tocar com as pontas frias dos dedos nos lábios afastados de Rohan. – Acho melhor nos separarmos agora. Quero ir com ele. Existem coisas que precisam ser ditas. E você... – Ela conseguiu sorrir. – Você tem muitas estradas pela frente. – De uma forma desajeitada, ela se curvou e recuperou a lanterna, a seus pés. – Adeus, Sr. Rohan. Espero que encontre tudo o que procura. Espero... – Ela se interrompeu com um sorriso forçado e sentiu uma estranha ardência na garganta. Engoliu o sabor acridoce do desejo. – Adeus, Cam – sussurrou.

Ele não se mexeu, nem falou. Amelia sentiu que ele a observava, enquanto se aproximava de Christopher Frost... sentiu o olhar dele penetrando suas roupas, permanecendo em sua pele. E ao se afastar, foi invadida por uma sensação de perda.

Amelia e Christopher caminharam devagar, entrando em uma harmonia familiar. Tinham caminhado com frequência, quando ele a cortejara, ou saído em passeios de carruagem, discretamente acompanhados. Fora uma corte correta, com conversas sinceras, cartas carinhosas e doces beijos roubados. Parecera mágico, inacreditável que alguém tão belo e perfeito pudesse querê-la. Na verdade, Amelia resistira a princípio, dizendo-lhe com uma risada que estava certa de que ele queria brincar com ela. Mas Christopher respondera que não seria capaz de brincar com a irmã de seu melhor amigo e que, com certeza, não era um canalha qualquer de Londres disposto a enganá-la.

– Para começar, não me visto tão bem quanto um canalha – destacara Christopher com um sorriso, indicando seus trajes bem-feitos, mas sóbrios.

– Tem razão – concordara Amelia, olhando-o com solenidade zombeteira. – Na verdade, também não se veste tão bem quanto um arquiteto.

– *E*... – prosseguira ele – ... tenho antecedentes absolutamente respeitáveis, no que diz respeito a mulheres. Corações e reputações, tudo intacto. Nenhum canalha poderia fazer tal afirmação.

– Muito convincente – observara Amelia, perdendo um pouco o fôlego à medida que ele se aproximava.

– Srta. Hathaway – murmurara Christopher, envolvendo-lhe a mão com as suas, tão quentes. – Tenha piedade. Pelo menos, permita que eu lhe escreva. Prometa que lerá minha carta. E, se ainda não me quiser depois disso, não tornarei a incomodá-la.

Curiosa, Amelia havia consentido. E fora uma carta e tanto... encantadora, eloquente e até causticante, em certos trechos. Iniciaram uma correspondência e Christopher passou a visitar Primrose Place sempre que podia.

Amelia nunca apreciara tanto a companhia de um homem. Compartilhavam de opiniões semelhantes em diversos assuntos, o que era agradável. Mas, quando discordavam, era ainda melhor. Christopher raramente se exaltava – sua abordagem era analítica, como a de um estudioso, parecida com a de seu pai. E quando Amelia se irritava, ele ria e a beijava até que tivesse esquecido o que iniciara a discussão.

Christopher nunca tentara seduzir Amelia – respeitava-a demais para isso. Mesmo nas ocasiões em que ela se sentia tão envolvida a ponto de encorajá-lo a ir além de simples beijos, ele se recusara.

– Quero você, meu amorzinho – sussurrara, a respiração irregular e os olhos iluminados pela paixão. – Mas só quando for a hora certa. Não antes de se tornar minha esposa.

Foi o mais próximo que ele chegou de lhe fazer um pedido. Não havia um compromisso oficial, embora Christopher a levasse a esperar por isso. Houve apenas um misterioso silêncio de quase um mês e então Leo foi procurá-lo em nome de Amelia. O irmão voltara para Londres zangado e preocupado.

– Correm boatos – Leo contara a Amelia, com irritação, apertando-a contra a frente de sua camisa, secando as lágrimas com seu lenço. – Ele foi visto na companhia da filha de Rowland Temple. Dizem que a está cortejando.

Então, veio outra carta de Christopher, tão devastadora que Amelia se perguntava como simples riscos de tinta sobre o papel podiam reduzir a pó a alma de alguém. Ela se perguntara como podia sentir tanta dor e ainda sobreviver. Tinha passado uma semana na cama, sem sair de seu quarto escuro, chorando até ficar doente, e depois chorando mais ainda.

Ironicamente, sua salvação foi a escarlatina que acometera Win e Leo. Precisavam dela e cuidar deles a retirara das profundezas da melancolia. Não derramara uma única lágrima por Christopher Frost depois disso.

Mas ausência de lágrimas não era a mesma coisa que ausência de sentimentos. Amelia se surpreendia naquele momento ao descobrir que sob a amargura e a cautela, tudo que ela achara atraente nele continuava ali.

– Sou a última pessoa a fazer comentários sobre como deve conduzir seus assuntos pessoais – falou Christopher em voz baixa. Ele ofereceu-lhe o braço enquanto caminhavam. Ela hesitou antes de aceitar. – Mas sabe o que dirão se for vista com ele.

– Agradeço sua preocupação com minha reputação – O tom de Amelia tinha um leve traço de sarcasmo. – Mas acho difícil que eu seja a única pessoa a se permitir alguns caprichos em uma feira na aldeia.

– Se estiver na companhia de um cavalheiro, alguns caprichos podem ser ignorados. Mas ele é um cigano, Amelia.

– Percebi – disse ela, seca. – Não imaginava que fosse ter esse tipo de preconceito.

– O preconceito não é meu – retrucou Christopher depressa. – É da sociedade. Desafie-o se quiser, mas há sempre um preço a pagar.

– Essa discussão é uma perda de tempo – declarou ela. – O Sr. Rohan partirá em breve para Londres e, em seguida, irá para lugares desconhecidos. Duvido que volte a vê-lo. E não consigo entender por que você se importaria com tudo isso.

– Claro que me importo – disse Christopher com delicadeza. – Amelia... Lamento tê-la magoado. Mais do que imagina. E, certamente, não desejo vê-la suportar mais sofrimentos causados por outro caso de amor infeliz.

– Não estou apaixonada pelo Sr. Rohan – respondeu. – Não seria tão tola.

– Fico feliz em saber.

O tom excessivamente reconfortante a irritou. Fez com que tivesse vontade de dizer algo irresponsável apenas para desafiá-lo.

– Por que não se casou? – perguntou de forma abrupta.

A pergunta foi recebida com um longo suspiro.

– Ela aceitou meu pedido para agradar o pai e não por nutrir um sentimento sincero por mim. Na verdade, ela estava apaixonada por outra pessoa, um homem a quem seu pai não aprovava. Acabaram fugindo e se casando em Gretna Green.

– Há alguma justiça nisso – disse Amelia. – Você abandonou alguém que o amava. E ela o abandonou por alguém que ela amava.

– Ficaria feliz em saber que eu nunca a amei? Gostava dela e a admirava, mas... não era nada comparado ao que eu sentia por você.

– Não. Isso não me agrada nem um pouco. É até pior que você tenha posto sua ambição em primeiro lugar.

– Sou um homem tentando se sustentar. E um dia precisarei sustentar uma família com uma carreira incerta. Não espero que compreenda.

– Sua carreira nunca foi tão incerta – retrucou Amelia. – Tinha todas as chances de progresso, mesmo sem se casar com a filha de Rowland Temple. Leo me contou que seu talento o teria levado longe.

– Se o talento bastasse. Mas seria ingenuidade pensar assim.

– Pois bem, a ingenuidade parece um defeito frequente nos Hathaways.

– Amelia – murmurou ele. – Você não era cínica.

– Você não sabe como sou agora – disse ela, baixando a cabeça.

– Quero uma chance de descobrir.

Aquilo provocou um olhar de atônita incredulidade.

– Ninguém ganhará nada com uma reaproximação, Christopher. Não estou mais rica, nem disponho de ligações vantajosas. Nada mudou desde que nos encontramos pela última vez.

– Talvez eu tenha mudado. Talvez tenha percebido o que perdi.

– O que jogou fora – ela corrigiu, com o coração batendo dolorosamente.

– Joguei fora – admitiu ele, em tom mais suave. – Fui um tolo e um patife, Amelia. Nunca lhe pediria que ignorasse o que fiz. Mas pelo menos me dê a oportunidade de me desculpar. Quero ser útil à sua família, se possível. E ajudar seu irmão.

– Não é possível. Viu o que ele se tornou.

– É um homem de talentos notáveis. Seria um crime desperdiçá-los. Talvez eu pudesse me reaproximar dele...

– Não creio que ele seria muito receptivo.

– Quero ajudá-lo. Tenho influência junto a Rowland Temple agora. O casamento da filha o deixou com um senso de obrigação em relação a mim.

– Que conveniente.

– Talvez eu consiga fazer com que Leo se interesse em voltar a trabalhar para ele. Os dois se beneficiariam.

– Mas como isso o beneficiaria? – perguntou ela. – Por que se esforçaria tanto para ajudar Leo?

– Não sou um completo vilão, Amelia. Tenho consciência, embora não a utilize muito. Não é fácil viver com as lembranças das pessoas que feri no passado. Como você e seu irmão.

– Christopher – murmurou Amelia, lançando-lhe um olhar disperso –, não sei o que dizer. Preciso de um tempo para ponderar...

– Tem todo o tempo que quiser – disse ele, com delicadeza. – Se não posso voltar a ser o que era... Terei de me satisfazer com o papel de amigo disponível. – Ele deu um ligeiro sorriso, com os olhos repletos de um brilho carinhoso. – E, se um dia você quiser mais... basta uma palavra.

CAPÍTULO 12

Em situações normais, Cam teria ficado feliz com a chegada de lorde e Lady St. Vincent a Stony Cross Manor. Porém, não estava ansioso para comunicar a St. Vincent sua decisão de deixar o clube. Ele não iria gostar nada daquilo. Não seria apenas inconveniente encontrar um novo gerente, mas o visconde não seria capaz de compreender o desejo de Cam de viver como um rom. St. Vincent era um defensor ferrenho daquilo que considerava uma vida boa.

Muitas pessoas temiam St. Vincent, que possuía uma habilidade letal com as palavras e uma natureza manipuladora. Mas Cam não tinha medo dele. Na verdade, desafiara o visconde em mais de uma ocasião, e em todas apresentara argumentos com uma perversa articulação que teria dilacerado qualquer um.

Os St. Vincents chegaram com a filha, Phoebe, uma menina ruiva com um temperamento assustadoramente instável. Num momento, a criança estava plácida e adorável. No seguinte, era um diabrete que abria o berreiro e só se acalmava ao ouvir a voz do pai.

– Calma, minha querida – disse St. Vincent no ouvido da pequena, como já se vira em mais de uma ocasião. – Alguém fez mal a você? Ignorou você? Quanta insolência. Minha pobre princesa deve ter tudo o que deseja.

Acalmada pelos mimos escandalosos do pai, Phoebe abria sorrisos soluçantes.

O bebê foi admirado por todos e passou de mão em mão no salão. Evie e Lillian tagarelavam sem parar, abraçando-se e dando-se os braços com frequência, do jeito que fazem velhas amigas.

Depois de algum tempo, Cam, St. Vincent e lorde Westcliff se retiraram para o pátio dos fundos, onde uma brisa vespertina espalhava os perfumes do rio, dos juncos e das flores do campo. Os estridentes grasnados dos gansos cinza pontuava a paz do outono de Hampshire, assim como o mugido do gado que era conduzido até uma campina seca por um caminho bem trilhado.

Os homens sentaram-se em uma mesa ao ar livre. Cam, que não apreciava o gosto do tabaco, dispensou o charuto oferecido por St. Vincent com um aceno.

Sob o olhar interessado de Westcliff, Cam e St. Vincent discutiram o progresso das reformas do clube. Em seguida, sem ver motivo para fazer rodeios, Cam falou a St. Vincent sobre sua decisão de deixar o clube assim que o trabalho fosse concluído.

– Vai me deixar? – perguntou St. Vincent, parecendo transtornado. – Por quanto tempo?

– Para sempre, para falar a verdade.

Enquanto St. Vincent absorvia a informação, seus olhos azul-claros se estreitaram.

– O que fará para ganhar dinheiro?

Descontraído diante do desprazer de seu patrão, Cam deu de ombros.

– Já tenho mais dinheiro do que qualquer um poderia gastar em uma vida inteira.

O visconde ergueu os olhos para o céu.

– Quem diz uma coisa dessas obviamente não conhece os lugares certos para fazer compras. – Deu um suspiro. – Então. Se compreendi bem, você pretende abandonar a civilização e viver como um selvagem?

– Não. Pretendo viver como um rom. É diferente.

– Rohan, você é um jovem solteiro e rico com todas as vantagens da vida moderna. Se está entediado, faça o que todos os homens de posse fazem.

As sobrancelhas de Cam se ergueram.

– E o que seria?

– Jogue! Beba! Compre um cavalo! Arranje uma amante! Pelo amor de Deus, use um pouco a imaginação. Não consegue pensar em nenhuma outra opção além de abandonar tudo e viver como um primitivo, criando um grande inconveniente para mim? Como vou substituí-lo?

– Ninguém é insubstituível.

– Você é. Nenhum outro homem em Londres consegue fazer o que você faz. Você é um livro contábil ambulante, tem olhos nas costas, tem o tato de um diplomata, a mente de um banqueiro, os punhos de um boxeador e consegue acabar com uma briga em segundos. Precisaria contratar pelo menos meia dúzia de homens para fazer o seu trabalho.

– Não tenho a mente de um banqueiro – disse Cam, indignado.

– Depois de todos os seus investimentos, não pode negar...

– Não foi intencional! – Cam fechou a cara. – Foi a praga da boa sorte.

Parecendo satisfeito por ter feito Cam perder a compostura, St. Vincent deu uma tragada em seu charuto. Soltou um fio elegante de fumaça e olhou para Westcliff.

– Diga alguma coisa – pediu ao velho amigo. – Não aprova isso mais do que eu.

– Não nos cabe aprovar.

– Obrigado – resmungou Cam.

– No entanto, Rohan – prosseguiu Westcliff –, insisto que você reflita adequadamente sobre o fato de que, embora seja metade cigano, amante da liberdade, também é metade irlandês, raça famosa por seu feroz amor à terra. O que me leva a duvidar de que possa ser tão feliz em suas perambulações, como parece esperar.

A questão abalou Cam. Ele sempre tentava ignorar a parte *gadjo* de sua natureza, arrastando-a como se fosse um peso enorme que ele gostaria de deixar de lado.

– Se está dizendo que estou condenado, não importa o que eu fizer – falou Cam em tom seco –, prefiro errar em nome da liberdade.

– Todos os homens inteligentes devem abrir mão de suas liberdades, em última instância – respondeu St. Vincent. – O problema da vida de solteiro é que ela é fácil demais, o que a torna quase tediosa. O único desafio que sobra é o casamento.

Casamento. Respeitabilidade. Cam encarou os companheiros com um sorriso cético, pensando que eles pareciam duas aves tentando se convencer dos confortos da gaiola. Nenhuma mulher valia que lhe cortassem as asas.

– Irei para Londres amanhã – declarou. – Ficarei no clube até sua reabertura. Depois, partirei para sempre.

A mente astuta de St. Vincent examinou o problema, analisando-o por diversos ângulos.

– Rohan... você leva uma existência mais ou menos civilizada há anos. E de repente, ela se torna insuportável. Por quê?

Cam permaneceu em silêncio. A verdade não era algo que ele fosse capaz de admitir para si mesmo, muito menos de dizer em voz alta.

– Tem que haver alguma razão para que você queira partir – insistiu St. Vincent.

– Talvez eu esteja enganado – disse Westcliff –, mas suspeito que tenha alguma relação com a Srta. Hathaway.

Cam lançou-lhe um olhar furioso.

St. Vincent olhou com atenção do rosto de Cam para o de Westcliff.

– Você não me disse que havia uma mulher.

Cam levantou-se tão depressa que a cadeira quase caiu para trás.

– Ela não tem nada a ver com isso.

– Quem é ela? – St. Vincent sempre odiou ficar por fora de uma boa fofoca.

– Uma das irmãs de lorde Ramsay – respondeu Westcliff. – A família mora numa propriedade vizinha à nossa.

– Muito bem – disse St. Vincent. – Deve ser uma mulher e tanto para provocar essa reação, Rohan. Fale-me sobre ela. É loura? Morena? Tem boa formação?

Permanecer em silêncio ou negar a atração teria sido uma forma de admitir toda a sua fraqueza. Cam voltou a sentar na cadeira e se esforçou para assumir um tom espontâneo.

– Cabelos escuros. Bonita. E tem... peculiaridades.

– Peculiaridades. – Os olhos de St. Vincent reluziram de prazer. – Que encantador! Prossiga.

– Ela já leu filosofia medieval obscura. Tem medo de abelhas. Bate com o pé quando fica nervosa.

Outras coisas, mais íntimas, ele não podia revelar... como a bela palidez de seu pescoço e busto, o peso de seu cabelo em suas mãos, a forma com que força e vulnerabilidade se entrelaçavam nela como duas peças de tecido dobradas juntas. Para não mencionar um corpo que fora criado para o pecado original.

Cam não queria pensar em Amelia. Sempre que fazia isso era invadido por um sentimento que nunca tivera antes, algo tão aguçado quanto a dor, tão penetrante quanto a fome. O sentimento parecia não ter outro objetivo além de roubar seu sono à noite. Não havia um milímetro de Amelia Hathaway que não o atraísse profundamente e isso era um problema tão distante de sua experiência que Cam não sabia nem como começar a lidar com ele.

Se apenas pudesse tomá-la, acabar essa dor infindável... mas depois de se deitar com ela uma vez, talvez ele a quisesse ainda mais. Na matemática, era possível pegar um número finito e dividi-lo de forma infinita, com o resultado de que, embora o total permanecesse o mesmo, a magnitude de seus limites prosseguia para sempre. O infinito. Era a primeira vez que Cam vislumbrava esse conceito em uma mulher.

Ao perceber que Westcliff e St. Vincent trocavam olhares significativos, Cam disse em tom azedo:

– Se acham que meus planos de partir não são nada além de uma reação à

Srta. Hathaway... Tenho pensado nisso há muito tempo. Não sou idiota. Nem inexperiente com as mulheres.

– É o mínimo que se pode dizer – comentou St. Vincent, seco. – Mas ao procurar as mulheres... ou, melhor dizendo, ao ser procurado por elas, você parecia considerá-las todas intercambiáveis. Até agora. Se sente algo por essa Srta. Hathaway, não acha que merece uma investigação?

– Meu Deus, não. Só poderia levar a uma coisa.

– Casamento – disse o visconde mais como uma afirmação do que uma pergunta.

– Sim. E isso é impossível.

– Por quê?

O fato de estarem falando sobre Amelia Hathaway e sobre casamento era o bastante para fazer Cam empalidecer de constrangimento.

– Não sou do tipo que se casa...

St. Vincent bufou.

– Nenhum homem é. O casamento é uma invenção das mulheres.

– ... mas mesmo se sentisse essa inclinação – prosseguiu Cam –, sou um rom. Não faria isso com ela.

Não era necessário dar maiores esclarecimentos. *Gadjis* decentes não se casavam com ciganos. Seu sangue era mestiço e, embora a própria Amelia talvez não tivesse preconceitos, a rotina de discriminações encontrada por Cam sem dúvida se estenderia a sua esposa e seus filhos. E, se isso não fosse suficientemente ruim, seu próprio povo desaprovaria mais ainda sua escolha. *Gadje Gadjensa, Rom Romensa... Gadjo* com *gadjo*, rom com rom.

– E se suas origens não fizerem diferença para ela?

– Isso não importa. O que importa é como os outros a veriam. – Ao perceber que o homem mais velho estava a ponto de dizer algo, Cam murmurou: – Diga-me, desejaria que sua filha se casasse com um cigano? – Diante do silêncio constrangido dos dois, ele sorriu sem achar graça.

Depois de um momento, Westcliff apagou o charuto de uma forma deliberada e metódica.

– É óbvio que está decidido. Seria inútil continuar discutindo o assunto.

St. Vincent aproveitou a deixa e deu de ombros, resignado, com um sorriso simpático.

– Imagino que agora sou obrigado a lhe desejar felicidade em sua nova vida. Embora felicidade na ausência de encanamentos seja um conceito duvidoso.

Cam não se deixou enganar por aquela demonstração de resignação. Nunca tinha visto Westcliff ou St. Vincent perderem uma discussão com tanta facilidade. Cada um a seu modo, eram capazes de resistir por um tempo em que o homem mediano já teria caído de joelhos. O que deixou Cam bem certo de que ainda não ouvira suas últimas palavras.

– Vou partir ao amanhecer – declarou.

Nada poderia fazê-lo mudar de ideia.

CAPÍTULO 13

Beatrix, cuja imaginação havia sido capturada pela lanterna, mal podia esperar que a noite chegasse para rever as imagens das lâminas de vidro. Muitas delas eram bem divertidas, com animais usando roupas de gente enquanto tocavam piano, se sentavam a escrivaninhas ou mexiam a sopa numa panela.

Outros eram mais sentimentais: um trem passando pela praça de um povoado, cenas de inverno, crianças brincando. Havia até algumas cenas com animais exóticos da floresta. Um deles, um tigre semioculto pela folhagem, era particularmente notável. Beatrix fizera experiências com a lanterna, aproximando-a e a afastando da parede, tentando tornar a imagem do tigre o mais nítida possível.

Agora tinha resolvido escrever uma história e convocara Poppy para pintar algumas lâminas de vidro que a ilustrassem. Ficou decidido que fariam uma exibição algum dia, com narração de Beatrix enquanto Poppy operava a lanterna.

Enquanto as irmãs caçulas descansavam perto do fogo e discutiam suas ideias, Amelia estava no sofá com Win. Observou as mãos esguias e graciosas de Win fazendo um delicado bordado floral, a agulha reluzindo ao mergulhar no tecido.

Naquele momento, seu irmão estava jogado no tapete perto das meninas, desengonçado e semibêbado, com as pernas compridas cruzadas. No passado, tinha sido um irmão bondoso e preocupado, fazendo curativos nos cortes nos dedos das crianças ou ajudando-as a procurar uma boneca perdida. Agora tratava as irmãs mais novas com a educada indiferença de um estranho.

Distraída, Amelia esticou o braço para massagear a nuca dolorida. Olhou para Merripen, sentado a um canto, com o corpo relaxado, exausto pelo trabalho pesado. Seu olhar estava distante, como se ele também se consumisse com pensamentos secretos. Ela ficava perturbada ao olhá-lo. O tom moreno de sua pele e a escuridão luminosa do cabelo a faziam se lembrar demais de Cam Rohan.

Naquela noite, não conseguia parar de pensar nele e em Christopher Frost, as imagens formando um contraste gritante em sua mente. Cam não lhe oferecia compromisso algum, nenhum futuro – apenas prazeres fugazes. Não era um cavalheiro, mas possuía uma honestidade rude que ela apreciava bem mais do que modos suaves.

E havia o louro, civilizado, racional e belo Christopher. Ele declarara o desejo de reatar seu relacionamento. Ela não sabia se ele estava sendo sincero nem como reagiria se realmente estivesse. Quantas mulheres teriam ficado gratas por terem uma segunda chance com seu primeiro amor? Se escolhesse esquecer seus erros, perdoá-lo, encorajá-lo, talvez não fosse tarde demais para os dois. Mas Amelia não tinha certeza se queria voltar àqueles sonhos abandonados. E perguntava-se se era possível ser feliz com um homem a quem se amou, mas em quem não se podia confiar.

Beatrix retirou um vidro da frente da lanterna e o separou com cuidado, depois pegou outro.

– É meu favorito... – dizia a Poppy, enquanto posicionava a imagem seguinte.

Tendo perdido o interesse pela sucessão de imagens na parede, Amelia não ergueu os olhos. Sua atenção permaneceu no bordado de Win, que cometeu um erro pouco habitual e furou o indicador com a agulha, fazendo brotar uma gotícula de sangue escarlate.

– Ah, Win... – murmurou Amelia.

A moça, porém, não reagiu à picada. Não parecia nem ter notado o ocorrido. Franzindo os olhos, Amelia observou o rosto imóvel da irmã e seguiu seu olhar até a parede oposta.

A imagem projetada pela lanterna mostrava uma cena de inverno, com o céu borrado pela neve e uma floresta escura atrás. Seria uma cena pouco interessante não fossem os delicados traços do rosto de uma mulher que parecia emergir das sombras.

Um rosto familiar.

Enquanto Amelia olhava fixamente, hipnotizada, os traços espectrais pareceram ganhar dimensão e substância até que ela teve a impressão de que poderia esticar a mão e sentir com os dedos os contornos pálidos.

– Laura – ouviu Win murmurar.

Era a jovem que Leo amara. O rosto era inconfundível. O primeiro pensamento de Amelia foi que Beatrix e Poppy deviam estar fazendo uma brincadeira de muito mau gosto. Porém, ao olhar para as duas no chão, tagarelando com inocência, logo percebeu que elas nem viam a imagem da garota morta. Nem Merripen, que observava Win com ar de preocupação.

Quando o olhar de Amelia se voltou novamente para a projeção, o rosto havia desaparecido.

Beatrix retirou a chapa de vidro da lanterna mágica. Caiu para trás soltando um gritinho quando Leo avançou em direção a ela e tentou segurar a peça.

– Me dê isso – exigiu Leo, em um tom que lembrava mais o rosnar de um animal do que uma voz humana.

Seu rosto estava pálido e desfigurado. O corpo se contorcia de pânico. Ele se curvou sobre a lâmina de vidro pintado e a observou com se fosse uma minúscula janela para o inferno. Manipulando com dificuldade a lanterna, Leo quase a derrubou ao tentar recolocar a lâmina dentro dela.

– Não faça assim, vai quebrá-la! – exclamou Beatrix, espantada. – Leo, o que você está fazendo?

– Leo – interveio Amelia –, vai acabar causando um incêndio. Cuidado!

– O que foi? – perguntou Poppy, confusa. – O que está acontecendo?

O vidro entrou no lugar e a cena de inverno voltou a se refletir na parede.

Neve, céu, floresta.

Mais nada.

– Volte – balbuciou Leo, febril, fazendo a lanterna estremecer. – Volte. Volte.

– Você está me assustando – disse Beatrix, levantando de um salto e correndo para junto de Amelia. – O que há com ele?

– Está agitado. É só isso – disse a mais velha, atordoada. – Sabe como ele fica quando bebe demais.

– Mas nunca ficou assim antes.

– Está na hora de ir para a cama – declarou Win, a preocupação insinuando-se em sua voz como uma marca d'água em papel fino. – Vamos subir, Beatrix... Poppy. – Ela lançou um olhar a Merripen, que se levantou imediatamente.

– Mas Leo vai quebrar minha lanterna – queixou-se Beatrix. – Leo, pare, você está amassando os lados.

Como o irmão parecia incapaz de captar qualquer coisa que lhe diziam, Win e Merripen, com eficiência, retiraram as mais novas do aposento. Merripen sussurrou uma pergunta e Win respondeu-lhe em voz baixa que explicaria tudo depois.

Quando todos haviam saído e o som das vozes se extinguira no corredor, Amelia falou com cautela:

– Eu também a vi, Leo. E Win também.

O irmão não olhou para ela, mas suas mãos se aquietaram sobre a lanterna. Depois de um momento, ele retirou a lâmina de vidro e tornou a reposicioná-la.

As mãos tremiam. Era difícil suportar a visão de tanta infelicidade. Amelia se levantou e se aproximou dele.

– Leo, por favor, fale comigo. Por favor...

– Me deixe em paz.

Com as mãos erguidas, ele protegeu parcialmente o rosto do olhar de Amelia.

– Alguém precisa ficar com você.

O aposento estava cada vez mais gelado. Amelia começou a sentir um calafrio percorrer sua espinha.

– Estou bem – disse Leo, ofegante. Com um esforço titânico, ele abaixou a mão e fitou-a com uma estranha luz no olhar. – Estou bem, Amelia. Só preciso... Quero... ficar um pouco sozinho.

– Mas quero conversar sobre o que vimos.

– Não foi nada. – Ele parecia mais calmo a cada segundo. – Foi uma ilusão.

– Era o rosto de Laura. Você, Win e eu vimos!

– Vimos a mesma sombra. – O mais leve toque de cinismo brotou de seus lábios. – Ora, minha irmã, você é racional demais para acreditar em fantasmas.

– Sim, mas... – Ela se sentiu reconfortada pela zombaria na voz dele, tão familiar. Ao mesmo tempo, não gostou da forma com que ele continuava segurando a lanterna.

– Por favor, vá – insistiu ele, com delicadeza. – Como disse, está tarde. Precisa descansar. Ficarei bem.

Amelia hesitou, seus braços estavam gelados e formigavam sob as mangas do vestido.

– Se quiser mesmo...

– Sim. Pode ir.

Ela se foi, relutante. Uma corrente de ar vinda de algum lugar passou por ela quando saía do aposento. Não pretendera fechar a porta por completo, mas ela bateu com força, como se fossem as mandíbulas de um animal faminto.

Foi difícil obrigar-se a sair dali. Queria proteger o irmão de alguma coisa.

Só não sabia do quê.

Depois de chegar a seu quarto, Amelia trocou de roupa e vestiu sua camisola favorita. A flanela branca era espessa e havia encolhido depois de tantas lavagens. A gola alta e as mangas compridas eram enfeitadas com bordados de linha branca feitos por Win. A friagem que lhe assaltara no andar de baixo sumiu aos poucos, mesmo depois que ela se enfiou debaixo das cobertas e se encolheu toda. Devia ter pensado em acender a lareira. Devia fazer aquilo naquele momento, para tornar o cômodo mais quente, mas a ideia de sair da cama não era nada agradável.

Em vez disso, ela pensou em coisas quentes: uma xícara de chá, um xale de lã, um banho escaldante, um tijolo recém-saido do fogo, enrolado em uma flanela. Gradualmente, o calor a envolveu e ela relaxou o suficiente para dormir.

Mas foi um sono agitado. Tinha a impressão de estar discutindo com pessoas em seus sonhos – conversas intermináveis que não faziam sentido. Mudando de posição, rolando de bruços, para os lados, de costas, ela tentou ignorar os sonhos perturbadores.

Agora havia vozes... A voz de Poppy, na verdade... e não importava quanto ela tentava ignorá-la, a voz persistia.

– Amelia! Amelia!

Ela se apoiou nos cotovelos, sem ver nada, confusa por ter sido despertada de forma tão súbita. Poppy estava ao lado da cama.

– O que foi? – balbuciou Amelia, jogando para trás a cortina de cabelo que cobria seu rosto.

A princípio, o rosto de Poppy pareceu flutuar na escuridão, mas à medida que os olhos de Amelia se acostumavam, o resto apareceu, um tanto indefinido.

– Estou sentindo cheiro de fumaça – disse Poppy.

Essas palavras nunca eram ditas sem motivo, nem podiam ser descartadas sem que se investigasse. Um incêndio era uma preocupação permanente, em qualquer lugar onde se morasse. Podia começar de numerosas formas, com velas derrubadas, lamparinas, centelhas que saltavam da lareira ou brasas de fornos a lenha. E um incêndio em uma casa tão velha como aquela seria sempre um desastre.

Saindo da cama com dificuldade, Amelia foi procurar seus chinelos dentro de uma caixa aos pés da cama. Deu uma topada no dedo do pé, pulou e praguejou.

– Eu pego para você.

Poppy levantou a tampa de zinco da caixa e retirou os calçados enquanto Amelia pegava um xale.

Deram-se os braços e atravessaram o aposento escuro com a cautela de um gato idoso.

Ao chegar ao topo da escada, Amelia inspirou fundo, mas não conseguiu detectar nada além dos aromas familiares de sabão, cera, poeira e óleo de lamparina.

– Não sinto o cheiro de fumaça.

– Seu nariz ainda não acordou. Tente de novo.

Dessa vez havia mesmo um leve odor de algo queimando. Sentiu-se alarmada. Pensou em Leo, sozinho com a lanterna, a chama e o óleo... imediatamente soube o que havia acontecido.

– Merripen! – Sua voz soou como uma chibatada e fez Poppy dar um salto. Amelia agarrou o braço da irmã para ajudá-la a recuperar o equilíbrio. – Chame Merripen. Acorde todo mundo. Faça todo o barulho que puder.

Poppy obedeceu de pronto, correndo para os quartos das irmãs, enquanto Amelia descia a escada. Um brilho turvo veio da direção da sala de visitas, um cintilar ameaçador de luz vazando por debaixo da porta.

– Leo!

Ela abriu a porta e recuou ao sentir uma lufada de ar escaldante envolver seu corpo. Uma parede ardia em chamas, que crepitavam e subiam, como tentáculos escaldantes. Em meio à névoa da fumaça, a forma volumosa do irmão estava visível, no chão. Ela correu para ele, agarrou as dobras de sua camisa e puxou com tanta força que o tecido começou a se esgarçar e as costuras a ceder.

– Leo, levante, levante agora! – gritou.

Mas ele estava desacordado.

Aos berros, Amelia insistiu em que ele acordasse e voltasse a si, puxando e arrastando, sem sucesso. Lágrimas de frustração brotaram de seus olhos sensíveis por causa da fumaça. Mas Merripen apareceu, afastando-a sem muita gentileza. Curvando-se, ele levantou Leo e jogou-o sobre seu ombro largo com um grunhido.

– Venha – disse ele para Amelia, ríspido. – As meninas já estão lá fora.

– Sairei em um instante. Preciso pegar algumas coisas lá em cima.

Ele lhe lançou um olhar sinistro.

– Não.

– Mas não temos roupas... vou subir e...

– Saia agora!

Como em todos aqueles anos Merripen jamais elevara a voz ao se dirigir a ela, Amelia ficou atônita e obedeceu. Os olhos continuavam a arder e a lacrimejar, mesmo depois de terem atravessado a porta da frente e saído para a escuridão que os aguardava no acesso de pedras que levava à casa. Win e Poppy estavam ali, debruçadas sobre Leo, tentando fazer com que ele despertasse e se sentasse. Como Amelia, as meninas usavam apenas camisolas, xales e chinelos.

– Onde está Beatrix? – perguntou Amelia.

No mesmo instante, o sino da propriedade começou a soar, o som vibrante e límpido viajando em todas as direções.

– Mandei que ela tocasse o sino – respondeu Win.

O som faria com que os vizinhos e os aldeões aparecessem para ajudar, embora fosse provável que, ao chegarem, Ramsay House já tivesse sido consumida pelas chamas.

Merripen foi tirar o cavalo do estábulo, para o caso de o fogo se alastrar.

– O que está acontecendo? – Amelia ouviu Leo perguntar, com voz rouca.

Antes que qualquer um pudesse responder, ele foi tomado por um ataque de tosse. Win e Poppy permaneceram ao lado do irmão, murmurando palavras gentis. Amelia, porém, manteve-se a alguns metros de distância, prendendo melhor o xale sobre os ombros.

Estava cheia de amargura, fúria e medo. Não tinha a menor dúvida de que Leo era o responsável pelo incêndio, que aquilo lhes custara a casa e quase matara todos. Levaria muito tempo para que ela voltasse a ter condições de falar com ele, aquele irmão a quem amara tanto no passado e que agora parecia ter se tornado um completo desconhecido.

Naquele momento, sobrava pouco em Leo que merecesse amor. Na melhor das hipóteses, era alguém de quem se devia sentir pena; um perigo para si mesmo e sua família. Ficaríamos melhor sem ele, pensou Amelia. Mas, se ele morresse, o título passaria para algum parente distante ou expiraria e elas não teriam rendimento algum.

Ao observar Merripen, iluminado pelo luar encoberto pela fumaça, trabalhando para retirar o cavalo e depois a carruagem do estábulo, Amelia sentiu uma onda de gratidão. O que teriam feito sem ele? Quando seu pai acolhera um menino sem lar, tanto tempo antes, os moradores de Primrose Place consideraram o gesto um ato de caridade. Mas os Hathaways tinham recebido sua retribuição infinitas vezes. Ela nunca entendeu por que ele decidira permanecer com a família – parecia ser mais vantajoso para eles do que para Merripen.

As pessoas já começavam a chegar a cavalo, algumas vindo do povoado, outras da direção de Stony Cross Manor. Os aldeões trouxeram um carrinho com uma bomba manual, puxado por um cavalo robusto. O vagão era ladeado por canos que seriam laboriosamente cheios com água do rio. Havia gente carregando baldes de um lado para outro. Girando a manivela, a água passaria por uma mangueira de couro e sairia por um bico de metal. Quando o processo estivesse começando, o incêndio já estaria fora de controle. Porém, era possível que a bomba ajudasse a salvar pelo menos parte da casa.

Amelia correu para os aldeões que chegavam, para indicar o caminho mais curto até o rio. Imediatamente, um grupo de homens, acompanhados por Merripen, partiu correndo em busca de água, com os baldes pendurados em forquilhas colocadas em seus ombros.

Quando se virou para juntar-se às irmãs, Amelia esbarrou em uma figura alta atrás dela. Ofegante, sentiu um familiar par de mãos apertando seus ombros.

– Christopher.

O alívio a invadiu ao sentir sua presença, embora ele não pudesse fazer nada para salvar a casa. Ela se virou para olhá-lo, os belos traços banhados pela luz bruxuleante.

Ele a puxou para um abraço, como se não conseguisse evitar, apertando a cabeça de Amelia contra seu ombro.

– Graças a Deus você não se feriu. Como o fogo começou?

– Não sei. – Amelia ficou imóvel junto dele, atordoada, pensando que nunca mais esperava voltar a se ver em seus braços.

Lembrava-se disso, do jeito que seu corpo se acomodava no dele, da segurança de seu abraço. Mas ao recordar sua traição, ela se afastou e tirou o cabelo dos olhos.

Christopher a soltou com relutância.

– Fique longe da casa. Vou ajudar com a bomba.

Outra voz surgiu na escuridão:

– Você será mais útil por lá.

Amelia e Christopher se voltaram assustados, pois a voz parecia vir do nada. Com roupas escuras e cabelos negros, Cam Rohan pareceu emergir como uma sombra da noite.

– Mas que droga – resmungou Christopher. – É praticamente impossível vê-lo, de tão escuro que você é.

Embora Rohan pudesse ter se ofendido com aquelas palavras, ele não reagiu. Seu olhar se dirigiu para Amelia, fazendo uma avaliação rápida.

– Está ferida?

– Não, mas a casa... – Sua garganta se fechou num soluço.

Cam tirou o casaco e o jogou em volta dos ombros dela, juntando as beiradas na frente. A lã estava impregnada com o calor e com um reconfortante cheiro masculino.

– Veremos o que pode ser feito. – Gesticulou para Christopher, pedindo que ele o acompanhasse. – Dois latões estão sendo descarregados perto da escada. Pode me ajudar a levá-los para dentro.

Os olhos de Amelia se arregalaram diante da visão de dois grandes vasos de metal.

– O que é isso?

– Uma invenção do capitão Swansea. Estão cheios com uma solução de carbonato de potássio, vamos usá-la para impedir que o fogo se alastre até que a bomba d'água esteja pronta. – Rohan lançou um olhar para Christopher Frost. – Como Swansea está velho demais para carregar os vasos, eu levarei um e você se encarregará do outro.

Amelia conhecia Christopher o bastante para saber que ele não gostava de receber ordens, ainda mais de um homem que considerava inferior. Mas ele a surpreendeu ao aceitar o comando sem protestar e seguir Cam Rohan até a casa em chamas.

CAPÍTULO 14

Amelia viu Cam Rohan e Christopher Frost levantarem os toscos recipientes de cobre aos quais haviam sido anexadas mangueiras de couro e carregarem-nos pela porta da frente. O capitão Swansea permaneceu nos degraus, berrando-lhes instruções.

As janelas revelavam uma luz pavorosa enquanto o fogo começava a devorar o interior da casa. Em breve, Amelia pensou, pessimista, não haveria nada além de um esqueleto escurecido.

Voltando para junto das irmãs, ela permaneceu de pé ao lado de Win, que aconchegava a cabeça de Leo em seu colo.

– Como ele está?

– Mal por causa da fumaça. – Win passou a mão com delicadeza sobre a cabeça despenteada do irmão. – Mas acho que vai se recuperar.

Baixando o olhar para Leo, Amelia balbuciou:

– Da próxima vez que tentar se matar, seria bom se não tentasse levar junto o restante de nós.

Ele não deu qualquer indicação de ter ouvido, mas Win, Beatrix e Poppy a olharam com surpresa.

– Agora não, querida – disse Win, repreendendo-a com delicadeza.

Amelia conteve as palavras de fúria que lhe vieram à boca e fitou a casa com frieza.

Mais pessoas chegavam, algumas formavam uma fileira para passar os baldes de um lado para outro, do rio para a casa. Não havia sinal de atividade do lado de dentro. Ela se perguntou o que Rohan e Frost estariam fazendo.

Win pareceu ler seus pensamentos.

– Parece que o capitão Swansea enfim terá uma oportunidade de testar sua invenção – disse.

– Que invenção? – perguntou Amelia. – E como você sabe disso?

– Sentei-me a seu lado no jantar, em Stony Cross Manor – respondeu Win. – Ele me contou que, durante suas experiências projetando foguetes, teve a ideia para um aparelho que extinguiria as chamas salpicando nelas solução de carbonato de potássio. Quando os vasos de cobre são suspensos, um ácido se mistura com a solução e cria pressão suficiente para que o líquido deixe o recipiente.

– E isso funcionaria? – perguntou Amelia, incrédula.

– Realmente torço para que sim.

As duas estremeceram ao ouvir o som de uma janela sendo arrombada. A equipe que cuidava da bomba fazia uma abertura grande o bastante para dirigir um jato de água para dentro do aposento em chamas.

Cada vez mais preocupada, Amelia procurou com ansiedade qualquer sinal de Rohan ou Frost. Tinha grandes dúvidas sobre a sensatez de se entrar em uma casa em chamas com um equipamento que nunca havia sido testado e que poderia explodir na cara das pessoas. Ao enfrentar os produtos químicos, a fumaça e o calor, os homens poderiam ficar desorientados. Era insuportável pensar que poderia acontecer alguma coisa com qualquer um dos dois. Seus músculos ficaram tensos de angústia, até que pontadas de dor ardiam em todos os seus membros.

Bem no momento em que ela contemplava a ideia de se aproximar da entrada principal, Rohan e Frost saíram da casa com os recipientes vazios e foram imediatamente abordados pelo capitão Swansea.

Amelia disparou, soltando um grito de felicidade, com todas as intenções de parar assim que chegasse até eles – e por isso foi uma surpresa descobrir que suas pernas insistiam em levá-la adiante.

Rohan deixou cair o vaso e segurou-a com força.

– Calma, beija-flor.

Amelia deixara cair o casaco de Rohan e seu xale em algum lugar, em meio à impetuosa corrida. O ar frio da noite varava a fina camada de sua camisola, fazendo-a estremecer intensamente. Ele a segurou com mais força, deixando que se acalmasse envolta pela fragrância pungente de fumaça e suor. O coração de Rohan batia ritmado sob sua orelha, a mão dele desenhando círculos calorosos em suas costas.

– Os extintores foram ainda mais eficientes do que eu previra – disse o capitão Swansea a Christopher Frost. – Mais dois ou três vasos e acredito que poderíamos ter apagado o fogo todo.

Acalmando-se, Amelia olhou para fora do círculo formado pelos braços de Rohan. Frost a fitava com óbvia reprovação e algo que poderia ser interpretado como ciúmes. Ela sabia que estava fazendo uma cena com Cam Rohan. Mais uma vez. Mas ainda não conseguia deixar o abrigo reconfortante de seus braços.

O capitão Swansea sorria, feliz com o resultado de seus esforços.

– O fogo está sob controle – disse para Amelia. – E acho que em breve será extinto.

– Capitão, nunca serei capaz de lhe agradecer o bastante – foi tudo o que ela conseguiu dizer.

– Há muito tempo espero uma oportunidade como esta – declarou ele. – Embora, é claro, não desejasse que sua casa servisse de campo de teste. – Ele se virou para acompanhar o progresso com a bomba, que a essa altura operava a plena capacidade. – Temo que os danos provocados pela água sejam tão ruins quanto os da fumaça – acrescentou, com tristeza.

– Talvez alguns dos aposentos do andar de cima ainda estejam habitáveis – disse Amelia. – Em alguns minutos, gostaria de subir e ver...

– Não – interrompeu-a Rohan, com voz calma. – Você e sua família vão para Stony Cross Manor. Há quartos de visitas mais do que suficientes para acomodá-los.

Antes que Amelia pudesse dizer uma palavra sequer, Christopher Frost respondeu por ela:

– Estou hospedado com a família Shelsher, na taverna do povoado. A Srta. Hathaway e seus irmãos irão para lá comigo.

Amelia sentiu a mudança no toque de Rohan. Sua mão dirigiu-se ao braço dela e seu polegar encontrou a curva interna do seu cotovelo, onde o pulso palpitava com força sob a pele frágil. Ele a tocava com a intimidade de um amante.

– A residência de Westcliff fica mais perto – disse Rohan. – A Srta. Hathaway e suas irmãs estão vestidas com pouco mais do que suas roupas de dormir. Seu irmão precisa de um médico e, se não estou enganado, Merripen também precisa. Eles vão para Stony Cross Manor.

Amelia franziu a testa ao compreender suas palavras.

– Por que Merripen precisa de um médico? Onde ele está?

Rohan virou-a em seus braços para que ela olhasse para o outro lado.

– Ali, junto de suas irmãs.

Ela soltou uma exclamação ao ver Merripen encolhido no chão. Win estava junto dele, tentando afastar de suas costas o tecido fino de sua camisa.

– Ai, não!

Amelia livrou-se de Rohan e correu em direção à sua família. Ouviu Christopher chamando seu nome, mas o ignorou.

– O que aconteceu? – perguntou, desabando no chão úmido ao lado de Win. – Merripen se queimou?

– Sim, nas costas. – Win rasgou a barra da camisola para fazer um curativo improvisado. – Beatrix, poderia embeber isto em água?

Sem dizer uma palavra, Beatrix saiu correndo para o cano junto da bomba.

Win acariciou o cabelo negro e espesso de Merripen enquanto ele descansava a cabeça em seus antebraços. Sua respiração sibilava, irregular, por entre os dentes.

– Está doendo ou está dormente? – perguntou Amelia.

– Dói para diabo – disse ele com dificuldade.

– É um bom sinal. Quanto mais grave a queimadura, menos dor se sente.

Ele virou a cabeça para lhe lançar um olhar muito expressivo.

Win manteve a mão na parte de trás da nuca de Merripen, enquanto falava com Amelia.

– Ele se aproximou demais das calhas da casa. O calor do fogo derreteu as folhas metálicas, que respingaram. Caiu chumbo incandescente em suas costas. – Ela ergueu o olhar quando Beatrix retornou com um pano gotejante. – Obrigada, querida.

Erguendo a camisa de Merripen, Win pôs o pano úmido sobre a queimadura e ele soltou um rosnado de dor. Perdendo todo senso de orgulho ou decoro, permitiu que Win aconchegasse sua cabeça em seu colo enquanto ele tremia incontrolavelmente.

Ao olhar para Leo, que não estava muito melhor, Amelia percebeu que Cam Rohan tinha razão – ela precisava levar a família para a mansão o mais rápido possível e chamar um médico.

Não fez protesto algum quando Rohan e o capitão Swansea vieram buscar os Hathaways e colocá-los na carruagem. Leo teve de ser levantado para entrar no veículo e Merripen, que estava tonto e desorientado, também precisou de ajuda. O capitão Swansea cuidou com habilidade das rédeas, enquanto levava a família para Stony Cross Manor.

Na chegada, os Hathaways foram saudados com considerável animação e simpatia, com criados correndo em todas as direções, hóspedes oferecendo roupas e itens de uso pessoal. Lady Westcliff e Lady St. Vincent cuidaram das caçulas, enquanto Amelia foi arrastada por um par de criadas muito devotadas. Ficou claro que não desistiriam enquanto ela não se banhasse, se alimentasse e se vestisse.

Passou-se uma eternidade até que as criadas vestissem Amelia com uma camisola limpa e um roupão de veludo azul. Mais um quarto de hora se arrastou enquanto elas cuidadosamente ajeitavam seu cabelo úmido em duas belas tranças atrás das orelhas. Quando enfim haviam acabado seus cuidados, Amelia agradeceu e fugiu do quarto de hóspedes. Foi ver como estava o restante da família, a começar por seu irmão.

No corredor, um criado lhe indicou o caminho para o quarto de Leo. O médico, um homem idoso com barba cinzenta bem-aparada, estava de saída. Parou, com a mala na mão, quando ela perguntou sobre o estado do irmão.

– De um modo geral, lorde Ramsay está muito bem – respondeu ele. – Há apenas um ligeiro inchaço na garganta, devido à inalação de fumaça, é claro. Mas é apenas uma irritação do tecido, nada grave. Está com uma cor boa, o coração é forte e todos os sintomas indicam que vai ficar novinho em folha.

– Graças a Deus. E Merripen?

– O cigano? Seu estado é um pouco mais preocupante. É uma queimadura grave. Mas tratei-a e apliquei um curativo de mel, que deve impedir que a bandagem grude na ferida enquanto ela sara. Voltarei amanhã para vê-lo.

– Obrigada, senhor. Não queria incomodá-lo. Sei que já está tarde, mas poderia fazer uma rápida visita a uma de minhas irmãs? Ela tem pulmões fracos e, embora não tenha sido exposta à fumaça, passou algum tempo na friagem da noite.

– Está se referindo à Srta. Winnifred?

– Sim.

– Ela estava no quarto do cigano. Aparentemente, ele compartilhava de sua preocupação em relação à saúde da jovem. Tiveram uma discussão e tanto para resolver quem eu deveria examinar primeiro.

– Ah. – Um leve sorriso se abriu nos lábios de Amelia. – Quem ganhou? Merripen, imagino.

Ele devolveu o sorriso.

– Não, Srta. Hathaway. Sua irmã pode ter os pulmões fracos, mas tem uma determinação ferrenha. – Ele fez uma saudação. – Desejo-lhe uma boa noite. Meus sentimentos pelo seu infortúnio.

Amelia fez um aceno com a cabeça para agradecer e entrou no quarto de Leo, onde a lamparina estava com uma luz baixa. Ele se deitara de lado, com os olhos abertos, mas não a encarou quando ela se aproximou. Sentando-se com cuidado na beira do colchão, ela esticou o braço e acariciou seu cabelo bagunçado.

A voz dele soou rouca e baixa:

– Veio aqui para acabar comigo?

Ela sorriu com ironia.

– Você parece estar fazendo um excelente trabalho, sozinho. – Passou a mão carinhosamente pela sua cabeça. – Como o fogo começou, meu querido?

Ele a fitou, com olhos tão vermelhos que lembravam pequenos mapas de estradas para carruagens.

– Não me lembro. Adormeci. Não ateei o fogo de propósito. Espero que acredite em mim.

– Eu acredito. – Ela se curvou e beijou sua cabeça como se ele fosse um menino. – Descanse, Leo. Tudo ficará melhor pela manhã.

– Você sempre diz isso – balbuciou, fechando os olhos. – Talvez um dia seja verdade.

E então ele adormeceu incrivelmente rápido.

Ouvindo um barulho na porta, Amelia ergueu os olhos e viu a governanta carregando uma bandeja repleta com garrafas de vidro marrom e maços de ervas secas. A mulher idosa estava acompanhada por Cam Rohan, que levava uma pequena chaleira aberta, cheia com água fumegante.

Rohan ainda não lavara a fumaça de suas roupas, cabelo e pele. Embora devesse estar exausto com seus esforços naquela noite, não demonstrava nenhum sinal disso. Examinou Amelia com um olhar penetrante, com os olhos reluzentes como pedras incandescentes em seu rosto escurecido, manchado de suor.

– O vapor ajudará lorde Ramsay a respirar com mais conforto durante a noite – explicou a governanta. Começou a acender as velas em um apoio de cabeceira, onde pôs a chaleira.

Enquanto o vapor se dispersava pelo ar, uma fragrância forte, mas não desagradável, penetrou nas narinas de Amelia.

– O que é isso? – perguntou em voz baixa.

– Camomila, tomilho e alcaçuz – respondeu Rohan –, junto com folhas de olmo e cavalinha para o inchaço na garganta.

– Também trouxemos morfina para ajudar seu sono – disse a governanta. – Deixarei na cabeceira e, se ele acordar depois...

– Não – disse Amelia, rapidamente. A última coisa que Leo precisava era ter acesso a uma grande garrafa de morfina, sem supervisão. – Não será necessário.

– Sim, senhorita. – A governanta partiu murmurando-lhe que a chamasse caso fosse necessário.

Cam permaneceu no quarto, com o ombro apoiado de forma descontraída em uma das imensas colunas da cama. Observou Amelia investigar o conteúdo da chaleira fumegante. Ela desviou o olhar de sua presença vibrante e morena, os olhos perscrutadores, a expressão curiosa na boca.

– Você deve estar exausto – disse, apanhando um ramalhete de folhas secas. Levou as ervas até o nariz e as cheirou. – Está muito tarde.

– Passei a maior parte da vida num clube de jogo. Acabei me tornando uma criatura mais ou menos noturna. – Uma breve pausa. – Você deve ir para a cama.

Amelia balançou a cabeça. Em algum lugar, sob a agitação de seu pulso e o burburinho de preocupações em sua mente, havia um grande e doloroso cansaço. Mas tentar dormir seria inútil. Ela ficaria apenas deitada olhando para o teto.

– Minha cabeça gira como um carrossel. A ideia de dormir...

– Ajudaria se tivesse um ombro amigo para chorar? – perguntou ele com delicadeza.

Ela lutou para esconder quanto a pergunta a abalava.

– Obrigada, mas não. – Com cuidado, soltou as ervas dentro da chaleira. – Chorar é perda de tempo.

– Chorar diminui a profundidade da dor.

– É um ditado dos rons?

– É Shakespeare. – Ele a examinou, vendo coisas demais, enxergando o que fervilhava sob sua calma forçada. – Você tem amigos que a ajudarão a superar tudo isso, Amelia. E eu sou um deles.

Amelia ficou horrorizada com a ideia de que ele a achasse digna de piedade. Evitaria aquilo a qualquer custo. Não podia se apoiar nele ou em mais ninguém. Caso fizesse isso, talvez nunca voltasse a ser capaz de suportar tudo sozinha. Afastou-se dele, deu voltas, as mãos agitadas como se quisessem impedir qualquer tentativa de aproximação.

– Não deve se preocupar com os Hathaways. Vamos resolver tudo. Sempre resolvemos.

– Não dessa vez. – Rohan a olhava com firmeza. – Seu irmão não tem condições de ajudar ninguém, nem a si mesmo. Suas irmãs são muito jovens, a não ser por Winnifred. E dessa vez, até Merripen está acamado.

– Cuidarei deles. Não preciso de ajuda. – Ela foi pegar uma toalha nos pés da cama e a dobrou com cuidado. – Vai partir para Londres esta manhã, não é? Deveria seguir seu próprio conselho e ir para a cama.

Os olhos de Rohan se endureceram.

– Droga, por que você precisa ser tão teimosa?

– Não estou sendo teimosa. Só não quero nada de você. E você merece encontrar a liberdade da qual foi privado há tanto tempo.

– Está preocupada com minha liberdade ou com medo de admitir que precisa de alguém?

Ele estava certo, mas ela preferiria morrer a reconhecer isso.

– Não preciso de ninguém, muito menos de você.

Mesmo baixa, a voz de Rohan foi cortante.

– Você não sabe como seria fácil provar que está enganada. – Ele tentou alcançá-la, interrompeu o movimento e olhou-a como se quisesse esganá-la, beijá-la ou as duas coisas.

– Talvez numa outra vida – sussurrou ela, conseguindo dar um sorrisinho sem graça. – Por favor, vá embora. Por favor, Cam.

Ela esperou que ele saísse do quarto e seus ombros relaxaram de alívio.

Sentindo necessidade de deixar os sufocantes confins da casa, Cam foi para o lado de fora. O luar fraco atravessava a infinita escuridão da noite. Ele vagou até o muro que beirava um penhasco com vista para o rio. Erguendo-se com facilidade até o alto, sentou-se com os pés balançando e ouviu a água e outros sons noturnos. A fumaça pairava no ar, misturando-se aos cheiros da terra e da floresta.

Cam tentou se entender com aquele emaranhado de emoções

Nunca antes havia sentido ciúmes, mas quando vira Amelia e Christopher Frost abraçados naquela noite, experimentara um desejo violento de estrangular o patife. Todos os instintos gritavam em fúria que Amelia era *sua*, e de mais ninguém, para proteger e reconfortar. Mas ele não tinha nenhum direito sobre ela.

Se Frost decidisse cortejá-la, era melhor que Cam não interferisse. Amelia ficaria melhor entre os seus do que com um rom mestiço. Cam também ficaria melhor. Meu Deus, ele estava mesmo contemplando a hipótese de passar o resto da vida como um *gadjo*, aprisionado à vida doméstica?

Deveria deixar Hampshire, pensou. Amelia tomaria sua decisão em relação a Frost e Cam seguiria seu destino. Sem concessões nem sacrifícios para nenhum dos dois. Para Amelia, ele nunca seria mais do que um breve episódio, uma vaga lembrança de sua vida.

Abaixando a cabeça, passou as mãos no cabelo rebelde. O peito doía como sempre que ansiava pela liberdade. Mas, pela primeira vez, ele se perguntou se tinha certeza do que queria. Porque não parecia que a dor seria curada pela partida. Na verdade, ela ameaçava se tornar bem pior.

O futuro estendeu-se diante dele como um grande vácuo sem vida. Milhares de noites sem Amelia. Ele teria outras mulheres em seus braços e faria amor com elas, mas nenhuma seria aquela que realmente desejava.

Pensou em Amelia vivendo como uma solteirona. Ou pior, reconciliando--se com Frost, talvez casando-se com ele, mas convivendo para sempre com o fato de que Frost a traíra no passado e que poderia voltar a fazê-lo. Ela merecia bem mais do que isso. Merecia um amor apaixonado, quente, avassalador, um sentimento que consumia tudo. Ela merecia...

Ah, *inferno*. Estava pensando demais. Agindo como um *gadjo*.

Obrigou-se a enfrentar a realidade: Amelia lhe pertencia, não importava se ele ficasse ou partisse, se caminhassem juntos ou não. Poderiam viver em metades opostas do planeta e ela ainda lhe pertenceria.

O rom que existia dentro dele percebera aquilo desde o início.

E era àquela parte de si que ele daria ouvidos.

A cama de Amelia era macia e luxuosa, mas bem poderia ser feita de tábuas de madeira expostas. Ela rolava, virava, se esticava, mas não conseguia encontrar uma posição confortável para seu corpo dolorido, nem paz para sua mente torturada.

O quarto estava silencioso e abafado, o ar se tornava mais denso a cada minuto. Ansiando ar frio e límpido, ela saiu da cama, foi para a janela e a abriu. Deixou escapar um suspiro de alívio ao sentir o sopro de uma brisa suave. Fechou os olhos ardidos e usou os nós dos dedos para esfregar os cílios úmidos.

Era estranho, mas com todos os problemas que enfrentava, o que a impedia de dormir era não saber se Christopher Frost realmente a amara ou não. Ela quis acreditar que sim, mesmo depois de ter sido abandonada. Dissera a si mesma que o amor era um luxo para a maioria das pessoas, que a carreira de Christopher era difícil e que ele enfrentara uma escolha impossível. Fizera o que julgara ser o melhor na ocasião. Talvez tivesse sido errado de sua parte esperar que ele a escolhesse e que enfrentasse as consequências.

Ser desejada acima de tudo, ter alguém que a quisesse, que precisasse dela, que a cobiçasse... aquilo nunca lhe aconteceria.

A porta se abriu. Amelia viu a mudança nas sombras, sentiu uma presença no quarto. Ao se virar, assustada, viu Cam Rohan de pé do lado de dentro, junto à porta. O coração de Amelia começou a retumbar furiosamente. Ele parecia ter saído de um sonho, um fantasma escuro e enigmático.

Aproximou-se dela devagar. Quanto mais perto chegava, mais parecia que tudo a sua volta se desfazia, desmoronava, deixando-a exposta e vulnerável.

A respiração de Cam não estava muito regular. Nem a dela. Depois de um longo período de silêncio, ele finalmente falou:

– Os rons acreditam que se deve seguir o chamado da estrada e nunca voltar atrás. Pois nunca se sabe das aventuras que estão por vir.

Ele procurou tocá-la devagar, dando-lhe todas as chances de criar objeções. Tocou a curva de seus quadris, cobertos apenas pelo fino tecido de algodão da camisola. Puxou-a para junto de seu corpo, para que sentisse seu vigor.

– Então vamos seguir esta estrada – murmurou – e ver aonde ela nos levará.

Esperou algum sinal, alguma objeção monossilábica ou um encorajamento, mas ela só conseguia fitá-lo, paralisada, indefesa.

Sussurrando-lhe que não sentisse medo, que ele cuidaria dela, faria suas vontades, Cam acariciou seus cabelos. Os dedos tocaram a raiz, deslizando por sua cabeça enquanto a beijava. Arrastou sua boca sobre a dela, sem parar, e quando os lábios de Amelia estavam abertos e úmidos, ele os selou com os seus.

Amelia sentiu-se invadida pela excitação e cedeu àquele prazer sombrio, abrindo-se para as carícias penetrantes da língua dele, esforçando-se para capturar aquela textura suave. As mãos de Rohan delicadamente a empurraram para trás, até que perdesse o equilíbrio. Ficou deitada na cama, como se estivesse em um altar pagão. Debruçado sobre ela, Cam beijou seu pescoço. Deu uma série de puxões na frente de sua camisola, que acabou se abrindo.

Amelia sentiu seu esforço, o calor que irradiava do corpo dele, mas cada movimento era cuidadoso, demorado, enquanto ele tateava sobre o frágil algodão e acariciava seus seios. Seus joelhos se dobraram, todo o seu corpo arqueou-se com o prazer daquele toque. Sem palavras, Cam fez com que ela relaxasse, a mão deslizando do peito ao joelho. Os lábios entreabertos acariciaram a ponta desnuda de seu seio, brincando com aquele botão que se enrijecia, a língua passeando por ali e o umedecendo. Ela levou as mãos ao cabelo dele, enfiando os dedos entre os cachos cor de ébano, tentando prendê-lo junto dela. Sua boca se fechou no mamilo, apertando de leve até que ela estremeceu e tentou se afastar, abalada ao perceber que estava à beira de uma sensação completamente nova.

Cam puxou-a para junto de si e voltou a se deitar sobre ela. Sua boca cobriu a de Amelia, enquanto seus dedos provocadores levantavam a barra da camisola até encontrar a pele macia atrás de suas coxas.

Amelia segurou a camisa dele com as mãos trêmulas. Era frouxa e sem colarinho, do tipo que se enfiava pela cabeça em vez de se abotoar. Cam ajudou-a, tirando a roupa e jogando-a para um lado. O luar banhou os contornos musculosos de seu corpo, o peito rígido e liso.

Apertando as palmas das mãos contra a carne dura, ela as levou delicadamente para as laterais de seu corpo, até as costas. Ele tremeu ao sentir o toque dela e deitou ao seu lado, com uma perna deslizando entre as dela. A camisola abriu-se completamente, revelando seus seios, a barra levantada na altura das coxas.

Os lábios de Cam se voltaram para seu peito, enquanto ele segurava e acariciava a pele firme. Arqueando-se em sua direção, ela lutava para fazer com que ele se aproximasse mais, para que seu peso a cobrisse por completo. Ele resistiu, as mãos que viajavam por seu corpo fazendo carícias tinham a intenção de acalmá-la. Ela estremeceu com sua delicadeza, agarrando suas costas. Não conseguia pensar com clareza, não conseguia encontrar palavras. Contorcendo-se, sentiu o desejo se ampliar com uma intensidade insuportável.

– Cam... Cam... – Apertou o rosto contra seu ombro.

Ao sentir a umidade nos olhos dela, ele apoiou sua cabeça para trás e tocou com a língua uma lágrima errante.

– Paciência, beija-flor. Ainda é cedo demais.

Ela olhou para seus traços cobertos pelas sombras.

– Para você?

Houve um momento de pausa, como se Cam estivesse lutando para conter uma súbita gargalhada.

– Não. Para você.

– Tenho 26 anos – protestou. – Como poderia ser cedo demais para mim?

Naquele instante, Cam não conseguiu conter o riso, enterrando os sons baixos e ricos na boca de Amelia.

Os beijos se tornaram mais selvagens, mais demorados e, entre eles, Cam falava em uma mistura de romani e inglês, e não estava claro se ele sabia que idioma usava. Segurando sua mão, ele a conduziu para baixo, para o ímpeto irresistível de sua ereção. Chocada e fascinada, Amelia deixou a mão cobrir toda a extensão, os dedos tateando, hesitantes, aquela rigidez. Cam grunhiu como se sentisse dor e ela retirou a mão no mesmo instante.

– Sinto muito – falou, corando. – Não tinha a intenção de machucar você.

– Não me machucou. – Havia um traço de divertimento em sua voz. Ele pegou sua mão e devolveu-a ao lugar de onde havia saído.

Amelia explorou-o com timidez, a curiosidade estimulada pela excitação e pela sugestão de movimento sob o tecido esticado de suas calças. Ele parecia ter prazer com aquele toque, quase ronronando ao se aproximar dela para aninhar-se e lamber seu pescoço.

Agora, as duas pernas de Cam estavam entre as dela, separando-as ainda mais, a camisola amarrotada, levantada na altura da cintura. Exposta, mortificada, excitada, Amelia sentiu uma de suas mãos percorrer a parte baixa de seu ventre. Logo haveria dor, posse, todos os mistérios revelados. Pensou que talvez fosse o momento oportuno para mencionar uma preocupação.

– Cam?

Ele levantou a cabeça:

– O que foi?

– Ouvi dizer que existem formas... quero dizer, já que isso pode levar a... hum, não sei como dizer...

– Você não quer ter um bebê.

Os dedos dele brincavam delicadamente com seus pelos mais íntimos.

– Sim. Quero dizer, não. – A respiração dela se transformou em um gemido.

– Não acontecerá. Embora sempre haja uma chance.

Ele tocou um lugar de sensações tão intensas que ela deu um salto e dobrou os joelhos. Seus dedos eram leves e delicados enquanto penetravam a fenda macia.

– A questão, meu amor, é se você me quer o bastante para correr o risco.

Seus sentidos oscilavam entre a vergonha e o prazer diante do modo como ele a tocava. Toda a sua existência se reduzira ao toque astucioso da ponta de um dedo. E Cam sabia disso. Esperou por sua resposta, acariciando, contornando a superfície delicada com a ponta dos dedos, prestando atenção a todos os tremores e agitações de seu corpo.

– Sim – disse ela com a voz entrecortada. – Eu quero.

Ele deslizou a parte carnuda do polegar por um lugar de inexplicável umidade. Antes que ela pudesse dizer uma palavra, ele já a invadira ligeiramente.

Os cílios se cerraram sobre os olhos que tinham uma vibração demoníaca.

– Quer isso? – sussurrou ele.

Ela assentiu e tentou dizer que sim, mas tudo que lhe escapou da garganta foi um gemido baixo.

Um toque mais profundo, delicadamente inquisitivo, até que ela sentiu a beirada rígida do anel de polegar fazer pressão na entrada de seu corpo. Ele descreveu círculos lentos dentro dela, o anel liso provocava e esfregava até que ela sentiu-se tonta e acalorada. *Céus, sim, não, por favor...* outro giro, mais um, cada um provocando o prazer com mais intensidade, até que seu coração trovejava e seus quadris se moviam de modo ritmado contra a mão dele. Mas então, a deliciosa invasão terminou e seu corpo tentou alcançar o vazio com desespero. Procurou por ele, arranhando-o em sua necessidade frenética. E Cam teve a empáfia de rir baixinho.

– Calma, querida. Ainda estamos só começando. Não há motivo para ter pressa.

– Só começando? – Atordoada e sentindo-se latejar, ela mal conseguia falar. Mas de uma coisa tinha certeza: não conseguiria suportar muito mais daquele refinado tipo de tortura. – Eu imaginei que você já estivesse terminando a esta altura.

Ela sentiu seu sorriso enquanto ele beijava o interior de seu cotovelo, seguindo até o pulso.

– A ideia é fazer com que dure o maior tempo possível.

– Por quê?

– Porque assim é melhor. Para nós dois.

Ele fez com que ela abrisse os dedos e beijou a palma de sua mão. Depois de recolocar a camisola dela no lugar, ele abotoou a frente, meticulosamente.

– O que você está fazendo?

– Vou levá-la para um passeio. – Quando ela fez perguntas atabalhoadas, ele tocou seus lábios delicadamente com o indicador. – Confie em mim – sussurrou.

Amelia obedeceu, atordoada, enquanto ele a retirava da cama e a envolvia com o roupão de veludo e colocava seus pés em chinelos macios.

Segurando a mão dela com firmeza, Cam a conduziu para fora do quarto. A casa estava tranquila e silenciosa, as paredes cobertas por retratos de aristocratas com ar de reprovação.

Saíram pelos fundos até um grande pátio de pedra, com degraus largos e curvos que levavam aos jardins. O luar estava entrecortado por farrapos de nuvens que reluziam contra o céu cor de ameixa preta. Confusa mas disposta, Amelia desceu a escada com Cam.

Ele parou e deu um assovio curto.

– O quê? – balbuciou Amelia ao ouvir as batidas de cascos pesados e ver uma imensa forma negra correndo na direção deles, como uma criatura saída de um pesadelo.

Sentiu-se alarmada e se escondeu em Cam, o rosto enterrado em seu peito. O braço dele a envolveu, trazendo-a para mais perto.

Quando o som trovejante parou, Amelia arriscou-se a dar uma olhada. Era um cavalo. Um imenso cavalo negro, cujo bafo saía pelas narinas e subia no ar gelado como aparições.

– Isso está acontecendo mesmo? – perguntou.

Cam pôs a mão no bolso, entregou ao cavalo um torrão de açúcar e depois passou a mão sobre o pescoço esguio, escuro como a meia-noite.

– Já teve um sonho como este?

– Nunca.

– Então deve estar acontecendo mesmo.

– Você tem mesmo um cavalo que vem quando você assovia?

– Tenho. Eu o treinei.

– Qual é o nome dele?

Seu sorriso branco cintilou na escuridão.

– Adivinha?

Amelia pensou por um momento.

– Pooka? – O cavalo virou a cabeça para olhá-la, como se tivesse entendido. – Pooka – repetiu ela, com um leve sorriso. – Por acaso você tem asas?

Diante do gesto sutil de Cam, o cavalo sacudiu a cabeça, numa negação enfática. Amelia riu, nervosa.

Caminhando ao lado de Pooka, Cam saltou sobre a cela em um movimento gracioso. Fez um movimento lateral até o degrau onde Amelia se encontrava e estendeu a mão para ela, que a aceitou. Apoiando-se no estribo, ela foi levantada com facilidade para a sela, sentando-se diante dele. O movimento a jogou um pouco para a frente, mas Cam a segurou, mantendo-a no lugar.

Amelia recostou-se em seu peito e seu braço rígidos. Suas narinas estavam cheias dos perfumes do outono, da terra molhada, do cavalo e do homem, da meia-noite.

– Sabia que eu viria com você, não é? – perguntou ela.

Cam abaixou a cabeça, beijando suas têmporas.

– Tinha esperanças.

Suas coxas se fecharam, fazendo o cavalo galopar e depois manter um trote largo e suave. Quando Amelia fechou os olhos, podia jurar que estavam voando.

CAPÍTULO 15

Cam cavalgou até o acampamento abandonado às margens do rio, onde a tribo de ciganos havia se instalado. Ainda havia ali vestígios de sua presença. As marcas deixadas pelas rodas dos *vardos*, círculos de grama comida onde os cavalos tinham sido presos, o buraco raso e cheio de cinzas que fora usado para acender a fogueira. E em toda parte havia o som do rio que corria e se agitava, avançando nas margens e molhando a terra submissa.

Ele desmontou e ajudou Amelia a descer também. Seguindo suas orientações, ela sentou-se no tronco caído de uma faia, enquanto ele improvisava um acampamento. Amelia esperava com as mãos no colo, observando todos os movimentos de Rohan, que retirava um monte de cobertores da sela de carga. Em poucos minutos, acendeu uma fogueira no buraco cercado de pedras e montou uma cama ao lado dela.

Amelia correu até a pilha de cobertores e se protegeu sob as camadas de lã e algodão acolchoado.

– É seguro ficar aqui? – perguntou com a voz abafada.

– Você está protegida de tudo, menos de mim.

Sorrindo, Cam se abaixou e foi para o lado dela. Depois de tirar as botas, juntou-se a ela sob os cobertores e a puxou para perto dele. Lembrando a si mesmo das recompensas obtidas com a paciência, ele a aconchegou e esperou.

À medida que os segundos passavam, o corpo de Amelia se acomodava mais próximo ao dele. Era uma sensação extraordinária simplesmente abraçá-la, e ele não fez nada durante muito tempo. Sentiu o ritmo de sua respiração e o ar frio da noite que soprava em volta deles, enquanto o calor de seus corpos se somava sob as cobertas. Alcançaram um prazer silencioso e sereno que Cam nunca havia experimentado. Seu pulso começou a acelerar, como um tambor; o desejo intensificando-se a cada batida de seu coração. Sentiu que ela apertava o quadril contra ele, de um jeito hesitante, estimulando sua ereção, aproximando-se. Mas ele continuou imóvel, deixou que ela se aconchegasse e roçasse até estar tenso e loucamente excitado.

O fogo crepitava, consumindo galhos de faia e carvalho. Calor... Rohan nunca sentira tanto calor na vida. Enquanto pensava em tirar a camisa, sentiu as mãos de Amelia esgueirando-se pela barra frouxa. Seus dedos pequenos e frios vagaram por sua pele escaldante. Onde ela tocava, os músculos reagiam se tensionando, e era tão bom que Cam soltou um leve grunhido com o rosto enterrado no cabelo dela. Amelia agarrou as dobras da camisa e a puxou para cima. Sem hesitação, ele se sentou, tirou a peça de roupa e jogou-a longe.

Ela subiu em seu colo, o cabelo longo caindo sobre o peito e os ombros nus, como uma rede sedosa. Encantado, Cam ficou parado enquanto ela apertava a boca contra seu peito, seus ombros e a base de seu pescoço, numa delicada folia de beijos.

– Amelia...

As mãos dele procuraram a cabeça dela, imobilizando-a. As ondas cálidas de seu cabelo deslizavam sobre seus braços, causando-lhe arrepios.

– *Monisha* – sussurrou ele. – Não farei nada que você não queira. Meu único desejo é lhe dar prazer.

O rosto dela reluzia com a luz da fogueira, os lábios tinham cor de groselha.

– O que essa palavra quer dizer?

– *Monisha?* É um tratamento carinhoso. – Ele mal conseguia raciocinar. – Os rons dizem isso para a mulher com quem têm intimidade.

As mãos dela encontraram as dele, os dedos preenchendo os espaços vazios entre os seus. Ficaram de mãos dadas, seus lábios formando palavras silenciosas, bocas que roçavam e se prendiam num calor úmido.

Cam a deitou nas cobertas, sob a luz das chamas bruxuleantes. E sussurrou na língua antiga, dizendo-lhe que queria persegui-la como o sol perseguia a lua pelo céu, que desejava preenchê-la até que fossem *corthu*, se tornassem um único ser, unidos. Só estava parcialmente consciente do que dizia, inebriado pelo perfume e pelo calor que emanava do corpo dela.

Abriu seu roupão e sua camisola, afastando com ar sonhador o tecido macio das curvas sinuosas de seus seios e sua cintura. O corpo de Amelia era belo, exuberante e firme, a pele pálida lustrada pela luz. Sombras voluptuosas mergulhavam em lugares que ele queria tocar e provar. Seguiu com a língua o rubor que a cobria. Ela estremeceu sob ele, as mãos agarrando os músculos de seus antebraços.

Ele segurou seus seios e provocou os bicos com sua respiração e a língua até que estivessem duros. Suavemente, apertou um deles entre os dentes e ficou assim até que ela gemesse e se jogasse para cima.

Cam puxou a camada fina de camisola que estava entre eles. A barriga dela subia e descia no ritmo da respiração. Colocando a língua sobre seu umbigo, Cam mergulhou a ponta naquele círculo apertado.

– Cam... Ah, espere...

Ela se contorcia, empurrando-o com vontade. Ele segurou suas mãos e as prendeu perto do seu corpo, ofegando.

Lutando para manter o controle, Cam pousou o rosto em sua pele com toda a delicadeza de que era capaz.

– Não vou machucá-la – sussurrou. – Só vou beijá-la... prová-la...

A voz dela era queixosa.

– Ali não.

Cam não conseguiu conter um sorriso. Essa mistura de diversão e excitação era uma novidade.

– Principalmente ali. – Deixou que seus dedos vagassem pelo quadril e a coxa dela e se emaranhassem em seus pelos macios. – Quero conhecer cada parte de você, *monisha*... Fique parada por mim e... sim, amor, *sim*...

Ele deslizou para baixo, trêmulo de anseio. O cheiro salgado de sua intimidade e da pele feminina haviam atiçado um desejo insuportável. Sua boca roçou os lábios fechados. Lambeu-os até que se abrissem, aprofundando-se no calor, no sabor do prazer.

A não ser pelos gemidos, Amelia se manteve em silêncio, fechando as pernas com força contra as laterais do corpo dele. Indefesa, acompanhou o movimento da língua dele, o corpo inteiro ardendo de desejo. Ele a provocou e reconfortou. Enterrou o nariz em sua carne úmida, no cheiro erótico dela. Deslizou um dedo na superfície sedosa.

Ela emitiu um som de sofrimento enquanto perdia o controle e ele se regozijou, a boca castigando-a com delicadeza. Provocou a explosão de sensações até que os suaves gemidos femininos se transformaram em soluços. Ela ficou tensa e se contorceu, os dedos prendendo-se a seus cabelos, os quadris pulsando em movimentos indefesos, enquanto ele lambia cada contração e cada pulsação.

Depois de algum tempo, ele a abraçou. Amelia levou as mãos ao fecho de sua calça e trabalhou nele até que se abrisse na altura dos quadris. O membro rígido se libertou. Amelia o envolveu com a mão, acariciando-o até que Cam se jogou para trás com um gemido.

O rosto dela estava corado, os olhos semicerrados. Ela voltou a tocá-lo, convidando-o a se aproximar, instintivamente oferecendo o ninho entre suas pernas. Ele resistiu, mantendo o peso suspenso sobre ela, protegendo-a do olhar do luar enquanto deslizava a mão pela frente de seu corpo, com os dedos bem abertos. Ela tremeu quando a ponta do mindinho esbarrou no bico de seu seio. Ele desenhou um círculo em volta, vendo seu mamilo enrijecer.

– Se você me quer, amor – sussurrou –, diga em romani. Por favor.

Sem nada ver, Amelia virou a cabeça e beijou a curva de seu bíceps.

– O que devo dizer?

Ele murmurou palavras suaves e líricas, esperando pacientemente que ela as repetisse, ajudando-a quando hesitava. Enquanto isso, colocou-se contra ela, mais baixo, mais próximo e, quando a última sílaba saiu de seus lábios, ele a penetrou com força.

Amelia encolheu-se e soltou um grito de dor e Cam ficou dividido entre o profundo arrependimento por tê-la machucado e o prazer devastador de estar dentro dela. A carne inocente se fechava em torno daquela invasão pouco familiar, os quadris erguendo-se como se quisessem afastá-lo, mas os movimentos dela só faziam com que ele penetrasse ainda mais fundo. Tentou aliviar sua dor, acariciando-a, beijando seu pescoço e seus seios. Tomando um bico rosado na boca, ele chupou com leveza, deixou que a língua passasse sobre ele até que ela relaxou e começou a gemer.

Cam não conseguia parar seus movimentos, esquecendo-se de tudo, exceto da necessidade de entrar mais e mais naquela carne delicadamente resistente, dos membros cálidos que se curvavam em torno dele, da boca ofegante sob a sua. Sussurrou contra seus lábios uma única palavra, sem parar, o êxtase cada vez maior:

– *Mandis... mandis...*

Minha.

Sentindo que estava prestes a explodir de prazer, Cam saiu de dentro dela e lançou-se contra sua barriga trêmula e macia. Jatos de calor deslizaram entre eles. Cam enterrou o rosto na curva entre o ombro e o pescoço dela, gemendo. Nenhuma sensação jamais chegara perto disso, pensou, atordoado. Nada poderia.

O prazer perdurou mesmo depois que seu pulso havia voltado ao normal e ele recuperara a capacidade de pensar com alguma clareza. Amelia estava relaxada debaixo dele, sonolenta e suspirando. Ele precisou se obrigar a se afastar, quando tudo o que queria era desfrutar da sensação de estar junto dela.

Usou um lenço para limpar o sangue e a umidade de seu corpo, vestiu-a com a camisola e foi cuidar do fogo. Quando voltou para debaixo das cobertas, Amelia acomodou-se em seu braço.

Olhando o fogo crepitar e desfrutando do peso íntimo daquela cabeça em seu ombro, Cam acariciou-lhe o cabelo que caía sobre seu braço. Ela dormia profundamente enquanto o fogo lançava sombras de seus longos cílios sobre seu rosto. Cam observou-a com a atenção de um amante, absorvendo cada detalhe, a penugem da linha do cabelo, a bela curva de seu nariz, as orelhas pequenas. Queria mordiscá-las, brincar com elas, mas não faria nada que atrapalhasse seu sono.

Puxou uma coberta sobre seu ombro pálido como a neve, jogou para trás um cacho que envolvia sua orelha. Tudo mudara, pensou. E não havia como voltar atrás.

CAPÍTULO 16

Alvorecer.

Uma palavra perfeita para descrever a forma como a manhã penetrara aos poucos pelo quarto, um raio de luz derramando-se pela cama, outro no chão entre a janela e a pequena lareira.

Amelia piscou e ficou deitada durante algum tempo, em torpor. Havia fogo na lareira – ela devia estar dormindo quando a criada o acendeu.

Fogo... Ramsay House... a lembrança caiu sobre ela com um impacto desagradável e ela fechou os olhos. Tornou a abri-los, porém, quando pensou na escuridão, no luar e na calorosa pele masculina. Sentiu arrepios.

O que havia feito?

Estava na cama, com apenas algumas lembranças indistintas da viagem de volta, ainda no escuro, de Cam carregando-a, envolvendo-a nas cobertas como se ela fosse uma criança. *Feche os olhos*, ele murmurara, a mão fazendo uma agradável pressão em sua cabeça. E ela dormira e dormira. Agora, ao forçar a vista para olhar o relógio sobre a lareira, que fazia um alegre tique-taque, percebeu que era quase meio-dia.

O pânico a invadiu até que ela dissesse a si mesma que não era prático entrar em pânico. De qualquer forma, o coração bombeava algo que parecia ser quente e leve demais para ser sangue e sua respiração ficou ofegante.

Gostaria de ser persuadida de que tudo não passara de um sonho, mas seu corpo ainda estava marcado pelo mapa invisível que ele desenhara com os lábios, a língua, os dentes e as mãos.

Ao levar a ponta dos dedos aos lábios, Amelia sentiu que eles estavam mais inchados, mais lisos do que o normal... tinham sido lambidos e arranhados pela boca dele. Cada centímetro de seu corpo parecia sensível, fragilizado, ainda abrigando uma dor de prazer.

Uma mulher decente sem dúvida teria sentido vergonha de seus atos. Amelia não sentia vergonha alguma. A noite havia sido extraordinária – intensa, sombria e doce – e ela guardaria aquela lembrança para sempre. Era uma experiência que ela não poderia deixar de ter, com um homem diferente de todos os que ela já conhecera ou que ainda conheceria.

Como desejava que ele já tivesse partido!

Com alguma sorte, Cam já teria ido embora para cuidar de seus assuntos em Londres. Amelia não tinha certeza de que seria capaz de encará-lo depois daquela noite. E, com tanta coisa a resolver, certamente não precisava da distração que ele representava.

Quanto às lembranças da noite com Cam, todas se refratavam com delicadeza, como se ele fosse um prisma que seus sentimentos tivessem atravessado... Agora não era hora de pensar mais naquilo. Haveria tempo mais tarde. Dias, meses, anos.

Não pense nisso, Amelia disse a si mesma com firmeza, saindo da cama. Tocou a campainha para chamar uma criada e prendeu o roupão, desajeitada. Em menos de um minuto, uma criada robusta, de cabelos claros e bochechas coradas apareceu no quarto.

– Poderia providenciar água quente? – pediu Amelia.

– Claro, senhorita. Posso trazê-la para cá, se é o que deseja, ou posso preparar um banho na sala de banhos. – A empregada falava com um sotaque forte e caloroso de Yorkshire, enrolando ligeiramente os erres e pronunciando as consoantes de forma gutural.

Amelia concordou com a segunda opção, lembrando-se do banho moderno, tomado na noite anterior. Seguindo a criada, que se apresentou como Betty, saiu do quarto e percorreu o corredor.

– Como estão meus irmãos? E o Sr. Merripen?

– As senhoritas Winnifred, Poppy e Beatrix desceram para tomar o desjejum – relatou a criada. – Os cavalheiros ainda estão deitados.

– Estão passando mal? Merripen está com febre?

– A Sra. Briarly, a governanta, acredita que ambos estejam bem, senhorita. Apenas descansando.

– Graças aos céus.

Amelia decidiu ver Merripen assim que estivesse apresentável. Queimaduras eram perigosas e imprevisíveis. Ainda estava muito preocupada com ele.

Entraram em um aposento com as paredes cobertas por azulejos azul-claros. Havia uma espreguiçadeira em um canto e uma grande banheira de porcelana no outro. Uma cortina oriental muito colorida estava pendurada no teto, para fornecer uma área reservada para a troca de roupas. A sala de banhos estava quente, graças à lareira. Um grande guarda-roupa exibia pilhas de toalhas dobradas, toalhas turcas felpudas, variados sabões e produtos de toalete. A água era aquecida no ambiente por alguma espécie de aparelho a gás, com torneiras para água fria, quente ou morna e tubulações que saíam do aposento.

Betty abriu as torneiras a ajustou a temperatura da água. Estendeu toalhas sobre a espreguiçadeira em uma fileira precisa.

– Devo acompanhá-la enquanto toma seu banho, senhorita?

– Não, obrigada – respondeu Amelia de pronto. – Ficarei bem sozinha. Se não se importar em trazer minhas roupas para a sala de vestir, ao lado...

– Que roupas, senhorita?

Aquilo deixou Amelia paralisada. Ela percebeu que viera para Stony Cross Manor sem nenhuma muda de roupa.

– Puxa, seria possível enviar alguém até Ramsay House para pegar minhas coisas...

– Provavelmente estão sujas e cheias de fumaça, senhorita. Mas Lady St. Vincent separou alguns de seus vestidos e os deixou em seu quarto. Ela e a senhorita vestem tamanhos mais parecidos; Lady Westcliff é mais alta, então...

– Não posso usar as roupas de Lady St. Vincent – respondeu Amelia, pouco à vontade.

– Temo que seja inevitável, senhorita. Há um lindo vestido vermelho, de lã. Vou buscá-lo.

Como não parecia ser possível recuperar um de seus vestidos, Amelia assentiu e murmurou um agradecimento. Foi para trás da cortina do vestiário e tirou o roupão, enquanto a criada fechava as torneiras e saía do aposento.

Ao despir a camisola e deixá-la cair no chão, Amelia viu um brilho dourado em seu indicador da mão esquerda. Assustada, ergueu a mão e o examinou. Um pequeno anel de ouro com uma inicial gravada. Era o mesmo que Cam sempre usava no dedo mindinho. Deveria ter colocado nela na noite passada, enquanto dormia. Seria um presente de despedida? Ou aquilo teria outro significado para ele?

Ela tentou tirá-lo e descobriu que estava apertado.

– Droga – resmungou, fazendo força em vão.

Pegou um pedaço de sabão no armário e levou-o para o banho. A água quente amainava uma infinidade de pequenas dores e ardores, diminuindo o desconforto entre suas coxas.

Suspirando profundamente, Amelia ensaboou a mão e foi cuidar do anel. Mas não importava quanto ela se esforçava, ele não saía do lugar. Logo, a água na banheira estava coberta de espuma e Amelia praguejava, frustrada.

Não podia deixar que ninguém a visse usando um dos anéis de Cam. Em nome de Deus, como poderia explicar como e por que ela o conseguira?

Depois de puxar e torcer até fazer o dedo inchar, Amelia desistiu e acabou de tomar banho. Secou-se com uma toalha turca, macia. Ao entrar no quarto de vestir, encontrou Betty à sua espera com os braços cheios de um tecido de lã cor de vinho.

– Aqui está seu vestido, senhorita. Vai ficar muito bem com seu belo cabelo escuro.

– Lady St. Vincent é muito generosa.

As roupas de baixo rendadas estavam tão engomadas e bem cuidadas que pareciam nunca terem sido usadas. Havia até um espartilho, com cordões brancos tão imaculados quanto suturas cirúrgicas.

– Ah, ela tem muitos, muitos vestidos – confidenciou Betty, entregando a Amelia calçolas dobradas e uma camisola. – Lorde St. Vincent cuida para que sua mulher se vista como uma rainha. Digo uma coisa: se ela quiser a lua para usar como espelho, ele vai dar um jeito de arrancá-la para lhe dar de presente.

– Como sabe tanto sobre eles? – perguntou Amelia, prendendo o colchete na frente do espartilho, enquanto Betty se movimentava atrás dela, apertando os cordões.

– Sou camareira de Lady St. Vincent. Viajo com ela por toda parte. Ela me pediu que cuidasse da senhorita e de suas irmãs... "elas precisam de cuidados especiais depois de tudo o que passaram", me disse.

Amelia prendeu o fôlego enquanto os cordões eram presos com firmeza. Quando finalmente foram amarrados, soltou o ar.

– Foi muito gentil da parte dela. E da sua. Espero que minha família não esteja lhe dando trabalho.

Por algum motivo, aquilo fez Betty rir.

– É um grupo engraçado, se me permite comentar, senhorita.

Antes que Amelia pudesse perguntar o que ela queria dizer com aquilo, a criada exclamou:

– Que cinturinha! Imagino que o vestido de Lady St. Vincent vai lhe cair como uma luva. Mas antes de experimentarmos, é melhor vestir as meias.

Amelia segurou um punhado de tecido negro translúcido.

– Meias?

– Meias de seda, senhorita.

Amelia quase as deixou cair. Meias de seda custavam uma fortuna. E essas eram bordadas com minúsculas flores, o que as tornava ainda mais caras. Se as vestisse, ficaria morrendo de medo de puxar um fio. Mas parecia não haver opção, além de ficar sem meias.

– Vista-as – insistiu Betty.

Com uma mistura de tentação e culpa, Amelia pôs as roupas mais luxuosas que tinha visto na vida. O vestido, forrado de seda e digno de uma dama, envolvia e moldava sua silhueta de um modo que nenhuma roupa havia feito antes. Mangas retas, bem ajustadas, seguiam até o cotovelo, onde se abriam em ondas de renda negra. A mesma renda negra adornava a bainha da saia, cheia de camadas, para sugerir um grande número de anáguas. Uma faixa de cetim negro enfatizava a curva de sua cintura. As extremidades se cruzavam e estavam presas ao lado com um cintilante broche negro.

Sentada diante da penteadeira, Amelia viu como Betty trançava fitas negras em seu cabelo e o prendia habilidosamente para o alto. Como a criada parecia simpática e tagarela, Amelia arriscou-se.

– Betty... há quanto tempo Lady St. Vincent conhece o Sr. Rohan?

– Desde a infância, senhorita – Betty abriu um sorriso. – Aquele Sr. Rohan, é um belo de um homem, não é? Deveria ver que confusão quando ele visita a casa de nosso patrão! Todas disputam sua vez para olhar pelo buraco da fechadura para admirá-lo.

– Eu me pergunto se... – Amelia lutou para manter um tom casual. – Você acha que o relacionamento entre o Sr. Rohan e Lady St. Vincent foi...

– Nada disso, senhorita. Foram criados como irmãos. Havia até boatos de que o Sr. Rohan seria meio-irmão dela. Não seria o único filho bastardo de Ivo Jenner, tenho certeza.

Amelia piscou.

– Acha que os boatos são verdadeiros?

Betty balançou a cabeça.

– Lady St. Vincent nega. Não há laços de sangue entre eles. E ela e o Sr. Rohan não têm semelhança alguma, mas ela gosta muito dele. – Com um sorriso astuto, Betty acrescentou: – Alertou a mim e às outras empregadas para ficarmos longe dele. Diz que nada de bom poderia sair disso, que nós acabaríamos de barriga e abandonadas. Ele é perverso, aquele Sr. Rohan.

Ao terminar de cuidar do cabelo de Amelia, Betty a examinou com satisfação e foi recolher as toalhas que se amontoavam perto de uma cadeira, junto com a camisola da noite.

A criada parou durante dois, três segundos, com a camisola na mão.

– Devo preparar toalhinhas limpas? – perguntou com cautela. – Para suas regras, senhorita?

Ainda pensando na desagradável expressão "de barriga e abandonada", Amelia balançou a cabeça.

– Não, obrigada. Ainda não está na... – Ela parou com um pequeno choque ao ver no que a criada reparara: algumas gotas de sangue escuro na camisola. Empalideceu.

– Sim, senhorita. – Dobrando bem a camisola em meio às roupas de cama, Betty deu um sorriso neutro. – Basta tocar a campainha e eu virei. – Dirigiu-se para a porta e saiu em silêncio.

Amelia apoiou os cotovelos na penteadeira e pousou a testa nos punhos. Que os céus a ajudassem! Haveria conversas no andar dos empregados. E até aquele momento ela nunca fizera nada que rendesse fofocas.

– Por favor, por favor, que ele tenha partido – sussurrou.

Ao descer as escadas, Amelia pensou que acreditava na sorte, no final das contas. Parecia uma boa palavra para descrever um padrão consistente. Um resultado confiável e previsível para quase qualquer situação.

O problema é que a sua era a má sorte.

Ao alcançar o saguão de entrada, viu Lady St. Vincent entrando, vindo do pátio dos fundos, com as bochechas coradas pelo vento, a bainha do vestido suja com pedacinhos de folha e grama. Parecia um anjo travesso, com seu belo rosto calmo, o cabelo ruivo ondulado e um alegre salpicado de sardas douradas bem claras sobre o nariz.

– Como está se sentindo? – Lady St. Vincent se aproximou dela no mesmo instante e tomou-lhe o braço. – Está linda. Suas irmãs estão caminhando lá fora, exceto Winnifred, que está tomando chá no terraço. Já comeu?

Amelia negou com a cabeça.

– Vá para o pátio e providenciarei para que uma bandeja seja trazida até nós.

– Se estou interrompendo...

– De forma alguma – disse Lady St. Vincent com delicadeza. – Venha.

Amelia a acompanhou, tocada e ao mesmo tempo desconcertada pelos modos tão solícitos de Lady St. Vincent.

– Minha senhora – disse ela –, agradeço-lhe por ter permitido que eu usasse um de seus vestidos. Juro que o devolverei assim que possível...

– Pode me chamar de Evie – respondeu a outra em tom caloroso. – E precisa ficar com o vestido. Cai muito bem em você e terrivelmente mal em mim. Esse tom de vermelho não combina com meu cabelo.

– É muito gentil de sua parte – disse Amelia, desejando não parecer tão rígida e poder aceitar o presente sem sentir o peso da obrigação.

Mas Evie não pareceu notar seu constrangimento, apenas pegou sua mão e a passou por seu braço enquanto andavam, como se Amelia precisasse ser conduzida como uma garotinha.

– Suas irmãs ficarão aliviadas em vê-la de pé. Disseram não se lembrar de outra ocasião em que você ficou tanto tempo na cama.

– Temo dizer que não dormi bem. Estava... preocupada.

As faces pálidas de Amelia coraram quando ela se lembrou de estar deitada ao lado do corpo de Cam, as roupas em desalinho para revelar nudez e desejo, lábios e mãos explorando com delicadeza.

– Sim, estou certa que...

Uma rápida hesitação, depois Evie prosseguiu em um tom pensativo.

Seguindo seu olhar, Amelia percebeu que Evie tinha fitado a mão pousada sobre sua manga.

Ela vira o anel.

Os dedos de Amelia se cerraram. Ela ergueu a cabeça para olhar nos olhos azuis e curiosos da condessa. Sua mente ficou paralisada.

– Tudo bem – disse Evie, pegando a mão de Amelia no momento em que ela estava prestes a retirá-la e recolocando-a em seu braço. Ela sorriu. – Precisamos conversar, Amelia. Achei que ele estivesse meio fora de si hoje. Agora entendo o motivo.

Não havia necessidade de esclarecer quem era "ele".

– Minha senhora... Evie... não há nada entre mim e o Sr. Rohan. Nada. – Suas bochechas ardiam com um rubor agitado. – Não sei o que a senhora deve pensar de mim.

As duas pararam diante das portas duplas que se abriam para o pátio nos fundos da casa, e então Amelia tirou a mão do braço de Evie. Puxando o anel, que permanecia teimosamente preso a seu dedo, ela olhou para a outra em desespero. Para sua surpresa, Evie não parecia demonstrar choque nem reprovação, apenas compreensão. Havia algo em seu rosto, uma espécie de suave seriedade que fez Amelia pensar: *Não é para menos que lorde St. Vincent seja tão apaixonado por ela.*

– Penso que é uma jovem muito capaz – disse Evie –, que ama seus irmãos e suporta um bocado de responsabilidades por eles. Acho que é um fardo pesado para uma mulher carregar sozinha. Também acho que tem o dom para aceitar as pessoas como elas são. E Cam sabe como isso é raro.

Amelia sentiu-se angustiada, como se tivesse perdido algo que precisasse recuperar depressa.

– Eu... ele ainda está aqui? Já deveria ter partido para Londres.

– Ainda está aqui, conversando com meu marido e lorde Westcliff. Foram até Ramsay House esta manhã para ver o que sobrou e fazer algumas avaliações iniciais.

Amelia não gostou da ideia de que tivesssem visitado a propriedade sem que consultassem Leo ou ela. Da forma como a situação estava sendo tratada, parecia que os Hathaways não eram mais do que crianças indefesas. Ela empertigou os ombros.

– Eles foram muito gentis, mas posso cuidar da situação agora. Imagino que parte de Ramsay House ainda esteja habitável, o que significa que não precisaremos abusar da hospitalidade de lorde e Lady Westcliff por mais tempo.

– Ah, precisa ficar – disse Evie depressa. – Lillian já disse que são bem-vindos até que Ramsay House esteja completamente restaurada. Esta é uma casa muito grande e nunca estariam interferindo na privacidade de ninguém. E Lillian e lorde Westcliff vão passar no mínimo uma quinzena fora. Vão para Bristol amanhã, junto com lorde St. Vincent e eu, para visitar Daisy, a irmã mais nova de Lillian, que está esperando um bebê. Praticamente terão a casa só para vocês.

– Reduziríamos o lugar a escombros antes que eles voltassem.

Evie sorriu.

– Suspeito que sua família não seja tão perigosa assim.

– Não conhece os Hathaways! – Sentindo a necessidade de recuperar o controle da situação, Amelia prosseguiu: – Irei até Ramsay House depois do desjejum. Se os cômodos do andar superior estiverem em boas condições, minha família estará de volta ao anoitecer.

– Acha que é mesmo o melhor para Winnifred? – perguntou Evie com delicadeza. – Ou para o Sr. Merripen ou lorde Ramsay?

Amelia corou, sabendo que não estava sendo razoável. Mas o sentimento de impotência, a sensação de estar destituída de toda a autoridade, quase a sufocava.

– Talvez você devesse conversar com Cam – sugeriu Evie –, antes de tomar qualquer decisão.

– Minhas decisões não dizem respeito a ele.

Evie lançou-lhe um olhar pensativo.

– Perdoe-me. Não deveria fazer suposições. É que o anel em seu dedo... Cam o usava desde que tinha 12 anos.

Amelia puxou o anel com violência.

– Não sei por que ele o deu para mim. Tenho certeza de que não tem nenhuma importância.

– Acho que tem uma importância muito grande – disse Evie em voz baixa. – Cam tem sido uma espécie de forasteiro a vida toda. Mesmo quando vivia com os rons. Acho que, em segredo, sempre esperou encontrar um lugar ao qual pertencesse. Mas até encontrá-la, não lhe ocorreu que talvez ele não estivesse procurando um lugar, e sim uma pessoa.

– Não sou essa pessoa – sussurrou Amelia. – De verdade. Não sou.

Evie a encarou com bondosa compaixão.

– A decisão é sua, claro. Mas como alguém que conhece Cam há muito tempo, devo lhe dizer... ele é um homem bom e inteiramente digno de confiança. – Ela empurrou as portas, abrindo-as para Amelia. – Suas irmãs estão lá fora. Vou providenciar uma bandeja com sua refeição.

Era um dia úmido e frio, com o ar saturado pelos odores de estrume, rosas e gramíneas de floração tardia. O pátio dos fundos contemplava hectares de jardins cuidados de forma meticulosa, todos interligados por caminhos cobertos de pedregulhos. Mesas e cadeiras tinham sido instaladas sobre as lajotas do chão. Como a maioria dos convidados de lorde Westcliff havia partido ao final da última expedição de caça, a área estava praticamente desocupada.

Ao ver Win, Poppy e Beatrix à mesa, Amelia avançou para elas.

– Como você está? – perguntou para Win. – Dormiu bem? Teve tosse?

– Estou bastante bem. Estávamos preocupadas com você. Não me lembro de você dormindo por tanto tempo, a não ser quando estava doente.

– Não, não estou doente. Não poderia estar melhor. – Amelia abriu um sorriso excessivamente alegre. Olhou para as outras irmãs, ambas com vestidos novos. Poppy de amarelo e Beatrix de verde.

– Beatrix, você está linda. Parece uma dama.

Sorridente, a menina se levantou e deu uma volta lenta para se exibir. O vestido em verde-claro, com um corpete pregueado e adornos em verde-escuro, estava quase perfeito, as saias caindo até o chão.

– Lady Westcliff me deu de presente – disse ela. – Pertencia à sua irmã mais nova, que não pode usá-lo pois está esperando um bebê.

– Ah, Bea...

Ao ver o prazer da irmã em estar vestida com roupas de adulta, Amelia sentiu uma pontada de um orgulho triste. Beatrix deveria frequentar uma escola para concluir sua educação, onde aprenderia a falar francês e a fazer arranjos florais e todos os talentos sociais que faltavam aos Hathaways. Mas não havia dinheiro para isso – e, ao que parecia, jamais haveria.

Ela sentiu a mão de Win segurar a sua e apertá-la com delicadeza. Olhando para os olhos azuis e compreensivos de Win, ela suspirou. Ficaram imóveis por um momento, de mãos dadas, apoiando-se mutuamente.

– Amelia – murmurou Win –, sente-se perto de mim. Quero lhe perguntar uma coisa.

Amelia desceu para a cadeira, de onde tinha uma vista privilegiada dos jardins. Sentiu uma forte pontada de reconhecimento em seu peito ao ver um trio de homens que caminhava devagar junto a uma barreira de teixos, entre eles a forma escura e graciosa de Cam. Como seus companheiros, Cam usava calças de montaria e botas de couro de cano alto. Mas no lugar do tradicional casaco e colete, ele usava uma camisa branca com um *jerkin*, um colete aberto, sem colarinho, feito de couro fino. Uma brisa brincava com as camadas negras de seu cabelo, soprando os cachos luminosos.

Enquanto os três caminhavam, Cam interagia com o ambiente de uma forma diferente dos outros, pegando uma folha caída, passando a palma das mãos nos talos acobreados da grama de porco-espinho. Contudo, Amelia tinha certeza de que ele não perdia uma palavra sequer da conversa.

Embora nada pudesse tê-lo alertado da presença de Amelia, ele fez uma pausa e olhou para trás, em sua direção. Mesmo a mais de 20 metros de distância, ela sentiu um pequeno calafrio. Todos os seus pelos se arrepiaram.

– Amelia – perguntou Win –, você chegou a algum tipo de entendimento com o Sr. Rohan?

Amelia sentiu a boca seca. Enterrou a mão esquerda, aquela com o anel, nas dobras da saia.

– É claro que não. De onde tirou essa ideia?

– Ele, lorde Westcliff e lorde St. Vincent estão conversando desde que voltaram de Ramsay House, pela manhã. Não pude deixar de ouvir uma parte da conversa, quando estavam no pátio. E as coisas que diziam... a forma com que o Sr. Rohan se apresentava... parecia estar falando em nosso nome.

– Como assim, falando em nosso nome? – perguntou Amelia, indignada. – Ninguém fala pelos Hathaways, a não ser eu. Ou Leo.

– Ele parece estar tomando decisões sobre o que precisa ser feito e quando deve ser feito – acrescentou Win, em um cochicho envergonhado. – Como se fosse o chefe da família.

Amelia ficou indignada.

– Mas ele não tem o direito... Não sei por que ele pensaria... ai, *meu Deus*.

Aquilo precisava acabar imediatamente.

– Você está bem, querida? – perguntou Win, preocupada. – Ficou pálida. Aqui, tome um pouco do meu chá.

Consciente de que as três irmãs a observavam de olhos arregalados, Amelia segurou a xícara de porcelana e bebeu o conteúdo em alguns goles.

– Quanto tempo vamos passar aqui, Amelia? – perguntou Beatrix. – Gosto muito mais daqui do que da nossa casa.

Antes que Amelia pudesse responder, Poppy entrou na conversa:

– Onde arranjou esse lindo anel? Posso vê-lo?

Amelia levantou-se abruptamente

– Com licença... preciso falar com alguém.

Ela atravessou o pátio e desceu depressa a escadaria em curva, seguindo até o caminho do jardim.

Ao se aproximar dos três homens, que haviam parado ao lado de uma urna de pedra cheia de dálias, Amelia escutou trechos da conversa: "... estender as fundações existentes..." e "... a sobra das pedras usadas no Jenner's e trazidas para cá..."

Com certeza não poderiam estar falando sobre Ramsay House, pensou, cada vez mais alarmada. Não devem ter ideia de como são parcos os rendimentos anuais dos Hathaways. Sua família não poderia arcar com os materiais e a mão de obra necessária para a reconstrução.

Ao tomar conhecimento de sua presença, os três homens se viraram. Lorde Westcliff exibia um ar bondoso e preocupado, enquanto lorde St. Vincent parecia simpático, mas altivo. O rosto de Cam era impossível de ser decifrado, seu olhar viajou sobre ela fazendo um exame rápido e atento.

Amelia fez um cumprimento com a cabeça.

– Bom dia, cavalheiros. – Ela preparou-se para não vacilar enquanto olhava fixamente para o rosto moreno de Cam. – Sr. Rohan, achei que o senhor já teria partido a esta altura.

– Partirei para Londres em breve.

Que bom, ela pensou. Era melhor assim. Mas seu coração respondeu com uma batida dolorosa.

– E voltarei dentro de uma semana – acrescentou Cam com calma, surpreendendo-a. – Trarei um engenheiro e um mestre-construtor para fazer a avaliação das condições de Ramsay House.

Amelia balançava a cabeça antes mesmo que ele terminasse a frase.

– Sr. Rohan, não quero parecer ingrata, mas não será necessário. Meu irmão e eu decidiremos a melhor forma de agir.

– Seu irmão não está em condições de decidir nada.

Lorde Westcliff os interrompeu.

– Srta. Hathaway, vocês são bem-vindos em Stony Cross Manor pelo tempo que for necessário.

– Muito generoso de sua parte, meu senhor. Mas como Ramsay House ainda está de pé, viveremos lá.

– Praticamente não era habitável antes do incêndio – disse Cam. – Como se encontra agora, eu não permitiria que um cão vira-lata se abrigasse por lá. A maior parte da casa foi arrasada até a fundação.

Amelia fez cara feia.

– Então nos mudaremos para a casa do vigia, na entrada da estrada de acesso.

– É pequena demais para todos vocês. E está em más condições.

– Isso não é problema seu, Sr. Rohan.

Cam lançou-lhe um olhar longo e atento. Havia algo de novo naquele olhar, ela percebeu. Algo que fez com que sentisse um aperto de apreensão e confusão.

– Precisamos falar em particular – disse ele.

– Não, não precisamos. – Todos os seus nervos deram um estridente sinal de alerta quando ela percebeu os olhares trocados entre os homens.

– Com sua licença – lorde Westcliff murmurou –, vamos nos retirar.

– Não – Amelia disse rapidamente. – Não precisam ir mesmo, não há necessidade... – Sua voz esvaiu-se quando se tornou aparente que sua permissão não era exigida.

Ao seguir Westcliff, lorde St. Vincent fez uma parada apenas para murmurar para Amelia:

– Embora todo conselho seja digno de desconfiança, ainda mais partindo de alguém como eu... mantenha a mente aberta, Srta. Hathaway. A um marido rico não se olham os dentes. – Ele piscou e saiu, caminhando para o pátio junto com Westcliff.

Chocada, Amelia conseguiu dizer apenas uma palavra.

– *Marido*?

– Contei a eles que estamos comprometidos.

Cam pegou seu braço com delicadeza e determinação e a guiou até o outro lado dos teixos, onde não poderiam ser observados da casa.

– Por quê?

– Porque estamos.

– O quê?

Eles pararam, escondidos pela barreira de teixos. Horrorizada, Amelia ergueu o olhar para encontrar os calorosos olhos castanhos dele.

– Está louco?

Tomando sua mão, Cam a ergueu até que o anel reluzisse à luz do dia.

– Está usando o meu anel. Dormiu comigo. Fez promessas. Muitos entre os rons diriam que isso já constitui um casamento completo. Mas para ter certeza de que é legal, faremos também do jeito dos *gadje*.

– Não faremos nada disso! – Amelia libertou sua mão e recuou. – Só estou usando este anel porque não consegui me livrar desta coisa maldita. E o que insinua quando diz que eu fiz promessas? As palavras em romani que você me pediu que repetisse eram alguma espécie de voto? Você me enganou. Não quis dizer aquilo.

– Mas dormiu comigo.

Ela corou com vergonha, ultrajada, e passou a manga na testa, para secar o suor. Girando para se afastar dele, seguiu rapidamente pelo caminho que conduzia ao interior do jardim.

– Isso também não significou nada – disse ela, olhando para trás.

Ele conseguiu alcançá-la e manter seu ritmo com facilidade.

– Significou alguma coisa para mim. O ato sexual é sagrado para um rom.

Ela soltou um som de desdém.

– E todas aquelas mulheres que você seduziu em Londres? Também era sagrado quando dormia com elas?

– Por algum tempo adotei o comportamento impuro dos *gadje* – disse com inocência. – Agora me regenerei.

Amelia olhou-o de esguelha.

– Você não quer isso. Você não me quer. Uma noite não pode alterar todo o curso da vida de uma pessoa.

– Claro que pode. – Ele tentou alcançá-la, mas Amelia escapou, passando por uma fonte com a escultura de uma sereia, cercada por bancos de pedra. Cam pegou-a por trás e a jogou contra si. – Pare de fugir de mim e escute. Eu quero você. Quero mesmo sabendo que, se casar com você, terei arranjado uma família completa que inclui um cunhado com tendências suicidas e um criado cigano com o temperamento de um urso irritado.

– Merripen não é um criado.

– Chame-o como quiser. Ele vem com a família Hathaway. Eu aceito.

– Eles não aceitarão você – disse ela, desesperada. – Não existe lugar para você em nossa família.

– Existe sim. Bem a seu lado.

Ofegante, Amelia sentiu a mão dele vagar pela frente de seu corpo. Apesar de seus seios estarem protegidos por um espartilho acolchoado, a pressão da mão sobre o corpete lhe provocou tremores.

– Seria desastroso. – O calor subiu-lhe aos seios, à garganta, ao rosto. – Você se ressentiria de mim por roubar sua liberdade... e eu me ressentiria de você por roubar a minha. Não posso prometer obediência, aceitar suas decisões e nunca mais ter direito às minhas próprias opiniões...

– Não precisa ser desse jeito.

– É? Você juraria que nunca me mandaria fazer nada contra minha vontade?

Cam virou-a para que ela o encarasse, os dedos delicados sobre a ardente superfície de sua bochecha. Ele pensou sobre a pergunta com cuidado.

– Não – respondeu, por fim. – Não poderia jurar. Não se eu achasse que seria para o seu bem.

Para Amelia, aquilo encerrava a discussão.

– Sempre resolvi o que era melhor para mim. Não vou renunciar a esse direito por você nem por ninguém.

Cam manipulou o lóbulo de sua orelha com delicadeza, descendo pelo lado de sua garganta.

– Antes de tomar sua decisão, há mais coisas para ponderar. Não somos os únicos em questão.

Enquanto Amelia tentava se afastar, ele agarrou seus quadris e obrigou-a a ficar.

– Sua família está passando por dificuldades, querida.

– Isso não é nenhuma novidade. Estamos *sempre* em dificuldades.

Cam concordou.

– Contudo, a situação se complicou tanto que você estaria melhor... mesmo como esposa de um rom... do que se tentasse cuidar de tudo sozinha.

Amelia queria fazê-lo compreender que suas objeções não tinham qualquer relação com a herança cigana dele.

Mas ele voltou a falar, com o rosto próximo ao dela:

– Case-se comigo e eu restaurarei Ramsay House. Eu a transformarei em um palácio. Vamos considerar isso como parte do seu preço.

– Do quê?

– É uma tradição romani. O noivo paga uma soma para a família da noiva, antes do casamento. O que significa que também pagarei as dívidas de Leo em Londres...

– Ele ainda deve dinheiro a você?

– Não a mim. Mas a outros credores.

– Essa não – disse Amelia, sentindo um embrulho no estômago.

– Cuidarei de você e de toda a família – prosseguiu Cam com infinita paciência. – Roupas, joias, cavalos, livros... escola para Beatrix... uma temporada em Londres para Poppy. Os melhores médicos para Winnifred. Ela pode ir para qualquer clínica do mundo. – Uma pausa calculada. – Não gostaria de vê-la bem novamente?

– Isso não é justo – murmurou Amelia.

– Em retribuição, tudo o que precisa fazer é me dar o que eu desejo.

Sua mão foi até a cintura dela, deslizando sobre seu braço. Um prazer formigante subiu-lhe sob as camadas de seda e lã.

Amelia lutou para manter a voz firme.

– Eu me sentiria como se tivesse feito um pacto com o diabo.

– Não, Amelia. – Sua voz era de veludo escuro. – Um pacto comigo.

– Não tenho nem certeza de que é isso que você deseja.

Cam abaixou a cabeça até encontrar a dela.

– Depois da noite passada, acho difícil de acreditar.

– Você poderia ter conseguido *isso* de inúmeras outras mulheres. B-bem mais barato e com muito menos problemas.

– Quero de você. Só de você. – Uma pausa breve e um tanto pouco à vontade. Sua boca se retorceu. – As outras mulheres com quem estive... Eu era uma curiosidade para elas. Alguém diferente de seus maridos. Queriam minha companhia para a noite, mas não durante o dia. Nunca fui considerado um igual. E nunca senti satisfação depois de estar com elas. Com você é diferente.

Amelia fechou os olhos enquanto sentia a carícia quente da boca de Cam sobre sua testa.

– Foi muito errado de sua parte dormir com mulheres casadas – disse ela com dificuldade. – Talvez se tivesse tentado cortejar alguém respeitável...

– Vivo em um clube de jogo. – Uma graça sutil estava na sua voz. – Conheci poucas mulheres respeitáveis. E, à exceção das que estão aqui presentes, nunca me dei bem com elas.

– Por que não?

Sua boca vagou delicadamente para a lateral de seu rosto.

– Parece que eu as deixo nervosas.

Amelia deu um salto ao sentir o toque da língua dele no lóbulo de sua orelha.

– Não consigo imaginar o motivo.

Ele brincou com sua orelha, capturando a beirada entre seus dentes, com delicadeza.

– Admito que não seria fácil se casar com um rom. Somos possessivos. Ciumentos. Preferimos que nossas esposas nunca toquem em outro homem. E você também não teria o direito de me rejeitar na cama. – Seus lábios cobriram os dela em um beijo ardente, a língua explorando profundamente. – Mas você não faria isso – disse ele, erguendo a boca. Outro beijo longo e preguiçoso e depois Cam falou: – Você vai ter a aparência de uma mulher bem amada, *monisha.*

Amelia foi obrigada a segurá-lo para não perder o equilíbrio.

– Você acabaria me deixando.

– Juro a você que eu nunca o faria. Enfim encontrei meu *atchen tan.*

– O quê?

– Meu porto seguro.

– Não sabia que os rons tinham portos.

– Não têm. Parece que sou um dos poucos que têm. – Balançando a cabeça, Cam acrescentou com uma voz decepcionada: – Minhas costas estão doloridas, depois de passar a noite no chão. Minha metade *gadjo* está finalmente prevalecendo.

Amelia baixou a cabeça e apertou um sorriso trêmulo contra a textura lisa de seus *jerkin*.

– Isso é loucura – resmungou.

Cam apertou-a com mais força.

– Case-se comigo, Amelia. Você é o que desejo. Você é meu destino. – Ele deslizou a mão pela sua nuca, segurando as tranças e as fitas para manter sua boca erguida. – Diga que sim. – Ele mordiscou seus lábios, lambeu-os, abriu-os. Beijou-a até que ela se contorceu em seus braços, o pulso disparado. – Diga que sim, Amelia, e salve-me de ter que passar uma noite com outra mulher. Dormirei entre quatro paredes. Cortarei o cabelo. Deus me ajude, acho que até carregaria um relógio de bolso, se você assim desejasse.

Amelia sentiu-se tonta, sem conseguir raciocinar. Encostou-se, indefesa, no apoio rígido oferecido pelo corpo dele. Tudo era ele, cada respiração, pulsação, tremor. Ele disse seu nome e a voz parecia vir de uma grande distância.

– Amelia... – Cam sacudiu-a um pouco, perguntando algo, repetindo as palavras até que ela compreendesse que ele queria saber quando havia sido sua última refeição.

– Ontem. – Foi tudo o que ela conseguiu responder.

Cam pareceu mais irritado do que compassivo.

– Não é para menos que você esteja a ponto de desmaiar. Não comeu nada e praticamente não dormiu. Como pode pensar em ajudar alguém quando não tem condições de cuidar de suas próprias necessidades básicas?

Ela teria protestado, mas ele não lhe deu oportunidade de explicar nada. Colocando um braço firme em suas costas, ele a levou de volta para casa, oferecendo conselhos cáusticos durante todo o caminho. Subir a escada dos fundos pareceu exigir-lhe todas as energias.

Ao chegarem no alto, Lady Westcliff estava ali, seu olhar escuro observando Amelia com preocupação.

– Parece que você está prestes a vomitar – disse sem rodeios. – Qual é o problema?

– Pedi sua mão em casamento – respondeu Cam.

Lillian ergueu as sobrancelhas.

– Estou bem – disse-lhe Amelia. – Estou com um pouquinho de fome.

Lillian acompanhou os dois, enquanto Cam levava Amelia para a mesa onde estavam suas irmãs.

– Ela aceitou? – perguntou Lady Westcliff.

– Ainda não.

– Bem, não estou surpresa. Uma mulher não pode examinar uma proposta de casamento de barriga vazia. – Lillian observou Amelia com preocupação. – Você está muito pálida, querida. Devo levá-la para dentro, para que se deite em algum lugar?

Amelia balançou a cabeça.

– Obrigada, mas não é necessário. Lamento fazer uma cena.

– Você não está fazendo uma cena – disse Lillian. – Acredite em mim, isso não é nada comparado ao que costuma acontecer por aqui. – Sorriu com simpatia. – Se precisar de algo, Amelia, é só pedir.

Cam levou Amelia para junto de suas irmãs. Ela afundou, cheia de gratidão, em uma cadeira, diante de um prato repleto com fatias de presunto, frango, diversas saladas, e outro com pães. Para sua surpresa, Cam tomou a cadeira a seu lado, cortou algo no prato e espetou com o garfo.

Ele levou-o até seus lábios.

– Comece por aqui.

Amelia fez uma cara feia.

– Sou perfeitamente capaz de comer sozinha...

O garfo entrou em sua boca. Amelia continuou a olhá-lo com raiva, enquanto mastigava. Quando engoliu, só conseguiu dizer algumas palavras, "Dê-me isso", antes que ele lhe colocasse outra garfada na boca.

– Você está cuidando tão mal de si mesma – informou-lhe Cam – que é preciso que alguém lhe dê uma ajuda.

Amelia pegou um pedaço de pão e deu uma mordida raivosa. Embora desejasse lhe dizer que ele era o culpado por ter dormido tão pouco e perdido o desjejum, ela não podia falar nada com as irmãs presentes. Enquanto comia, sentiu que a cor voltava a seu rosto.

Estava consciente das conversas que aconteciam a sua volta, as irmãs mais novas perguntando a Cam sobre as condições de Ramsay House, e o que havia sobrado da casa. Um coral de grunhidos saudou a revelação de que a Sala das Abelhas continuava intacta e que a colmeia permanecia ativa e próspera.

– Imagino que nunca vamos nos livrar daquelas malditas abelhas – exclamou Beatrix.

– Sim, nos livraremos delas – disse Cam. Sua mão baixou sobre o braço de Amelia, pousado na mesa. Seu polegar encontrou as delicadas veias azuis na parte de baixo de seu punho. – Vou cuidar para que todas sejam removidas.

Amelia não olhou para ele. Pegou uma xícara de chá com sua mão livre e deu um gole cuidadoso.

– Sr. Rohan – começou Beatrix –, o senhor vai se casar com minha irmã?

Amelia engasgou com o chá e pousou a xícara. Tossiu e cuspiu no guardanapo.

– Quieta, Beatrix – murmurou Win.

– Mas ela está usando o anel dele...

Poppy tapou a boca de Beatrix.

– *Quieta!*

– Pode ser – respondeu Cam. Seus olhos cintilavam, travessos, enquanto ele prosseguia. – Acho que sua irmã tem problemas no quesito humor. E não parece particularmente obediente. Por outro lado...

As portas duplas se abriram, acompanhadas pelo som de vidro quebrando. Todos no pátio olharam atônitos, os homens erguendo-se das cadeiras.

– *Não!* – Foi a exclamação suave de Win.

Merripen estava ali, depois de ter se arrastado para fora de seu leito de enfermo. Estava com curativos e em completo desalinho, mas longe de parecer indefeso. Lembrava um touro enlouquecido, com a cabeça escura abaixada, os punhos cerrados, imensos. E seu olhar, com uma promessa de morte, fixou-se em Cam.

Não havia como interpretar mal a sede de sangue de um rom que desejava limpar a honra de uma mulher de sua família.

– Meu Deus – murmurou Amelia.

Cam, de pé ao lado de sua cadeira, olhou para ela com olhar questionador.

– Disse alguma coisa a ele?

Amelia ficou vermelha quando se lembrou da camisola manchada de sangue e da expressão da criada.

– Deve ter sido conversa dos criados.

Cam encarou o gigante enfurecido com resignação.

– Talvez você esteja com sorte – disse ele para Amelia. – Parece que nosso noivado vai terminar de forma prematura.

Ela fez menção de se erguer ao lado dele, mas Cam fez com que voltasse para a cadeira.

– Fique fora disso. Não quero que se machuque na confusão.

– Ele não vai me machucar – afirmou Amelia, com secura. – É *você* que ele quer matar.

Olhando nos olhos de Merripen, Cam afastou-se lentamente da mesa.

– Quer conversar comigo sobre algum assunto, *chal*? – perguntou com admirável autocontrole.

Merripen respondeu em romani. Embora ninguém além de Cam compreendesse suas palavras, claramente não era algo encorajador.

– Vou me casar com ela – disse Cam, como se pretendesse acalmá-lo.

– É pior ainda! – Merripen avançou, com a morte escrita em seus olhos.

Lorde St. Vincent interferiu depressa, colocando-se entre os dois. Como Cam, ele tinha tido sua cota apartando brigas no clube de jogo. Ergueu as mãos em um gesto apaziguador e falou com suavidade.

– Calma aí, rapaz. Estou certo de que podem resolver suas diferenças de uma forma razoável.

– Saia do caminho – rosnou Merripen, pondo um fim na tentativa de conversa civilizada.

A expressão simpática de St. Vincent não se alterou.

– Tem razão. Não há nada mais cansativo do que ser razoável. Eu mesmo evito isso o máximo possível. Contudo, temo que não seja possível brigar diante das damas. Isso pode botar ideias em suas cabecinhas.

O olhar sombrio e causticante de Merripen voltou-se para as irmãs Hathaways, demorando-se um segundo a mais no rosto pálido e delicado de Win. Ela fez um mínimo sinal com a cabeça, pedindo-lhe silenciosamente que parasse. Que reconsiderasse.

– Merripen... – começou Amelia, vacilante. Era uma situação mortificante. Mas, ao mesmo tempo, ela ficou comovida por ele querer tanto proteger sua honra.

Cam silenciou-a com um toque no ombro. Lançou um olhar frio para Merripen e disse:

– Não vamos resolver isso diante dos *gadje*. – Fez um sinal com a cabeça em direção aos jardins, nos fundos da casa, e dirigiu-se para a escadaria de pedra.

Depois de uma hesitação taciturna, Merripen o seguiu.

CAPÍTULO 17

Quando os dois desapareceram, lorde Westcliff falou com St. Vincent:

– Talvez devêssemos segui-los, a distância, para impedir que se matem.

St. Vincent balançou a cabeça, relaxando na cadeira. Pegou a mão de Evie e começou a brincar com seus dedos.

– Acredite em mim. Rohan tem a situação sob controle. Seu adversário pode ser um pouco maior, mas Rohan tem a considerável vantagem de ter sido criado em Londres, onde conviveu com criminosos e homens muito violentos. – Sorrindo para a esposa, ele acrescentou: – E estou falando só dos nossos empregados.

Amelia não sentia medo por Cam. Uma luta entre os dois seria como empunhar um porrete contra um florete... o florete, com sua graça e elegância superiores, venceria. Mas esse resultado também era perigoso. Com exceção de Leo, talvez, os Hathaways tinham imensa estima por Merripen. As meninas não seriam capazes de perdoar alguém que lhe fizesse mal. Especialmente Win.

Olhando para a irmã, Amelia começou a dizer algo consolador, mas logo percebeu que a expressão de Win não era nem de medo nem de impotência.

Ela estava irritada.

– Merripen está ferido – disse Win. – Deveria estar descansando e não perseguindo o Sr. Rohan.

– Não tenho culpa se ele resolveu sair da cama! – protestou Amelia, em um sussurro indignado.

Win franziu os olhos azuis.

– Você fez *alguma coisa* que deixou todo mundo agitado. E é bastante óbvio que, seja o que for, o Sr. Rohan está envolvido.

Poppy, que ouvia a tudo com muita atenção, não resistiu e acrescentou:

– *Intimamente* envolvido.

As duas irmãs mais velhas olharam para ela e disseram ao mesmo tempo:

– Cale a boca, Poppy.

Ela franziu a testa.

– Esperei minha vida inteira para ver Amelia deixar de ser tão certinha. Agora que aconteceu, vou aproveitar.

– Eu também aproveitaria – disse Beatrix, queixosa –, se soubesse do que vocês estão falando.

~

Cam foi na frente, seguindo a barreira de teixos, afastando-se do solar até que os dois chegaram a uma trilha que se estendia em direção à mata. Pararam diante de um canteiro de erva-de-são-joão, no auge de sua floração dourada, e caniços espetados com hastes folhosas. Com uma descontração fingida,

Cam dobrou os braços frouxos contra o peito. Estava intrigado pelo grande e furioso *chal*, um rom com ar solitário. O misterioso Merripen não tinha ligações com uma tribo cigana, preferira em vez disso se transformar no cão de guarda de uma família *gadje*. Por quê? O que devia a eles? Talvez Merripen fosse um *mahrime*, apontado pelos rons como indigno de confiança. Um proscrito. Se fosse verdade, Cam se perguntava o que ele poderia ter feito para merecer essa condição.

– Você se aproveitou de Amelia – acusou Merripen.

– Não que isso tenha alguma importância – disse Cam em romani –, mas como você descobriu?

As imensas mãos de Merripen se dobraram como se quisessem parti-lo ao meio. O próprio Lúcifer não poderia ter olhos mais escuros e causticantes.

– Fale em inglês – disse com aspereza. – Não gosto da língua antiga.

Franzindo a testa com curiosidade, Cam obedeceu de pronto.

– As empregadas estavam comentando – respondeu Merripen. – Eu as ouvi quando estavam paradas diante da minha porta. Desonrou alguém de minha família.

– Sim, eu sei – disse Cam em voz baixa.

– Não é bom o bastante para ela.

– Também sei disso. – Observando-o com atenção, Cam fez uma pergunta: – Você a quer, *chal*?

Merripen pareceu mortalmente ofendido.

– Ela é como uma irmã para mim.

– Que bom. Porque quero que ela seja minha esposa. E, pelo que vejo – Cam fez um gesto amplo com as mãos –, não há uma fila se formando para ajudar os Hathaways. Então eu talvez possa ser útil à família.

– Eles não precisam do seu dinheiro. Ramsay recebe uma renda anual.

– Ramsay estará morto em breve. Nós dois sabemos disso. E depois que ele se for, o título irá para o próximo bastardo da fila e sobrarão quatro irmãs Hathaways solteiras, com poucas habilidades práticas. O que acha que acontecerá com elas? E a inválida? Ela precisa de cuidados médicos...

– Win não é inválida! – Merripen despiu seu rosto de qualquer expressão, mas não antes de Cam vislumbrar uma emoção extraordinária, algo feroz e atormentado.

Ao que parecia, Cam pensou, nem todas as Hathaways eram como irmãs para Merripen. Talvez esse fosse o segredo. Talvez Merripen abrigasse uma paixão por uma mulher que era inocente demais para percebê-la e frágil demais para se casar.

– Merripen – disse Cam devagar –, precisa encontrar uma forma de me tolerar. Há coisas que posso fazer por Amelia e pelo restante deles que você não pode. – Ele prosseguiu em um tom equilibrado, apesar da expressão no rosto de Merripen ser capaz de aterrorizar alguém mais frágil: – E não tenho paciência para brigar com você o tempo todo. Se lhes deseja o melhor, deixe--os ou aceite que não vou a lugar nenhum.

Enquanto o imenso *chal* lançava-lhe um olhar enfurecido, Cam quase conseguia acompanhar seus pensamentos, examinando as opções, o desejo violento de destruir seu inimigo, tudo isso sobrepujado pelo desejo premente de fazer o que era melhor para sua família.

– Além do mais – disse Cam –, se Amelia não se casar comigo, o *gadjo* voltará a procurá-la. E você sabe que ela ficará melhor a meu lado.

Merripen franziu a testa.

– Frost partiu seu coração. Você roubou a inocência dela. Por que acha que é melhor do que ele?

– Porque não vou abandoná-la. Ao contrário dos *gadje*, os rons são fiéis a suas mulheres. – Cam fez uma pausa e contou até dez antes de acrescentar, de uma forma deliberada: – Você deve saber disso melhor do que eu.

Merripen fixou o olhar furioso em algum ponto na distância.

– Se magoá-la por qualquer motivo – disse por fim –, vou matá-lo.

– Muito justo.

– Talvez eu o mate de qualquer maneira.

Cam deu um leve sorriso.

– Você ficaria surpreso em saber quantas pessoas já me disseram isso antes.

– Não – disse Merripen. – Eu não ficaria.

Amelia parou, nervosa, diante da porta do quarto de Cam. Havia sons de movimento no interior, gavetas se abrindo e se fechando, objetos mudando de lugar. Percebeu que ele devia estar se preparando para ir a Londres.

Os moradores e os convidados de Stony Cross Manor tinham deixado o pátio discretamente antes que Cam e Merripen voltassem. Amelia apenas vira Merripen de relance, enquanto ele voltava para o quarto, sua careta feroz se intensificando ao olhar para ela. Amelia abrira a boca para dizer algo, pedir desculpas, talvez. Não sabia bem o que iria dizer, mas ele a interrompera:

– É uma escolha sua – resmungara ele. – E vai afetar a todos nós. Não se esqueça disso. – Ele fechara a porta antes que pudesse dizer uma palavra.

Olhando para um lado e para o outro do corredor, Amelia garantiu que não estava sendo observada antes de dar uma leve batida na porta e entrar no quarto.

Cam empurrava uma pilha de roupas bem dobradas para dentro de um pequeno baú aos pés da cama. Olhou-a, uma onda de seda negra descendo por seus olhos. Era tão vibrante, tão moreno e belo, sua pele tal qual o jacarandá polido.

Amelia sentiu um nó na garganta e sua voz saiu vacilante:

– Temi que Merripen o trouxesse de volta em pedaços.

Afastando-se da cama para se aproximar dela, Cam sorriu.

– Está tudo aqui.

Enquanto Amelia contemplava os contornos esguios e fascinantes do corpo dele, sentiu sua temperatura aumentar. Virou-se para o lado e falou depressa:

– Pensei em tudo o que você disse. Tomei uma decisão. Mas primeiro gostaria de explicar que ela não tem qualquer relação com seus dotes pessoais, que são bastante consideráveis. É apenas que...

– Meus dotes pessoais?

– Sim. Sua inteligência. Sua atratividade.

– Ah.

Amelia lançou um olhar questionador na direção dele, perguntando-se por que sua voz parecia tão estranha. Os olhos cor de âmbar estavam iluminados pelo riso. O que ela teria dito de tão engraçado?

– Você não está prestando atenção.

– Acredite em mim, quando se discutem meus dotes pessoais, sempre presto atenção. Prossiga.

Ela franziu a testa.

– Sr. Rohan, embora eu considere sua oferta um grande elogio e as circunstâncias sejam as que são...

– Vamos direto ao assunto, Amelia. – Suas mãos pousaram sobre os ombros dela. – Vai se casar comigo?

– *Não posso* – disse ela, com uma voz fraca. – Simplesmente não posso. Não combinamos. É óbvio que não somos parecidos. Você é impetuoso. Toma decisões capazes de mudar toda a sua vida num piscar de olhos. Enquanto eu escolho um curso e não me desvio dele.

– Você se desviou na noite passada. E veja como foi bom o resultado. – Ele abriu um sorriso ao ver sua expressão. – Não sou impetuoso, meu amor. Apenas sei quando algo é importante demais para ser decidido pela lógica.

– E o *casamento* é uma dessas coisas?

– Claro. – Cam acomodou uma das mãos sobre o peito de Amelia, sobre as batidas agitadas de seu coração. – Você precisa seguir o que ele diz.

O peito de Amelia parecia apertado sob o calor da sua mão.

– Conheço você há apenas alguns dias. Ainda somos estranhos. Não posso confiar o futuro de toda a minha família a um homem que mal conheço.

– Um casal pode ficar junto durante cinquenta anos sem se conhecer. Além do mais, você já sabe das coisas importantes sobre mim.

Amelia ouviu um irritante som de tamborilar e a princípio pensou que se tratava da percussão descontrolada de seu coração. Mas quando a perna de Cam invadiu delicadamente as dobras de seu vestido e encostou-se na dela, percebeu que estava batendo o pé mais uma vez. Com esforço, ela ficou quieta.

Passando o braço pela cintura dela, Cam levantou sua mão esquerda e a levou até a boca. Seus lábios esbarraram na marca avermelhada do nó dos dedos, feita por seus esforços para se livrar do anel.

– Ficou preso – resmungou ela. – É pequeno demais.

– Não é pequeno demais. Relaxe a mão e ele sairá.

– Minha mão *está* relaxada.

– *Gadjensa* – disse ele. – Vocês são rígidas como madeira. Deve ser o espartilho.

Ele abaixou a cabeça e sua boca encontrou a dela. Explorou lentamente, incitando-a a abrir-se para ele, procurando a ponta tímida da língua. Amelia se agitou em desespero quando percebeu que ele abria a parte de trás do vestido. O corpete se soltou na frente, afastando-se de seus seios bem contidos.

– Cam... não...

– Psiu... – Seu hálito quente e excitante cobriu-lhe a boca. – Estou ajudando a tirar o anel. É o que quer, não é?

– Tirar o anel não tem nenhuma relação com soltar as tiras do meu espartilho... Isso não... – A teia de barbatanas se abrira, deixando à mostra um exuberante naco de carne. – Não está ajudando. – Ela tentou levantar suas roupas, desajeitada como se estivesse debaixo d'água.

– Está me ajudando muito.

A mão de Cam escorregou até a parte de trás de suas calças. Ela se contorceu, sentido-se violada, as roupas despencando no chão ainda mais depressa.

– Preciso vê-la à luz do dia. – Sua boca perseguia com leveza e apetite seu pescoço e seu ombro. – *Monisha*, você é a mais bela das mulheres, a mais...

Suas mãos moviam-se com impaciência crescente, puxando com força as roupas até que algumas costuras cederam.

– Não faça isso, esse vestido não é meu – disse Amelia com ansiedade, lutando para abrir a roupa emprestada, para evitar que ela se rasgasse.

Ficou paralisada ao ouvir passos no corredor, passando pela porta fechada sem parar. Devia ser um criado. E se alguém a tivesse visto entrando no quarto de Cam? E se alguém estivesse procurando por ela naquele exato momento?

– Cam, por favor, agora não.

– Serei delicado. – Ele ergueu-a do círculo de roupas descartadas. – Sei que sua primeira vez foi bem recente.

Ela balançou a cabeça enquanto ele a deitava na cama. Segurando com as duas mãos a camisa que usava por baixo do vestido, para mantê-la no lugar, sussurrou:

– Não, não é isso. Alguém vai descobrir. Alguém vai ouvir. Alguém vai...

– Solte isso, beija-flor, para que eu possa tirar. – Houve um cintilar diabólico em seu olhar, enquanto ele dizia suavemente: – Solte ou vou rasgar.

– Cam, não faça...

Ela interrompeu a frase ao ouvir o som de tecido se rasgando. Ele havia rasgado a frente por completo e o frágil tecido espalhava-se a seu lado.

– Você estragou – disse ela, incrédula. – Como vou explicar para a criada? E como vou vestir de novo o espartilho?

Cam não parecia pedir desculpas ao arrancar de seu corpo o que sobrava da peça de roupa.

– Tire as calças. Ou terei que rasgá-las também.

– Meu Deus. – Ao perceber que não havia como detê-lo, Amelia baixou as calças até a altura dos quadris. – Tranque a porta – sussurrou, com o rosto vermelho. – Por favor, *por favor*, tranque a porta.

Um sorriso rápido abriu-se na boca de Cam. Ele deixou a cama e foi até a porta, despindo o *jerkin* e a camisa pelo caminho. Depois de girar a chave na fechadura, voltou para a cama com toda a calma, parecendo gostar de vê-la escondida sob as cobertas.

Ele permaneceu de pé, seminu, as calças de montaria arriadas na altura dos quadris. Amelia desviou o olhar da superfície musculosa do seu tronco e estremeceu entre as camadas geladas da roupa de cama.

– Você está me deixando numa posição terrível.

Cam terminou de se despir e juntou-se a ela, sob as cobertas.

– Sei de outras posições de que você vai gostar muito mais.

Ele a abraçou com o corpo inteiro, suas formas grandes e surpreendentemente quentes. Passou as mãos sobre ela, descobrindo que ainda usava ligas e meias de seda. Com uma habilidade que a fez perder o fôlego, Cam desapareceu sob as cobertas, enquanto seus ombros largos suportavam camadas de linho, lã e veludo.

Amelia tentou se sentar, mas tombou com um gemido ao sentir a boca dele roçar contra a pele macia da área interna da coxa. Ele soltou a liga, deixando-a cair, e começou a enrolar a meia em sua perna com uma torturante lentidão, com os lábios seguindo a trilha da seda. Sua língua arriscou-se no espaço atrás de seu joelho, deslizou até o músculo tenso de sua panturrilha... na delicadeza de seu tornozelo. A seda afastou-se com suavidade dos dedos de seu pé, que estavam encolhidos. Foi preciso intensa concentração para não gritar, ao sentir a boca úmida e quente fechando-se nos dedos, um de cada vez, chupando e acariciando, enquanto, sentindo cócegas, ela reagia sacudindo de leve o pé.

Quando a segunda meia foi removida, Amelia estava em fogo. Lutou para afastar as cobertas para longe do calor de sua pele. As pontas dos seios contraíram-se intensamente ao serem expostas ao ar fresco. Cam forçou suas coxas a se abrirem, as pernas dobraram-se em torno dos volumosos ombros. Os dedos de Cam brincaram nos pelos enrolados de suas partes íntimas. Ele a beijou com carinho, lambendo o calor, a tensão, fazendo círculos e retirando-se com suavidade. Demais... não o bastante... Amelia estava extenuada daquela suave e fugidia tortura.

Ele pousou a mão sobre sua barriga, fazendo círculos reconfortantes.

– Fique calma, querida.

– N-não consigo. Depressa, por favor.

Cam sorriu baixinho, seus lábios abertos arrastando-se sobre a carne sensível. Desenhou seus contornos com a língua, deixou-a molhada e soprou em seus pelos umedecidos.

– É melhor para você que eu não me apresse.

– Não, não é.

– Entende muito do assunto, claro. É só a sua segunda vez.

Ela soltou um soluço quando Cam voltou a usar a língua.

– Não consigo suportar mais.

Ele a lambeu, com uma doçura diabólica, perverso e profundo, até que sua respiração eram gemidos e seu hálito quente estremecia contra ela. Foi para cima, o corpo se ajustando entre as coxas rígidas, e a penetrou com uma investida forte. Ela soltou um gemido diante da surpresa de encontrá-lo dentro de seu corpo, indo mais fundo até que ela gemeu e cravou as unhas em seus ombros.

Cam parou, fitando-a com as pupilas dilatadas, as bordas douradas de seus olhos brilhavam em torno de círculos de escuridão impenetrável.

– Amelia, meu amor... – Seu beijo tinha gosto de sal e de intimidade. – Pode aceitar um pouco mais de mim?

Ela lutou para pensar em meio àquela confusão de prazer e balançou a cabeça, desajeitada.

Os cantos da boca de Cam se abriram em um sorriso.

– Acho que pode.

Suas mãos brincaram sobre seu corpo, dedos solícitos deslizando para o lugar onde estavam unidos. Ele fez força dentro dela, um movimento ritmado, e seus dedos eram surpreendentemente suaves, quase delicados, acariciando-a no ritmo das investidas. Ofegante, ela arqueou o corpo para recebê-lo cada vez mais fundo.

Todas as vezes que ele entrava, seu corpo roçava no dela de uma forma absolutamente perfeita. Ela começou a se erguer, ansiosa, antecipando cada invasão, ofegante, esperando por ela, uma sensação se sobrepunha a outra e culminou em uma ofuscante explosão de prazer... e em outra... outra... ela sentiu que Cam começava a se afastar e gemeu, prendendo as pernas em volta dos quadris dele.

– Amelia, não – disse ele, arfante. – Deixe-me... preciso...

Trêmulo, ele não conseguiu se conter, enquanto o corpo dela envolvia e acariciava toda a sua rigidez.

Ainda unidos, Cam rolou Amelia para o lado. Balbuciou alguma coisa em romani. Embora ela não compreendesse uma palavra, parecia ser um elogio. Mole de prazer e de exaustão, Amelia descansou a cabeça na curva firme de seu bíceps, a respiração entrecortando-se toda vez que ela sentia uma vibração ou um movimento dele nas profundezas de seu corpo.

Cam pegou sua mão esquerda. Tomou o anel com sinete entre seus dedos e o retirou com facilidade, entregando-o a Amelia.

– Aqui está. Apesar de preferir que você continue a usá-lo.

Amelia ficou boquiaberta. Examinou a mão, depois o anel, e com hesitação devolveu-o ao mesmo dedo. Ele deslizou para dentro e para fora com facilidade.

– Como fez isso?

– Ajudei-a a relaxar. – Passou a mão, de forma sedutora, ao longo de sua espinha. – Coloque-o de volta, Amelia.

– Não posso. Significaria que aceitei sua proposta. E não aceitei.

Alongando-se como um gato, Cam voltou a deitar-se sobre ela, com o peso apoiado parcialmente por seus cotovelos. Amelia prendeu a respiração quando sentiu que ele permanecia firme dentro dela.

– Você não pode se deitar comigo duas vezes e recusar o casamento. – Cam abaixou a cabeça para beijar sua orelha. – Ficarei arruinado. – Ele encontrou o caminho para o lugar sensível atrás da sua orelha. – E me sentirei desvalorizado.

Apesar da seriedade do assunto, Amelia precisou conter um sorriso.

– Estou lhe fazendo um grande favor com a recusa. Você me agradecerá, um dia.

– Agradecerei agora se puser o maldito anel de volta no dedo.

Ela negou com a cabeça.

Cam penetrou-a um pouco mais, fazendo-a arfar.

– E os meus dotes pessoais? Quem vai cuidar deles?

– Você pode cuidar deles sozinho.

Ela se contorceu para o lado para pousar o anel na mesa de cabeceira.

– É muito mais satisfatório quando participa.

Enquanto ele estendia o braço para recuperar o anel, seu corpo se levantou um tanto sobre o dela. Ela ficou tensa de surpresa. Ele parecia estar mais rígido dentro dela, mais grosso, o desejo reavivando-se.

– Cam – protestou Amelia, olhando para a porta fechada.

Ela agarrou seu punho, tentando manter a mão dele afastada do anel. Ele lutou com ela, brincalhão, virando-se até que os dois tivessem completado uma volta inteira no colchão e ela estivesse, mais uma vez, debaixo dele.

Ele estava exuberantemente excitado agora, provocando-a com longos golpes. Contorcendo-se debaixo dele, Amelia empurrou sua cabeça morena enquanto ele começava a beijar seus seios.

– Mas... nós acabamos de fazer isso.

Cam ergueu a cabeça.

– Rom – disse ele, como se fosse uma explicação.

Se havia um toque de desculpas na voz, não havia nada disso no ritmo insistente de suas investidas, carícias profundas que invadiam e aliviavam, e em pouco tempo os protestos dela se desfizeram em gemidos.

Amelia envolveu-o em seus braços, nas pernas, tentando segurar toda aquela rígida carne masculina, enquanto o ritmo constante de seus golpes a deixavam à beira do gozo. Mas ele se retirou antes que ela o alcançasse, virou-a de bruços e, por um momento de agonia, ela achou que ele decidira parar. Cobrindo-a com seu corpo, Cam usou os joelhos para que ela se abrisse. Murmurou em uma mistura de inglês e romani, o suficiente para que ela compreendesse que ele não a machucaria, que seria mais fácil para ela, e Amelia disse *sim, sim* e então ele deslizou profundamente, de uma forma que parecia impossível, suas mãos firmando seus quadris quando ela recuava por instinto.

Sua cabeça tombou, seus gemidos abafados pelo colchão coberto por lençóis. A mão de Cam deslizou até seu sexo, os dedos estendendo-se pela seda revolta. O prazer atravessou-a em uma atordoante sequência de ondas, cada uma mais forte, mais intensa, até que ela estremecia, afogando-se, suspirando. A brusca saída de Cam trouxe uma desagradável sensação de vazio quando ele deu sua última investida contra os lençóis e gemeu. Atordoada, desorientada,

Amelia permaneceu com os quadris erguidos, a carne pulsante e dolorida pela necessidade de tê-lo de volta dentro de seu corpo. A mão dele foi para suas nádegas, acariciando-as em um círculo caloroso, antes de puxá-la de volta para baixo.

– Você me terá – sussurrou Cam. – Você me terá, beija-flor. É seu destino. Mesmo que ainda não admita isso.

CAPÍTULO 18

Depois que Cam partiu, Amelia viu-se perambulando desanimada pelo grande solar.

A casa estava em silêncio, pois todos haviam se recolhido aos quartos para a sesta. Preparativos estavam em andamento para a partida do conde e da condessa e de lorde e Lady St. Vincent, que viajariam para Bristol na manhã seguinte. Ficariam hospedados na casa de Daisy e Matthews Swift, irmã e cunhado de Lillian, para a última quinzena da gravidez de Daisy.

Lillian estava ansiosa por ver sua irmã caçula, de quem era muito próxima.

– Ela manteve uma saúde esplêndida durante o tempo todo – dissera Lillian para Amelia, com óbvio orgulho. – Daisy é muito saudável. Mas é muito pequena. E seu marido é bem grande – disse sombria –, o que significa que qualquer bebê dele provavelmente será imenso.

– Não se pode culpá-lo por ser alto – argumentou em tom lacônico lorde Westcliff, que estava sentado ao lado da esposa.

– Não disse que ele tinha culpa – protestou Lillian.

– Era o que estava pensando – murmurou o conde, e ela ergueu uma almofada como se fosse lançá-la sobre o marido. Contudo, a aparência de conflito matrimonial era estragada pelo fato de que os dois sorriam carinhosamente.

Lillian voltou sua atenção para Amelia.

– Você e os outros ficarão bem em nossa ausência? Detesto partir e deixar as coisas tão mal resolvidas, com o Sr. Merripen ainda precisando de cuidados.

– Acredito que Merripen ficará bom bem depressa – disse Amelia com completa confiança. Desde sua chegada à família, ele nunca estivera doente. – Tem uma constituição robusta.

– Pedi ao médico que fizesse visitas diárias – contou Westcliff. – E, se tiver qualquer dificuldade, avise-nos em Bristol. Não é tão longe e virei na mesma hora.

Só os céus sabiam como tinham sorte em contar com Lillian e Westcliff como vizinhos.

Naquele momento, enquanto atravessava a galeria de arte, com o olhar viajando pelas pinturas e esculturas, Amelia sentiu um terrível vazio interior. Não conseguia imaginar uma forma de se livrar daquele sentimento. Não era fome, nem medo, nem raiva. Não era exaustão nem temor.

Era solidão.

Besteira, repreendeu-se, caminhando por uma longa fileira de janelas que contemplavam um jardim lateral. Havia começado a chover, um cintilar frio e encharcado que caía sem parar sobre o terreno e descia sob a forma de riachos enlameados em direção às colinas e às árvores. *Não pode estar se sentindo solitária. Não faz nem meio dia que ele partiu. E não há motivo para se sentir assim quando toda a sua família está aqui.*

Era a primeira vez que sentia o tipo de solidão que não podia ser curada com a companhia de qualquer um.

Com um suspiro, ela apertou o nariz contra a superfície fria da vidraça, enquanto as trovoadas faziam o vidro vibrar.

A voz do irmão veio do outro lado da galeria:

– Mamãe sempre disse que isso acabaria deixando você com nariz achatado.

Recuando, Amelia sorriu enquanto Leo se aproximava.

– Ela só dizia isso porque não queria que eu manchasse o vidro.

O irmão parecia esgotado e com olhos fundos, sua palidez fazia um contraste marcante com a cor de cravo de Cam Rohan. Leo estava vestido em roupas emprestadas, tão boas e bem-feitas que deviam ter sido doadas por lorde St. Vincent. Mas em vez de lhe caírem com a mesma graça que exibiam na figura fina e elegante de St. Vincent, os trajes apertavam a cintura avantajada de Leo e seu pescoço inchado.

– Espero que você esteja se sentindo melhor do que aparenta.

– Eu me sentirei melhor quando conseguir encontrar bebidas decentes. Já pedi três vezes que me providenciassem vinho ou outro drinque e os criados parecem todos incrivelmente distraídos.

Ela franziu a testa.

– Com certeza, ainda é cedo demais até para você, Leo.

Ele retirou um relógio do bolso do colete e forçou a vista diante do mostrador.

– São oito horas em Mumbai. Como tenho uma mentalidade internacional, tomarei uma bebida como um gesto diplomático.

Em geral, Amelia teria se resignado ou sentido irritação. Contudo, ao fitar o irmão que parecia tão perdido e infeliz sob aquela fachada frágil, ela sentiu uma onda de piedade. Caminhou adiante e envolveu-o em um abraço. E perguntou-se o que poderia fazer para salvá-lo.

Surpreendido pelo gesto impulsivo, Leo permaneceu imóvel, sem retribuir o abraço, mas também sem rejeitá-lo. Suas mãos pousaram nos ombros da irmã e a afastaram.

– Eu devia ter imaginado que você estaria sentimental hoje – disse ele.

– É, bem... quando se encontra um irmão quase assado, à beira da morte, uma mulher pode ficar um pouco emotiva.

– Só fiquei um pouco chamuscado. – Ele a fitou com aqueles olhos estranhos, claros, que nada se pareciam com os olhos do irmão que ela conhecera toda a vida. – E não tão alterado quanto você, ao que parece.

Amelia soube no mesmo instante aonde ele queria chegar. Cautelosa, ela se virou e fingiu inspecionar a paisagem próxima de colinas, nuvens e de um lago prateado.

– Alterada? Não sei o que quer dizer.

– Estou me referindo ao seu joguinho com Rohan.

– Quem lhe disse isso? Os criados?

– Merripen.

– Não acredito que ele tenha ousado...

– Pela primeira vez, concordamos em alguma coisa. Vamos voltar para Londres assim que Merripen tiver melhorado. Vamos ficar no Rutledge Hotel até encontrarmos uma casa adequada para alugar.

– O Rutledge custa uma fortuna – exclamou ela. – Não podemos arcar com isso.

– Não discuta, Amelia. Sou o chefe da família e tomei uma decisão. Com todo o apoio de Merripen, se é que isso vale de alguma coisa.

– Vocês dois podem ir para o espaço! Não aceito suas ordens, Leo.

– Vai aceitar dessa vez. Seu caso com Rohan acabou.

Sentindo-se amarga e ultrajada, Amelia afastou-se dele. Não confiava em suas palavras. No último ano, houvera tantas ocasiões em que ela sonhara que Leo assumisse seu lugar como chefe da família, que tivesse uma opinião, que demonstrasse preocupação com outra pessoa além de si mesmo. Mas tinha sido *isso* o que o levara a agir?

– Estou tão feliz – disse ela com uma voz ameaçadoramente baixa – que tenha demonstrado tanto interesse por meus assuntos pessoais, Leo. Talvez agora você possa expandir esse interesse para outros assuntos importantes.

Como e quando Ramsay House será reconstruída, por exemplo, e o que vamos fazer em relação à saúde de Win, à educação de Beatrix e quanto a Poppy...

– Você não vai desviar minha atenção com tanta facilidade. Meu bom Deus, mana, não poderia achar alguém de sua própria classe com quem vadiar? Seus planos para o futuro são tão pobres assim a ponto de você levar um cigano para a sua cama?

Amelia ficou boquiaberta. Virou-se para encará-lo.

– Não posso acreditar que tenha dito isso. Nosso irmão é um rom e ele...

– Merripen não é meu irmão. E, por acaso, ele concorda comigo. Não está à sua altura.

– À minha altura – repetiu Amelia atordoada, recuando até que seus ombros esbarraram contra a parede. – Como?

– Não há o que explicar, não é?

– Há sim – disse ela. – Acho que há.

– Rohan é um *cigano*, Amelia. São vagabundos preguiçosos e sem raízes.

– Consegue dizer isso quando nunca ergue um dedo para fazer nada?

– Não devo trabalhar. Agora sou um par do reino. Ganho 3 mil libras por ano apenas por existir.

Era claro que não havia como argumentar quando o oponente era totalmente insano.

– Até esse momento, não tinha a intenção de me casar com ele – disse Amelia. – Mas agora estou considerando a sério os méritos de ter pelo menos um homem razoável dentro de casa.

– Casamento?

Amelia quase apreciou a expressão do irmão.

– Suponho que Merripen tenha se esquecido de mencionar esse pequeno detalhe. Sim, Cam pediu minha mão em casamento. Ele é rico, Leo. *Rico*, o que significa que, se você decidir pular no lago e se afogar, eu e as meninas teremos para onde ir. Não é bom isso, ter alguém preocupado com nosso futuro?

– Eu a proíbo.

Ela lançou-lhe um olhar de desdém.

– Perdoe-me se estou menos do que impressionada por sua autoridade, Leo. Talvez você devesse praticá-la com outra pessoa.

E ela o deixou na galeria, sob os rumores dos trovões e com a chuva descendo pelas janelas.

Cam pediu ao cocheiro que fizesse uma parada no caminho para Londres, pois desejava dar mais uma olhada em Ramsay House antes de deixar Hampshire. Vivia uma espécie de dilema em relação ao que deveria ser feito no local. Com certeza, precisava de reformas. Como parte de uma herança aristocrática, a propriedade deveria ser mantida em condições decentes. E Cam gostava do lugar. Se as colinas que cercavam o terreno fossem aplainadas e ajardinadas, e a construção em si fosse remodelada e reconstruída, Ramsay seria uma joia.

Mas duvidava que o título Ramsay e sua propriedade permanecessem com os Hathaways por muito tempo. Não quando tudo dependia de Leo, cuja saúde e futura existência eram muito incertas.

Considerando o problema de seu futuro cunhado, Cam pediu ao cocheiro que aguardasse e entrou na casa decrépita, sem prestar atenção na chuva que molhava seu cabelo e seu paletó. Não lhe importava especialmente se Leo estava vivo ou morto, mas os sentimentos de Amelia importavam-lhe muitíssimo. Cam faria o que fosse necessário para lhe poupar sofrimentos e preocupações. Se isso significava ajudar a preservar a vida inútil do irmão, então assim seria.

O interior da casa estava manchado pela fumaça e afundava como uma criatura outrora elegante, surrada até a submissão. Perguntou-se o que um construtor pensaria do local e quanto da estrutura poderia ser mantida. Cam imaginou sua aparência quando estivesse totalmente restaurada e pintada. Iluminada, encantadora e um pouquinho excêntrica. Como os seus Hathaways.

Um sorriso ergueu os cantos de seus lábios enquanto ele pensava nas irmãs de Amelia. Seria fácil apegar-se a elas. Estranho, como a ideia de se estabelecer naquela terra, de se tornar uma parte da família, de repente se tornara atraente. Ele se sentia meio como... parte de um clã. Talvez Westcliff tivesse razão: ele não podia ignorar para sempre sua metade irlandesa.

Cam parou na lateral do saguão, quando ouviu um barulho vindo do andar de cima. Uma pancada, um tamborilar, como se alguém estivesse cortando lenha. Sentiu um frio na espinha. Quem poderia ser? A superstição lutou com a razão enquanto ele se questionava se o intruso seria mortal ou um fantasma. Subiu as escadas com extremo cuidado, os pés velozes e silenciosos.

Parou no alto da escada e prestou atenção. O som voltou, vindo de um dos dormitórios. Ele se dirigiu até uma porta semiaberta e olhou o interior do cômodo.

A presença no aposento era, sem dúvida, humana. Cam franziu os olhos ao reconhecer Christopher Frost.

Parecia que Frost tentava retirar um pedaço do revestimento da parede com um pé de cabra. A madeira desafiava seus esforços e, depois de alguns segundos, Frost deixou a ferramenta cair e praguejou.

– Precisa de ajuda? – perguntou Cam.

Frost deu um salto e quase perdeu os sapatos.

– Que diabos... – Ele se virou de olhos arregalados. – Maldição! O que está fazendo aqui?

– Eu ia lhe fazer a mesma pergunta. – Apoiado contra a moldura da porta, Cam dobrou os braços e fitou o outro homem com ar curioso. – Decidi parar aqui antes de seguir para Londres. O que há atrás do painel?

– Nada – retrucou o arquiteto.

– Então por que está tentando arrancá-lo?

Recuperando a compostura, Frost curvou-se para pegar o pé de cabra. Segurou-o casualmente, mas, com a menor mudança na pegada, a barra de ferro poderia ser transformada em arma. Cam manteve uma postura descontraída, sem tirar os olhos do rosto de Frost.

– Quanto você entende de construção e projeto?

– Não muito. Fiz algum trabalho de marcenaria vez ou outra.

– É. Os homens do seu povo às vezes trabalham como funileiros e carpinteiros. Mas nunca constroem nada. Jamais ficariam tempo bastante para completarem o projeto, não é?

Cam manteve um tom educado:

– Está perguntando para mim, especificamente, ou sobre os rons, em geral?

Frost aproximou-se dele, com a ferramenta firme nas mãos.

– Não importa. Para responder a sua pergunta anterior... estou inspecionando a casa para fazer uma estimativa dos danos e pensar em ideias para o novo projeto. Para a Srta. Hathaway.

– Ela lhe pediu que inspecionasse a casa?

– Como velho amigo da família, e em especial da Srta. Hathaway, tomei para mim a tarefa de ajudá-los.

As palavras "em especial da Srta. Hathaway", pronunciadas com um toque possessivo, quase acabaram com o autocontrole de Cam. Ele, que sempre se congratulara por sua serenidade, na mesma hora foi tomado por sentimentos hostis.

– Talvez – disse ele – você devesse ter me perguntado antes. Seus serviços não são necessários.

O rosto de Frost ficou sombrio.

– O que lhe deu o direito de falar pela Srta. Hathaway e sua família?

Cam não viu motivo para ser discreto.

– Vou me casar com ela.

Frost quase deixou o pé de cabra cair.

– Não diga um absurdo desses. Amelia nunca se casaria com você.

– Por que não?

– Meu Deus – exclamou Frost, incrédulo –, como pode perguntar uma coisa dessas? Você não é um cavalheiro da classe dela e... que inferno... nem é um cigano de verdade. É um vira-lata.

– Mesmo assim, vamos nos casar.

– Só por cima do meu cadáver! – exclamou Frost, dando um passo em sua direção.

– Ou você solta essa barra – disse Cam em voz baixa –, ou vou torcer seu braço.

Ele esperava com sinceridade que Frost o golpeasse. Para sua decepção, o outro soltou a ferramenta.

O arquiteto lançou-lhe um olhar furioso.

– Depois que eu falar com ela, Amelia não vai querer mais nada com você. Garantirei que compreenda o que as pessoas dizem sobre uma dama que se deita com um cigano. Ficaria melhor com um camponês. Um cachorro. Um...

– Já entendi – disse Cam. Ele deu um sorriso indiferente, com a intenção de enfurecer Frost. – Mas é interessante, não é, que a experiência anterior da Srta. Hathaway com um cavalheiro da sua própria classe a tenha tornado favorável a um rom. Não fica bem para você.

– Seu bastardo egoísta – balbuciou Frost. – Vai arruiná-la. Não dá importância ao fato de a estar rebaixando, trazendo-a para seu próprio nível. Se se importasse com ela, desapareceria para sempre.

Ele passou por Cam sem dizer outra palavra. Logo os sons de seus passos ecoaram, enquanto descia a escada.

E Cam permaneceu na entrada do aposento vazio por muito tempo, fervilhando de raiva, de preocupação com Amelia e, pior ainda, de culpa. Não podia alterar o fato de que ele era o que era, nem seria capaz de proteger Amelia de todas as flechas que seriam apontadas para a esposa de um cigano.

Mas amaldiçoado seria ele se a deixasse sozinha em um mundo tão impiedoso.

O jantar transcorreu sombrio, depois de os Westcliffs e os St. Vincents terem partido para Bristol e de Leo ter ido para a taverna da aldeia em busca de diversão. Era uma noite terrível. Amelia achava difícil imaginar que haveria alegria em enfrentar o frio e a umidade, mas Leo provavelmente estava desesperado por encontrar companheiros mais acolhedores do que aqueles que estavam em Stony Cross Manor.

Merripen permanecera no quarto, dormindo a maior parte do dia, o que era tão atípico que deixou a família Hathaway preocupada.

– Presumo que seja bom que ele descanse – arriscou-se Poppy, passando a mão em algumas migalhas na toalha de mesa. Um lacaio veio correndo remover os farelos para ela com um guardanapo e um instrumento de prata. – Vai ajudá-lo a sarar mais depressa, não é?

– Alguém olhou o ombro de Merripen? – perguntou Amelia, olhando para Win. – É provável que esteja na hora de trocar o curativo.

– Cuidarei disso – respondeu Win, imediatamente. – E levarei para ele uma bandeja com o jantar.

– Beatrix a acompanhará – aconselhou Amelia.

– Posso lidar com a bandeja – protestou Win.

– Não é que... quer dizer, não é apropriado que você vá sozinha visitar Merripen no quarto dele.

Win pareceu surpresa e fez uma careta.

– Não preciso que Beatrix me acompanhe. É só Merripen, afinal...

Depois que Win deixou a sala de jantar, Poppy olhou para Amelia.

– Você acha que Win não sabe mesmo como ele...

– Não tenho a mínima ideia. E nunca ousei tocar no assunto, pois não quero pôr ideias na cabeça dela.

– Espero que ela não saiba – arriscou-se Beatrix. – Seria terrivelmente triste, se ela soubese.

Amelia e Poppy olharam ao mesmo tempo para a caçula, com curiosidade.

– Sabe do que estamos falando, Bea? – perguntou Amelia.

– Claro que sei. Merripen está apaixonado por ela. Sei disso há muito tempo, pelo jeito que ele lavava a janela dela.

– Lavava a janela? – perguntaram juntas as duas irmãs.

– Sim, quando morávamos no chalé em Primrose Place. O quarto de Win tinha uma janela de batente que contemplava um grande bordo, lembram? Depois da escarlatina, quando Win ficou sem sair da cama durante muito tempo e estava fraca demais para segurar um livro, ela ficava ali e olhava para o ninho de pássaros em um dos galhos. Viu os filhotes de andorinha nascerem e aprenderem a voar. Um dia, reclamou que a janela estava tão suja que ela mal conseguia ver o que estava lá fora e que fazia o céu parecer cinzento. Então, daquele dia em diante, Merripen sempre manteve o vidro impecável. Às vezes, ele subia numa escada para lavar a parte de fora, e vocês sabem que ele tem medo de altura. Nunca o viram fazer isso?

– Não – Amelia respondeu com dificuldade, os olhos ardendo. – Não sabia que ele fazia isso.

– Merripen disse que o céu deveria ficar sempre azul para ela – contou Beatrix. – E foi quando eu soube que ele... você está chorando, Poppy?

Poppy usou um guardanapo para secar os cantos dos olhos.

– Não, acabei de inalar um pouco de pimenta.

– Eu também – disse Amelia, assoando o nariz.

Win levou uma bandeja leve, de bambu, com sopa, pão e chá até o quarto de Merripen. Não tinha sido fácil persuadir as criadas de que ela mesma podia levar a bandeja. Elas achavam que nenhum hóspede de lorde e Lady Westcliff deveria carregar nada. No entanto, Win sabia que Merripen desconfiava de desconhecidos e que, em seu estado vulnerável, ficaria mal-humorado e obstinado.

Finalmente, chegaram a um acordo: uma criada levaria a bandeja até o alto da escada e Win assumiria a partir dali.

Ao se aproximar do quarto, Win ouviu o som de alguma coisa que batia na parede com um som surdo, seguido por alguns rosnados ameaçadores que só poderiam ser emitidos por Merripen. Ela franziu a testa, apressou o passo enquanto percorria o corredor. Uma criada indignada deixava o quarto de Merripen.

– Fui atiçar o carvão e colocar mais lenha na lareira e aquele cigano perverso começou a gritar e jogou sua caneca em minha direção – exclamou a empregada, vermelha e agitada.

– Puxa. Sinto muito. Você não se machucou, não é? Tenho certeza que ele não pretendia...

– Não, ele errou a mira – disse a criada com uma satisfação sombria. – O tônico o deixou mais fora de si do que um policial de Cable Street. – Referia-se a uma rua com 1,6 quilômetro em Londres, conhecida pelo número de casas de ópio. – Não entraria ali, se fosse a senhorita. Ele vai parti-la em duas assim que chegar perto. Aquela fera.

Win franziu a testa, com preocupação.

– Sim. Muito obrigada. Serei cuidadosa.

Tônico... o médico devia ter receitado algo muito potente para amenizar a agonia da queimadura. Era provável que fosse feito à base de ópio e álcool. Como Merripen nunca tomava remédios e raramente bebia sequer uma taça de vinho, ele devia ser muito suscetível a substâncias tóxicas.

Ao entrar no quarto, Win usou as costas para fechar a porta e pousou a bandeja na mesa de cabeceira. Tomou um susto ao ouvir a voz de Merripen.

– Eu lhe disse para sair – rosnou. – Eu disse... – Ele interrompeu a frase quando ela se virou para encará-lo.

Win nunca o vira naquele estado, corado e desorientado, os olhos negros ligeiramente desfocados. Estava deitado de lado, com a camisa branca aberta revelando a beirada de um grande curativo, e músculos que reluziam como bronze polido. Estava tenso e irradiando aquilo que sua mãe chamava de "espíritos animalescos".

– Kev – disse ela com delicadeza, usando seu primeiro nome.

Uma vez, os dois haviam feito um acordo, depois que ela ficou doente com escarlatina e ele queria que ela tomasse remédios. Win recusara até que ele propôs lhe dizer seu nome. Ela prometeu nunca dizer para ninguém e tinha guardado o segredo. Talvez ele achasse que ela havia esquecido.

– Fique quieto – insistiu ela com gentileza. – Não há necessidade de ficar tão agitado. Quase matou a pobre criada de medo.

Merripen observou-a, atordoado, com dificuldades de manter o foco do olhar.

– Estão me envenenando – disse ele. – Derramando remédio na minha garganta. Minha cabeça está confusa. Não quero mais.

Win assumiu o papel da enfermeira implacável, quando tudo o que queria era aconchegá-lo e paparicá-lo.

– Você ficaria muito pior sem ele. – Sentou-se na beira do colchão e pegou seu pulso. O antebraço dele estava rígido e pesado enquanto jazia sobre seu colo. Apertando os dedos contra seu pulso, ela manteve-se inexpressiva. – Quanto lhe deram de tônico?

Ele virou a cabeça.

– Demais.

Win concordou em silêncio, sentindo a fraqueza de seu pulso. Soltando sua mão, ela sentiu a testa. Estava muito quente. Seria o início de uma febre? Sua preocupação aumentou.

– Deixe-me ver suas costas. – Ela tentou se afastar, mas ele estendeu a mão para obrigá-la a apertar sua mão fresca contra sua testa com mais força. Ele não a soltava.

– Quente – disse ele e fechou os olhos.

Win sentou-se muito imóvel, absorvendo a sensação de seu pesado corpo masculino ao lado dela, a pele lisa e ardente sob sua mão.

– Saia dos meus sonhos – sussurrou Merripen. – Não consigo dormir quando você está aqui.

Win se permitiu acariciá-lo, o grosso cabelo negro, o belo rosto despido da habitual severidade mal-humorada. Podia sentir o cheiro de sua pele, do seu suor, do hálito adocicado pelo opiáceo, uma lufada pungente de mel. Merripen sempre andava bem barbeado, mas agora seus pelos arranhavam suavemente a palma de sua mão. Queria abraçá-lo, apertá-lo contra o peito como se fosse um menino.

– Kev... deixe-me ver suas costas.

Merripen se mexeu, rápido e forte até naquele momento, mais agressivo em seu estado drogado do que teria se permitido em condições normais. Sempre tratava Win com uma espécie de delicadeza exagerada, como se ela pudesse voar para longe como a penugem dos dentes-de-leão. Mas, naquele momento, agarrou-a com força e segurança, e a empurrou para o colchão.

Ofegante, lançou-lhe um olhar raivoso, de beligerância dopada.

– Disse para sair de meus sonhos.

Seu rosto era como a máscara de um antigo deus da guerra, bela e severa, a boca contorcida, os lábios separados o bastante para revelar as pontas de dentes brancos como os de um animal.

Win estava asombrada, excitada e um pouquinho assustada. Mas era Merripen e, enquanto ela o fitava, a ponta de medo desapareceu e ela puxou a cabeça dele para junto de si e ele a beijou.

Sempre havia imaginado que haveria aspereza, premência, pressão apaixonada. Mas seus lábios pareciam macios enquanto roçavam nos dela com o calor de um raio de sol, a doçura da chuva de verão. Ela se abriu para ele em assombro, com a solidez de seu peso em seus braços, seu corpo apertando camadas amassadas de saias. Esquecendo-se de tudo no apaixonado tumulto da descoberta, Win passou a mão por seus ombros até que ele soltou um gemido de dor e ela sentiu o volume do curativo sob sua palma.

– Kev – disse, perdendo o fôlego. – Sinto muito. Eu... não, não se mexa. Descanse.

Ela pôs os braços frouxos em torno de sua cabeça, estremecendo enquanto ele beijava seu pescoço. Ele se aconchegou contra a delicada curva de seus seios, apertou o rosto contra seu corpete e suspirou.

Depois de um longo minuto imóvel, enquanto seu peito erguia-se e abaixava sob sua cabeça pesada, Win falou com hesitação:

– Kev?

A resposta foi um leve ronco.

A primeira vez que beijava um homem, pensou ela com tristeza, e ela o fez dormir.

Esforçando-se para sair de baixo dele, Win afastou as cobertas e segurou a bainha da camisa de Merripen. O tecido pendeu na poderosa inclinação de suas costas. Levantando a bainha até o alto, ela a enfiou no pescoço da camisa sem gola. Com cuidado, ergueu a ponta do curativo, a gaze de algodão estava grudenta e fedia a mel. Estremeceu diante da visão da ferida, que estava viva e inflamada. O médico dissera que se formaria uma crosta, mas aquela casca umedecida não parecia estar se curando.

Ao ver uma marca negra no outro lado de suas costas, Win franziu a testa com curiosidade e puxou a camisa um pouco mais. O que ela descobriu a fez perder o fôlego e arregalar os olhos.

Apesar de toda a sua robusta aparência física, Merripen sempre fora um homem excepcionalmente tímido. A família até fazia troça por causa disso, pois ele se recusava a se banhar diante de qualquer pessoa, ou mesmo retirar a camisa durante um esforço extenuante.

Seria esse o motivo? O que significava a estranha marca e o que poderia revelar de seu passado?

– Kev – murmurou ela, espantada, os dedos acompanhando o desenho em seu ombro. – Que segredos você anda escondendo de nós?

CAPÍTULO 19

Na manhã seguinte, Amelia despertou com notícias desagradáveis trazidas por Poppy. Leo não dormira em seu quarto na noite anterior e não estava em parte alguma. Além disso, Merripen havia piorado.

– Ai, Leo – resmungou Amelia, saindo da cama e procurando o roupão e os chinelos. – Ele começou a beber ontem à tarde e sem dúvida não parou. Não poderia me importar menos com ele ou com o que lhe aconteceu.

– E se ele saiu de casa e... puxa, eu não sei... tropeçou em um tronco de árvore ou coisa parecida? Não deveríamos pedir a alguns dos jardineiros e empregados que procurassem por ele?

– Meu Deus. Que vergonha! – Amelia vestiu o roupão pela cabeça e abotoou-o depressa. – Acho que sim. Mas deixe claro que não precisam fazer uma grande busca. Eu detestaria interromper seu trabalho só porque meu irmão não tem autocontrole.

– Ele está sofrendo, Amelia – disse Poppy em voz baixa.

– Eu sei. Que Deus me perdoe, mas estou cansada do sofrimento dele. E me sinto péssima por dizer isso.

Poppy fitou-a, cheia de compaixão, e foi abraçá-la.

– Não deve se sentir péssima. Você acaba sendo a pessoa que precisa resolver as confusões dele, aliás, as confusões de todos. Eu estaria cansada, se fosse você.

Amelia retribuiu o abraço e recuou com um suspiro.

– Vamos nos ocupar de Leo mais tarde. Agora estou mais preocupada com Merripen. Você o viu esta manhã?

– Não, mas Win viu. Disse que ele está febril e que a ferida não está sarando. Acho que ela passou a maior parte da noite com ele.

– E agora deve estar quase desmaiando de cansaço – disse Amelia, exasperada.

Poppy hesitou e franziu a testa.

– Amelia... não consigo decidir se é melhor ou pior lhe contar... mas há um pequeno problema lá embaixo. Parece que alguns utensílios de prata desapareceram.

Amelia foi até a janela e olhou suplicante para o céu coberto por nuvens pesadas.

– Senhor todo-poderoso, por favor não deixe que tenha sido Beatrix.

– Amém – emendou Poppy. – Mas provavelmente foi.

Sentindo-se sobrecarregada, Amelia pensou com desespero. *Fracassei. A casa foi destruída. Leo está desaparecido ou morto. Merripen está ferido. Win está doente. Beatrix vai para a prisão e Poppy está condenada a ser uma solteirona.* Mas suas palavras foram “Primeiro Merripen”, e então saiu apressada do quarto, com Poppy atrás dela.

Win estava à cabeceira de Merripen, tão exausta que mal conseguia se manter ereta no assento. O rosto estava pálido; os olhos, vermelhos; o corpo inteiro encurvado. Tinha tão poucas reservas de energia que não era preciso muito para esgotá-las.

– Está com febre – disse Win, torcendo um pano úmido e estendendo-o contra a nuca do doente.

– Vou chamar o médico. – Amelia foi para o lado dela. – Vá dormir.

Win balançou a cabeça.

– Depois. Ele precisa de mim agora.

– A última coisa de que ele precisa é que você fique doente por causa dele – rebateu Amelia. Suavizou o tom ao perceber a angústia no olhar da irmã: – Por favor, vá para a cama, Win. Poppy e eu tomaremos conta dele enquanto você dorme.

Lentamente, Win abaixou o rosto até que suas testas se tocaram.

– Está tudo indo na direção errada, Amelia – sussurrou ela. – Sua força esvaiu-se depressa demais. E a febre não devia ter vindo tão rápido.

– Vamos ajudá-lo a superar isso. – As palavras soaram falsas até para a própria Amelia. Ela obrigou um sorriso tranquilizador a se abrir em seus lábios. – Vá descansar, querida.

Win obedeceu com relutância, enquanto Amelia debruçava-se sobre o paciente. O tom bronzeado de Merripen tinha se transformado em uma profunda palidez, os talhos negros de suas sobrancelhas e os leques de seus cílios destacavam-se em imenso contraste. Dormia com a boca parcialmente aberta, com sopros rasos de ar passando sobre a superfície rachada de seus lábios. Não parecia possível que Merripen, sempre tão duro e robusto, pudesse ter desmoronado tão depressa.

Ao tocar em seu rosto, Amelia ficou chocada ao sentir o calor de sua pele.

– Merripen – murmurou. – Acorde, querido. Poppy e eu vamos limpar sua ferida. Você precisa ficar parado para nos ajudar. Está bem?

Ele engoliu em seco e assentiu, os olhos se abrindo.

Com murmúrios de compaixão, as irmãs trabalharam em conjunto, dobrando as cobertas até a altura de sua cintura, erguendo a bainha da camisa até os ombros e arrumando panos limpos, potes de unguento e mel, além de novos curativos.

Amelia tocou o sino que convocava os criados, enquanto Poppy removia o curativo antigo. Franziu o nariz ao sentir o cheiro ligeiramente desagradável da ferida aberta. As irmãs se entreolharam com preocupação.

O mais rápida e delicadamente possível, Amelia limpou a secreção que saía da ferida, passou unguento e a cobriu. Merripen ficou quieto e rígido, embora suas costas se contraíssem durante o tratamento. Ele não conseguiu abafar um gemido de dor. Quando Amelia terminou, ele tremia.

Poppy passou um pano seco em seu rosto suado.

– Pobre Merripen. – Ela levou uma caneca com água até seus lábios. Quando ele tentou recusar, ela passou um braço sob sua cabeça e a ergueu, insistente. – Sim, você precisa. Eu devia imaginar que você seria um paciente terrível. Beba, querido, ou serei obrigada a cantar alguma coisa.

Amelia reprimiu um sorriso quando Merripen obedeceu.

– Seu canto não é tão terrível assim, Poppy. Papai sempre disse que você cantava como um pássaro.

– Ele se referia a um papagaio – disse Merripen com a voz rouca, apoiando a cabeça no braço de Poppy.

– Só por isso – Poppy informou a ele –, vou mandar Beatrix vir aqui cuidar de você. Provavelmente, ela vai botar alguma de suas mascotes na sua cama, espalhar seus joguinhos no chão. E se tiver muita sorte, vai trazer frascos de goma e você poderá ajudá-la a fazer roupas para bonecas de papel.

Merripen dirigiu um olhar tão cheio de sofrimento contido para Amelia que ela soltou uma gargalhada.

– Se isso não inspirá-lo a melhorar depressa, querido, nada mais o fará.

No entanto, nos dois dias que se seguiram, Merripen piorou. O médico parecia incapaz de fazer qualquer coisa além de oferecer mais do mesmo tratamento. O ferimento estava ficando muito grave, admitia. Era possível dizer, pela forma como secretava um líquido branco e pelo escurecimento da pele a sua volta, que o processo inflamatório acabaria, de forma inevitável, tomando todo o corpo de Merripen.

Merripen perdia peso mais rápido do que se imaginava ser humanamente possível. Costumava ser assim com feridas graves, disse o médico. O corpo se consumia ao tentar se curar. O que perturbava Amelia mais do que a aparência de Merripen era o langor crescente, que nem mesmo Win parecia capaz de penetrar.

– Ele não suporta ficar tão indefeso – disse Win para Amelia, segurando a mão de Merripen enquanto ele dormia.

– Ninguém gosta de ficar indefeso – foi a resposta de Amelia.

– Não é uma questão de gostar ou não gostar. Acho que Merripen literalmente não consegue suportar. E por isso, ele se retira. – Win acariciou com delicadeza os dedos morenos, descontraídos, tão fortes e calejados pelo trabalho.

Ao observar a carinhosa atenção na expressão da irmã, Amelia não conseguiu deixar de fazer a pergunta em voz baixa.

– Você o ama, Win?

E sua irmã, enigmática como uma esfinge, voltou os misteriosos olhos azuis para ela.

– Mas é claro. Todos nós amamos Merripen, não é?

O que não era exatamente uma resposta. Mas Amélia sentia que não tinha o direito de insistir no assunto.

Uma questão que despertava cada vez mais preocupações era a prolongada ausência de Leo. Ele pegara um cavalo, mas não havia levado mais nada. Teria feito a longa viagem até Londres? Sabendo como o irmão não gostava de viajar, Amelia duvidava disso. Era provável que Leo tivesse permanecido em Hampshire, embora o local onde se encontrava fosse um mistério. Não estava na taverna da aldeia, nem em Ramsay House, nem em qualquer lugar da propriedade Westcliff.

Para alívio de Amelia, Christopher Frost apareceu para fazer uma visita certa tarde, vestido com trajes sóbrios. Belo e perfumado por uma água de colônia cara, ele trouxe um buquê de flores perfeitamente montado, embrulhado em elegante papel rendado.

Amelia encontrou-o na sala de visitas do andar de baixo. Em sua preocupação com a doença de Merripen e o desaparecimento de Leo, todas as restrições que ela sentia por Christopher haviam desaparecido. As feridas do passado se esconderam no fundo de sua mente e naquele momento ela precisava de um amigo compreensivo.

Tomando suas duas mãos, Christopher sentou-se com ela em um sofá aveludado.

– Amelia – murmurou, preocupado –, posso perceber seu estado de espírito. Não diga que Merripen piorou.

– Piorou muito – respondeu ela, grata por encontrar a força das mãos dele. – O médico parece não dispor de outro tratamento e não acha que os cuidados praticados pelo povo daqui possam ter qualquer efeito, além de aumentar o sofrimento de Merripen. Estou com tanto medo de perdê-lo.

Os polegares roçaram com delicadeza em seus dedos.

– Sinto muito. Sei o que ele significa para sua família. Devo chamar um médico de Londres?

– Não acho que haja tempo. – Ela sentiu que as lágrimas chegavam e as conteve com esforço.

– Se eu puder ajudar de alguma forma, só precisa pedir.

– Existe uma coisa... – Ela lhe contou sobre a ausência de Leo e de como tinha certeza de que ele se encontrava em algum lugar em Hampshire. – Alguém precisa encontrá-lo. Eu o procuraria pessoalmente, mas precisam de mim por aqui. E ele tende a ir a lugares onde...

– Onde pessoas respeitáveis não vão – Christopher concluiu a frase. – Conhecendo seu irmão como conheço, minha querida, provavelmente o melhor é deixá-lo onde está até que ele tenha dormido e clareado as ideias.

– Mas ele pode estar ferido ou correndo perigo. Ele... – Ela percebeu pela expressão de Christopher que a última coisa que ele queria era procurar pelo infeliz de seu irmão. – Se puder perguntar para os aldeões se viram meu irmão, eu ficaria grata.

– Eu perguntarei. Prometo. – Ele surpreendeu-a ao puxá-la para si, enlaçando-a. Ela ficou rígida, mas não tentou impedi-lo. – Pobrezinha – murmurou. – Precisa carregar tantos fardos.

Houve um tempo em que Amelia sonhara fervorosamente com um momento como aquele. Estar nos braços de Christopher, reconfortada por ele. Houve um tempo em que isso a faria se sentir no paraíso.

Mas agora não era a mesma coisa.

– Christo... – começou, afastando-se, mas a boca dele capturou a sua e ela ficou paralisada de espanto enquanto era beijada.

Também era diferente... e por um momento, ela se lembrou de como havia sido, de como se sentira feliz com ele. Parecia fazer tanto tempo, aquele tempo antes da escarlatina, quando ela era inocente e esperançosa e o futuro parecia cheio de promessas.

Ela afastou o rosto.

– Não, Christopher.

– Claro. – Ele apertou os lábios contra seu cabelo. – Não é hora para isso. Sinto muito.

– Estou tão preocupada com meu irmão e com Merripen que não consigo pensar em mais nada.

– Sei disso, querida. – Ele fez com que ela o olhasse. – Vou ajudar você e sua família. Não há nada que eu queira mais do que sua segurança e felicidade. E precisa de minha proteção. Com sua família vivendo tal turbulência, poderiam se aproveitar de você.

Ela franziu a testa.

– Ninguém está se aproveitando de mim.

– E o cigano?

– Está se referindo ao Sr. Rohan?

Christopher assentiu.

– Encontrei-o por acaso quando estava a caminho de Londres e ele falou de você de uma forma que... bem, basta dizer que não se trata de um cavalheiro. Fiquei ofendido por você.

– O que ele disse?

– Chegou a afirmar que vão se casar. – Ele deu uma risada de desdém. – Como se você fosse se rebaixar a esse ponto. Um cigano mestiço sem modos nem educação.

Amelia sentiu uma onda de raiva. Olhou para o rosto do homem a quem amara com tanto desespero. Era a personificação de tudo que uma moça deveria querer como marido. Não fazia muito tempo, ela poderia tê-lo comparado a Cam Rohan e concluído que Christopher era superior. Mas já não era mais a mesma mulher... e Christopher não era o cavaleiro de armadura que ela pensava.

– Não penso que eu me rebaixaria – disse ela. – O Sr. Rohan é um cavalheiro e muito estimado por seus amigos.

– Todos o acham divertido em ocasiões sociais, mas ele nunca será igual aos demais. E *nunca* um cavalheiro. Todos compreendem isso, minha querida, até o próprio Rohan.

– Não compreendo nem aceito isso. Um cavalheiro precisa ter mais do que bons modos.

Christopher fitou com atenção seu rosto indignado.

– Muito bem, não falaremos sobre ele, se isso a deixa tão irritada. Mas não se esqueça de que os ciganos são conhecidos por seduzirem e enganarem. O princípio que rege suas vidas é a busca do próprio prazer sem consideração pelas responsabilidades ou consequências. Sua confiança nele não se justifica, Amelia. E só posso esperar que não tenha lhe confiado negócios de família ou assuntos legais.

– Aprecio sua preocupação – respondeu ela, desejando que ele partisse e tentasse encontrar seu irmão desaparecido. – Mas os assuntos de minha família permanecerão nas mãos de lorde Ramsay e de mim mesma.

– Então Rohan não retornará de Londres? Seus laços foram rompidos?

– Ele retornará – admitiu ela com relutância – para trazer alguns profissionais que nos aconselharão sobre o que fazer com Ramsay House.

– Ah.

Havia condescendência suficiente no tom de Frost para deixar Amelia pronta para o ataque. Ele balançou a cabeça e ficou em silêncio por um longo momento.

– E é apenas a opinião *dele* que você levará em conta neste assunto? – perguntou por fim. – Ou tenho permissão de fazer recomendações em um assunto sobre o qual tenho muito conhecimento e ele nenhum?

– Ficaria feliz com suas recomendações, é claro.

– Então posso visitar Ramsay House para fazer alguns levantamentos profissionais?

– Se quiser. É muito gentil de sua parte. Embora... – Ela fez uma pausa, insegura. – Eu não deseje que você passe muito do seu tempo por lá.

– Qualquer tempo despendido a seu serviço é muito bem gasto.

Ele inclinou-se para a frente e roçou os lábios contra os dela antes que Amelia tivesse a chance de recuar.

– Christopher, estou muito mais preocupada com meu irmão do que com a casa...

– Claro – disse ele em tom tranquilizador. – Vou perguntar se o viram e, se houver qualquer notícia, eu a transmitirei imediatamente.

– Obrigada.

Mas de algum modo, quando Christopher partiu, ela sabia que sua busca por Leo seria, no máximo, pouco empenhada. Sentiu o desespero invadi-la como uma onda fria e pesada.

Na manhã seguinte, Amelia acordou agitada de um pesadelo, com o coração batendo forte. Sonhara que havia encontrado Leo flutuando num lago, com o rosto dentro da água, e quando ela nadou em sua direção para tentar levá-lo para margem, seu corpo começara a afundar. Ela não conseguia mantê-lo à tona, e enquanto ele mergulhava cada vez mais fundo na água negra, ela foi puxada com ele... engasgando-se com a água, incapaz de ver ou de respirar...

Trêmula, Amelia saiu da cama e procurou os chinelos e o roupão. Ainda era cedo, e a casa permanecia escura e silenciosa. Dirigiu-se até a porta e fez uma pausa com a mão na maçaneta. O medo circulou por suas veias. Não queria sair do quarto. Tinha medo de descobrir que Merripen morrera durante a noite... medo de que uma tragédia também atingisse seu irmão... e, acima de tudo, medo de que não fosse capaz de aceitar o pior, se o pior ocorresse. Parecia-lhe não ter sobrado força alguma.

Foi apenas por pensar nas irmãs que ela conseguiu segurar a maçaneta e virá-la. Por causa delas, Amelia agiria com objetivo e confiança. Faria o que tinha que ser feito.

Apressando-se pelo corredor, ela empurrou a porta semiaberta do quarto de Merripen e pôs-se a sua cabeceira.

A luz embaçada do alvorecer mal diluía a escuridão, mas era o suficiente para que Amelia visse duas pessoas na cama. Merripen estava deitado sobre o lado, as linhas de seu corpo antes tão fortes haviam desmoronado e estavam espalhadas. E havia a forma esguia e arrumada de Win, adormecida ao lado dele, completamente vestida, os pés encolhidos sob as saias. Embora fosse impossível que uma criatura tão delicada protegesse alguém tão maior, o corpo de Win estava dobrado como se quisesse abrigá-lo.

Amelia fitou os dois com espanto, compreendendo mais daquela situação do que quaisquer palavras poderiam descrever. A posição revelava desejo e repressão, mesmo durante o sono.

Ela percebeu que os olhos da irmã estavam abertos – havia brilho neles. Win não fazia nenhum som ou um movimento, sua expressão era séria, como se estivesse absorta em se recordar de cada segundo passado com ele.

Transbordando de compaixão e de tristeza, Amelia desviou os olhos da irmã. Deixou a cabeceira e saiu do quarto.

Quase esbarrou em Poppy, que também caminhava pelo corredor vestida com um roupão de um branco fantasmagórico.

– Como ele está? – perguntou Poppy.

Amelia sentiu um aperto na garganta. Era difícil falar.

– Nada bem. Dormindo. Vamos para a cozinha botar a chaleira no fogo.

As duas se dirigiram para a escada.

– Amelia, sonhei a noite inteira com Leo. Pesadelos terríveis.

– Eu também.

– Você acha que... ele fez alguma coisa de ruim para si mesmo?

– Espero que não, de todo o coração. Mas acho que é possível.

– Sim – murmurou Poppy. – Também acho possível. – Ela soltou um suspiro. – Pobre Beatrix.

– Por que você diz isso?

– Ela é ainda tão jovem e já vai ter perdido tantas pessoas queridas... Papai e mamãe, e agora talvez Merripen e Leo.

– Ainda não perdemos Merripen e Leo.

– Nesse momento, seria um milagre se pudéssemos contar com um dos dois.

– Você é sempre tão otimista pela manhã. – Amelia pegou sua mão e a apertou. Tentando ignorar o peso do desespero em seu peito, disse com firmeza: – Não desista ainda, Poppy. Vamos manter a esperança enquanto for possível.

Chegaram ao pé da escada.

– Amelia – Poppy soou ligeiramente irritada. – Você nunca sente vontade de se jogar no chão e cair no choro?

Sinto, pensou Amelia. *Neste exato momento, aliás*. Mas não podia se dar ao luxo das lágrimas.

– Não, claro que não. Chorar não resolve nada.

– Você nunca tem vontade de ter um ombro no qual se apoiar?

– Não preciso do ombro de ninguém. Tenho dois ombros muito bons.

– É uma tolice. Você não pode se apoiar em seu próprio ombro.

– Poppy, se quer começar o dia com uma briga... – Amelia interrompeu a frase quando ouviu um barulho vindo de fora, o sacolejar, o trepidar, o som do pedregulho sendo esmagado por uma carruagem e cavalos. – Meu bom Deus, quem poderia ser a essa hora?

– O médico? – presumiu Poppy.

– Não. Não mandei chamá-lo ainda.

– Talvez lorde Westcliff tenha voltado.

– Mas não haveria motivos para que ele voltasse tão cedo...

Um lacaio bateu à porta e o som ecoou por todo o saguão.

As irmãs se entreolharam, inquietas.

– Não podemos atender – disse Amelia. – Estamos com roupas de dormir.

Uma empregada entrou no saguão. Baixando um balde cheio de carvão, ela passou as mãos no avental e apressou-se em direção à porta. Depois de destrancar o imenso portal, ela o abriu e fez uma reverência.

– Vamos embora – balbuciou Amelia, insistindo para que Poppy voltasse a subir a escada em sua companhia.

Mas ao olhar para trás, para ver quem havia chegado, a visão da forma alta e morena de um homem despertou faíscas dentro dela. Parou com o pé no primeiro degrau, até que um par de olhos cor de âmbar dirigiu-se para ela.

Cam.

Ele parecia desarrumado e pouco respeitável, como um bandido em fuga. Um sorriso apareceu em seus lábios quando ele a olhou com intensidade.

– Parece que não consigo ficar longe de você – falou.

Ela correu para ele sem pensar, quase tropeçando na pressa.

– Cam...

Ele a segurou e soltou uma gargalhada baixinho. O cheiro do ar livre o envolvia: terra molhada, umidade, folhas. A umidade em seu casaco atravessou a fina camada do roupão. Sentindo seu tremor, Cam abriu o casaco com um murmúrio sem palavras e puxou-a para dentro do abrigo caloroso e duro de seu corpo. Amelia não conseguia parar de tremer. Estava vagamente consciente da presença de criados que se movimentavam pelo saguão, da presença da irmã. Estava fazendo uma cena – deveria se afastar e tentar se recompor. Mas não conseguia. Ainda não.

– Você deve ter viajado a noite inteira.

– Tive que voltar antes. – Amelia sentiu os lábios dele esbarrarem em seu cabelo solto. – Deixei negócios inacabados. Mas tinha a sensação de que você poderia precisar de mim. Diga-me o que aconteceu, querida.

Amelia abriu a boca para responder, mas, para seu desespero, conseguiu apenas produzir uma espécie de grasnado infeliz. Seu autocontrole se espatifou. Balançou a cabeça e engasgou-se em mais soluços e quanto mais tentava contê-los, mais intensos ficavam.

Cam apertou-a com força em seu abraço. A terrível tempestade de lágrimas não parecia incomodá-lo de forma alguma. Pegou uma das mãos de Amelia e pousou-a em seu próprio coração, até que ela conseguisse perceber o ritmo forte, constante. Em um mundo que se desintegrava à sua volta, ele era sólido e real.

– Está tudo bem – murmurou. – Estou aqui.

Alarmada com sua própria falta de controle, Amelia fez uma desajeitada tentativa de ficar de pé sem se apoiar, mas ele apenas a abraçou com mais força.

– Não, não se afaste. – Ele acolheu sua forma trêmula contra o peito. Ao reparar a saída desajeitada de Poppy, Cam lançou-lhe um sorriso tranquilizador. – Não se preocupe, irmãzinha.

– Amelia quase nunca chora – disse Poppy.

– Ela está bem. – Cam passou a mão pelas costas de Amelia, em uma carícia reconfortante. – Precisa apenas de...

Quando ele parou, Poppy disse:

– De um ombro em que se apoiar.

– É isso.

Ele conduziu Amelia para a escada e fez um gesto para que Poppy se sentasse ao lado deles.

Cam aconchegou Amelia em seu colo e encontrou um lenço no bolso para secar seus olhos e seu nariz. Quando percebeu que era impossível entender coisa alguma de suas palavras confusas, ele mandou delicadamente que se calasse e a apertou contra seu corpo grande e quente, enquanto ela soluçava e escondia o rosto. Cheia de alívio, Amelia permitiu que ele a embalasse como se ela fosse uma criança.

Enquanto Amelia soluçava e se acalmava em seus braços, Cam fez algumas perguntas a Poppy, que lhe falou do estado de Merripen, do sumiço de Leo, e até mesmo dos talheres desaparecidos.

Quando enfim recuperou o controle, Amelia pigarreou, com a garganta dolorida. Ergueu a cabeça e piscou.

– Está melhor? – perguntou ele, segurando o lenço contra o nariz dela.

Amelia assentiu e assoou de forma obediente.

– Sinto muito – disse com a voz abafada. – Não devia ter me transformado em um regador. Já acabei.

Cam parecia olhar dentro dela. Sua voz era muito suave.

– Você não precisa pedir desculpas. Nem precisa acabar nada ainda.

Ela percebeu que não importava o que fizesse ou dissesse, mesmo que chorasse sem parar, ele aceitaria. E a reconfortaria. Aquilo fez seus olhos voltarem a se encher de lágrimas. Sua mão encontrou a gola da camisa, parcialmente aberta e revelando um vislumbre de pele queimada pelo sol. Ela deixou que os dedos se prendessem no tecido.

– Você acha que Leo pode estar morto? – sussurrou.

Ele não ofereceu falsas esperanças, nenhuma promessa vazia, apenas acariciou seu rosto úmido com a parte de trás dos dedos.

– Não importa o que acontecer. Lidaremos com tudo isso juntos.

– Cam... você faria uma coisa por mim?

– Qualquer coisa.

– Poderia encontrar um pouco daquela planta que Merripen deu para Win e Leo, quando os dois tiveram escarlatina?

Ele se afastou e a olhou.

– A mortal beladona? Não funcionaria nesse caso, querida.

– Mas é uma febre.

– Causada por um ferimento infeccionado. É preciso tratar a causa da febre.

Ele pousou a mão na nuca de Amelia, relaxando os músculos tão tensos. Fitou um ponto distante no chão, parecendo pensar em alguma coisa. Os cílios faziam sombras sobre seus olhos cor de avelã.

– Vamos dar uma olhada nele.

– Acha que pode ajudá-lo? – perguntou Poppy, pondo-se de pé.

– Ou ajudá-lo ou acabar com ele mais depressa. O que, a essa altura, não deve fazer diferença.

Levantando Amelia de seu colo, Cam colocou-a de pé com cuidado e eles começaram a subir as escadas. Sua mão permaneceu nas costas dela, um apoio leve mas constante de que ela precisava desesperadamente.

Ao se aproximarem do quarto de Merripen, ocorreu a Amelia que Win poderia ainda se encontrar lá dentro.

– Esperem – disse ela, correndo na frente. – Deixem-me entrar primeiro.

Cam permaneceu ao lado da porta.

Ao entrar no quarto com cautela, Amelia viu que Merripen estava sozinho na cama. Abriu mais a porta e fez um gesto para que Cam e Poppy entrassem.

Ao sentir a presença de intrusos no quarto, ele deu uma guinada para o lado e fraziu os olhos. Assim que viu Cam, seu rosto se contraiu em uma careta rabugenta.

– Dê o fora – resmungou.

Cam deu um sorriso simpático.

– Você foi tão encantador assim com o médico? Aposto que ele está tentando se superar para ajudá-lo.

– Afaste-se de mim.

– Pode ser uma surpresa – disse Cam –, mas existe uma longa lista de coisas que eu preferia olhar, além de sua carcaça apodrecida. Porém, pelo bem de sua família, estou disposto. Vire.

Merripen relaxou no colchão e disse alguma coisa em romani que parecia extremamente vil.

– Você também – disse Cam, sem alterar o tom.

Ergueu a camisa nas costas de Merripen e afastou o curativo do ombro machucado. Olhou para a terrível ferida sem alterar a expressão.

– Com que frequência vocês têm feito a limpeza? – perguntou para Amelia.

– Duas vezes por dia.

– Vamos experimentar quatro vezes por dia. E também um cataplasma.

Deixando a cabeceira, Cam fez um gesto para que Amelia o acompanhasse até a porta. Abaixou a boca até a altura de sua orelha.

– Preciso sair e encontrar algumas coisas. Enquanto eu estiver fora, dê a ele algo que o faça dormir. De outra forma, ele não será capaz de tolerar.

– Tolerar o quê? O que você vai colocar no cataplasma?

– Uma mistura de coisas. Inclusive *apis millifica.*

– O que é isso?

– Veneno de abelha. Extraído de abelhas esmagadas, para ser exato. Vamos embebê-las em uma base de água e álcool.

Confusa, Amelia balançou a cabeça.

– Mas onde você vai arranjar... – Ela interrompeu suas palavras e o fitou com evidente terror. – Você vai até a colmeia em Ramsay House? Como vai pegar as abelhas?

A boca de Cam se mexeu como se ele estivesse achando graça.

– Com muito cuidado.

– Você... quer que eu ajude? – ela ofereceu com dificuldade.

Conhecendo seu medo de insetos, Cam deslizou as mãos em torno de sua cabeça e deu um beijo forte em seus lábios.

– Não preciso de ajuda com as abelhas, querida. Fique aqui e dê o xarope de morfina para Merripen. Bastante.

– Ele não vai querer. Detesta morfina. Vai querer ser estoico.

– Confie em mim, nenhum de nós vai querer que ele esteja acordado quando eu passar o cataplasma. Principalmente Merripen. Os rons chamam esse tratamento de "relâmpago branco", e por um bom motivo. Não é algo que permita o estoicismo em qualquer pessoa. Então faça o que for necessário para derrubá-lo, *monisha.* Voltarei em breve.

– Você acha que o relâmpago branco vai funcionar? – perguntou Amelia.

– Não sei – Cam lançou um olhar impenetrável para o homem que sofria na cama. – Mas não acho que ele vá durar muito sem ele.

Enquanto Cam estava fora, Amelia conversou em particular com as irmãs. Decidiu-se que era Win quem teria mais chances de fazer com que Merripen tomasse a morfina. E foi a própria Win que afirmou que seria preciso enganá-lo, pois ele se recusaria a tomar o remédio por vontade própria, por mais que lhe implorassem.

– Mentirei para ele se for necessário – disse Win, deixando as outras três em um silêncio chocado. – Ele confia em mim. Acreditará em qualquer coisa que eu disser.

Até onde elas sabiam, Win nunca dissera uma mentira em toda a sua vida, mesmo quando criança.

– Você acha mesmo que consegue? – perguntou Beatrix, um tanto espantada.

– Para salvar a vida dele? Claro que sim! – Uma tensão delicada apareceu entre as sobrancelhas de Win e manchas de um rosa pálido subiram-lhe ao rosto. – Acho... acho que um pecado cometido em nome de uma boa causa pode ser perdoado.

– Concordo – disse Amelia rapidamente.

– Ele gosta de chá de hortelã – falou Win. – Vamos fazer um chá forte e acrescentar muito açúcar. Vai ajudar a disfarçar o gosto do remédio.

Nunca um bule de chá havia sido preparado com tanto cuidado, com as irmãs Hathaways em volta da mistura como um grupo de jovens feiticeiras. Finalmente, o bule de porcelana recebeu o preparado coado e adoçado, e foi posto em uma bandeja ao lado de uma xícara e um pratinho.

Win o levou para o quarto de Merripen, parando na entrada, enquanto Amelia mantinha a porta aberta.

– Devo entrar com você? – sussurrou Amelia.

Win balançou a cabeça.

– Não. Deixe comigo. Por favor, feche a porta. Garanta que ninguém nos perturbe.

Suas costas esguias estavam muito eretas quando ela entrou no aposento.

Os olhos de Merripen se abriram com o som dos passos de Win. A dor da ferida supurada era constante. Podia sentir as toxinas invadindo seu sangue, envenenando cada vaso capilar. Às vezes produzia uma estranha e sinistra euforia que o fazia flutuar para longe de seu corpo sofrido, até se sentir nas bordas do quarto. Até a chegada de Win. Naquele momento, ele voltou alegremente para o encontro com a dor, só para sentir as mãos dela sobre ele, sua respiração próxima de seu rosto.

Win cintilava como uma miragem diante dele. A pele parecia fresca e luminosa, enquanto o corpo dele se consumia em miasmas e calor.

– Trouxe algo para você.

– Não... não quero...

– Sim – insistiu ela, juntando-se a ele na cama. – Vai ajudá-lo a melhorar... aqui, afaste-se um pouco e passarei o braço em volta de você.

Houve um delicioso deslizar de membros femininos contra ele, sob ele, e Merripen rangeu os dentes para conter uma explosão de agonia ao se mover para acomodá-la. A escuridão e a luz brincavam sob suas pálpebras cerradas e ele lutou para manter a consciência.

Quando Merripen conseguiu voltar a abrir os olhos, encontrou sua cabeça pousada no delicado travesseiro dos seios de Win, com um de seus braços aconchegando-o enquanto a mão livre apertava a xícara contra seus lábios.

Uma delicada borda de porcelana bateu contra seus dentes. Ele se encolheu quando um gosto amargo queimou seus lábios rachados.

– Não...

– Sim. Beba. – A xícara voltou a avançar. Ela sussurrou carinhosamente em seu ouvido. – Por mim.

Ele estava doente demais – não achava que conseguiria reter nada –, mas, para agradá-la, bebeu um pouco. O azedume fez com que se encolhesse.

– O que é?

– Chá de hortelã. – Os olhos azuis e angélicos de Win o fitaram sem piscar, o belo rosto permaneceu neutro. – Precisa beber tudo e talvez mais uma xícara. Vai fazer você melhorar.

Ele logo soube que ela estava mentindo. Nada poderia fazê-lo melhorar. E era impossível disfarçar o gosto amargo da morfina misturada ao chá. Mas Merripen percebeu que havia uma intenção no gesto dela, uma estranha deliberação, e ocorreu-lhe a ideia de que ela lhe ministrava uma dose excessiva de propósito. Sua mente exaurida avaliou a possibilidade. Win devia querer poupá-lo de mais sofrimento, sabendo que as horas e os dias que se seguiriam estariam além de sua capacidade de resistir. Matá-lo com morfina seria o último ato de bondade que ela poderia lhe prestar.

Morrer em seus braços... aconchegado junto a ela enquanto entregava sua alma marcada para a escuridão... Win seria a última coisa que ele sentiria, veria, ouviria. Se lhe sobrassem lágrimas, teria chorado de gratidão.

Bebeu devagar, obrigando-se a engolir cada gole. Bebeu parte da próxima xícara até que sua garganta não obedeceu mais, então enterrou o rosto no peito de Win e estremeceu. Sua cabeça rodava e faíscas flutuavam por toda parte, como estrelas cadentes.

Win pousou a xícara e acariciou seu cabelo, depois apertou o rosto úmido contra a testa dele.

E os dois esperaram.

– Cante para mim – Merripen sussurrou enquanto a escuridão o envolvia e o cegava. Win continuou a acariciar sua cabeça e cantarolou uma cantiga de ninar. Os dedos dele tocaram seu pescoço, procurando a preciosa vibração de sua voz. E as faíscas desapareceram enquanto ele se perdia nela; ela era seu destino, enfim.

~

Amelia deslizou para o chão e sentou-se ao lado da porta, prendendo os dedos. Ouviu os murmúrios carinhosos de Win... algumas palavras roucas de Merripen... um longo silêncio. E então Win cantando baixinho, cantarolando, com uma voz tão verdadeira e bela que Amelia sentiu uma frágil paz invadi-la. Enfim o som angelical se calou e houve mais quietude.

Depois de ter passado uma hora, Amelia, cujos nervos estavam no limite, levantou-se e alongou os membros endurecidos. Abriu a porta com extremo cuidado.

Win estava deixando a cama, puxando as cobertas sobre a figura estendida de Merripen.

– Ele tomou? – sussurrou Amelia, aproximando-se dela.

Win parecia cansada, desgastada.

– A maior parte.

– Você precisou mentir para ele?

Um sinal hesitante da cabeça.

– Foi a coisa mais fácil que já fiz. Está vendo? Não sou tão santa assim.

– É sim – respondeu Amelia e a abraçou com força. – Você é.

~

Mesmo os bem-treinados criados de lorde Westcliff se sentiram inclinados a reclamar quando Cam voltou com dois jarros cheios de abelhas vivas e os levou para a cozinha. As copeiras saíram correndo, gritando, rumo à sala dos empregados. A governanta retirou-se para seu quarto a fim de escrever uma carta indignada para o conde e a condessa. E o mordomo falou para o chefe dos cavalariços que, se aquele era o tipo de hóspede de que lorde Westcliff esperava que ele cuidasse, começaria a considerar seriamente se aposentar.

Beatrix foi a única pessoa na casa que ousou entrar na cozinha e ficou com Cam para ajudar a ferver, coar e misturar. Mais tarde, relatou para suas irmãs enojadas que tinha sido muito divertido esmagar as abelhas.

Por fim, Cam levou aquilo que parecia ser uma poção feita por um bruxo para o quarto de Merripen. Amelia esperou por ele, tendo arrumado facas limpas, tesouras, pinças, água e uma pilha de curativos limpos e brancos.

Poppy e Beatrix receberam ordens de deixar o quarto, o que as deixou muito contrariadas, enquanto Win fechava a porta com força. Ela pegou um avental com Amelia, amarrou-o em volta de sua cintura fina e foi para a cabeceira. Colocando os dedos de um lado do pescoço de Merripen, Win disse, tensa:

– Seu pulso está fraco e lento. É a morfina.

– A peçonha de abelhas estimula o coração – respondeu Cam, enrolando as mangas da camisa. – Acredite, vai estar disparado dentro de um ou dois minutos.

– Devo remover o curativo? – perguntou Amelia.

– Sim. Tire a camisa dele também. – Foi até a pia e ensaboou as mãos.

Win e Amelia retiraram a camisa de linho do corpo prostrado de Merripen. Suas costas ainda eram musculosas, mas ele havia perdido muito peso. As costelas se projetavam sob a pele morena.

Quando Win foi se desfazer da camisa amassada, Amelia tirou a ponta do curativo e começou a soltá-lo. Parou quando percebeu uma estranha marca no outro ombro. Debruçando-se, ela observou com mais atenção o desenho feito com tinta preta. Teve um calafrio de assombro.

– Uma tatuagem. – Foi tudo o que conseguiu dizer.

– É. Reparei nela há alguns dias – comentou Win, voltando para a cama. – É estranho que ele nunca a tenha mencionado, não é? Não é para menos que ele sempre tenha desenhado *pookas* e inventado histórias sobre as criaturas quando era mais jovem. Deve ter algum significado para...

– O que você disse? – a voz de Cam soou baixa, mas reverberou com tanta intensidade que era como se estivesse gritando.

– Merripen tem a tatuagem de um *pooka* em seu ombro – respondeu Win, fitando-o com curiosidade quando ele se aproximou da cama em três passos. É um desenho muito singular. Nunca vi nada como...

Ela parou soltando uma exclamação de assombro quando Cam ergueu seu antebraço ao lado do ombro de Merripen.

Os cavalos negros e alados com olhos amarelos eram idênticos.

Amelia ergueu o olhar diante daquela visão atordoante e fitou o rosto inexpressivo de Cam.

– O que quer dizer?

Cam parecia não conseguir tirar o olhar da tatuagem de Merripen.

– Não sei.

– Você já viu alguém antes...

– Não. – Cam deu um passo para trás. – Meu bom Deus.

Lentamente, caminhou até o pé da cama, fitando a figura imóvel como se fosse um tipo de criatura exótica que ele nunca tivesse visto antes. Pegou uma tesoura da bandeja de suprimentos.

Por instinto, Win se aproximou do homem adormecido. Ao reparar no gesto, Cam murmurou:

– Está tudo bem, irmãzinha. Vou precisar apenas retirar a pele morta.

Ele se debruçou sobre a ferida e trabalhou, concentrado. Depois de um minuto observando-o limpar e retirar os tecidos mortos, Win foi para uma cadeira e sentou-se abruptamente, como se seus joelhos tivessem perdido as forças.

Amelia permaneceu de pé, do lado dele, sentindo uma onda de náusea subir-lhe à garganta. Cam, por outro lado, estava indiferente como se cuidasse dos reparos no intrincado mecanismo de um relógio, e não estivesse lidando com carne humana apodrecida. Depois de receber instruções, Amelia buscou a tigela com o líquido do cataplasma, que tinha um cheiro forte, mas estranhamente doce.

– Não deixe cair em seus olhos – alertou Cam, lavando a ferida com solução salina.

– Tem cheiro de fruta.

– É a peçonha. – Cam cortou um quadrado de tecido e o enfiou na tigela. Retirando-o com cuidado, estendeu o pano úmido sobre a ferida. Mesmo nas profundezas do sono, Merripen contraiu-se e gemeu.

– Calma, *chal*. – Cam pousou a mão em suas costas, mantendo-o parado. Quando teve certeza de que Merripen estava mais uma vez imóvel, ele colocou um curativo com poção firmemente no local. – Vamos substituí-lo sempre que limparmos a ferida – disse ele. – Não derramem a tigela. Eu detestaria ter que voltar e procurar mais abelhas.

– Como vamos saber que está funcionando? – perguntou Amelia.

– A febre deve ceder aos poucos e amanhã, a esta hora, devemos ver uma bela e grossa casca começando a se formar. – Ele pousou os dedos na lateral do pescoço de Merripen. Em seguida se dirigiu a Win. – O pulso já está mais forte.

– E a dor? – perguntou ela, angustiada.

– Deve melhorar depressa. – Cam sorriu para ela e citou uma frase em latim. – *Pro medicina est dolor, dolorem qui necat.*

– A dor que mata a dor funciona como remédio – traduziu Win.

– Só faria sentido para um rom – disse Amelia, e Cam sorriu.

Ele tomou seus ombros nas mãos.

– Você está no comando agora, beija-flor. Vou sair por algum tempo.

– Logo agora? – perguntou ela, surpresa. – Mas... para onde você vai?

A expressão de Cam se alterou.

– Vou encontrar seu irmão.

Amelia o olhou com uma mistura de gratidão e preocupação.

– Talvez fosse melhor descansar primeiro. Viajou a noite toda. Pode demorar muito a encontrá-lo.

– Não, não vai demorar. – Os olhos dele reluziram com ironia. – Seu irmão não é do tipo que não deixa rastros.

CAPÍTULO 20

Aproximadamente seis horas depois de iniciar a busca por Leo, Cam bateu à porta de uma próspera fazenda. Uma fofoca na taverna o havia levado até alguém que vira Ramsay com uma pessoa seguindo para outro lugar, onde seus planos foram entreouvidos... E assim por diante, até que, por fim, a trilha o conduzira até ali.

A grande mansão Tudor, com a data de 1620 inscrita sobre a porta, localizava-se a mais de 15 quilômetros de Stony Cross Manor. De acordo com a informação que Cam obtivera, a fazenda pertencera a uma nobre família de Hampshire, mas havia sido vendida a um comerciante londrino. Servia como retiro para os filhos devassos do comerciante e seus amigos.

Não era surpresa que Leo tivesse se sentido atraído por esse tipo de companhia.

A porta se abriu e um mordomo apareceu. Os lábios se retorceram em desdém ao ver Cam.

– Sua gente não é acolhida por aqui.

– Que bom, pois não pretendo ficar muito tempo. Vim buscar lorde Ramsay.

– Não há Ramsay nenhum aqui.

O mordomo começou a fechar a porta, mas Cam o impediu.

– Alto. Olhos claros. Tez avermelhada. Provavelmente com cheiro de álcool...

– Não vi ninguém com essa descrição.

– Então me deixe falar com seu patrão.

– Ele não está.

– Olhe aqui – disse Cam em tom irritado. – Estou aqui em nome da família de lorde Ramsay. Só Deus sabe por quê, mas eles o querem de volta. Entregue-o para mim e deixarei você em paz.

– Se o desejam – disse o mordomo em tom glacial –, que encontrem um criado decente. E não um cigano imundo.

Cam esfregou o canto dos olhos com a mão livre e suspirou.

– Podemos fazer isso do jeito fácil ou do jeito difícil. Para ser sincero, eu preferiria poupar esforços desnecessários. Tudo o que peço é que me dê cinco minutos para encontrar o patife e tirá-lo de suas mãos.

– Vá embora!

Depois de mais uma tentativa frustrada de fechar a porta, o mordomo pegou um sino de prata numa mesa do saguão. Depois de alguns segundos, apareceram dois lacaios fortes.

– Mostrem a saída para este verme agora mesmo – ordenou o mordomo.

Cam tirou o casaco e o jogou sobre um dos bancos que ladeavam o acesso ao saguão.

O primeiro lacaio investiu. Com alguns movimentos bem treinados, Cam atingiu um cruzado de direito em seu queixo, derrubando-o até que estivesse reduzido a uma pilha lamurienta no chão.

O segundo lacaio se aproximou de Cam com bem mais cautela do que o primeiro.

– Qual é seu braço dominante? – perguntou Cam.

O homem pareceu confuso.

– Por que você quer saber?

– Prefiro quebrar o que você usa menos.

Os olhos do lacaio se arregalaram e ele recuou, lançando um olhar suplicante ao mordomo, que olhou com raiva para Cam.

– Você tem cinco minutos. Encontre seu patrão e vá embora.

– Ramsay não é meu patrão – resmungou Cam. – Ele é uma dor de cabeça.

– Estão há dias no mesmo aposento – disse o lacaio, que se chamava George, para Cam, enquanto subiam uma escada atapetada. – Pedem que mandemos comida, prostitutas entram e saem, há garrafas de vinho vazias por toda parte... e o fedor da fumaça de ópio toma conta de todo o andar superior. Cubra os olhos quando entrar no aposento, senhor.

– Por causa da fumaça?

– É, e também... bem, o que está acontecendo por ali faria o demônio corar.

– Sou de Londres – disse Cam. – Não coro.

Mesmo se George não estivesse disposto a conduzir Cam até o antro das iniquidades, ele teria conseguido encontrá-lo com facilidade, por causa do cheiro.

A porta estava encostada. Cam empurrou-a e penetrou na atmosfera nebulosa. Havia quatro homens e duas mulheres, todos jovens, todos despidos de alguma ou muitas peças de roupa. Embora houvesse apenas um cachimbo de ópio à vista, parecia que todo o aposento funcionava como um imenso cachimbo, tão densa era a fumaça adocicada.

A chegada de Cam foi saudada com notável despreocupação, os homens jogados com indiferença sobre os estofados, um deles encolhido sobre almofadas em um canto. A aparência de todos era cadavérica, com olhos embaçados pelo torpor do narcótico. Uma mesa lateral estava entulhada com colheres, agulhas e um prato repleto com algo que lembrava melaço negro.

Uma das mulheres, completamente nua, parou enquanto erguia um cachimbo para a boca frouxa de um homem.

– Veja – disse para a outra –, chegou mais um.

Uma risada inebriada.

– Bom. Precisamos dele. Estão todos a meio mastro. A única coisa dura por aqui é o cachimbo. – Ela se virou para olhar para Cam. – Puxa, que homem bonito.

– Ah, deixa eu ficar com ele primeiro – disse a outra. Ela se acariciou de forma convidativa. – Venha cá, meu amor, eu lhe darei um...

– Não, obrigado.

Cam começava a se sentir ligeiramente tonto por causa da fumaça. Foi até a janela mais próxima e a abriu, deixando que a brisa fresca entrasse no cômodo. Seu gesto foi recebido com algumas pragas e protestos.

Depois de identificar o homem no canto como Leo, Cam foi até a figura inerte, ergueu a cabeça pelo cabelo e fitou o rosto inchado de seu futuro cunhado.

– Já não inalou fumaça demais nos últimos dias? – perguntou.

Leo fez uma careta.

– Dê o fora.

– Você parece Merripen – disse Cam. – Aliás, se é que você está interessado, ele talvez esteja morto quando chegarmos a Stony Cross Manor.

– Já vai tarde.

– Eu concordaria com você não fosse o fato de que, ao fazer isso, eu provavelmente estaria do lado errado da discussão. – Cam começou a puxar Leo para cima, mas ele resistiu. – Levante-se, maldito. – Cam o puxou com um grunhido por causa do esforço. – Ou arrastarei você pelos calcanhares.

A forma inchada de Leo vacilou contra ele.

– Estou tentando me levantar – retrucou. – O chão não para de se mexer.

Cam lutou para ajudá-lo a ficar mais firme. Quando finalmente parecia estar mais senhor de si, Leo se lançou pela porta, onde o lacaio aguardava.

– Posso acompanhá-lo até lá embaixo, meu senhor? – perguntou George com educação. Leo respondeu com um aceno rabugento.

– Feche a janela – ordenou uma das mulheres, seu corpo nu estremecendo com a brisa de outono que varreu o aposento.

Cam olhou-a sem emoções. Já havia visto mulheres demais daquele tipo para sentir piedade. Havia milhares delas em Londres – moças do campo de rosto arredondado, bonitas o bastante para atrair a atenção de homens que prometiam, tomavam e as descartavam sem consciência.

– Você devia experimentar um pouco de ar puro – aconselhou, procurando pegar uma coberta jogada sobre o sofá. – Ajuda a pensar com clareza.

– E para que eu preciso disso? – perguntou ela com azedume.

Cam sorriu.

– Bem lembrado. – Ele envolveu com a coberta o corpo branco e trêmulo. – De qualquer maneira... devia respirar fundo. – Ele abaixou-se para bater de leve em seu rosto pálido. – E deixar este lugar enquanto pode. Não perca seu tempo com esses canalhas.

A mulher ergueu os olhos vermelhos, fitando com assombro o homem de cabelos pretos que parecia elegante e belo como um príncipe pirata, usando um cintilante diamante na orelha.

Sua voz queixosa o seguiu quando ele deixou o aposento.

– Volte aqui!

Foram precisos os esforços de Cam e de George para colocar o relutante e resistente Leo dentro da carruagem.

– É como carregar cinco sacos de batata ao mesmo tempo – disse o lacaio, ofegante, empurrando o pé de Leo para dentro do veículo.

– Batatas seriam menos barulhentas – disse Cam.

Ele jogou um soberano de ouro para o lacaio.

George pegou a moeda no ar e abriu um sorriso.

– Obrigado, senhor! E, se me permite dizer, o senhor é um cavalheiro. Mesmo sendo cigano.

O sorriso de Cam ganhou uma nota de cinismo e ele subiu na carruagem depois de Leo. Voltaram para Stony Cross Manor em silêncio.

– Você precisa fazer uma parada? – perguntou Cam no meio da viagem, vendo que o rosto de Leo passava de branco a verde.

Leo balançou a cabeça de forma morosa.

– Não quero conversar.

– Você me deve uma ou duas respostas. Porque, se eu não precisasse passar o dia procurando-o por metade de Hampshire, eu poderia estar na cama... – *Com sua irmã*, ele pensou, mas, em vez disso, falou: – Dormindo.

Aqueles olhos estranhamente claros voltaram-se para ele, da cor do gelo quando a luz azulada do crepúsculo os atravessa. Olhos incomuns. Cam já tinha visto alguém com olhos parecidos, mas não se lembrava de quem nem de quando. Uma lembrança distante pairava fora de seu alcance.

– O que quer saber? – perguntou Leo.

– Por que tem tanta má vontade com Merripen? É por causa de seu humor tão encantador ou pelo fato de ser um rom? Ou porque ele foi recebido por seus pais e criado como um membro da família?

– Nada disso. Desprezo Merripen porque ele recusou a única coisa que lhe pedi.

– O que foi?

– Que me deixasse morrer.

Cam pensou no que aquilo queria dizer.

– Deve estar se referindo à ocasião em que ele cuidou de você, quando estava com escarlatina.

– Sim.

– Você o culpa por ter salvado sua vida?

– Sim.

– Se faz você se sentir melhor – disse Cam, seco, recostando no assento –, tenho certeza de que ele se arrependeu.

Ficaram em silêncio depois disso, enquanto Cam relaxava e deixava a mente viajar. Quando a escuridão caiu e Leo ficou encoberto pelas sombras, os olhos enervantes reluziam, azul-prateados...

... e Cam lembrou.

Foi na infância, quando Cam ainda morava com sua tribo. Havia um homem com um rosto emaciado, olhos brilhantes e sem cor, a alma devastada pela dor causada pela morte de sua filha. A avó de Cam o alertara para que ficasse longe dele.

– É um *muladi* – dissera-lhe ela.

– O que quer dizer, *mami*? – perguntara Cam, segurando ansiosamente sua mão cálida, que era enrugada e dura de uma forma reconfortante, como as raízes que sustentam árvores anciãs.

– Assombrado por um morto. Não se aproxime dele. Ele perturba o equilíbrio dos *Romanija*. Ele amava demais a filha.

Sentindo pena do homem e preocupação, Cam perguntara:

– Eu serei um *muladi* quando você morrer, *mami*?

Tinha certeza de que amava demais a avó.

Um sorriso apareceu nos olhos negros e sábios da avó.

– Não, Cam. Um *muladi* aprisiona o espírito da pessoa amada entre dois mundos, pois não permite que ela parta. Você não faria isso comigo, não é, minha raposinha?

– Não, *mami*.

O homem morrera não muito depois daquela conversa, por suas próprias mãos. Tinha sido um horror e ao mesmo tempo um alívio para toda a tribo.

Agora, enquanto olhava para trás com a compreensão de um adulto e não mais com o olhar de um garoto, Cam sentiu um calafrio de apreensão seguido por uma compaixão ardente. Parecia-lhe impossível abrir mão da mulher amada. Como seria possível deixar de desejá-la? O coração se partiria de tanta dor. Claro que ele desejaria mantê-la a seu lado.

Ou segui-la.

Quando Cam entrou na mansão com o filho pródigo e nada arrependido, Amelia e Beatrix correram em direção aos dois, a primeira franzindo a testa, a segunda, sorridente.

Amelia abriu a boca para dizer alguma coisa para Leo, mas Cam lançou-lhe um olhar e balançou a cabeça, aconselhando-a a ficar em silêncio. Para sua surpresa, ela obedeceu e engoliu as palavras duras. Pegou o casaco de Leo.

– Vou ficar com isso – disse, em um tom contido.

– Obrigado.

Os dois evitaram se olhar.

– Acabamos de jantar – balbuciou Amelia. – O cozido ainda está quente. Quer um pouco?

Leo negou com a cabeça.

Beatrix, sem perceber a tensão no ar, lançou-se sobre Leo e abraçou sua grossa cintura.

– Você ficou fora por muito tempo! Muita coisa aconteceu. Merripen está doente e eu ajudei a preparar uma poção para tratá-lo e... – Ela parou, fazendo uma careta. – Você está cheirando mal. O que...

– Conte-me como fez a poção – disse Leo rispidamente, dirigindo-se para a escada. Beatrix tagarelou sem parar, acompanhando-o.

Cam olhou para Amelia com atenção, sem perder um detalhe. Estava desarrumada, o cabelo caindo nas costas, os olhos cansados. Precisava descansar.

– Obrigada por tê-lo encontrado – disse ela. – Onde ele estava?

– Em uma residência particular, com alguns amigos.

Ela se aproximou dele, fungando.

– Esse cheiro... está nos dois...

– Fumaça de ópio. Seu irmão arranjou um novo vício. Aliás, um vício caro.

– Já não podíamos arcar com os antigos. – Amelia fechou a cara, o pé iniciando as batidas incessantes sob as saias. Era tão pequena, feroz e adorável que Cam mal conseguia se conter antes de agarrá-la, beijando-a até que perdesse os sentidos. – A única razão que me levou a *não* matá-lo agora – prosseguiu Amelia – é porque ele parece entorpecido demais para sentir dor. Mas quando ficar sóbrio, eu vou...

– Como está Merripen? – Cam interrompeu-a, passando a mão com delicadeza de seu ombro até o cotovelo.

As batidas pararam.

– Ainda febril, mas melhor. Win está com ele. Mudamos o cataplasma... A ferida parece um pouco menos horrorosa do que antes. É um bom sinal?

– É um bom sinal.

Seu olhar preocupado examinou-o por inteiro.

– Quer que providencie algo para comer?

Sorridente, Cam balançou a cabeça.

– Não antes de que eu me lave bem. – Havia muitas coisas sobre as quais precisavam conversar, mas tudo podia esperar. – Vá para a cama, *monisha*. Você parece cansada.

– Você também – disse Amelia, na ponta dos pés. Cam ficou imóvel quando ela pressionou os lábios em seu rosto. Uma longa hesitação, e ela perguntou, vacilante: – Vai me procurar hoje à noite?

O convite tímido quase o fez perder o controle. Ali estava uma abertura, um sinal de aceitação, mas ele se importava demais com Amelia para se aproveitar de um momento em que ela se encontrava obviamente cansada.

– Não. – Ele a tomou nos braços. – Você precisa mais de sono do que das minhas carícias e apertos.

Ela corou um pouco e apoiou-se mais nele.

– Não me incomodo com suas carícias e apertos.

Cam riu.

– É um depoimento e tanto em defesa de meus talentos amorosos.

– Venha para mim – sussurrou ela. – Vamos dormir abraçados.

– Beija-flor – respondeu ele, com os lábios esbarrando na testa de Amelia. – Se eu abraçá-la, não confio em mim mesmo. Por isso vamos dormir em camas separadas. – Ele baixou os olhos para vê-la e deu um sorriso. – Mas só hoje.

~

Foi preciso Cam se ensaboar e enxaguar três vezes para tirar o cheiro de ópio da pele e do cabelo. Depois de se secar com a toalha, vestiu um roupão de seda negra e caminhou pelo corredor escuro até seu quarto. Havia uma tempestade lá fora, a chuva e o trovão que vinham do leste açoitavam as janelas e o telhado.

A lareira de seu quarto havia sido reabastecida e emitia luz e calor. Os olhos de Cam franziram de curiosidade quando ele viu uma forma pequena sob a coberta.

A cabeça de Amelia se ergueu do travesseiro.

– Estou com frio – disse ela, como se fosse uma explicação perfeitamente razoável para sua presença.

– Minha cama não é mais quente do que a sua.

Cam aproximou-se dela devagar, tentando não se sentir como um predador, tentando ignorar o calor que havia se acendido em seu sangue. Seu corpo tinha enrijecido sob a seda negra, todos os músculos tensionados em expectativa. Sabia o que ela queria dele e ficaria mais do que feliz em satisfazê-la.

– Ficaria mais quente se você estivesse nela – falou Amelia.

Seu cabelo caía sobre os ombros em ondas negras que iam até os quadris. Sentando-se do lado dela, Cam tocou uma das luminosas mechas, seguiu-a até o bico do seio e depois até a ponta do cabelo. Amelia suspirou, agitada. Ele se perguntou se a cor em seu rosto havia se espalhado para a pele que ele não conseguia ver.

Cam conteve seu intenso desejo e manteve-se imóvel enquanto ela o tocava com dedos hesitantes, acariciando a seda nega que cobria seus ombros. Pondo-se de joelhos, beijou de forma impulsiva a orelha com o brinco de diamante e tocou no cabelo úmido e ligeiramente encaracolado.

– Você não se parece com nenhum homem que conheci – declarou. – Não é sequer alguém com quem eu pudesse ter sonhado. É como um personagem de um conto de fadas escrito em uma linguagem que desconheço.

– O príncipe, espero.

– Não, você é o dragão. Um dragão belo e perverso. – A voz dela ganhou uma nota de tristeza. – Como alguém poderia ter uma vida normal a seu lado?

Cam abraçou-a com força e segurança, e a fez se deitar.

– Talvez você se transforme em uma influência civilizadora para mim. – Ele debruçou-se sobre seus seios, beijando-os sob a camisola. – Ou talvez você passe a gostar do dragão.

Ele encontrou a ponta de seu mamilo, umedeceu o algodão com sua boca, até que a carne delicada se enrijecesse contra sua língua.

– Acho que já gosto.

Ela parecia tão transtornada que ele riu.

– Então fique parada – sussurrou. – Enquanto eu lanço fogo em você.

As mulheres com quem ele havia se deitado no passado nunca usaram aquela espécie de camisola branca tão recatada, que parecia a Cam o traje mais erótico que ele já vira. Tinha dobrinhas intricadas, enfeites de renda e cobria do pescoço até os calcanhares. A forma como jazia sobre ela, como uma camada pálida e crocante de cobertura de bolo, fazia seu coração bater com uma força primitiva. Seguiu seus contornos, procurando seu cheiro, seu calor, através do pano, demorando-se onde ela se agitava ou estremecia. A frente era fechada por uma longa fileira de botões forrados. Ele começou a abri-los enquanto as mãos dela deslizavam indóceis por suas costas cobertas de seda.

Ele a beijou, sua língua em busca da doçura de sua boca. A parte de cima da camisola se abriu, revelando a oscilação de seus seios, a tentadora sombra entre eles. Abaixou a roupa mais e mais, até que os braços dela estavam delicadamente presos e seu peito, exposto. Abaixou a cabeça e tomou o que queria, lambendo um seio enrijecido, brincando com a língua, fazendo-o ficar úmido e ganhando um tom rosa intenso. Amelia respirou fundo, com olhos entreabertos, o corpo se erguendo indefeso, enquanto ele se dirigia para o outro seio.

A respiração de Cam ficou entrecortada quando ele abaixou mais a camisola, liberando seus braços, expondo as curvas dos quadris e da barriga. Estendeu as mãos sobre seu corpo, os dedos e as palmas transmitindo desejo. Beijou seu umbigo, a pele em volta dele sensível às cócegas, o lugar onde os pelos encaracolados começavam.

As pernas dela se esticaram em torno dele, presas sob seu peso. Ele montou seu corpo. Tirou o anel, aquele que ela recusara antes, e mostrou-o para ela.

– Você pode ter o que quer – disse ele. – Mas primeiro coloque-o.

Amelia olhou para o anel.

– Não posso.

– Não vou fazer amor com você se não usá-lo.

– Está sendo ridículo.

– E você está sendo teimosa. – Cam curvou-se sobre ela, apoiando os antebraços na cama, ao lado dela, beijando sua boca zangada. – Só esta noite – sussurrou. – Use meu anel, Amelia, e deixe-me lhe dar prazer.

Beijou seu pescoço, seus quadris esfregando-se nela. Ela ofegou ao senti-lo, duro e intumescido sob a seda negra. Sua boca viajou lentamente até a orelha dela.

– Vou entrar em você, preenchê-la e depois vou segurá-la tranquila e quieta em meus braços. Não vou me mover. Também não vou deixar que você se mova. Esperarei até senti-la pulsando em volta de mim... Não vou parar até que você esteja chorando, tremendo e pedindo mais. E lhe darei o que quiser, pelo tempo que quiser. Aceite o anel, amor. – Sua boca desceu até a dela em um beijo causticante. – Me aceite.

Encaixando-se em sua reentrância macia, ele sentiu o calor atravessar o roupão, umidade e seda esticada, apertada, entre os dois. A mão dela, pequena, tocou a dele, os dedos se abrindo... e ela deixou que ele colocasse o anel em seu dedo.

Cam tirou-lhe toda a roupa e a deixou nua, deitou-a sobre seu roupão despido, a pele de uma brancura atordoante em meio a um lago escuro e cintilante. Ele a beijou por toda parte, na curva de seus cotovelos, na parte de trás dos joelhos, todas as curvas e cavidades do suave território feminino. Ela se agarrou a ele, a boca inocentemente investigando enquanto beijava todas as partes dele que conseguia alcançar.

Ele a beijou entre as coxas, segurando seus quadris enquanto o cheiro dela detonava uma explosão ardente dentro dele. Lambeu-a com suavidade, provocando, chupando com leveza até que ela gemia a cada respiração e insistia que ele subisse, com dedos suplicantes.

Lutando para manter o autocontrole, Cam a penetrou, deslizando profundamente. Ela se mexeu, arqueou-se e quase o enlouqueceu.

– Querida, espere – disse ele, trêmulo, tentando acalmá-la. – Não se mexa. Por favor. Não... – Uma risada saiu de sua garganta, enquanto ela se prendia a ele com desespero. – Fique parada – sussurrou, beijando seus lábios separados. – Segure-me dentro de você. Sinta como seu corpo se prende ao meu.

Respirando com dificuldade, Amelia tentou obedecer. Sua carne pulsava, indefesa, em volta da rigidez invasiva. Cam fez com que os dois esperassem, com corpos tensos e suados, enquanto se concentravam naquele aperto sutil e sedutor. Finalmente, começou a se mexer, usando seu corpo para lhe dar prazer. Ele fez amor com ela, afundando-se em uma insondável e sombria delícia, e foi inundado por uma sensação de completude que nunca conhecera antes.

Ela o envolvia em suavidade e calor, deixando que se banqueteasse com beijos enquanto matinha o ritmo quente e veloz, acariciando-a por dentro e por fora. Ele olhou para baixo com olhos cheios de prazer para ver seu rosto tão carinhosamente acomodado em suas mãos e sussurrou em romani:

– Sou seu.

Viu os olhos dela se fecharem em uma doce e temporária cegueira de êxtase, sentiu o mesmo eco dentro de si, ondas que batiam cada vez mais fortes até que o mundo se incendiasse.

Depois, os dois se deitaram lado a lado como sobreviventes de um naufrágio, atordoados pela passagem de uma tempestade. Quando Cam conseguiu reunir forças suficientes para se mexer – o que demorou um pouco –, rolou para o lado e aconchegou-se junto ao pescoço de Amelia.

Amelia tateou em busca do anel e começou a puxá-lo e a torcê-lo.

– Voltou a ficar preso.

Parecia decepcionada.

Cam prendeu seu punho e abaixou a cabeça, tomando o dedo em sua boca. Ela soltou uma exclamação enquanto a língua dele se agitava junto à base, molhando-a. Com delicadeza, ele usou os dentes para retirar o aro dourado. Prendendo o anel entre seus dentes, ele o devolveu a seu próprio dedo. A mão dela, agora despida, mexeu-se como se sentisse despojada e ela o olhou com ar de insegurança.

– Você vai se acostumar a usá-lo. – Cam levou a mão até a barriga dela. – Vamos deixar que você o experimente por alguns minutos de cada vez. Como se faz para que um cavalo se acostume ao uso da sela. – Ele sorriu ao ver sua expressão.

Puxando as cobertas sobre eles, Cam prosseguiu com as carícias. Amelia suspirou, acomodando-se em seu ombro e bíceps.

– Aliás – murmurou ele –, os talheres voltaram para o armário das pratarias.

– Voltaram? – perguntou ela, meio tonta. – Como... o que...

– Tive uma conversa com Beatrix enquanto esmagávamos as abelhas. Ela me falou de seu problema. Concordamos em encontrar novos hobbies para mantê-la ocupada. Para começar, vou ensiná-la a montar. Disse que mal sabe como fazê-lo.

– Não houve muitas oportunidades, com todos os outros... – Amelia começou a se defender.

– Psiu... Sei disso, beija-flor. Você fez mais do que o suficiente, ao manter todos unidos e em segurança. Agora é sua vez de receber alguma ajuda. – Ele a beijou com delicadeza. – Sua vez de ter alguém que a mantenha em segurança.

– Mas não quero que você...

– Vá dormir – sussurrou Cam. – Vamos voltar a discutir pela manhã. Por ora, amor... sonhe com alguma coisa boa.

Amelia dormiu um sono profundo, sonhando que descansava no ninho de um dragão, abrigada sob sua asa rija e quente, enquanto ele lançava fogo sobre tudo e todos que ousassem se aproximar. Estava vagamente consciente de que Cam deixava a cama no meio da noite, vestindo suas roupas.

– Aonde você vai? – balbuciou.

– Vou ver Merripen.

Ela sabia que devia ir com ele – estava preocupada com Merripen –, mas quando tentou se sentar, estava tonta de exaustão, e entorpecida.

Cam fez com que ela voltasse para debaixo das cobertas. Voltou a dormir, mexendo-se apenas quando ele voltou para se estender ao lado dela e enlaçá-la.

– Ele está melhor? – sussurrou.

– Ainda não. Mas não piorou. Isso é bom. Agora feche os olhos...

E ele a fez voltar a dormir.

Merripen despertou em um quarto escuro, a única luminosidade vinha de um espaço de um centímetro entre as cortinas fechadas. Aquela única fresta brilhava com a brancura do meio-dia.

Sua cabeça doía intensamente. A língua parecia ter o dobro do tamanho normal, seca e inchada. Os ossos estavam doloridos, assim como sua pele. Até os cílios doíam. De fato, estranhamente tudo doía, exceto seu ombro ferido, que ardia com um calor quase agradável.

Tentou se mexer. No mesmo instante, alguém se aproximou dele.

Win. Fresca, frágil, com um perfume doce, um lindo espírito na escuridão. Sem falar, sentou-se ao lado dele, levantou sua cabeça e deu-lhe pequenos goles de água até que sua boca estivesse suficientemente úmida para que pudesse falar.

Então ele não havia morrido. E se não havia morrido até aquele momento, provavelmente não morreria mais. Não estava certo sobre o que pensava sobre aquilo. Seu habitual apetite pela vida tinha sido substituído por uma melancolia arrasadora. Devia ser um subproduto da morfina.

Ainda segurando a cabeça de Merripen, Win passou os dedos por seu cabelo sujo e embaraçado. O leve arranhar da ponta de suas unhas sobre seu crânio desencadeou calafrios de prazer que atravessavam seu corpo dolorido. Mas ele estava tão escandalizado com sua sujeira, para não mencionar sua posição indefesa, que afastou a mão delicada com irritação.

– Devo estar no inferno – resmungou.

Win sorriu para ele com um carinho que ele considerou insuportável.

– Você não me veria no inferno, não é?

– Na minha versão, sim.

O sorriso dela ficou intrigado, desapareceu e ela pousou sua cabeça cuidadosamente na cama.

Win seria um importante personagem no inferno de Merripen. A dor mais profunda, mais visceral que ele já experimentara era causada por ela – a agonia de desejar e nunca possuir, de amar e nunca conhecer o amor. E agora parecia que ele iria suportar mais dessa dor. O que teria feito com que ele a odiasse, se não a adorasse tanto.

Win debruçou-se sobre ele e tocou o curativo no ombro, começando a soltar a ponta.

– Não – disse Merripen, em tom áspero, afastando-se dela.

Estava nu sob as cobertas, fedendo a suor e a medicamentos. Um monstro imenso e grosseiro. E pior ainda, perigosamente vulnerável. Se ela continuasse a tocá-lo, a cuidar dele, suas defesas seriam destroçadas e só Deus saberia o que ele seria capaz de dizer ou de fazer. Precisava que ela se afastasse o máximo possível.

– Kev – disse ela, num tom muito cuidadoso que o enlouquecia mais ainda.

– Quero ver a ferida. Está quase na hora de trocar o cataplasma. Se você ficar deitado quieto e me deixar...

– Você não.

Deitar quieto. Como se aquilo fosse possível, com a ereção que despertara no momento em que ela o tocara. Ele não era nada além de um animal, querendo-a desse jeito mesmo quando estava doente, imundo e ainda sob o efeito da morfina... mesmo sabendo que fazer amor com Win seria assinar uma sentença de morte para ela. Se fosse um homem dado a orações, teria implorado aos céus que nunca permitissem que Win soubesse como se sentia e a desejava.

Passou-se um longo momento antes que Win perguntasse em um tom de voz absolutamente normal:

– Quem você gostaria que cuidasse do curativo?

– Qualquer um. – Merripen manteve os olhos fechados. – Menos você.

Ele não tinha ideia do que se passava na cabeça de Win, enquanto o silêncio se tornava pesado e prolongado. Suas orelhas captaram o farfalhar de suas saias. Pensar no tecido se movendo e girando em torno de suas pernas esguias eriçou todos os pelos de seu corpo.

– Tudo bem – disse ela com naturalidade, ao alcançar a porta. – Mandarei outra pessoa assim que possível.

Merripen pôs a mão no lugar do colchão onde ela se sentara, os dedos bem abertos. E lutou para fechar seu coração, que continha segredos demais e, portanto, nunca poderia ficar completamente trancado.

Ao descer a enorme escadaria com cuidado, Win viu que Cam Rohan se aproximava. Sentiu um embrulho no estômago. Win sempre se sentia um pouco agitada perto de homens desconhecidos e não tinha muita certeza do que pensar sobre aquele. Rohan assumira uma posição de influência sobre sua família com uma velocidade atordoante. Tinha roubado o coração de sua irmã mais velha com tal habilidade que ela mesma nem parecia ter percebido.

Como Merripen, Rohan era um macho grande e viril. E como Merripen, era um rom, mas parecia estar bem mais à vontade com isso, mais à vontade em ser quem era. Rohan era educado e simpático, enquanto Merripen era taciturno e cheio de segredos. Mas apesar de todo o encanto de Rohan, havia uma aura de perigo em torno dele, uma sensação de que ele conhecia um lado da vida a que os protegidos Hathaways jamais haviam sido expostos.

Era um homem que guardava segredos... como Merripen. Aquelas tatuagens idênticas tinham feito Win se perguntar qual seria a ligação entre os dois. E ela pensou que talvez soubesse qual era, mesmo quando nenhum dos dois sabia.

Ela parou com um sorriso tímido quando se encontraram na escada.

– Sr. Rohan.

– Srta. Winnifred.

O olhar dourado e imperturbável de Rohan examinou seu rosto pálido. Ela ainda estava transtornada por conta de seu encontro com Merripen. Sentia o sangue queimando o alto de seu rosto.

– Vejo que ele está acordado – disse Rohan, lendo sua expressão de uma forma excessivamente precisa.

– Está zangado comigo por tê-lo enganado e feito com que bebesse chá com morfina.

– Suspeito que ele perdoaria qualquer ato seu – respondeu Rohan.

Win apoiou a mão no corrimão e olhou para baixo, ausente. Tinha a curiosa sensação de querer, de precisar se comunicar com aquele desconhecido amigável, e não tinha ideia do que queria dizer.

Rohan esperou em um silêncio compreensivo, sem demonstrar pressa de ir a qualquer lugar. Ela gostou de sua companhia. Depois de conviver por tanto tempo com os modos bruscos de Merripen e a autodestruição de Leo, ela achou que era muito bom estar na presença de um homem tão equilibrado.

– Você salvou a vida de Merripen – arriscou-se. – Ele vai ficar bem.

Rohan observou-a com atenção.

– Você gosta dele.

– Ah, sim, todos nós gostamos. – Win disse de um modo rápido demais e calou-se.

As palavras se juntaram e voaram dentro dela, como se tivessem asas, o esforço para contê-las era exaustivo. De repente, estava com os olhos úmidos de frustração, desolação, pensando no homem no andar de cima e na distância intransponível que sempre existira entre eles.

– Também quero que melhore – falou. – Quero... quero... – Ela fechou a boca e pensou: *Meu Deus, o que ele deve estar achando de mim?* Sentindo desgosto por sua perda de controle, ela passou a mão no rosto e esfregou as têmporas.

Mas Rohan parecia compreender. E não havia piedade em seu olhar. A honestidade em sua voz a reconfortou bastante.

– Acho que vai melhorar, irmãzinha.

Ela balançou a cabeça, confessando:

– Quero tanto. Tenho medo de ter esperanças.

– Nunca tenha medo de ter esperanças – disse Rohan com delicadeza. – É a única forma de começar.

CAPÍTULO 21

Amelia não conseguiu entender como pôde dormir até depois do almoço. Só poderia atribuir aquilo a Cam, cuja mera presença na casa fazia com que ela se sentisse relaxada. Era como se sua mente tivesse transferido todas as preocupações e aflições para ele, deixando que ela dormisse como um bebê.

Ela não gostou disso.

Não queria depender dele. Ao mesmo tempo, parecia não ser capaz de impedir que isso acontecesse.

Arrumou-se com elegância, com um vestido cor de chocolate com detalhes em veludo cor-de-rosa, e foi visitar Merripen, cujo mau humor não diminuiu a alegria dela diante de sua recuperação.

Ao descer, foi informada pela governanta que uma dupla de cavalheiros acabara de chegar de Londres e que o Sr. Rohan estava com eles na biblioteca. Amelia presumiu que um deles seria o construtor chamado por Cam. Curiosa com os visitantes, foi para a biblioteca e parou à entrada.

As vozes masculinas se calaram. Havia homens reunidos em torno da mesa, dois sentados, um deles casualmente apoiado nela e outro – Leo – à espreita em um canto. Todos se ergueram, à exceção de Leo, que apenas mudou de posição na cadeira, como se a cortesia fosse lhe consumir esforço demais para merecer sua atenção.

Cam estava vestido com sua elegância descuidada de sempre, roupas bem cortadas, mas uma evidente falta de gravata. Ao se aproximar de Amelia, tomou uma de suas mãos. Ergueu-a até os lábios e deu um beijo demorado na parte de trás dos dedos em um gesto territorial que ninguém ali poderia ignorar.

– Srta. Hathaway. – O tom de Cam era educado, embora um brilho maroto dançasse em seu olhar. – Chegou no momento perfeito. Alguns cavalheiros vieram discutir a restauração de Ramsay House. Permita que eu os apresente.

Amelia trocou reverências com os homens: um mestre construtor chamado John Dashiell, que parecia estar no final da casa dos 30 anos, e seu assistente, o

Sr. Francis Barksby. Dashiell tinha conquistado uma reputação impecável ao construir o Rutledge Hotel muitos anos antes e em seguida cuidar de projetos particulares e públicos por toda a Inglaterra. Ele e seu irmão estabeleceram uma firma próspera com o conceito relativamente novo de contratar todos os seus encarregados, em vez de lidar com trabalhadores e artesãos temporários. Ao concentrar seus funcionários sob o mesmo teto, Dashiell mantinha um raro grau de controle sobre os projetos.

Dashiell era um homem grandalhão, vigorosamente atraente, com um sorriso sempre pronto para surgir. Era fácil imaginá-lo em seus primeiros tempos, como um aprendiz de carpinteiro, com o martelo na mão.

– Um prazer, Srta. Hathaway. Lamento ouvir sobre o incêndio de Ramsay House, mas fico feliz que todos conseguiram escapar com vida. Muitas famílias não são tão afortunadas.

Ela assentiu.

– Obrigada, senhor. Somos gratos por contar com seu conhecimento e suas opiniões para descobrir o que pode ser feito com a casa.

– Farei o melhor possível – ele prometeu.

– Sr. Dashiell, o senhor conta com um arquiteto em sua firma?

– Por acaso, meu irmão tem grandes conhecimentos de projeto arquitetônico. Mas ele anda bastante ocupado com trabalhos em Londres. Estamos em busca de um segundo arquiteto para lidar com o excesso de trabalho. – Ele lançou um rápido olhar para Leo e voltou-se para Amelia. – Espero persuadir lorde Ramsay a nos acompanhar até a propriedade. Ficaria feliz em ouvir suas opiniões.

– Desisti de ter opiniões – disse Leo. – Quase ninguém concorda com elas e, quando alguém concorda, é prova de que essa pessoa não tem juízo.

Mas, de alguma forma, por uma espécie de truque verbal, Cam conseguiu convencer Leo a acompanhá-los até Ramsay House. Mais tarde, naquele mesmo dia, Cam descreveu para Amelia, em particular, a forma como Leo resmungara e demonstrara mau humor durante a maior parte da visita, enquanto o Sr. Dashiell tomava notas e fazia desenhos. Mas havia momentos em que Leo parecera incapaz de resistir aos comentários sobre sua aversão aos enfeites e adornos barrocos e de como a casa deveria ser projetada com simetria e proporção.

– Mencionou para o Sr. Dashiell que o Sr. Frost encontra-se no momento em Hampshire? – perguntou Amelia.

Caminhavam lentamente por uma trilha que conduzia ao bosque, o sol avermelhando-se com o entardecer. Uma brisa intensa fazia com que as folhas voassem e se arrastassem pelo chão. Cam diminuiu o passo para acompanhar o ritmo de Amelia. Ela retirou uma de suas luvas e a depositou em seu bolso, mantendo a mão nua na dele.

– Não – respondeu. – Não mencionei. Por que deveria?

– Pois bem, o Sr. Frost é um arquiteto muito talentoso e, como amigo da família, ele se ofereceu a nos beneficiar com seus conhecimentos...

– Ele não é um amigo da família – disse Cam imediatamente. – E não precisamos de seus conhecimentos. De jeito nenhum ele vai ter qualquer relação com Ramsay House.

– Ele quer se desculpar. Foi muito gentil em oferecer seus serviços, se precisarmos...

– *Quando*?

Desconcertada com seu tom de voz, com a palavra veloz e intensa como um tiro de fuzil, Amelia piscou.

– Quando o quê?

Cam parou e virou-a para que pudesse olhá-lo. Seu rosto estava severo.

– Quando ele ofereceu seus malditos serviços?

– Ele veio fazer uma visita enquanto você estava fora. – Como nunca tinha visto aquele tipo de manifestação da parte dele, Amelia afastou-lhe as mãos, que agarravam seus ombros com mais força do que seria confortável. – Só queria oferecer ajuda.

– Se você acredita que era tudo o que ele queria, é mais ingênua do que eu supunha.

– *Não* sou ingênua – disse ela, indignada. – E não há motivos para ciúmes. Nada impróprio foi dito ou feito.

Os olhos dele continham um calor perigoso.

– Você ficou sozinha com ele?

Amelia ficou surpresa com sua intensidade. Nenhum homem jamais a quisera com tal fúria possessiva. Ela não sabia ao certo se se sentia lisonjeada, irritada ou alarmada. Ou talvez as três coisas.

– Sim, ficamos sozinhos – disse ela. – Com a porta aberta. Tudo muito convencional.

– Para os *gadje*, talvez seja assim. Mas não para os rons.

Ele ergueu-a até que todo o seu peso ficou equilibrado precariamente na ponta dos pés.

– Você nunca mais vai ficar sozinha com ele nem com nenhum outro homem, a não ser seu irmão e Merripen. A menos que eu lhe dê permissão.

Amelia ficou boquiaberta.

– *Permissão?*

– Nunca – respondeu ele, sombrio.

Aquilo mexeu com o temperamento de Amelia, mas ela conseguiu manter a firmeza na voz.

– Veja só! É por *isso* que não vou me casar com você. Não receberei ordens. Não...

Cam abaixou a cabeça e silenciou-a com sua boca, agarrando seu cabelo com a mão enquanto ela tentava afastar o rosto. Amelia sentiu a pressão abrir seus lábios, sentiu que ele se aprofundava e sua vontade de resistir foi reduzida por uma onda de prazer. Como não tinha esperanças de se libertar, ela tentou permanecer fria e imóvel sob aquele ataque apaixonado. Percebendo a falta de reação dela, ele ergueu a cabeça e lançou-lhe um olhar furioso.

Amelia retribuiu.

– Não é a sua casa, e eu não sou sua...

Ele voltou a beijá-la, segurando sua cabeça nas mãos, concentrando-se em sua boca até que ela sentiu o corpo inteiro pulsar. Gemeu e fraquejou contra ele. Resmungando em romani, ele a puxou para o tronco da maior faia, com uma casca lisa e cinzenta cheia de nós e marcas do tempo. Os galhos cediam a seu próprio peso, até tocarem o chão, e então subiam de novo, como se a árvore fosse um gigante preguiçoso descansando sobre cotovelos anciãos.

Desamarrando as fitas do chapéu de Amelia, Cam lançou-o ao chão. Sua boca cobriu a dela, a língua explorando-a por dentro em manobras ásperas e deliciosas. Ele a jogou contra o tronco da árvore, no lugar onde um grande galho se afastava como uma volumosa viga e enfiou o joelho em suas saias para mantê-la ali. Cascas de castanhas estalavam sob seus pés a cada oscilação de seus corpos. A cada beijo, Cam encontrava um novo ângulo, um sabor mais profundo, deliciando-se com sua boca com uma sensualidade desavergonhada.

As folhas de ouro pálido se confundiam sobre eles.

– Cam, não – sussurrou Amelia enquanto seus lábios desciam até seu pescoço.

Ignorando-a, ele abriu a frente de seu corpete e o desamarrou com uma rudeza que a fez ofegar. Ele se debruçou sobre um mamilo fresco, duro, aquecendo-o com sua boca, mordiscando suavemente a ponta.

– Aqui não – Amelia conseguiu dizer.

Cam beijou-a, subindo pela rígida coluna de seu pescoço.

– Aqui – disse ele com a voz rouca. – Onde não somos diferentes de nenhuma criatura selvagem.

Tomando sua mão, ele a levou até a rigidez tensa de seu sexo. Seus olhos estavam semicerrados, enquanto ela sentia o volume do desejo dele, mesmo sob o tecido das calças. E ela percebeu que o queria tanto que estava até tremendo. Seus dedos trabalharam, atrapalhados, enquanto ele levantava suas saias.

Ele puxou as fitas de suas calçolas, soltando-as, até que a peça caiu na altura de seus joelhos. A mão dele deslizou com insistência entre suas coxas, afastando-as. Ele tocou dentro dela, seduzindo-a com carícias insuportavelmente íntimas. Retirando-se, usou a ponta de um dedo para fazer círculos escorregadios e suaves sobre o botão sensível. Beijou-a e sussurrou contra sua boca, apertando o braço em torno do corpo dela, que se contorcia.

O vento fazia com que os galhos da árvore se agitassem, as folhas caindo em alvoroço. A noite chegava, infiltrando-se em meio às árvores. Cam virou Amelia, obrigando-a a descer até que a frente de seu corpo estivesse apoiada no gigantesco galho da faia, e as mãos, uma enluvada e a outra despida, agarravam-se ao tronco. Ele levantou suas saias, amontoou-as na altura da cintura e pôs as palmas das mãos sobre seus quadris.

A ponta de seu membro esbarrou na entrada úmida do corpo dela. Amelia não conseguiu deixar de erguer os quadris, convidando-o. Entregou-se à pressão acetinada enquanto ele segurava seu sexo e o usava para provocá-la, fazendo círculos, esbarrando, entrando rapidamente e recuando, e tudo o que ela podia fazer era esperar, trêmula, com a cabeça abaixada. Ela não ousava falar, por medo de gritar como uma das criaturas selvagens que ele mencionara. Mas soltou um gemido quando ele enfim a invadiu com uma investida agressiva e demorada, preenchendo-a por completo.

A mão de Cam deslizou para sua frente, entre as coxas, e ele brincou com ela enquanto fazia investidas firmes, arrancando espasmos de um prazer cáustico. Ela sentiu a fome selvagem dentro dele, mas ele a continha por ela, para seu prazer, e seu corpo reagiu com convulsões violentas e pulsantes. Soltando um gemido, ele forçou o membro rígido contra a pele macia de suas nádegas, derramando um fluido quente.

Amelia queria que ele entrasse nela. Queria empurrá-lo o mais fundo possível naquele momento final. Em vez disso, manteve-se passiva sobre a faia. As pernas estavam tão fracas que ela duvidava que seriam capazes de levá-la de volta até a mansão. Cam devolveu-lhe as roupas lentamente, suas mãos fortes erguendo-a da árvore. Apertando-a contra si, ele cochichou alguma coisa incompreensível junto a seu cabelo. Outro feitiço para aprisioná-la, pensou, confusa, o rosto apertado contra seu peito firme e liso.

– Você está falando em romani – balbuciou.

Cam mudou o idioma:

– Amelia, eu... – Ele parou, como se as palavras certas lhe fugissem. – Não consigo deixar de sentir ciúmes, da mesma forma que não consigo deixar de ser meio rom. Mas vou tentar não ser autoritário. Diga apenas que será minha esposa.

– Por favor – murmurou Amelia, ainda fora de si. – Deixe-me responder mais tarde. Quando puder pensar com clareza.

– Você pensa demais. – Ele beijou o alto de sua cabeça. – Não posso lhe prometer uma vida perfeita. Mas posso prometer que, aconteça o que acontecer, eu lhe darei tudo o que tenho. Ficaremos juntos. Você dentro de mim... eu dentro de você. – Ele segurou-a com força e suspirou. – Tudo bem. Responda-me depois. Mas lembre-se... a paciência de um dragão tem limites.

O Sr. Dashiell e seu assistente permaneceram em Hampshire por mais um dia, visitando Ramsay House para fazer mais desenhos da estrutura e das terras ao redor. O assistente, o Sr. Barksby, faria medições preliminares e juntaria informações. Convidada por Dashiell, Amelia foi com eles, feliz por ter a oportunidade de acompanhar seu trabalho.

Cam, nesse meio-tempo, foi obrigado a permanecer na mansão para se encontrar com um administrador da propriedade, o Sr. Gerald Pym. O administrador trabalhava para um escritório de Portsmouth que mantinha um longo contrato para supervisionar Ramsay House. Pym fora enviado às pressas depois das notícias do incêndio para preparar um relatório inicial dos danos e avaliar a situação. Aluguéis, contratos e melhorias da propriedade estariam em discussão, bem como a contratação do trabalho de John Dashiell. Muito deveria ser decidido a curto prazo, para impedir que os poucos arrendatários de Ramsay debandassem. Com alguma sorte e boa administração, no futuro mais arrendatários poderiam ser atraídos para a propriedade, fornecendo a renda de que os Hathaways tanto precisavam.

Tudo isso dependia, é claro, de quanto tempo Leo permaneceria vivo.

Como a reunião com o Sr. Pym era responsabilidade do atual lorde Ramsay, Cam obrigou Leo a comparecer ao encontro em sua companhia. Não porque Leo teria algo de sensato a dar como contribuição, mas apenas como um gesto simbólico.

– Além do mais – dissera Cam a Amelia, sombrio –, se é preciso que eu me entedie com conversas fúteis sobre assuntos *gadje*, não há motivo para poupar Leo. – Ele lançara um olhar possessivo sobre ela, admirando o vestido verde de passeio e a capa negra adornada por peles. – Eu não deveria deixar você ir com Dashiell e Barksby – falou. – Você será a única mulher por lá. Não gosto disso.

– Ah, é tudo muito respeitável. Os dois são cavalheiros e eu sou...

– Comprometida – disse ele, seco. – Comigo.

O coração de Amelia bateu um pouco mais depressa.

– Sim, eu sei – admitiu, sem olhar para ele.

A pequena concessão pareceu agradá-lo. Ele fechou a porta com o pé e usou mãos inconvenientes para apalpá-la sob a capa. Beijou-a como se ela fosse o ar que ele respirava. Beijos ferozes, duros, provocantemente planejados, suaves e sedutores, beijos para acender fogueiras, iluminar o céu e manter as estrelas em seu lugar.

Quando Cam enfim parou e se afastou dela para deixar que a porta se abrisse, ele disse algumas palavras ao pé de seu ouvido, antes que ela fugisse. As palavras penetraram-lhe nos ossos.

– Hoje à noite.

Caminhando em torno da fachada destruída de Ramsay House, Amelia conversava animadamente com John Dashiell, fazendo perguntas sobre seus projetos anteriores, suas ambições e se havia dificuldades em trabalhar com um irmão.

– Temos conflitos com frequência – respondeu Dashiell, franzindo os olhos sob o sol da tarde. Um sorriso iluminou seu rosto. – Nós dois detestamos ceder. Acuso-o de querer tudo do seu jeito e ele me acusa de ser arrogante. O lamentável é que os dois estão certos.

Amelia riu.

– Mas fazem seu trabalho.

– Sim, somos inspirados a fazer concessões pela necessidade de pagar as contas. Aqui, pegue meu braço. O chão é irregular.

Seu braço era firme sob a mão enluvada de Amelia. Ela sentiu que gostava dele.

– Fico muito feliz que tenha vindo para Hampshire, Sr. Dashiell. Sei que lorde Ramsay aprecia o que está fazendo por ele.

– Será?

– Ah, claro que sim. Tenho certeza de que ele lhe diria isso, se não tivesse com tantas coisas na cabeça nos últimos tempos.

– Eu fui apresentado a ele no passado, para falar a verdade – disse Dashiell.

– Há dois anos, quando ainda estava ligado a Rowland Temple. Embora seu irmão não pareça se lembrar do encontro, fiquei muito impressionado com ele na época. Era agradável, simpático e cheio de planos.

Amelia baixou o olhar.

– Tenho certeza de que ele está muito mudado desde a última vez em que o viu.

– Parece ser um homem completamente diferente.

– Ainda não se recuperou da morte da noiva. – A voz de Amelia transformou-se quase em um sussurro, enquanto ela confidenciava. – Às vezes, temo que ele nunca vá se recuperar.

Dashiell parou e virou-a para que pudesse olhá-lo. Havia compaixão em seu olhar.

– Ah, temo que seja esse o preço do amor: a dor que se sofre com sua perda. Não estou convencido de que valha a pena. Talvez, se a pessoa resolve amar, deva usar de moderação.

Aquilo parecia sensato. Mas quando Amelia abriu a boca para concordar, as palavras ficaram presas a sua garganta. E o que finalmente saiu foi um riso vacilante.

– A moderação no amor – pensou ela em voz alta. – Não é algo que inspiraria um poeta, não é?

– A visão de um poeta sobre o mundo tornaria a vida bem pouco confortável, não? Todos à mercê de suas paixões, todos nós arrancando os cabelos em nome do amor...

– Ou fugindo à meia-noite – disse Amelia –, para viver sonhos e fantasias...

– Exatamente. Tudo que é preciso para produzir um desastre.

– Ou um romance – disse ela, esperando que ele não reparasse na pequena falha em sua voz.

– Palavras dignas de uma mulher.

Amelia riu.

– Sim, Sr. Dashiell. Confessarei que não sou imune à ideia de um romance. Espero que isso não prejudique a opinião que tem de mim.

– De forma alguma. Aliás... – Sua voz ficou mais suave. – Espero que possa visitá-la enquanto o trabalho em Ramsay House estiver em andamento. Apreciaria muito a companhia de uma mulher tão encantadora e bela, com uma disposição tão sensata.

– Obrigada – disse Amelia, corando.

Mas, ao fitar o cavalheiro bem-vestido diante dela, sua mente evocou a imagem de um rosto belo, com olhos dourados e perversos e a boca de um anjo caído, a silhueta de sua cabeça contra o céu tomado pelas estrelas da meia--noite. Exótico, imprevisível, um homem que nunca seria domado.

Você dentro de mim, eu dentro de você...

– Eu também apreciaria muito sua companhia, senhor – disse. E corou ao acrescentar: – Mas o senhor deve saber que tenho um entendimento com o Sr. Rohan.

Por sorte, seu companheiro captou com rapidez o significado daquelas palavras. Não pareceu surpreso.

– Temi que fosse esse o caso. Não pude deixar de reparar na consideração que Rohan demonstra à senhorita. Dá uma impressão bem clara de querê-la só para si. – Dashiell sorriu com tristeza. – Ninguém poderia culpá-lo.

Lisonjeada, sem saber bem como responder, Amelia voltou sua atenção para a casa. Não estava acostumada a ouvir tais elogios de homens. Seu olhar acompanhou o telhado irregular. A casa parecia tão arrasada, tão cansada, as janelas como feridas na lateral de uma fera abatida. As janelas... ela viu movimento em uma delas, um reluzir, algo que parecia um emaranhado de raios de lua e sombras.

Um rosto.

Ela deve ter emitido algum som, pois o Sr. Dashiell a encarou com atenção e seu olhar seguiu o dela até a casa.

– O que é? – perguntou-lhe de imediato.

– Pensei... – Ela pegou-se segurando uma dobra da manga dele como uma criança assustada. Seus pensamentos eram um caos. – Pensei ter visto alguém na janela.

– Talvez fosse Barksby.

Mas o Sr. Barksby estava contornando um dos cantos da casa e o rosto aparecera em uma janela do segundo andar.

– Devo dar uma olhada? – perguntou Dashiell em voz baixa, franzindo a testa com preocupação.

– Não – respondeu Amelia imediatamente, conseguindo produzir um sorriso forçado. Soltou sua manga. – Deve ter sido uma cortina. Tenho certeza de que não há ninguém lá.

Depois que Dashiell e o Sr. Barksby partiram para Londres, Cam voltou para o escritório com o Sr. Pym para discutir os últimos detalhes dos negócios. Após aguentar o suficiente sobre os assuntos da propriedade, Leo abandonou toda a aparência de interesse nas preocupações do Sr. Pym e desapareceu em seu quarto. Embora Cam tivesse assegurado a Amelia, com cinismo, que ela seria bem-vinda à reunião, ela se apressou a recusar, suspeitando que não seria capaz de suportar a conversa tediosa com mais graça do que seu irmão.

Em vez disso, foi procurar Win.

A irmã estava na sala de estar particular da família, no andar de cima, encolhida a um canto do sofá com um livro no colo. Win virou uma página sem parecer lê-la, erguendo os olhos com alívio quando Amelia se aproximou.

– Passei o dia querendo falar com você. – Win moveu os pés para dar lugar a Amelia. – Você pareceu tão dispersa depois da visita a Ramsay House. Foi por causa da casa?... Ficou melancólica? Ou foi o Sr. Dashiell? Ele tentou flertar com você?

– Céus! – exclamou Amelia, com uma gargalhada desconcertada. – O que a faz pensar que ele flertaria comigo?

Win sorriu e deu de ombros.

– Ele parece muito encantado com você.

– Ora essa!

O sorriso de Win aumentou até lembrar sua disposição maliciosa, dos dias anteriores à escarlatina.

– Você só diz "ora essa" porque está com o Sr. Rohan na coleira.

Os olhos de Amelia se arregalaram e ela olhou em volta como se tivesse medo de que alguém ouvisse a conversa.

– Fale baixo, Win! Não tenho ninguém na coleira. Que expressão horrível. Não posso acreditar...

– Encare a realidade – disse Win, divertindo-se com o desconforto da irmã. – Você se transformou em uma mulher fatal.

Amelia revirou os olhos.

– Continue a rir de mim e eu não lhe direi o que aconteceu durante a visita a Ramsay House.

– O quê? Puxa, conte-me, Amelia. Estou quase morrendo de tédio.

Amelia achou difícil falar casualmente sobre o assunto. Engoliu em seco.

– Sinto-me louca por dizer isso. Mas... quando eu estava caminhando com o Sr. Dashiell e olhando a casa, vi um rosto em uma das janelas do andar de cima.

– Alguém estava lá dentro? – perguntou Win num fraco sussurro. Esticou o braço e segurou os dedos gelados de Amelia.

– Não era uma pessoa... era Laura.

– Nossa! – A palavra saiu como um simples sopro de som.

– Sei que é difícil de acreditar...

– Não, não é. Lembre-se, eu vi o rosto dela naquela projeção com a lanterna mágica, na noite do incêndio. E... – Win hesitou, os dedos brancos e finos mexendo sobre a parte de trás da mão de Amelia. – Por ter estado tão perto da morte, acho fácil acreditar que tais aparições possam ser reais.

O silêncio era frio e tenso. Amelia esforçou-se para ser racional, para entender coisas impossíveis. Falou com grande dificuldade:

– Então você acha que Laura está assombrando Leo?

– Se estiver – sussurrou Win –, acho que é por amor.

– Acho que ele está enlouquecendo por causa disso. – Diante do silêncio de Win, da falta de discordância, Amelia disse com desespero: – Como podemos impedir que isso aconteça?

– Não podemos. Leo é o único que pode fazer alguma coisa.

Irritada, Amelia afastou a mão.

– Perdoe-me se não consigo ser fatalista em relação a isso. Algo precisa ser feito.

– Então faça alguma coisa – disse Win com frieza –, se está disposta a arriscar-se a se perder de vez.

Amelia deu um salto do sofá e lançou-lhe um olhar zangado. Em nome de Deus, o que Win esperava dela? Ficar sem fazer nada, impassível, enquanto Leo se destruía?

O cansaço amorteceu a vibração da raiva. Estava cansada de tudo, de pensar, de se preocupar, de temer e de não conseguir nada além da ingratidão de seus irmãos.

– Dane-se a família – disse em tom áspero e partiu antes que pronunciasse palavras ainda mais duras.

Amelia abdicou do jantar e foi para o quarto, deitando-se com todas as roupas. Fitou o teto até que o cômodo ficou bem escuro, o sol se extinguira e o ar se tornou estagnado e fresco. Fechou os olhos e, quando tornou a abri-los, o quarto estava tomado por uma escuridão impenetrável. Havia movimentos em torno dela, a seu lado, e ela se levantou e estendeu a mão. Encontrou carne humana cálida, um braço coberto por pelos e um pulso forte.

– Cam – sussurrou.

Relaxando, ela sentiu o aro dourado na base do polegar dele.

Cam não disse uma palavra. Despiu-a lentamente, uma peça de roupa de cada vez, e ela aceitou suas ações com um silêncio saído de um sonho. O sentimento de perturbação em seu peito foi aliviado, enquanto as sensações assomavam e floresciam.

Ele encontrou sua boca e a lambeu até que ela se abriu, beijando-a por completo. Ela ergueu os braços para o homem moreno e deslumbrante sobre ela, cuja força pulsante a cobria. A cada respiração, o peito dele escorregava contra as pontas enrijecidas de seus seios, a leve fricção provocando gritos emudecidos em sua garganta.

A boca de Cam se separou da dela, explorando os ombros e o peito com beijos quentes, como se sua intenção fosse provar todas as partes dela. Acariciou sua barriga com a parte de trás dos dedos, brincou com o polegar em volta de seu umbigo... mãos experientes e de uma gentileza sublime. Embora ele ainda não a houvesse penetrado, ela já o sentia dentro de seu corpo, a pulsação, o prazer. *Você dentro de mim...* Ela o procurou às cegas, os membros se dobrando em torno dele.

Ele resistiu com uma gargalhada suave, brincando, esticando suas pernas e fazendo com que ela se abrisse sob ele. A boca se arrastou por seu corpo, chupando e provocando-a entre as pernas. Amelia se sentiu completamente molhada. Ele a tocou com a língua, demorando-se com a ponta sobre o lugar sensível que pulsava de uma forma tão deliciosa. Os músculos de seus braços se destacaram quando ele os delizou sob suas pernas, agarrando-lhe os quadris. Ela resistiu um pouco, não para protestar, mas como uma súplica, estremecendo com cada toque e cada deslizar de sua língua.

Atordoada e ardente, sentiu que estava sendo erguida na escuridão, as mãos dele mexendo em seu corpo, fechando suas pernas. Fez com que ela se ajoelhasse sobre ele, puxando os quadris para baixo, para a frente e para trás em um ritmo delicado. Sua boca voltou para ela, que gemia indefesa, enquanto se esfregava repetidamente sobre o calor, a umidade e a suavidade fugidia de sua língua. Dedos provocadores insinuaram-se dentro de seu corpo, e ela começou a ofegar em êxtase, uma sensação que a envolveu por completo...

Uma batida na porta perturbou o silêncio voluptuoso.

– Meu Deus – sussurrou Amelia, paralisada.

A batida se repetiu, dessa vez mais insistente, acompanhada pela voz abafada de Poppy.

Cam afastou a boca e seus dedos saíram lentamente de sua carne.

– Poppy – respondeu Amelia debilmente. – Não pode esperar?

– Não.

Amelia saiu de junto de Cam, os nervos pulsando de forma perversa diante da abrupta interrupção. Cam rolou de bruços e praguejou em voz baixa, os dedos se afundando sob as cobertas.

Andando com dificuldade pelo quarto, como se estivesse no convés de um navio sacudido pelas ondas, Amelia conseguiu encontrar o roupão. Vestiu-o e fechou alguns botões na frente.

Foi até a porta e abriu apenas uma fresta de cinco centímetros.

– O que foi, Poppy? Estamos no meio da noite!

– Eu sei – disse a irmã mais jovem com ansiedade, sentindo dificuldade de encarar Amelia. – Eu não teria... é só que... eu não sabia o que fazer. Tive um sonho ruim. Um terrível pesadelo com Leo e parecia tão real. Não conseguia voltar a dormir até ter certeza de que ele estava bem. Por isso, fui até o quarto dele e... ele partiu.

Amelia balançou a cabeça, exasperada.

– Não se preocupe com Leo. Vamos procurá-lo pela manhã. Acho que nenhum de nós deveria sair atrás dele esta noite, no frio e na escuridão. É provável que tenha ido até a taverna da aldeia e, nesse caso...

– Encontrei isto no quarto dele.

Poppy estendeu uma folha de papel para ela.

Franzindo a testa, Amelia leu o bilhete:

Sinto muito.
Não espero que compreendam.
Ficarão melhor assim.

Havia mais algumas palavras rabiscadas:

Espero que um dia

E no pé da página, mais uma vez:

Sinto muito.

Não havia assinatura. Não era preciso.

Amelia ficou surpresa com a calma em seu tom de voz.

– Vá para a cama, Poppy.

– Mas este bilhete... Acho que quer dizer...

– Sei o que quer dizer. Vá para a cama, querida. Tudo vai ficar bem.

– Você vai encontrá-lo?

– Sim, vou.

A compostura artificial de Amelia se desfez no momento em que a porta se fechou. Cam já estava se vestindo às pressas, calçando as botas, quando Amelia acendeu uma lamparina na mesa de cabeceira. Entregou o bilhete para ele com dedos trêmulos.

– Não é um gesto vazio. – Ela estava com dificuldade de respirar. – Ele fala sério. Talvez já tenha...

– Para onde seria mais provável que ele fosse? – Cam interrompeu-a. – Algum lugar na propriedade?

Amelia pensou no rosto espectral de Laura na janela.

– Ele está em Ramsay House – disse, batendo os dentes. – Por favor, leve-me para lá. Por favor.

– É claro. Mas primeiro talvez você queira se vestir. – Cam abriu um sorriso tranquilizador, acariciando um lado de seu rosto com a mão. – Vou ajudá-la.

– Qualquer homem – balbuciou Amelia – que queira se casar com uma das irmãs Hathaways depois disso deveria ser preso em uma instituição.

– O casamento é uma instituição – disse ele com sensatez, pegando o vestido de Amelia do chão.

~

Foram para Ramsay House no cavalo de Cam, cujas passadas largas percorriam o terreno a uma velocidade quase assustadora. Tudo parecia fazer parte de outro pesadelo, a precipitação na escuridão, o frio impiedoso, a sensação de estar sendo lançada sem o menor controle. Mas havia a forma firme de Cam nas suas costas, com um braço garantindo sua segurança. Tinha medo do que encontrariam em Ramsay House. Se o pior já tivesse acontecido, ela teria que aceitar. Mas não estava sozinha. Estava com o homem que parecia compreender cada detalhe, cada fio de sua alma.

Ao se aproximarem da casa, viram um cavalo pastando tristemente em trechos de grama e espinheiros. Era uma visão bem-vinda. Leo se encontrava ali e eles não precisariam vasculhar Hampshire atrás dele.

Cam ajudou Amelia a descer do cavalo e segurou sua mão. Ela se conteve quando ele tentou levá-la até a porta da frente.

– Talvez – disse ela em tom carinhoso – fosse melhor você esperar aqui enquanto eu...

– De jeito nenhum...

– Ele talvez seja mais receptivo se eu me aproximar sozinha, só como um primeiro...

– Ele não está em seu juízo perfeito. Você não vai enfrentá-lo sem mim.

– Ele é meu irmão.

– E você é minha *romni*.

– O que é isso?

– Explico depois.

Cam roubou-lhe um beijo rápido e deslizou o braço em torno dela, guiando-a para dentro da casa. Estava silenciosa como um mausoléu, o ar frio cheirando a fumaça e a poeira. Ao explorar em silêncio o primeiro andar, não encontraram nenhum sinal de Leo. Era difícil enxergar na escuridão, mas Cam encontrava o caminho de cômodo a cômodo com a segurança de um gato.

Ouviram um som vindo do andar de cima, o ranger de tábuas. Amelia sentiu um tremor de nervosismo e ao mesmo tempo de alívio. Correu em direção à escada. Cam a deteve, apertando a mão em torno de seu braço. Ela compreendeu que queria que ela fosse devagar e se obrigou a relaxar.

Foram para a escada, Cam na frente, testando cada degrau antes de permitir que Amelia o seguisse. A sujeira acumulada rangia sob seus pés silenciosos. Enquanto subiam, o ar ficava cada vez mais frio, como se agulhas penetrassem seu corpo. Era um frio profano, amargo demais e sinistro demais para vir de uma fonte natural. Um frio que secava seus lábios e fazia seus dentes doerem. Apertou a mão de Cam e ficou tão próxima dele quanto possível, sem derrubá-lo.

Um brilho fraco e gélido veio de um aposento perto da ponta do corredor do andar de cima. Amelia emitiu um som de preocupação quando percebeu de onde vinha a luz da lamparina.

– A Sala das Abelhas.

– Abelhas não voam à noite – murmurou Cam, a mão subindo até a parte de trás de seu pescoço, deslizando por suas costas. – Mas, se preferir esperar aqui...

– Não.

Reunindo toda a sua coragem, Amelia ergueu os ombros e desceu o corredor com ele. Como era típico de Leo, aquele perverso infeliz, se esconder em um lugar que a apavorava até perder o juízo.

Pararam diante da porta aberta. Cam impedia parcialmente a visão de Amelia.

Olhando por sobre o seu ombro, ela soltou uma exclamação.

Não era Leo, mas Christopher Frost, sua forma esguia dourada pela luz da lamparina enquanto ele se postava diante de um painel do revestimento de madeira da parede que continha a colônia de abelhas. As abelhas estavam tranquilas, mas nem um pouco silenciosas, milhões de asas batiam, provocando um zumbido ameaçador. O fedor da madeira podre exposta e do mel fermentado impregnava o ar. As sombras se despejavam sobre o chão como tinta derramada, enquanto a luz da lamparina contorcia e remexia aos pés de Christopher.

Diante do rápido ofegar de Amelia, ele girou e tirou algo de seu bolso. Uma pistola.

Os três ficaram paralisados em uma cena sombria. Uma ferroada de choque percorreu a pele de Amelia.

– Christopher – disse ela, confusa. – O que está fazendo aqui?

– Saia – ordenou Cam com aspereza, tentando empurrá-la para trás dele.

Mas como Amelia também não queria ver Cam diante da mira da arma, ela passou por debaixo de seu braço e foi para seu lado.

– Estou vendo que também vieram procurar.

Christopher parecia surpreendentemente calmo, o olhar indo para o rosto de Cam e depois para o de Amelia. A pistola estava firme em sua mão. Ele não a abaixou.

– Viemos procurar o quê? – Confusa, Amelia fitou o buraco aberto na parede, um espaço retangular com pelo menos 1,5 metro de altura. – Por que você fez essa abertura na parede?

– É um painel deslizante – disse Cam, seco, sem tirar os olhos de Christopher. – Feito para disfarçar um esconderijo.

Perguntando-se por que os dois pareciam saber algo sobre Ramsay House que ela ignorava, Amelia foi direta:

– Um esconderijo para quê?

– Foi projetado há muito tempo – respondeu Christopher – como um local onde os padres católicos podiam se esconder.

Sua mente confusa tentou entender o que ele dizia. Já havia lido sobre tais lugares. Havia muito tempo os católicos haviam sido perseguidos e executados pela lei, na Inglaterra. Alguns haviam escapado escondendo-se nas residências de simpatizantes. Nunca suspeitara, porém, que haveria algo assim em Ramsay House.

– Como você sabe... – Com dificuldades para falar, ela gesticulou para a cavidade na parede.

– Havia referências em diários particulares do arquiteto, William Bissel. As anotações agora pertencem a Rowland Temple.

E agora, Amelia pensou, depois de dois séculos, o esconderijo havia sido revelado... por uma colônia de abelhas.

– Por que o Sr. Temple lhe falou sobre isso? O que espera encontrar?

Christopher olhou-a com desdém, como se achasse graça.

– Você está fingindo ignorância ou realmente não tem ideia?

– Posso adivinhar – disse Cam. – Deve ter alguma relação com histórias que correm na região sobre um tesouro escondido em Ramsay House. – Ele deu de ombros quando notou os olhares curiosos dos dois. – Westcliff mencionou-o, certa vez.

– Tesouro? *Aqui?* – Amelia fez uma careta de desagrado. – E por que ninguém mencionou isso para mim antes?

– Não passa de um boato sem fundamento. E a origem do suposto tesouro não costuma ser mencionada diante de pessoas de bem. – Cam lançou um olhar frio para Christopher. – Baixe a arma. Não temos intenção de interferir.

– Temos sim! – disse Amelia, irritada. – Se existe algum tipo de tesouro em Ramsay House, ele pertence a Leo. E por que as origens são tão pouco dignas de menção?

Frost respondeu, a arma ainda apontada para Cam:

– Porque são joias e presentes dados pelo rei Jaime a alguém com quem mantinha um caso amoroso, no século XVI. Alguém da família Ramsay.

– O rei tinha um caso com Lady Ramsay?

– Para falar a verdade, com lorde Ramsay.

Amelia ficou de queixo caído.

– Ah. – Franziu a testa e esfregou os braços gelados sobre as mangas em um esforço fútil para aquecê-los. – Então você pensa que este tesouro está aqui, em um dos esconderijos de Bissel. E durante todo o tempo, estava tentando encontrá-lo. Sua oferta de amizade, seu pesar por ter me abandonado, era tudo falso! Tudo por causa de uma caça ao tesouro.

– Não era falso. – Christopher lançou-lhe um olhar de desprezo, com um leve toque de piedade. – Meu interesse em reatar nosso relacionamento era genuíno, até que percebi que você tinha se envolvido com um cigano. Não aceito mercadoria estragada.

Furiosa, Amelia partiu em sua direção com as mãos em garras.

– Você não é digno de lamber as botas dele! – exclamou, resistindo enquanto Cam a segurava e a jogava para trás.

– Não faça isso – murmurou Cam, as mãos como pinças de ferro em seu corpo. – Não vale a pena. Acalme-se.

Amelia cedeu, lançando a Christopher um olhar furioso, enquanto mais e mais calafrios atravessavam o ar.

– Mesmo que o tesouro estivesse aqui, você não seria capaz de recuperá-lo – retrucou. – A parede oculta uma colmeia contendo pelo menos 200 mil abelhas.

– E é por isso que sua chegada é tão fortuita. – A pistola foi apontada diretamente para o peito de Amelia. Ele se dirigiu a Cam. – Você vai pegar para mim... ou darei um tiro nela.

– Não ouse – disse Amelia para Cam, segurando um de seus braços com as duas mãos. – Ele está blefando.

– Você vai arriscar a vida dela, Rohan? – perguntou Christopher.

Amelia lutou para segurar Cam, que tentara soltar o braço.

– Não faça isso.

– Calma, *monisha*. – Ele segurou-lhe os ombros e sacudiu-a devagar. – Silêncio. Você não está ajudando. – Olhou para Christopher. – Deixe-a partir – disse com a voz calma. – Farei o que você quer.

Christopher balançou a cabeça.

– A presença dela fornece um excelente incentivo à sua cooperação. – Ele gesticulou com a pistola. – Vá para lá e comece a procurar.

– Você enlouqueceu – disse Amelia. – Tesouros escondidos, pistolas, ficar se esgueirando por aí à noite...

Ela se calou ao perceber um cintilar de movimento, de uma brancura prateada, no ar. Uma onda de frio cortante varreu o aposento enquanto as sombras se congelavam em volta deles.

Christopher parecia não notar a abrupta queda de temperatura ou a dança da palidez translúcida entre eles.

– *Agora*, Rohan.

– Cam...

– Silêncio.

Ele tocou o lado do rosto de Amelia e lançou-lhe um olhar misterioso.

– Mas as abelhas.

– Está tudo bem. – Cam foi pegar a lamparina que estava no chão.

Levando-a até o painel aberto, ele a segurou no interior do espaço vazio e se debruçou. As abelhas começaram a se acomodar e a rastejar sobre seu braço, ombros e cabeça. Olhando para ele fixamente, Amelia viu que seu braço se mexeu e percebeu que ele havia sido picado. O pânico apertava-lhe os pulmões, fazendo com que sua respiração ficasse rápida e superficial.

A voz de Cam soou abafada.

– Não há nada aqui além de abelhas e favos de mel.

– Tem que haver – retrucou Christopher. – Entre e encontre.

– Ele não pode – exclamou Amelia, ultrajada. – Vai ser picado até a morte.

Ele apontou a pistola para ela.

– Vá. – Christopher ordenou a Cam.

As abelhas se derramavam sobre Cam, subindo por seu cabelo negro e reluzente, seu rosto e sua nuca. Ao olhá-lo, Amelia sentiu-se aprisionada em um terrível pesadelo.

– Não há nada aqui – disse Cam, soando muito calmo.

Christopher pareceu tirar uma satisfação perversa da situação.

– Você mal procurou. Entre e não saia sem achá-lo.

Lágrimas brotavam dos olhos de Amelia.

– Você é um monstro – disse ela, furiosa. – Não há nada ali e sabe disso.

– Olhe só para você – falou ele com desdém –, derramando lágrimas por seu amante cigano. Como pôde descer tanto?

Antes que ela pudesse dizer alguma coisa, um clarão de luz branco-azulada encheu o aposento em silêncio. A luz da lamparina se extingiu numa rajada gelada. Amelia piscou e limpou as lágrimas dos olhos, fez um círculo espantado ao tentar encontrar a fonte da luz. Alguma coisa cintilava em torno deles, toda frieza, brilho e energia pura. Ela cambaleou na direção de Cam com os braços estendidos. As abelhas ergueram-se em massa e voaram de volta para a colmeia. A luz azulada fazia com que suas asas reluzissem como uma chuva de faíscas.

Amelia alcançou Cam e ele a segurou com seu abraço firme e caloroso.

– Você se feriu? – perguntou ela, as mãos procurando por ele freneticamente.

– Não, só uma ou duas picadas. Eu... – Ele interrompeu a frase respirando fundo.

Virando-se em seus braços, Amelia seguiu seu olhar. Duas formas nebulosas, distorcidas pela luz baça, lutavam pela posse de uma arma. Quem seria? Quem mais havia entrado no quarto? Nem um segundo se passara antes que Cam a jogasse no chão.

– Fique abaixada.

Sem parar, ele se lançou em direção aos combatentes.

Mas eles já haviam se separado, um homem rolando no chão com a pistola na mão e o outro correndo para a porta. Cam foi até o homem caído, enquanto o ar estalava como se o aposento estivesse tomado por instrumentos de tortura medieval. O outro homem fugiu. E a porta bateu quando ele saiu... embora ninguém tivesse tocado nela.

Atordoada, Amélia se sentou. A luz se dissolvia em um brilho azul e esmaecido que se prendeu aos contornos dos homens que ali estavam.

– Cam? – perguntou, insegura.

Sua voz estava baixa e abalada.

– Está tudo bem, beija-flor. Venha cá.

Ela os alcançou e soltou uma exclamação ao ver o rosto do intruso.

– *Leo.* O que você... como...

Sua voz vacilou ao ver a pistola em suas mãos. Ele a segurava frouxamente contra a coxa. O rosto estava tranquilo, a boca desenhava um leve sorriso cínico.

– Eu ia fazer a mesma pergunta – disse Leo com brandura. – Que diabos você está fazendo aqui?

Amelia afundou no chão ao lado de Cam, mantendo o olhar sobre o irmão.

– Poppy encontrou seu bilhete – explicou ela, sem fôlego. – Viemos para cá porque achamos que você ia... acabar com a própria vida.

– Era a ideia inicial – admitiu Leo. – Mas no caminho passei na taverna para tomar uma bebida. E quando enfim cheguei aqui, estava um pouco cheio demais para meu gosto. O suicídio é uma coisa que deve ser feita com alguma privacidade.

Amelia ficou desalentada por seus modos tranquilos. O olhar pousou na pistola em sua mão e voltou para seu rosto. Sua mão arrastou-se até a coxa tensa de Cam. O fantasma estava com eles, pensou. O ar havia deixado seu rosto dormente, dificultando o movimento de seus lábios.

– O Sr. Frost estava fazendo uma caça ao tesouro.

Leo lançou-lhe um olhar cético.

– Uma caça ao tesouro nesse monte de lixo?

– Para você ver, o Sr. Frost achou...

– Não, não precisa explicar. Temo que eu não tenha interesse algum pelo que Frost achava. Aquele idiota. – Ele baixou o olhar para a pistola, o polegar esbarrando delicadamente no tambor.

Amelia não esperava que um homem que contemplava o suicídio pudesse parecer tão descontraído. Um homem arruinado em uma casa arruinada. Todas as linhas de seu corpo falavam de uma resignação cansada. Ele olhou para Cam.

– Precisa tirá-la daqui – disse em voz baixa.

– Leo...

Amelia começara a tremer, sabendo que, se o deixassem ali, ele se mataria. Não conseguia pensar em nada para dizer, pelo menos em nada que não parecesse melodramático, pouco convincente, absurdo.

A boca de Leo estremeceu, como se ele estivesse exausto demais para sorrir.

– Eu sei – disse ele com delicadeza. – Sei o que quer, e sei o que não quer. Sei que gostaria que eu pudesse ser melhor do que isso. Mas não sou.

Sua visão ficou turva. Amelia sentia as lágrimas escorrendo de seus olhos, a umidade ficando gelada quando alcançavam seu queixo.

– Não quero perdê-lo.

Leo dobrou os joelhos e apoiou um dos braços sobre eles, com os dedos permanecendo dobrados sobre o cabo da arma.

– Não sou seu irmão, Amelia. Não mais. Mudei quando Laura morreu.

– Ainda quero você.

– Ninguém recebe o que quer – murmurou Leo. – Não agora.

Cam observou-o com atenção. Houve um silêncio longo e doloroso, enquanto uma brisa fria e cortante envolvia os três.

– Poderia tentar persuadi-lo a largar a arma e a ir para casa conosco – disse Cam. – Para aguentar mais um dia. Mas mesmo se eu o impedisse desta vez... ninguém pode manter vivo um homem que não quer viver.

– Verdade – concordou Leo.

Amelia abriu a boca com um protesto trêmulo, mas Cam a impediu, os dedos pressionando delicadamente seus lábios. Cam continuou a fitar Leo, não sem preocupação, mas com uma espécie de contemplação distanciada, como se estivesse examinando uma espécie de equação matemática.

– Ninguém pode ser assombrado – disse com tranquilidade – se não desejar isso. Sabe disso, não é?

O aposento ficou ainda mais frio, como se fosse possível, as janelas trepidando, a luz da lamparina cintilando. Alarmada diante das tensas vibrações no ar, com a presença invisível em torno deles, Amelia encolheu-se contra as costas de Cam.

– Claro que sei – disse Leo. – Eu deveria ter morrido com ela. Nunca quis ser deixado para trás. Não sabe como é. A ideia de acabar com isso é um grande alívio.

– Mas não é o que ela quer.

A hostilidade reluziu nos olhos claros.

– Como você pode saber disso?

– Na situação inversa, seria isso o que você escolheria para ela? – Cam fez um gesto para a arma em sua mão. – Não pediria tal sacrifício a alguém que amo.

– Você não tem ideia do que está dizendo.

– Tenho sim – disse Cam. – Eu compreendo. E estou lhe dizendo para parar de ser egoísta. Você se lamenta demais, meu *phral*. Obrigou-a a voltar para reconfortá-lo. Precisa deixá-la partir. Não por você. Por ela.

– Não posso.

Mas a emoção já começara a se espalhar pelo rosto de Leo como rachaduras na casca de um ovo. Uma luz azul dançou pelo cômodo, e um vento frio ergueu alguns cachos do cabelo de Leo, como dedos invisíveis.

– Deixe-a em paz – disse Cam, em tom mais baixo. – Se acabar com sua vida, vai condená-la, e a si mesmo, a uma eternidade de perambulações. Não é justo com ela.

Leo balançou a cabeça baixa em silêncio, abraçando os joelhos dobrados em uma posição que fez Amelia se lembrar do menino que ele havia sido. E ela compreendeu sua dor de uma forma absoluta que lhe teria sido impossível antes.

E se Cam lhe fosse tirado sem qualquer aviso? Ela nunca mais teria a sensação de seu cabelo em suas mãos ou a carícia de seus lábios contra os dela. Sem poder consumar tudo o que começara a sentir, as promessas, os sorrisos, as lágrimas, as esperanças, tudo arrancado de suas mãos. Para sempre. Quanta dor ela sentiria. Cam jamais poderia ser substituído por outra pessoa.

Consumida pela compaixão, ela viu Cam se dirigir a seu irmão. Leo escondeu o rosto e ergueu a mão, os dedos abertos, a palma para fora em um gesto indefeso e desajeitado.

– Não posso deixá-la partir – disse com a voz embargada.

A lamparina apagou e uma vidraça se partiu quando uma rajada gelada de ar os atingiu. A energia crepitava no cômodo, pequenas faíscas de luz apareciam em volta deles.

– Pode fazer isso por ela – insistiu Cam, pondo o braço em volta de Leo de um jeito que ele usaria para tranquilizar uma criança perdida. – Você consegue.

Leo começou a chorar com mais intensidade, cada soluço uma explosão de um desespero raivoso.

– Ah, meu Deus – gemeu. – Laura, não me deixe.

Mas enquanto ele chorava, a atmosfera pareceu se acomodar, calma e fria como uma geleira. A luz azul, como o brilho de uma estrela distante e moribunda, começou a se apagar. Havia um discreto zumbido de asas – algumas abelhas que se arriscavam a afastar-se da colmeia e que depois voltavam para se acomodar para a noite.

Cam murmurava algumas palavras naquele momento, segurando Leo com força, de forma protetora. Ele falava em romani, as palavras flutuando no ar rarefeito. Uma promessa, um acordo, oferecidos a um espírito sem forma, que desaparecia.

Até que tudo o que sobrou eram três pessoas sentadas em meio ao vidro partido, na escuridão, uma arma largada no chão.

– Ela se foi – afirmou Cam em voz baixa. – Está livre.

Leo assentiu, com o rosto escondido. Estava estragado, mas vivo. Quebrado, mas não além da esperança de conserto.

E finalmente reconciliado com a vida.

CAPÍTULO 22

Depois que levaram Leo de volta para Stony Cross Manor e o puseram na cama, Amelia ficou na porta do quarto com Cam. Suas emoções estavam transbordando, muito fortes e intensas. Foi preciso usar todas as suas forças para contê-las.

– Vou dizer a Poppy que ele está bem – sussurrou.

Cam assentiu, silencioso e um tanto distraído. Seus dedos se prenderam por um instante.

Separaram-se e Amelia foi procurar a irmã.

Poppy estava na cama, deitada de lado, de olhos bem abertos.

– Você encontrou Leo? – murmurou quando Amelia se aproximou dela.

– Sim, querida.

– Ele está...?

– Está bem, eu acho... – Amelia sentou-se na beirada do colchão e sorriu para ela. – Acho que vai ficar melhor daqui por diante.

– Como o velho Leo?

– Não sei.

Poppy bocejou.

– Amelia... você vai ficar de mau humor se eu lhe perguntar uma coisa?

– Estou cansada demais para ficar de mau humor. Pode perguntar.

– Vai se casar com o Sr. Rohan?

A pergunta encheu Amelia com uma alegria atordoante.

– Devo?

– Ah, deve. Você já se comprometeu, sabe disso. Além do mais, ele é uma boa influência para você. Parece menos um porco-espinho quando ele está por perto.

– Criança adorável – afirmou Amelia para o quarto em geral e sorriu para a irmã. – De manhã eu lhe respondo. Vá dormir.

Ela caminhou pelo silêncio sombrio do corredor, procurando Cam, sentindo-se nervosa como uma noiva. Era hora de ser aberta, honesta, confiante, como nunca tinha sido com ele, nem mesmo em seus momentos mais íntimos. As batidas de seu coração ressoavam em toda parte, até nas pontas dos dedos dos pés e das mãos. Ela foi até o quarto de Cam, onde a luz da lamparina vazava por uma fresta da porta parcialmente aberta.

Cam estava sentado na cama, ainda vestido. A cabeça estava baixa, as mãos pousadas nos joelhos na posição de um homem mergulhado em pensamentos. Ele levantou os olhos quando ela entrou no aposento e fechou a porta.

– Qual é o problema, meu amor?

– Eu... – Amelia se aproximou dele, hesitante. – Temo que você não queira me dar o que eu quero.

Seu sorriso lento a fez perder o fôlego.

– Nunca lhe recusei nada. Não é provável que eu comece agora.

Amelia parou diante dele, as saias amontoando-se entre seus joelhos, que estavam separados. O aroma límpido salgado, silvestre, chegou até suas narinas.

– Tenho uma proposta a lhe fazer – disse ela, tentando manter um tom profissional. – Uma proposta muito sensata. Veja bem... – Ela fez uma pausa para pigarrear. – Andei pensando sobre seu problema.

– Que problema?

Cam brincava com as dobras de suas saias, observando seu rosto com atenção.

– A praga da boa sorte. Sei como pode se livrar dela. Deve se casar com alguém de uma família com muito, *muito* azar. Uma família com problemas caros. E aí não terá que ficar constrangido por ter tanto dinheiro, porque ele vai sair quase com a mesma rapidez com que entra.

– Muito sensato. – Cam tomou-lhe a mão trêmula e a apertou entre as suas palmas quentes. E seu pé tocou no dela, que não parava de tamborilar. – Beija-flor – sussurrou ele –, não precisa ficar tão nervosa comigo.

Reunindo coragem, Amelia falou:

– Quero seu anel. Nunca mais vou tirá-lo. Quero ser sua *romni* para sempre – ela fez uma pausa e deu um sorriso rápido e envergonhado –, seja lá o que isso for.

– Minha noiva. Minha esposa.

Amelia ficou paralisada por um momento, com um nó na garganta de felicidade, ao sentir que ele colocava a argola de ouro em seu dedo, enfiando até a base.

– Quando estávamos com Leo esta noite – disse ela, com dificuldade –, eu sabia exatamente como ele se sentia por ter perdido Laura. Ele me disse uma vez que eu não poderia entender a menos que amasse alguém da mesma forma. Tinha razão. E hoje à noite, quando vi você junto dele... Sabia o que pensaria no último momento de minha vida.

O polegar dele alisou a superfície macia dos dedos dela.

– Sim, meu amor?

– Eu pensaria – prosseguiu ela – "ah, se eu pudesse ter só mais um dia com Cam, eu faria caber uma vida inteira nessas poucas horas".

– Não é necessário – garantiu ele, com delicadeza. – Do ponto de vista estatístico, teremos pelo menos 10, 15 mil dias para passarmos juntos.

– Não quero ficar longe de você em nenhum deles.

Cam segurou o rosto pequeno e sério de Amelia entre suas mãos, os dedos acompanhando as marcas das lágrimas sob seus olhos. Seu olhar acariciava o dela.

– Vamos viver em pecado, meu amor, ou finalmente vai concordar em se casar comigo?

– Sim. Sim. Eu me casarei com você. Embora... ainda não possa lhe prometer obediência.

Cam riu baixinho.

– Vamos resolver isso. Se pelo menos prometer me amar.

Amelia agarrou seus punhos, seu pulso firme e forte sob a ponta de seus dedos.

– Ah, eu amo você, você é...

– Eu também amo você.

– ... meu destino. Você é tudo que eu...

Teria falado mais se ele não tivesse puxado sua cabeça para perto e começado a beijá-la com força e empolgação.

Despiram-se às pressas, tirando a roupa um do outro com uma falta de jeito produzida pelo desejo e o fervor. Quando enfim estavam nus, a premência de Cam se abrandou. Suas mãos deslizaram sobre ela em uma lentidão deliberada, cada carícia provocando tremores de prazer. Seus traços eram de uma beleza austera enquanto ele a deitava de costas. Sua boca baixou até os seios, as mãos contornando a carne arredondada, língua e dentes navegando pelos bicos com delicadeza.

Amelia gemeu seu nome, rendendo-se, indefesa, quando ele se ergueu para ajoelhar-se entre suas pernas. A mão fechou-se sobre os seus quadris, erguendo-os, segurando-os sobre suas coxas. Cam a olhava, os olhos cintilando com um fogo demoníaco enquanto ele a acariciava, brincando com a fenda macia e a carne sensível dentro dela.

Amelia o procurou, precisando sentir seu peso sobre si, incapaz de se desvencilhar. Tudo o que podia fazer era gemer e arquear-se enquanto ele a preenchia com os dedos, o polegar fazendo giros perversos, as coxas sólidas sobre a tensão de seus quadris. Sua respiração sibilava entre os dentes e as mãos seguravam com força punhados das roupas de cama.

Os dedos dele se afastaram, deixando-a trêmula, enquanto seu corpo se fechava em torno do vazio. Mas em seguida ele entrou nela, preenchendo-a por completo. Ela se ergueu para aceitá-lo e soltou um gemido quando ele relaxou sobre ela, com lentidão deliberada.

Sua mão arrastou-se cegamente do ombro dele até seu rosto, onde sentiu o contorno de um sorriso.

– Não me provoque – murmurou ela, trêmula de desejo. – Não aguento.

– Querida... – Um sussurro sedoso acariciou seu rosto. – Temo que você terá de aguentar.

– Por quê?

Ele tomou fôlego quando se retirou, deixando nela apenas a ponta de seu membro.

– Porque não há nada que eu adore mais do que provocá-la.

E levou uma eternidade para voltar a entrar nela, as mãos acariciando-a, todos os movimentos tão intensos, deliciosos e impiedosos que, quando ele a penetrou completamente, ela já havia atingido o clímax. Duas vezes.

– Fique dentro de mim – implorou ela com a voz rouca, quando ele começou um ritmo constante, o desejo voltando a aumentar. – Fique, fique... – As palavras foram silenciadas por um longo gemido.

Cam debruçou-se sobre ela, movimentando-se com força impiedosa, a respiração saindo em sopros quentes contra seu rosto e seu pescoço. Ele fitou seus olhos atordoados, tirando uma intensa satisfação ao ver seu prazer. Suas mãos escorregaram sobre seu crânio, segurando sua cabeça ao beijá-la. Enterrou um gemido veemente nas doces profundezas da boca de Amelia e gozou dentro dela.

Aconchegando-a, Cam fez desenhos preguiçosos em suas costas e em seus ombros. Amelia descansava sobre ele, apreciando o ritmo constante de sua respiração.

– Depois da cerimônia de casamento – murmurou Cam –, talvez eu a leve para viajar comigo durante algum tempo.

– Para onde? – perguntou ela depressa, virando-se para apertar os lábios contra o peito dele.

– Para procurar minha tribo.

– Você já encontrou sua tribo. – Ela pousou uma perna sobre os quadris dele. – São os Hathaways.

Uma gargalhada fez o peito dele vibrar.

– Minha tribo romani, então. Já se passaram muitos anos. Gostaria de descobrir se minha avó ainda está viva. – Ele fez uma pausa. – E quero fazer algumas perguntas.

– Sobre o quê?

Cam levou a mão de Amelia até seu antebraço e apertou-a sobre a tatuagem.

– Isto aqui.

Ao pensar na tatuagem idêntica de Merripen e naquela estranha e impossível coincidência, Amelia franziu a testa com curiosidade.

– Que tipo de relação poderia haver entre você e Merripen?

– Não tenho a mínima ideia – Cam sorriu com melancolia. – Que Deus me proteja. Tenho um pouco de medo de descobrir.

– Seja lá o que for – disse ela –, confiaremos no destino.

O sorriso de Cam aumentou.

– Então agora você acredita em destino?

– E em sorte – disse Amelia, sua mão apertando o braço dele. – Por sua causa.

– Isso me faz lembrar... – Ele se levantou sobre um cotovelo e a olhou, cílios escuros guardando âmbar reluzente. – Tenho algo para lhe mostrar. Não se mexa. Vou buscar.

– Não pode esperar? – protestou ela.

– Não. Voltarei em alguns minutos. Não durma.

Ele deixou a cama e se vestiu, enquanto Amelia sentia um prazer possessivo em observá-lo.

Para não dormir, ela foi até a bacia e usou um pano úmido para se limpar. Voltando para a cama, sentou-se e ajeitou as cobertas sob seus braços.

Cam retornou sem fazer ruído, como um gato, segurando um objeto que tinha o tamanho aproximado de uma caixa de sapatos. Amelia olhou para aquilo com curiosidade, enquanto ele pousava o objeto ao lado dela. A caixa pesada era feita de madeira muito gasta e adornada com prata. O conjunto soltava um cheiro adocicado e ácido. Quando passou os dedos sobre a superfície, ela descobriu que estava ligeiramente pegajosa.

– Por sorte, estava envolta em um encerado – disse Cam. – Senão teria ficado empapada em mel fermentado.

Amelia piscou, atônita.

– Não diga que se trata do tesouro que Christopher Frost procurava?

– Encontrei-o quando fui buscar as abelhas para o cataplasma de Merripen. Trouxe para você. – Ele olhou como se pedisse desculpas. – Queria ter lhe contado antes, mas acabei esquecendo.

Amelia conteve uma risada. Seria difícil que um homem se esquecesse de uma caixa que provavelmente continha um tesouro... mas para Cam, ela não devia significar mais do que uma caixa de avelãs.

– Só você – disse ela – poderia sair à procura de veneno de abelha e encontrar um tesouro escondido.

Erguendo a caixa, ela sacudiu de leve, sentindo o movimento de pesados objetos no interior.

– Droga, está trancada.

Ela pôs a mão em seus cabelos desarrumados e pegou um grampo.

– Por que acha que sei arrombar uma fechadura? – perguntou ele, com um fulgor malicioso no olhar.

– Tenho plena confiança em suas habilidades criminosas. Abra, por favor.

Cam dobrou o grampo, prestativo, e inseriu-o na antiga fechadura.

– Por que não disse ao Sr. Frost que já havia encontrado o tesouro? – Amelia perguntou enquanto ele tentava encontrar o trinco. – Talvez você tivesse sido poupado de seu encontro com todas aquelas abelhas.

– Queria que o tesouro ficasse com a sua família. Frost não tinha direito algum sobre ele.

Em menos de um minuto, a caixa estava aberta.

O coração de Amelia batia forte com empolgação quando ela levantou a tampa. Encontrou um punhado de cartas, talvez meia dúzia, presas com uma fina trança de cabelo. Desajeitada, segurou o maço, puxou a primeira e abriu o velho pergaminho amarelado.

Era de fato uma carta de amor escrita por um rei, assinada simplesmente "Jaime". Escandalosa, ardente e doce, parecia ser íntima demais para ser lida por ela. Não tinha sido feita para seus olhos. Sentindo-se como uma intrusa, fechou as dobras frágeis e a separou.

Cam, nesse meio-tempo, começara a tirar objetos da caixa e colocá-los sobre o colo de Amelia: um rubi solto com pelo menos dois centímetros de diâmetro, pares de pulseiras de diamante, cordões e cordões com pérolas negras gigantes, um broche feito com uma safira oval que tinha facilmente o tamanho de um soberano, e um pingente de diamante, além de uma grande variedade de anéis com pedraria.

– Não acredito nisso – disse Amelia, mexendo na reluzente pilha. – Deve ser o suficiente para reconstruir Ramsay House duas vezes.

– Não exatamente – Cam respondeu, lançando um olhar experiente para o conjunto. – Mas quase.

Ela franziu a testa ao examinar a coleção de joias preciosas.

– Cam...? – perguntou ela, depois de um longo momento.

– Hum?

Ele parecia ter perdido o interesse no tesouro, concentrado em brincar com uma mecha solta do cabelo de Amelia.

– Você se importaria de não contar para Leo por enquanto, até que ele fique... bem, um pouco mais razoável? Senão, temo que ele sairá por aí e fará alguma coisa irresponsável.

– Diria que é uma preocupação justa. – Ele segurou as joias em punhados descuidados, jogando-as de volta à caixa e fechando-a. – Sim, vamos esperar até que ele esteja pronto.

– Você acha – perguntou Amelia, hesistante – que Leo vai mudar? Que ele poderá melhorar?

Ouvindo a preocupação em sua voz, Cam estendeu os braços e a apertou junto de si.

– Como dizem os rons, "nenhum vagão mantém as mesmas rodas para sempre".

As cobertas escorregaram entre os dois. Amelia tremeu ao sentir o ar frio envolvendo suas costas e ombros desnudos.

– Volte para a cama – murmurou. – Preciso que você me aqueça.

Cam tirou a camisa e riu baixinho, sentindo que as mãos dela estavam abrindo os botões de suas calças.

– O que aconteceu com minha *gadji* tão pudica?

– Temo – começou ela, introduzindo a mão na abertura da calça e acariciando seu membro excitado – que a prolongada associação com o senhor tenha me tornado uma desavergonhada.

– Que bom. Eu esperava que isso acontecesse. – Cerrou os lábios e sua voz ficou ligeiramente ofegante ao sentir seu toque. – Amelia, se tivermos filhos... você se importará que eles sejam metade rom?

– Não se você não se importar que eles sejam metade Hathaway.

Ele achou graça e terminou de se despir.

– E eu que pensava que a vida na estrada seria um desafio. Sabe, um homem mais fraco ficaria aterrorizado pela ideia de lidar com sua família.

– Tem razão. Não posso imaginar o que o leva a fazer tal coisa.

Ele lançou um olhar lascivo para o corpo nu de Amelia e juntou-se a ela sob as cobertas.

– Acredite em mim, mas as compensações são maiores.

– E a sua liberdade? – perguntou Amelia, acomodando-se junto dele, enquanto ele se deitava. – Você lamenta perdê-la?

– Não, meu amor. – Cam esticou o braço para desligar a lamparina, envolvendo os dois em uma escuridão aveludada. – Finalmente eu a encontrei. Aqui, a seu lado.

Ele se entregou aos braços que esperavam para prendê-lo.

CONHEÇA O PRÓXIMO LIVRO DA SÉRIE OS HATHAWAYS

Sedução ao amanhecer

CAPÍTULO 1

Londres, 1848
Inverno

Win sempre havia achado Kev Merripen lindo, como uma paisagem austera ou um dia de inverno podem ser. Ele era um homem grande, impressionante, intransigente em todos os aspectos. Seus traços marcantes e exóticos combinavam perfeitamente com os olhos muito escuros, nos quais quase não era possível distinguir a íris da pupila. Os cabelos eram grossos e negros como um corvo, as sobrancelhas, fortes e retas. E a boca larga exibia uma curva constante que Win considerava irresistível.

Merripen. Seu amor, mas nunca seu amante. Conheciam-se desde a infância, quando ele fora acolhido pelos pais dela. Os Hathaway sempre o trataram como se fosse da família, mas Merripen agia como um criado. Um protetor. Um forasteiro.

Ele foi ao quarto de Win e ficou parado na porta, olhando enquanto ela preparava uma valise com alguns objetos pessoais que tirava da primeira gaveta da cômoda. Uma escova de cabelo, grampos, um punhado de lenços que a irmã Poppy havia bordado para ela. Enquanto guardava os objetos na bolsa de couro, Win tinha plena consciência da presença de Merripen. Sabia o que se escondia sob aquela quietude, porque também sentia uma ponta de frustração.

A ideia de deixá-lo partia seu coração. Mas não tinha escolha. Era uma inválida desde que contraíra escarlatina dois anos antes. Era magra, frágil e propensa a desmaios e fadiga. Os pulmões eram fracos, atestavam todos os médicos. Não havia nada a fazer a não ser resignar-se. Uma vida de repouso na cama seguida por uma morte prematura.

Win não podia aceitar esse destino.

Queria ficar bem, desfrutar das coisas como qualquer outra pessoa. Dançar, rir, caminhar pelo campo. Queria a liberdade para amar... se casar... ter a própria família um dia.

Com a saúde em estado tão lamentável, não podia fazer nada disso. Mas tudo estava prestes a mudar. Hoje mesmo partiria para uma clínica francesa onde um médico jovem e dinâmico, Julian Harrow, obtivera resultados impressionantes em casos como o dela. Seus tratamentos eram heterodoxos e controversos, mas Win não se importava com isso. Faria qualquer coisa para se curar. Porque enquanto não estivesse curada, não poderia ter Merripen.

– Não vá – disse ele, tão baixo que Win quase não escutou.

Ela tentava demonstrar calma, apesar do arrepio persistente que percorria sua espinha.

– Por favor, feche a porta – conseguiu dizer. Precisavam de privacidade para a conversa que teriam agora.

Merripen não se moveu. Havia um rubor intenso em seu rosto moreno e os olhos negros brilhavam com uma ferocidade que não lhe era característica. Neste momento ele se comportava completamente como um rom, com as emoções à flor da pele, mais do que costumava permitir que acontecesse.

Ela mesma caminhou até a porta, e Merripen afastou-se para o lado como se qualquer contato físico entre os dois fosse causar um dano fatal.

– Por que não quer que eu vá, Kev? – perguntou ela com doçura.

– Você não estará segura lá.

– Estarei perfeitamente segura – disse ela. – Tenho fé no Dr. Harrow. Os tratamentos que ele propõe me parecem razoáveis, e ele tem alcançado alto índice de sucesso...

– E o mesmo índice de fracasso. Há médicos melhores aqui em Londres. Devia tentar consultá-los antes.

– Acho que tenho mais chances com o Dr. Harrow. – Win sorriu olhando nos olhos negros e duros de Merripen, compreendendo tudo o que ele não conseguia dizer. – Vou voltar para você. Prometo.

Ele fingiu não ter ouvido essas últimas palavras. Cada tentativa que ela fazia para trazer à tona os sentimentos entre eles era sempre recebida com resistência de ferro. Merripen jamais admitiria que gostava dela, e a trataria apenas como uma pessoa frágil que precisava de sua proteção. Uma borboleta de asa quebrada.

Enquanto ele seguia em frente e ia atrás de seus objetivos.

Apesar da discrição de Merripen com relação a seus assuntos pessoais, Win tinha certeza de que várias mulheres haviam se entregado a ele e usado seu corpo para o próprio prazer. Um sentimento de desespero e fúria brotou em sua alma quando ela pensou em Merripen se deitando com outra mulher. A força de seu desejo por ele, se revelada, chocaria todos que a conheciam. Provavelmente, chocaria ainda mais Merripen.

Vendo seu rosto inexpressivo, Win pensou: *Muito bem, Kev. Se é isso que você quer, serei impassível. Teremos uma despedida agradável e fria.*

Mais tarde ela sofreria sozinha, sabendo que se passaria uma eternidade antes de vê-lo novamente. Mas isso era melhor do que viver assim, sempre juntos mas separados, com a doença o tempo todo entre eles.

– Bem – disse ela friamente. – Em breve estarei partindo. E não precisa se preocupar, Kev. Leo vai cuidar de mim durante a viagem à França e...

– Seu irmão não é capaz de cuidar nem dele próprio – Merripen a interrompeu com tom ríspido. – Você não vai. Vai ficar aqui, onde posso...

Ele parou, engolindo as palavras.

Mas Win ouvira um sinal de fúria ou angústia na voz profunda.

Isso estava ficando interessante.

O coração dela começou a bater mais depressa.

– Escute... – Ela teve que fazer uma pausa para recuperar o fôlego. – Só há uma coisa capaz de me impedir de partir.

Ele a encarou atento.

– O que é?

Foi preciso um longo momento para que ela encontrasse a coragem de dizer:

– Diga que me ama. Diga e eu ficarei.

Os olhos negros dele se arregalaram. O som da inspiração brusca cortou o ar. Ele ficou em silêncio, paralisado.

Uma curiosa mistura de humor e desespero se apoderou de Win enquanto ela esperava pela resposta.

– Eu... gosto de todos de sua família...

– Não. Você sabe que não é isso que estou pedindo. – Win se aproximou e pousou as mãos pálidas no peito dele, sentindo os músculos firmes e torneados. Sentia também a reação que o contato provocava nele. – Por favor – pediu, odiando o tom de desespero na própria voz. – Eu não me incomodaria de morrer amanhã, se pudesse ouvir só uma vez...

– *Não* – resmungou ele, recuando.

Deixando a cautela de lado, Win seguiu adiante e agarrou o tecido da camisa dele.

– Fale. Vamos trazer a verdade à tona, de uma vez...

– Quieta, vai acabar passando mal.

Saber que ele estava certo a enfurecia. Podia sentir a fraqueza de sempre, a tontura que acompanhava a pulsação acelerada e os pulmões sobrecarregados. Detestava seu corpo frágil.

– Amo você – declarou ela com tristeza. – E se eu fosse saudável, nada nesse mundo poderia me manter longe de você. Se estivesse bem, eu o levaria para a minha cama e demonstraria tanta paixão quanto qualquer mulher seria capaz...

– Não.

A mão dele cobriu a boca de Win como que para silenciá-la, mas se afastou bruscamente ao sentir o calor dos seus lábios.

– Se eu não tenho medo de admitir, por que você deveria ter?

O prazer de estar perto dele, de tocá-lo, era uma espécie de loucura. Inquieta, ela colou o corpo ao dele. Merripen tentou empurrá-la para longe sem machucá-la, mas Win se agarrava com toda a força que ainda tinha.

– E se este fosse o seu último momento comigo? Não se arrependeria por não ter me falado o que sente? Não...

Merripen cobriu sua boca com a dele, desesperado por um meio de fazê-la calar. Ambos ofegantes, ficaram imóveis, absorvendo a força da sensação. O hálito de Merripen em seu rosto lhe provocava choques de calor. Os braços dele a envolveram, cercando-a com sua imensa força, segurando-a contra seu corpo rígido. E então tudo se incendiou, e os dois se perderam em um furor de necessidade.

Ela sentia em seu hálito a doçura das maçãs, a nota amarga de café, mas, acima de tudo, sentia a essência de Merripen. Queria mais, desejava-o, e a avidez a fez pressionar o corpo contra o dele. Ele recebeu a oferta inocente com um som baixo, selvagem.

Ela sentiu o toque da língua. Então se abriu para ele, recebendo-o e, ainda hesitante, usando a própria língua para acariciar a dele. Merripen estremeceu ofegante e a abraçou com mais força. Uma nova fraqueza a inundou, os sentidos clamaram pelas mãos dele, pela boca e pelo corpo... pela potência do peso dele sobre ela, dentro dela... Oh, como o queria, queria tanto...

Merripen a beijou com uma fome selvagem, a boca se movendo sobre a dela com uma avidez feroz, lasciva. O corpo dela se deleitava e ela se movia e o abraçava, desejando-o mais perto.

Através das várias camadas de tecido, Win sentia como Merripen empurrava o quadril contra o dela, o ritmo sutil e tenso. Instintivamente, ela abaixou a mão para tocá-lo, acalmá-lo, e os dedos trêmulos encontraram a rigidez de sua ereção.

Ele gemeu, sufocando o som em sua boca. Num momento ardente, segurou a mão dela e a apertou contra o membro. Win abriu os olhos e sentiu a energia pulsante, o calor e a tensão que pareciam prontos para explodir.

– Kev... a cama... – sussurrou ela, completamente ruborizada. Desejava-o com tanto ardor, havia tanto tempo, e agora enfim ia acontecer. – Leve-me...

Merripen praguejou e a empurrou para longe, virando-se para o lado. Arfava descontroladamente.

Win se aproximou.

– Kev...

– *Fique longe* – disse ele, com um tom de voz que a fez recuar com um salto.

Por pelo menos um minuto não houve som ou movimento, exceto o ruído intenso da respiração ofegante dos dois.

Merripen foi o primeiro a falar. Sua voz tinha o peso da ira e do desgosto, talvez em relação a ela ou a ele mesmo:

– Isso nunca mais vai acontecer.

– Porque tem medo de me machucar?

– Porque não a quero desse jeito.

A indignação foi imediata, e ela riu incrédula.

– Você acabou de reagir. Eu senti.

O rubor se intensificou no rosto dele.

– Teria acontecido com qualquer mulher.

– Você... está tentando me fazer acreditar que não tem nenhum sentimento especial por mim?

– Nada mais que desejo de proteger alguém da sua família.

Ela sabia que era mentira, *sabia*. Mas aquela rejeição fria tornava sua partida um pouco mais fácil.

– Eu... – Era difícil falar. – Quanta nobreza de sua parte.

A tentativa de adotar um tom irônico foi prejudicada pela falta de ar. Malditos pulmões fracos.

– Está agitada demais – disse Merripen, aproximando-se dela. – Precisa descansar...

– Estou *bem* – Win respondeu com firmeza, caminhando até o lavatório e segurando-se nele para não cambalear.

Quando garantiu o equilíbrio, ela despejou um pouco de água em uma toalha limpa e a aplicou sobre a face avermelhada. Diante do espelho, recompôs sua habitual expressão serena. De algum jeito, conseguiu fazer a voz soar calma:

– Quero você por inteiro ou não quero nada – disse. – Você sabe o que dizer para me fazer ficar. Se não pretende fazer isso, então saia.

O ar no quarto estava carregado de emoção. Os nervos de Win gritavam protestando contra o silêncio prolongado. Ela olhou para o espelho e só conseguiu ver a forma larga do ombro dele e do braço. E então ele se moveu, e a porta se abriu e fechou.

Win continuou aplicando a compressa fria no rosto, usando-a para conter algumas lágrimas perdidas. Deixando-a de lado, ela notou que a mão que havia tocado a parte mais íntima dele ainda guardava aquele contato. Os lábios ainda formigavam depois dos beijos doces e intensos, e o peito sentia a dor do amor desesperado.

– Bem – disse ela para o reflexo corado –, agora você tem a motivação.

E riu trêmula até ter que limpar mais lágrimas.

Cam Rohan supervisionava o preparo da carruagem que logo partiria para as docas de Londres e se perguntava se não estava cometendo um erro. Havia prometido à nova esposa que cuidaria da família dela. Porém, menos de dois meses depois de ter se casado com Amelia, mandava uma de suas irmãs para a França.

– Podemos esperar – dissera à esposa na noite anterior, abraçando-a, afagando seus lindos cabelos castanhos enquanto ela chorava em seu peito. – Se quiser manter Win com você por mais algum tempo, podemos mandá-la para a clínica na primavera.

– Não, ela deve ir o mais depressa possível. O Dr. Harrow deixou claro que já perdemos muito tempo. Win terá mais chances de recuperação se começar o tratamento imediatamente.

Cam sorrira ao ouvir o tom pragmático de Amelia. Ela era especialista em esconder as emoções, mantendo uma aparência tão firme que poucas pessoas percebiam o quanto ela era realmente vulnerável. Cam era o único com quem ela baixava a guarda.

– Temos que ser sensatos – Amelia havia acrescentado.

Cam a afastara do ombro e, com ela deitada de costas, ele olhara para seu rosto pequeno e adorável à luz da lamparina. Os olhos redondos e azuis eram escuros como a noite.

– Sim – concordara. – Mas nem sempre é fácil ser sensato, é?

Ela balançara a cabeça com os olhos cheios de lágrimas.

Cam afagara sua face com a ponta dos dedos.

– Pobre beija-flor – murmurara. – Você enfrentou muitas mudanças nos últimos meses, entre elas o casamento comigo. E agora estou mandando sua irmã para longe.

– Para uma clínica, para que fique curada – justificara Amelia. – Sei que é o melhor para ela. É só que... vou sentir saudades. Win é a mais querida e gentil da família. A pacificadora. Vamos acabar nos matando durante a ausência dela. – Ela franzira a testa. – Não diga a ninguém que me viu chorando, ou vou ficar *muito* aborrecida.

– Não, *monisha* – ele a acalmara, abraçando-a enquanto ela chorava. – Todos os seus segredos estão bem guardados comigo. Sabe disso.

Ele havia beijado suas lágrimas e tirado lentamente sua camisola. Fizera amor com ela ainda mais lentamente.

– Amorzinho – sussurrara ao senti-la tremer sob seu corpo. – Deixe-me fazer você se sentir melhor...

E, ao se apoderar de seu corpo, ele contou na língua antiga que ela o satisfazia de todas as maneiras, que amava estar dentro dela, que nunca a deixaria. Amelia não havia entendido as palavras estrangeiras, mas o som a excitara, e as mãos dela haviam passeado por suas costas como patas de gato, o quadril subindo para ir de encontro ao dele. Ele a amou e saciou, e também se satisfez, até a esposa adormecer.

Durante muito tempo depois, Cam a segurara aninhada contra o peito, sentindo o peso da cabeça dela sobre seu ombro. Agora era responsável por Amelia e por toda a família dela.

Os Hathaways formavam um grupo heterogêneo que incluía quatro irmãs, um irmão e Merripen, que era um rom como Cam. Ninguém parecia saber muito sobre ele, exceto que havia sido acolhido pela família Hathaway na infância depois de ter sido ferido e abandonado para morrer em uma perseguição a ciganos.

Não havia como prever como Merripen se comportaria na ausência de Win, mas Cam tinha a sensação de que não seria de uma forma agradável. Não podiam ser mais diferentes, a moça loura, pálida e debilitada e o grande rom. Uma tão refinada e transcendental, o outro moreno, rústico, quase incivilizado. Mas a conexão estava ali, invisível porém inegável.

Quando a carroça foi carregada e a bagagem estava presa com tiras de couro, Cam voltou à suíte do hotel onde a família estava hospedada. Eles se haviam reunido na sala de visitas para as despedidas.

Merripen não estava presente.

Eles lotavam a pequena sala: as irmãs e Leo, o irmão, que iria à França como acompanhante de Win.

– Ei, ei – disse Leo, irritado, dando tapinhas nas costas da caçula Beatrix, que acabara de completar 16 anos. – Não é necessário fazer uma cena.

Ela o abraçou com força.

– Você vai estar sozinho, longe de casa. Por que não leva um dos meus animaizinhos para lhe fazer companhia?

– Não, querida. Vou ter que me contentar com a companhia humana que encontrar no navio. – Ele olhou para Poppy, uma beldade de cabelos vermelhos e 19 anos. – Adeus, mana. Aproveite bem sua primeira temporada em Londres. Tente não aceitar o primeiro homem que a pedir em casamento.

Poppy se adiantou para abraçá-lo.

– Leo, querido – disse, a voz abafada por seu ombro –, procure se comportar bem enquanto estiver na França.

– Ninguém se comporta na França – respondeu Leo. – Por isso todos gostam tanto de lá.

Ele olhou para Amelia. Só então a fachada de autoconfiança começou a ruir. Leo respirou fundo. De todas as irmãs, Amelia era com quem ele discutia mais frequentemente e com mais intensidade. No entanto, ela era sua favorita, sem dúvida. Haviam passado por muitas coisas juntos, cuidando das irmãs mais novas depois da morte dos pais. Amelia vira Leo, um jovem e promissor arquiteto, transformar-se num farrapo de homem. Herdar um título de visconde não havia ajudado em nada. De fato, o título e o status recém-adquiridos só haviam acelerado sua ruína. Nem por isso Amelia deixara de lutar por ele, tentar salvá-lo a cada passo do caminho. E isso o aborrecera muito.

Amelia aproximou-se dele e apoiou a cabeça em seu peito.

– Leo – disse ela choramingando. – Se deixar alguma coisa acontecer com Win, matarei você.

Ele afagou seus cabelos com delicadeza.

– Você ameaça me matar há anos, e nunca fez nada.

– Estou esperando... o motivo certo.

Sorrindo, Leo afastou a cabeça dela de seu peito e a beijou na testa.

– Eu a trarei de volta sã e salva.

– E quanto a você?

– Também voltarei inteiro.

Amelia alisou a casaca do irmão, os lábios tremendo.

– Então, é melhor abandonar essa vida de bêbado perdulário – disse.

Leo sorriu.

– Mas eu sempre acreditei que cada um deveria cultivar ao máximo seus talentos naturais. – E abaixou a cabeça para ela poder beijar seu rosto. – E você não é a melhor pessoa para falar sobre como se comportar, já que acabou de se casar com um homem que mal conhecia.

– Foi a melhor coisa que fiz – declarou Amelia.

– Considerando que ele está pagando minha viagem à França, suponho que não posso discordar. – Leo estendeu a mão para Cam. Depois de um começo atribulado, os dois passaram a gostar um do outro em pouco tempo. – Adeus, *phral* – disse Leo, usando a palavra cigana que aprendera com Cam e significava "irmão". – Não duvido que vá fazer um excelente trabalho cuidando da família. Já se livrou de mim, o que é um começo promissor.

– Voltará para uma casa reconstruída e uma propriedade próspera, milorde.

Leo riu baixo.

– Mal posso esperar para ver o que vai conseguir fazer. Sabe, poucos homens como eu confiariam todos os seus negócios a uma dupla de ciganos.

– Não tenho dúvida de que você é o único – respondeu Cam.

Depois de Win se despedir das irmãs, Leo a acomodou na carruagem e se sentou ao lado dela. Houve um solavanco suave quando os animais começaram a andar, e eles iniciaram a viagem para as docas de Londres.

Leo estudou o perfil de Win. Como sempre, ela demonstrava pouca emoção, o rosto delicado estava sereno e composto. Mas via a pele queimando na porção superior de suas faces claras e reparou no modo como os dedos apertavam e torciam o lenço bordado sobre suas pernas. Não havia deixado de notar que Merripen não fora se despedir. Leo se perguntava se ele e Win haviam trocado palavras ríspidas.

Suspirando, Leo passou o braço sobre os ombros da magra e frágil irmã. Ela ficou tensa, mas não tentou se afastar. Depois de um momento, levantou o lenço e secou os olhos. Ela estava amedrontada, doente e infeliz.

E ele era tudo que Win tinha.

Que Deus a ajudasse.

Leo tentou fazer uma piada:

– Não deixou Beatrix convencê-la a trazer um de seus animaizinhos, deixou? Estou avisando, se tiver um furão ou um rato entre suas coisas, ele vai para o mar assim que embarcarmos.

Win balançou a cabeça e assoou o nariz.

– Sabe – prosseguiu Leo em tom casual, ainda com o braço sobre seus ombros –, você é a menos divertida de todas as irmãs. Não sei como acabei a caminho da França com você.

– Acredite – respondeu ela, choramingando –, eu não seria tão enfadonha se tivesse escolha. Quando recuperar a saúde, pretendo me comportar muito mal.

– Bem, isso é algo que vale a pena esperar. – Ele apoiou o rosto em seus cabelos louros e macios.

– Leo – disse ela depois de um momento –, por que se ofereceu para me acompanhar à clínica? Porque também quer se tratar, é isso?

Leo ficou ao mesmo tempo emocionado e irritado com aquela pergunta inocente. Win, como todos os outros da família, considerava o consumo excessivo de álcool uma doença que poderia ser curada por um período de abstinência e ambiente saudável. Mas beber era só um sintoma de sua verdadeira doença – uma tristeza tão persistente que às vezes ameaçava fazer seu coração parar de bater.

Não havia como superar a perda de Laura. Não existia cura para isso.

– Não – respondeu ele. – Não pretendo me tratar. Quero apenas continuar minha devassidão em um novo cenário. – A piada foi recompensada com uma risada breve. – Win... você e Merripen discutiram? Por isso ele não apareceu para se despedir? – Um silêncio prolongado o fez revirar os olhos. – Se insistir em ficar calada desse jeito, mana, a viagem vai ser realmente longa.

– Sim, discutimos.

– Sobre o quê? A clínica de Harrow?

– Não exatamente. Isso também, mas... – Win deu de ombros com evidente desconforto. – É muito complicado. Eu levaria uma eternidade para explicar.

– Vamos atravessar o oceano e percorrer metade da França. Acredite, tempo não nos falta.

~

Depois que a carruagem partiu, Cam foi ao estábulo atrás do hotel, um galpão limpo com baias para cavalos, um abrigo para carruagens no piso inferior e acomodações para criados no andar de cima. Como esperava, Merripen escovava os cavalos. O estábulo do hotel era administrado de acordo com um sistema de prestação parcial de serviços, o que significava que uma parte dos cuidados com os cavalos tinha que ser dispensada pelos próprios donos dos animais. No momento, Merripen se ocupava do cavalo preto de Cam, um animal de três anos chamado Pooka.

Os movimentos de Merripen eram leves, rápidos e metódicos enquanto ele deslizava a escova sobre os pelos brilhantes do cavalo.

Cam o observou por alguns instantes, apreciando sua destreza. A história sobre ciganos serem extremamente bons no trato com cavalos não era lenda. Um rom considerava sua montaria um camarada, um animal admirável e de instintos heroicos. E Pooka aceitava a presença de Merripen com uma deferência calma que demonstrava com poucas pessoas.

– O que você quer? – perguntou Merripen sem olhar para ele.

Cam se aproximou devagar para abrir a baia, sorrindo quando Pooka abaixou a cabeça e roçou o focinho em seu peito.

– Não, garoto... não tenho torrões de açúcar.

Ele afagou o pescoço musculoso do animal. As mangas da camisa estavam enroladas até os cotovelos, expondo a tatuagem de um cavalo alado no antebraço. Cam não lembrava quando ele a havia feito... Devia estar ali desde sempre, por motivos que sua avó jamais havia explicado.

O símbolo era um corcel que habitava os pesadelos na Irlanda, um cavalo que alternava bondade e maldade, falava com voz humana, voava à noite com suas asas muito abertas e era chamado de *pooka*. De acordo com a lenda, o *pooka* chegava à porta da casa de um humano à meia-noite e o levava para uma cavalgada que o mudaria para sempre.

Cam nunca vira marca semelhante em outra pessoa.

Até conhecer Merripen.

Por alguma ironia do destino, Merripen havia se machucado recentemente em um incêndio. E enquanto seus ferimentos estavam sendo tratados, os Hathaways haviam encontrado a tatuagem em seu ombro.

A descoberta despertara questões das quais Cam ainda não se esquecera.

Ele viu que Merripen olhava para a tatuagem em seu braço.

– O que acha de um rom com um desenho irlandês? – perguntou Cam.

– Os rom também estão na Irlanda. Não é nada incomum.

– Há algo de incomum nessa tatuagem – falou Cam em tom casual. – Eu nunca tinha visto outra como ela até conhecer você. E como os Hathaways se surpreenderam quando a encontraram, é evidente que você se esforçou muito para mantê-la escondida. Por que, *phral*?

– Não me chame assim.

– Você faz parte da família Hathaway desde que era criança – disse Cam. – E eu entrei na família pelo casamento. Isso nos torna irmãos, não?

Um olhar desdenhoso foi a única resposta.

Cam se divertia de maneira quase perversa sendo simpático com um rom que evidentemente o desprezava. Entendia muito bem o motivo da hostilidade de Merripen. A adição de um novo homem à tribo familiar, ou *vitsa*, nunca era fácil, e normalmente ele ocuparia um lugar mais baixo na hierarquia. A chegada de Cam e sua posição de chefe da família eram, para Merripen, quase insuportáveis. Não ajudava em nada o fato de Cam ser um *poshram*, um mestiço de mãe cigana e pai irlandês *gadjo*. E, para tornar as coisas ainda piores, Cam era rico, o que era vergonhoso aos olhos dos rom.

– Por que sempre a manteve escondida? – insistiu Cam.

Merripen interrompeu a escovação e olhou para Cam com uma expressão fria, sombria.

– Fui informado de que era a marca de uma maldição. Disseram-me que no dia em que eu descobrisse o que o desenho significava e para que servia, eu ou alguém próximo a mim estaria fadado a morrer.

Cam não demonstrou nenhuma reação, mas sentiu um arrepio de desconforto percorrer sua nuca.

– Quem é você, Merripen? – perguntou Cam em voz baixa.

O grande rom voltou ao trabalho.

– Ninguém.

– Você já foi parte de uma tribo. Deve ter tido família.

– Não me lembro de pai nenhum. Minha mãe morreu quando eu nasci.

– A minha também. Fui criado pela minha avó.

A escova parou no meio do movimento. Nenhum dos dois se mexia. O estábulo ficou absolutamente silencioso, exceto pela respiração e pelas patas dos cavalos se arrastando no chão.

– Fui criado por um tio. Para ser um *asharibe*.

– Ah – Cam não demonstrava piedade, mas pensava: *pobre coitado*.

Não era à toa que Merripen lutava tão bem. Algumas tribos de ciganos escolhiam seus meninos mais fortes para serem transformados em lutadores de mãos nuas, colocando-os para enfrentar uns aos outros em feiras, bares e reuniões para espectadores fazerem suas apostas. Alguns garotos ficavam desfigurados ou eram mortos. E os que sobreviviam eram lutadores endurecidos, implacáveis e escolhidos como guerreiros da tribo.

– Bem, isso explica seu temperamento doce – disse Cam. – Por isso decidiu ficar com os Hathaways depois de ter sido acolhido por eles? Porque não queria mais viver como um *asharibe*, é isso?

– Sim.

– Está mentindo, *phral* – disse Cam, observando-o com atenção. – Você ficou por outra razão.

Pelo rubor de Merripen, Cam percebeu que não estava enganado. Em voz baixa, ele acrescentou:

– Ficou por causa dela.

CONHEÇA OS LIVROS DE LISA KLEYPAS

De repente uma noite de paixão
Mais uma vez, o amor
Onde nascem os sonhos
Um estranho nos meus braços

Os Hathaways

Desejo à meia-noite
Sedução ao amanhecer
Tentação ao pôr do sol
Manhã de núpcias
Paixão ao entardecer
Casamento Hathaway (e-book)

As Quatro Estações do Amor

Segredos de uma noite de verão
Era uma vez no outono
Pecados no inverno
Escândalos na primavera
Uma noite inesquecível

Os Ravenels

Um sedutor sem coração
Uma noiva para Winterborne
Um acordo pecaminoso
Um estranho irresistível
Uma herdeira apaixonada
Pelo amor de Cassandra
Uma tentação perigosa

Os Mistérios de Bow Street

Cortesã por uma noite
Amante por uma tarde
Prometida por um dia

Clube de apostas Craven's

Até que conheci você
Sonhando com você